Amélie Duval
Ein verwegener Plan

Montlake

Das Buch

Lara Duncan ist Meeresbiologin und frisch geschieden. Im Überschwang ihrer neu gewonnenen Freiheit heuert sie auf dem Expeditionsschiff *Rosenrot* an. Mit anderen Wissenschaftlern dazu beitragen, dass Teile der Antarktis zum Meeresschutzgebiet erklärt werden – ein Traumjob für Lara. Die überirdische Schönheit des ewigen Eises zieht sie dabei genauso in ihren Bann wie der Hubschrauberpilot Jayden. Doch nicht nur die Küsse des attraktiven Südafrikaners bringen Lara in Gefahr. Denn mehrere Zwischenfälle an Bord drohen die Mission scheitern zu lassen. Plötzlich steht Lara einem gefährlichen Feind gegenüber. Und fliehen kann sie nicht.

Die Autorin

Amélie Duval ist gebürtige Französin. Sie studierte in Deutschland Sprach- und Literaturwissenschaften und arbeitete in einem Frankfurter Verlag sowie in der Werbebranche.

Seit 2008 ist sie als Autorin tätig und schreibt hauptsächlich im romantischen Genre. In ihren Liebesromanen erzählt sie gefühlvolle, spannende und prickelnde Geschichten. Mit ihren Bestsellerreihen »L.A. Guards«, »New Orleans Blues« und »Ireland Dreams« begeisterte sie bereits über vierhunderttausend Lesende.

VORSICHT, LIEBE!

AMÉLIE DUVAL

Ein verwegener Plan

ROMAN

Deutsche Erstveröffentlichung bei
Montlake, Amazon Media EU S.à r.l.
38, avenue John F. Kennedy, L-1855 Luxembourg
Oktober 2022
Copyright © der deutschsprachigen Ausgabe 2022
By Amélie Duval

Umschlaggestaltung: zero-media.net, München
Umschlagmotiv: © pixelfit / Getty;
© Vuelyfe Media Creation Corporation / Stocksy United
Lektorat und Korrektorat: VLG Verlag & Agentur, Haar bei München,
www.vlg.de
Gedruckt durch:
Amazon Distribution GmbH, Amazonstraße 1, 04347 Leipzig /
Canon Deutschland Business Services GmbH, Ferdinand-Jühlke-Straße 7,
99095 Erfurt /
CPI books GmbH, Birkstraße 10, 25917 Leck

ISBN 978-2-49671-071-7

www.montlake.de

PROLOG

Behutsam stapelte Lara die kleinen Anmachhölzer auf die Holzscheite, presste ein Feuerbällchen dazwischen und zückte das Feuerzeug. Kurz hielt sie inne, ehe sie den Knopf drückte. Sie liebte den Moment, wenn die Stichflamme herausschoss und das Bällchen in Brand setzte. Alles, was danach folgte, war simple Physik. Die dünnen Anmachhölzer würden der Hitze nicht lange standhalten und ebenso in Flammen aufgehen, und weil der Schornstein erst letzten Monat gereinigt worden war und nichts die Luftzirkulation behinderte, würden die Holzscheite bald ihrem Beispiel folgen. Nachdem Lara das Schutzgitter aufgestellt hatte, wickelte sie sich in eine flauschige Decke und setzte sich vor den Kamin auf den Boden. Aus ihrem mitgebrachten Bluetooth-Lautsprecher erklang »Los ejes de mi carreta«, ein Harfenstück aus Lateinamerika, das ihre Schwester Violet vermutlich als schrecklich schmalzig bezeichnet hätte. Lara lächelte. Zum ersten Mal seit langer Zeit war sie rundum zufrieden.

Während das geschmeidige Spiel von Emmanuel Lahoz durch den Raum perlte und das brennende Holz beschwingt dazu knackte, wärmte sich die Luft spürbar auf. Dank einem Schacht, den Grandpa Duncan eingebaut hatte, als er vor sechzig Jahren den stillgelegten Bahnhof von East Linton in ein gemütliches Zuhause verwandelte, würde sich die Wärme auch im ersten Stock ausbreiten. Dort wollte Lara eines der Schlafzimmer für ihre beiden Schwestern herrichten, die morgen eintreffen würden. Die letzten Tage waren zwar sonnig, aber für die Jahreszeit auch ungewöhnlich kalt gewesen, deshalb war sie einen Tag früher aus Southampton angereist, um das Haus vorzuheizen.

Das Leben hatte Violet, Poppy und sie in entgegengesetzte Richtungen zerstreut, deshalb hatten sie ihrem Dad auf dem Sterbebett versprechen müssen, sich mindestens einmal im Jahr anlässlich seines Geburtstages am 5. September in ihrem Elternhaus zu treffen. Eine Tradition, die sie in den sechs Jahren, seit er verstorben war, kein einziges Mal hatten ausfallen lassen.

Henry Duncan hatte seine Töchter dazu ermuntert, ihrem Heimatort an der schottischen Küste den Rücken zu kehren, um woanders ihr Glück zu finden. Während sich Violet eine Karriere in Italien aufgebaut hatte – erst vor einigen Monaten hatte sie ihre eigene Kunstdetektei in Mailand eröffnet – und Poppy als freie Fotografin durch die Welt jettete, war Lara nicht weiter gekommen als bis nach Southampton an der Südküste Englands, wo sie am National Oceanography Centre Meeresbiologie studierte. Sie hatte schon immer das Meer geliebt. Die Wogen, der Wind und das Kreischen der Möwen waren ihr von jeher ein Trost gewesen. So war sie als Achtjährige einen Tag nach dem Tod ihrer Mutter in den Bus Richtung Dunbar gestiegen, in der Gewissheit, dass diese dort am Strand auf sie wartete, um mit ihr Muscheln zu sammeln. Denn auch ihre Mutter hatte sich mit dem Meer stark verbunden gefühlt.

Ihr Vater war vor Sorge ganz krank gewesen. Zum Glück verbreiteten sich in diesem Teil der Welt Nachrichten schneller als der Nordwestwind, und ein Nachbar, der den Aufbruch des Mädchens aus seinem Küchenfenster heraus beobachtet hatte, rief ihn an. Henry Duncan stieg ins Auto, brauste über die Schnellstraße nach Dunbar und erreichte den Bahnhof gerade in dem Augenblick, als der Bus gemütlich um die Ecke kam. Gemeinsam gingen Vater und Tochter hinunter zum Strand, wo er ihr behutsam erklärte, dass ihre Mum für immer fort sei, sie aber in ihren Herzen weiterlebe. Erst da begriff Lara, dass ihre Mutter an diesem Tag nicht mit ihr Muscheln sammeln gehen würde und auch an keinem anderen Tag.

Später widmete sie sich dem Stoffwechsel von Seesternen und Feuerquallen, während sich Violet lieber in Museen und historischen Gemäuern herumtrieb, um den Geheimnissen alter Meister auf den Grund zu gehen. Poppy, die Jüngste und Wildeste von ihnen, kämpfte indes gegen imaginäre Piraten und fleischfressende Pflanzen, vorrangig hinter ihrem Elternhaus, wo das stillgelegte, überwucherte Gleis ihre eh schon rege Fantasie noch mehr beflügelte. Lara war von jeher die Vorsichtigere von den dreien gewesen, was vermutlich daran lag, dass sie die Älteste war. Als ihre Mutter verstarb, war Violet erst drei Jahre alt gewesen und Poppy noch ein Baby. Seit dieser Zeit hatte Lara immer den Drang verspürt, die beiden zu beschützen. Experimentierfreudigkeit und Risikobereitschaft waren ihren jüngeren Schwestern vorbehalten gewesen. Umso stolzer war sie über die Entscheidungen, die sie kürzlich getroffen hatte. Lara freute sich schon auf die Gesichter von Violet und Poppy, wenn sie ihnen von ihren Plänen erzählte.

Obwohl es inzwischen so warm war, dass ihr Gesicht glühte und sie sich der Decke entledigte, überkam sie plötzlich ein Schaudern. Für einen Moment wurde ihre Zufriedenheit getrübt. Was, wenn sie sich übernahm? Sie es mit den Veränderungen in ihrem Leben zu sehr auf die Spitze trieb? Es war ja nicht so, als hätte sie sich lediglich eine neue Frisur zulegen wollen! Nachdenklich betrachtete sie das Feuer. Es war wunderschön, faszinierend und in stetigem Wandel, doch am

Ende blieb nur Asche davon übrig. Lara schüttelte die düsteren und irgendwie auch müßigen Gedanken ab. Sie hatte bereits alles in die Wege geleitet. Für sie gab es kein Zurück mehr.

Nachdem der letzte Harfenton verklungen war, setzte eine tiefe Stille ein, und Lara raffte sich seufzend hoch. Es wurde Zeit, die Betten für Poppy und Violet zu beziehen.

* * *

Am nächsten Morgen, kurz bevor ihre Schwestern eintreffen sollten, stand sie im ehemaligen Schlafzimmer ihrer Eltern und betrachtete sich kritisch im Spiegel. Sie trug einen grauen Rock und einen grobmaschigen Pullover, darüber hatte sie eine blau karierte Stola drapiert, die zur Farbe ihrer Augen passte. Ihre langen hellbraunen Haare bedurften dringend eines neuen Schnitts, doch der musste ein paar Monate warten. Sie fand, dass ihre Züge nicht mehr so angespannt wirkten wie noch vor einem Jahr, die Sommersprossen waren nicht mehr so blass, und die Schatten unter ihren Augen waren verschwunden. Es ging für sie aufwärts, auch wenn sie in den beiden letzten Jahren Kummerspeck angesetzt hatte. Wenn Ralph mal wieder Überstunden gemacht hatte oder übers Wochenende zu einem Seminar gefahren war – alles nur Ausreden, um sich mit seiner Sekretärin in irgendwelchen Hotelzimmern zu vergnügen –, hatte sie zu Hause gesessen und sich mit Eiscreme oder gebackenem Camembert vollgestopft. Sie liebte gebackenen Camembert. Der wiederum liebte ihre Hüften und Oberschenkel. Seit einigen Wochen arbeitete sie hart daran, die überschüssigen Pfunde loszuwerden und das Fitnessniveau zurückzugewinnen, das sie vor langer Zeit mal gehabt hatte. Wie sie Poppy um ihre Veranlagung beneidete! Ganz gleich, was ihre kleine Schwester aß, sie nahm nicht zu. Sie war ein zierliches

Ding von nicht einmal einem Meter sechzig, neben dem sie sich mit ihren eins achtzig immer ein wenig ungelenk fühlte. Poppy tröstete sie dann jedes Mal damit, dass andere Frauen Unsummen beim Friseur ausgaben, um die Farbnuancen zu erzielen, die Lara von Natur aus besaß, nämlich von Hellblond bis Kastanienbraun.

Sie warf einen letzten Blick in den Spiegel. Mit Mitte dreißig hatte sie zwar keinen Ehemann mehr, aber immerhin noch ihren Doktortitel. Das war doch auch etwas wert! Der Vergleich entlockte ihr ein Lächeln, das breiter wurde, als sich draußen Motorgeräusche näherten.

Violet und Poppy!

Freudestrahlend lief sie die Treppe hinunter und eilte aus dem Haus. Anders als im vergangenen Jahr waren ihre Schwestern gemeinsam hierhergeflogen und hatten sich einen Mietwagen genommen. Einen roten Seat, aus dem Violet soeben ausstieg. Wie es ihre Art war, trug sie einen dunklen Hosenanzug und Pumps mit halbhohen Absätzen, doch statt des üblichen strengen Pferdeschwanzes ließ sie ihre kastanienbraunen Haare offen auf die Schultern fallen.

»Locken?«, entfuhr es Lara anstelle einer Begrüßung.

Violet fuhr sich ein wenig verlegen durch die Haare. »Ja, irgendwie war mir danach.«

»Steht dir«, sagte Lara nach kurzer Überlegung.

»Natürlich steht es ihr!«, rief Poppy, die über ihrer löchrigen Jeans ein buntes Oberteil trug, das wie ein Poncho aussah. Ihre hellblonden Haare hatte sie zu einem Messy Dutt zusammengefasst. Die Füße steckten in klobigen Halbstiefeln. »Sie wirkt auch sonst nicht mehr so schrecklich zugeknöpft. Das muss an ihrem Latin Lover liegen.«

Violet verdrehte die Augen. »Raffaele ist zur Hälfte Holländer.«

Poppy machte eine wegwerfende Handbewegung. »Mag sein. Aber glaubt man den Fotos, die du uns geschickt hast, handelt es sich um die kleinere Hälfte.«

Während Violet in Lachen ausbrach, schüttelte Lara nachsichtig den Kopf, wie es wiederum ihre Art war. Schließlich war sie die Älteste und damit auch die Vernünftige.

»Schön, euch zu sehen, ihr Küken!«, sagte sie und zog ihre Schwestern in ihre Arme.

Einen langen Moment hielten sie sich still umschlungen, dann lösten sie sich voneinander und gingen ins Haus. Poppy und Violet legten ihr Gepäck oben ab und wenig später saßen sie um den Küchentisch, die Hände um dampfende Teetassen gelegt. Zwischen ihnen stand ein Teller mit Eier-Gurken-Sandwiches, die Lara nach einem alten Familienrezept mit Apfelremoulade verfeinert hatte.

Violet griff als Erste zu. »Gut siehst du aus«, sagte sie zu Lara.

»Stimmt«, pflichtete ihr Poppy bei und nippte an ihrem Tee. »Nicht mehr wie eine wandelnde Leiche.«

»Ich fühle mich auch gut«, antwortete Lara mit vor Freude geröteten Wangen und fügte ein wenig geheimnisvoll hinzu. »*Sehr* gut sogar.«

»Bist du dein Arschloch von Ehemann endlich los?«, platzte es aus Poppy heraus, was ihr seitens Violet einen mahnenden Blick einbrachte, auch wenn diese vermutlich die Meinung ihrer jüngeren Schwester teilte.

»Das ist doch ein alter Hut!«, antwortete Lara mit einem übertriebenen Achselzucken. »Der Rosenkrieg ist vorbei, die Scheidungspapiere wurden bereits vor drei Monaten unterschrieben.«

Poppy verschluckte sich an ihrem Tee, stammelte »Was? Und das erfahren wir erst jetzt?«, während Violet ein »Wurde auch Zeit!« rief.

»Ich wollte es euch persönlich mitteilen«, erklärte Lara und lächelte mild. »Um nichts in der Welt wollte ich mir den Ausdruck in euren Gesichtern entgehen lassen.«

»Cool«, murmelte Poppy und atmete tief durch. »Sehr cool.«

»Gratuliere, große Schwester«, sagte Violet und neigte sich zu Lara, um sie zu umarmen. »Du hast das Richtige getan.«

»Ich weiß«, antwortete die. »Trotzdem ist es mir nicht leicht gefallen.«

»Natürlich nicht«, bemerkte Poppy, auch wenn Lara wusste, dass weder sie noch Violet verstehen konnten, warum sie so lange gezögert hatte, einen Trennstrich zu ziehen.

»Aber das ist Pillepalle im Vergleich zu der eigentlichen Neuigkeit, die ich für euch habe«, sagte sie geheimnistuerisch und bemühte sich um ein neutrales Gesicht. Es freute sie diebisch, ihre Schwestern auf die Folter zu spannen.

»Du bist schwanger!«, versetzte Poppy mit leuchtenden Augen.

Lara konnte nicht anders, als loszuprusten. »Wie, bitte, sollte ich das bewerkstelligt haben? Und vor allem mit wem?«

»Keine Ahnung. In vitro?«

Lara schüttelte den Kopf. »Ich muss dich leider enttäuschen. Noch wirst du nicht Tante. Zumindest nicht, was mich betrifft.« Sie sah zu Violet hinüber, die sie amüsiert beobachtete. »Wie sieht's bei dir aus?«

Ihre Schwester wehrte lachend ab.

»Gut, dann wäre das geklärt«, sagte Lara und legte eine kleine dramatische Pause ein, ehe sie weitersprach. »Am 2. Dezember breche ich von Kapstadt aus zu einer dreimonatigen Forschungsexpedition in die Antarktis auf.«

Verblüffte Stille senkte sich über den Tisch, und vier tellergroße Augen starrten sie an. Selbst Poppy fiel auf Anhieb keine Bemerkung ein, und so war es Violet, die schließlich das Schweigen brach. »Leck mich fett!«

Das riss Poppy schlagartig aus ihrer Lethargie. »Leck mich fett? Echt jetzt? Von wem hast du das? Von deinem Valentino?«

Diesmal war es an Lara, ihrer jüngsten Schwester einen mahnenden Blick zuzuwerfen. Ihrer Meinung nach übertrieb sie es mit ihrem Spott, Violets Freund betreffend. Ob Poppy ihrer Schwester unbewusst das Glück neidete, weil sie seit ihrer turbulenten Affäre mit einem ihrer Professoren vor vier Jahren keinen auch nur ansatzweise vergleichbaren Mann getroffen hatte, wie sie selbst stets betonte?

Violet jedenfalls schien die Spitze nicht bemerkt zu haben. »Raffaele ist zwar immer für eine Überraschung gut«, antwortete sie mit einem verträumten Ausdruck. »Trotzdem würde er so etwas nicht sagen. Nein, das kommt von mir!«

Wer hätte gedacht, dass es meine »Ein-Mann-fürs-Leben-ist-Kokolores«-Schwester derart heftig erwischen würde!, dachte Lara heiter. Sie hoffte von Herzen, dass Violet von Raffaele nicht eine ähnlich bittere Pille zu schlucken bekam wie die, die sie selbst von ihrem Ex-Mann erhalten hatte. Nur wenige Monate nach ihrer Hochzeit war Ralph mit einer Nachbarin in die Kiste gesprungen. Und dabei war es nicht geblieben. Von den zahlreichen Seitensprüngen erfuhr Lara jedoch viel später, denn für all das war sie sowohl taub als auch blind gewesen. Sie hatte doch tatsächlich an die eheliche Treue geglaubt und Ralph bedingungslos vertraut. Außerdem war sie derart auf ihre Forschungsarbeiten fokussiert gewesen, dass sie alles jenseits davon wie durch Milchglas wahrgenommen hatte. Dass Ralph es mit einer anderen Frau trieb, hätte sie vermutlich nicht einmal bemerkt, wenn es im Nebenzimmer passiert wäre.

Eines Tages hatte ihr eine befreundete Arbeitskollegin die Augen geöffnet, und zwar auf klassisch naturwissenschaftliche Weise. Sie stellte die These »Dein Mann geht fremd« auf und lieferte den direkten Nachweis, indem sie sie zu einem kleinen Hotel außerhalb von Southampton fuhr. Lara erwischte Ralph in flagranti mit einer Frau, die er anscheinend eine Woche zuvor im Supermarkt kennengelernt hatte. Es war der demütigendste Moment in ihrem bisherigen Leben gewesen. Ralph heulte und flehte, sie solle ihm vergeben, dies sei eine einmalige Gelegenheit gewesen, weil sie doch so selten zu Hause sei und er sich allein gefühlt habe. Hätte ihre Kollegin nicht direkt hinter ihr gestanden, wäre er vermutlich vor Lara auf die Knie gefallen. Er schwor ihr, dass sich das niemals wiederholen werde, und wirkte dabei so verzweifelt, dass sie ihm glaubte.

Weil sie ihm glauben wollte.

Dass ihre Ehe nach nur zwei Jahren zu Ende sein sollte, war etwas, was sie sich in diesem Moment niemals eingestanden hätte. Also vergab sie ihm seinen Fehltritt, schließlich war niemand perfekt, und gewährte ihm eine zweite Chance. In den ersten Wochen riss er sich ein Bein aus, um ihr zu gefallen. Er schickte Blumen ins National Oceanography Centre, wo sie nach dem Studium eine Anstellung in der Forschung gefunden hatte. Er holte sie abends von der Arbeit ab, lud sie zum Essen ein, und häufig endete es damit, dass sie Sex hatten, woran sie sich eher halbherzig beteiligte. Meistens war sie zu müde und täuschte die Lust lediglich vor, denn sie wollte ihre Ehe um jeden Preis retten. Ob er sie durchschaute, wusste sie bis heute nicht. Doch irgendwann wurden die Blumensträuße rarer, was ebenfalls für die Essenseinladungen galt, und auch der Sex versiegte allmählich.

Danach ging es mit den Überstunden und Wochenendseminaren los, was das Ende ihrer Ehe einläutete, trotzdem sollte es noch fast drei Jahre dauern, bis Lara sich das eingestand.

»Die Antarktis!«, rief Poppy und brachte sie damit in die Wirklichkeit zurück.

»Richtig«, sagte sie, stellte ihre Tasse ab und beugte sich mit verschränkten Händen vor. Ihr Puls beschleunigte sich, während sie erzählte, weil sie selbst nicht ganz fassen konnte, auf welches Abenteuer sie sich da einließ. »Zwischen 2008 und 2010 wurden mehrfach Finnwale an der nordwestlichen Spitze der Antarktischen Halbinsel gesichtet, was erstaunlich ist, weil sie dort in der Regel nur selten anzutreffen sind. Mein Fachbereich schickt mich da hin, damit ich mir das gemeinsam mit einem Forschungsteam ansehen kann. Wir werden die Anzahl der Tiere ermitteln und wie sie sich in dem Gebiet verteilen. Sollte sich nach Beendigung des Walfangs vor dreißig Jahren die Population erholt haben, hätten wir ein wichtiges Argument an der Hand, um die dortige Region zum Meeresschutzgebiet zu erklären, wie das 2009 für die South Orkney Islands geschehen ist. Das würde unter anderem verhindern, dass dort Rohstoffe abgebaut werden dürfen, zum Wohl der Natur und … nun ja …« Sie machte eine ausholende Geste. »… des ganzen Planeten.«

Während Violet nickte, zückte Poppy ihr Handy, um, wie Lara vermutete, das Ziel ihrer Expedition zu googeln.

»Finnwale sind die zweitgrößten Tiere der Welt und können bis zu siebenundvierzig Kilometer in der Stunde zurücklegen.« Lara lächelte bei dem Gedanken. »Bei einer der letzten Expeditionen sind vom Hubschrauber aus mehr als siebzig Tiere auf einmal gesichtet worden. Was für ein Anblick das gewesen sein muss! Ich hoffe, ich habe auch so viel Glück.«

Poppy blickte neugierig von ihrem Handy auf. »Hubschrauber?«

Lara nickte. »Die Walpopulation wird gewöhnlich per Schiff und Hubschrauber erfasst«, erklärte sie. »Außerdem werden wir versuchen, mit speziellen Luftgewehren die Tiere mit Peilsendern auszustatten, um mehr über ihre Wanderrouten zu erfahren.«

»Wie aufregend!«, rief Poppy begeistert.

»... und kalt!«, ergänzte Violet schaudernd.

»Eine unberührte Natur ...«, schwärmte Poppy.

»... mit gefährlichen Raubtieren wie Eisbären!«, gab Violet zu bedenken.

»Die gibt es nur in der Arktis«, konterte Poppy mit Blick auf das Handydisplay.

Amüsiert verfolgte Lara den kleinen Schlagabtausch zwischen ihren Schwestern.

»Wer fördert das Projekt?«, fragte Violet, die das Hin und Her offenbar satthatte.

»Der Antarctic Protection Fund«, antwortete Lara. »Insgesamt werden wir hundert Personen auf der *Rosenrot* sein, davon siebenundvierzig Wissenschaftler aus der ganzen Welt, die mit allen möglichen Aufgaben betraut werden, darunter Geologen, Biologen, Geophysiker, Glaziologen, also Eisforscher, und Chemiker. Bei der Expedition geht es nicht nur um Finnwale, sondern auch um den Einfluss des Klimawandels auf die Eismassen und so weiter.«

»*Rosenrot?*«, rief Poppy. »Was für ein hübscher Name!«

»Die *Rosenrot* ist ein deutsches Forschungsschiff, das unter chilenischer Flagge fährt«, sagte Lara.

Violet musterte sie eindringlich. »Nimm mir bitte die Frage nicht übel, aber bist du dazu genötigt worden? Bei eisigen Temperaturen in Hubschraubern rumfliegen und mit Luftgewehren auf Wale schießen ... Das klingt so gar nicht nach meiner großen Schwester!«

»Dabei bist du noch gar nicht in der Midlife-Crisis«, setzte Poppy nach.

»Sehr witzig«, entgegnete Lara gut gelaunt. »Und nein, ich bin nicht dazu genötigt worden. Mein Chef hat mich gefragt, und ich habe zugesagt.«

Violet drückte ihre Hand. »Du kannst ganz schön stolz auf dich sein«, sagte sie ehrfürchtig.

»Und wie«, ergänzte Poppy und gab ihr einen Kuss auf die Wange.

Lara blinzelte. »Danke euch«, flüsterte sie, »aber noch habe ich nichts getan.«

»Allein schon, dass du so etwas wagst, ist eine Riesennummer für jemanden, der sich den ganzen Tag in seinem Labor verkriecht, um das Liebesleben der Seesterne unter dem Mikroskop zu studieren«, erwiderte Violet.

»In der Antarktis wurden in den letzten Jahren mehrfach unter minus achtzig Grad gemessen!«, rief Poppy indes mit Begeisterung. Ihr Blick war erneut auf das Handy gerichtet.

»Meine Güte«, murmelte Violet. »Zieh bloß lange Unterhosen an, Lara!«, fügte sie mit Grabesstimme hinzu, was alle zum Lachen brachte.

Später am Abend gestand Lara ihr, dass ihr schon ein wenig die Muffe ging, und dass sie hoffte, die Erwartungen, die das Team in sie setzte, nicht zu enttäuschen.

Daraufhin ergriff Violet ihre Hände. »Du bist die pflichtbewussteste Person, die ich kenne«, sagte sie feierlich, »und eine der besten in deinem Bereich. Die Expedition wird ein Erfolg, da bin ich sicher.«

»Hoffentlich behältst du recht«, antwortete Lara leise und blickte in das prasselnde Feuer.

* * *

Am nächsten Tag besuchten sie das Grab ihrer Eltern auf dem Friedhof, und dem Anlass angemessen blieb die Sonne hinter einer dicken Nebeldecke verborgen. Feuchtigkeit hing in der Luft. Zitternd und auf der Stelle tretend standen sie vor den schlichten Grabsteinen und hielten ihre Gläser mit Portwein hoch, um auf ihre verstorbenen Eltern anzustoßen, wie es die Tradition verlangte.

»*Slàinte Mhath,* Mummy. *Slàinte Mhath,* Daddy«, hauchten sie wie aus einem Mund in die Stille des Friedhofs hinein und kleine Atemwolken stiegen vor ihren Gesichtern auf.

Während Violet von ihrem Zusammenleben mit Raffaele erzählte, über die Villa im Norden von Mailand mit ihrem malerischen Garten und über ihre gemeinsame Passion für die Kunst, dachte Lara, dass es ihrer Mum gefallen hätte, eine ihrer Töchter derart verliebt zu sehen. Obwohl die bildliche Erinnerung verblasst wäre, hätte es da nicht die alten Fotos gegeben, konnte sie sich deutlich an die wärmende Liebe ihrer Mutter erinnern. Besonders gut im Gedächtnis geblieben, war ihr Duft, wenn sie ihr vor dem Schlafengehen aus ihrem Lieblingsbuch »Sophiechen und der Riese« von Roald Dahl vorgelesen hatte. Wie Lara inzwischen wusste, hatte es sich bei dem Parfum um La Petite Robe Noire von Guerlain gehandelt, und immer wenn sie den pfeffrig-süßen Duft wahrnahm, glaubte sie, die sanfte Stimme ihrer Mutter zu hören.

Dann war es an Poppy, ihre Eltern auf den neuesten Stand zu bringen. Sie erzählte, dass ihre Durststrecke zu Ende sei und sie kürzlich eine Vereinigung von Luxushotels als Kunden gewonnen habe. Ein Traumjob, wie sie betonte. Der CEO halte große Stücke auf sie, wie sie sagte, und mochte ihre Sicht auf die Dinge, deshalb habe er sie gebeten, die Fotos für deren neue Hochglanzbroschüre zu liefern. Sie werde in den nächsten Monaten an wunderschöne Orte wie Vancouver, Dubai und Singapur fliegen, um Luxusherbergen und Resorts ins rechte Licht zu rücken.

Ob ihr neuer Auftraggeber scharf auf sie ist?, dachte Lara, während sie ihre jüngste Schwester betrachtete. Ganz zweifellos war Poppy die Hübscheste von ihnen drei, außerdem umwehte sie eine entwaffnende Leichtigkeit, die weder Violet noch sie besaßen. Im nächsten Moment schämte sich Lara zutiefst, einen solchen Gedanken zu hegen. Poppy hatte großes Talent. Ihm und nicht ihrem Aussehen verdankte sie ihren Erfolg.

»Und wo geht's als Erstes hin?«, fragte Violet.

»Dubai«, antwortete Poppy.

»Eine interessante Stadt.«

»Ja, ich bin schon sehr gespannt.«

Lara schwieg, da sie nichts dazu beitragen konnte. Im Gegensatz zu ihren Schwestern hatte sie wenig von der Welt gesehen, was ihre Entscheidung beeinflusst hatte, an der Forschungsexpedition teilzunehmen. Gut, die Antarktis war vielleicht etwas extrem für ihre erste Fernreise, aber sie hatte schließlich einiges aufzuholen.

Nachdem sie ihre Eltern auf dem Laufenden gehalten hatten, machten sie sich zu Fuß auf den Heimweg. Dabei durchquerten sie das beschauliche East Linton, das sich seit ihrer Kindheit kaum verändert hatte, abgesehen vielleicht von dem neuen Hotel im Zentrum, dem Physiotherapeuten und neuerdings auch einer Hundefriseurin. Den restlichen Tag machten sie es sich vor dem Kaminfeuer bequem, aßen traditionsgemäß Burger mit Bacon, Zwiebelringen und Fritten und redeten. Als Lara am nächsten Morgen ihren Schwestern nachwinkte, wurde sie traurig. Natürlich würden sie Kontakt halten, trotzdem hätte sie sich gewünscht, Poppy und Violet häufiger zu sehen. Einmal im Jahr war schlicht zu wenig. Ob ihre Schwestern ebenso empfanden, wusste sie nicht, schließlich führten sie ein um Längen aufregenderes Leben als sie.

Noch, fügte sie gedanklich hinzu.

Hätte sie zu diesem Zeitpunkt geahnt, wie aufregend die nächsten Monate wirklich werden würden, hätte sie vermutlich kalte Füße bekommen – und sich damit um das Abenteuer ihres Lebens gebracht.

Ein Neuanfang

Der Flug von London nach Kapstadt, der etwas über elf Stunden dauern sollte, verlief leider so, wie ich es befürchtet hatte: qualvoll. Zwischen den zahlreichen Mahlzeiten, die sich zu einer einzigen Essorgie subsumierten, blätterte ich nervös durch meine Unterlagen oder schloss die Augen, in der Hoffnung, etwas Schlaf zu finden. Doch es war vergeblich. Ich war viel zu aufgeregt. Immer wieder versuchte ich, mir Mut zu machen, indem ich die letzten drei Monate Revue passieren ließ. Ich war sorgfältig auf das hier vorbereitet worden, hatte Fachseminare und Schulungen besucht und Sport wieder für mich entdeckt – beziehungsweise entdecken müssen, damit ich die Strapazen eines Lebens in der Antarktis bewältigen konnte. In diesem Zusammenhang hatte ich das zweifelhafte Vergnügen genossen, an einem Alpengletscher Kletter- und Seiltechniken zu trainieren. Nicht einer meiner glorreichsten Momente, wie ich zugeben musste! Aber am Ende packte ich es, wenn auch mit Ach und Krach. Sollte ich in eine Eisspalte fallen, bestand immerhin die zwanzigprozentige Hoffnung, dass ich heil wieder herauskam. In der gleichen Woche bekam ich auch einen ersten Vorgeschmack darauf, was es hieß, zu frieren, als ich an zwei Nächten hintereinander bei minus zwanzig Grad in einem Biwak übernachten musste.

Mehr Spaß bereiteten da die Schießübungen mit dem Luftgewehr in Romsey, einer Kleinstadt nordwestlich von Southampton, bei denen ich mich überraschend geschickt anstellte. Sie glichen meine schwache Leistung beim Klettern wieder aus, und so bestand ich schließlich, wenn auch knapp, den finalen Fitness- und Gesundheitscheck. Meine Freude darüber war so groß, dass ich in Tränen ausbrach. Jetzt, da ich endlich im Flugzeug saß, war die Euphorie einer nagenden Angst gewichen. Was, wenn ich der Aufgabe doch nicht gewachsen war? Diejenigen aus meinem Fachbereich zu enttäuschen, die mich damit betraut hatten, wäre in dem Fall das geringere Übel gewesen. Diese Millionen Euro teure Expedition war eine große Sache, bei der es um nichts Geringeres ging als um den Fortbestand von Arten und damit auch um die Zukunft unseres Planeten!

Mir wurde schlagartig übel, und ich sprang hastig von meinem Sitz auf, was meinen Nachbarn aus dem Schlaf riss. Hätte ich eine Stunde davor bloß den Eiersalat nicht gegessen! Eine Entschuldigung murmelnd, drückte ich mich vorbei und sah mich um. Beide Kabinentoiletten waren besetzt, und ich entschied mich nach kurzem Zögern für die linke am Ende des Gangs. Während ich vor der Tür darauf wartete, dass das Lämpchen endlich von Rot auf Grün sprang, bemühte ich mich um äußerliche Gelassenheit. Dabei drückte sich die Magensäure unbarmherzig nach oben durch meinen Hals, was mich hektisch schlucken ließ. Mir brach der kalte Schweiß aus. Vielleicht wäre es besser gewesen, an meinem Platz zu bleiben und die Kotztüte im Sitz vor mir in ein Tête-à-tête zu verwickeln. Aber die Vorstellung, mich in Gegenwart der anderen Passagiere zu übergeben, war der pure Horror. Ich wollte mich nicht gleich auf meinem ersten Langstreckenflug bis auf die Knochen blamieren!

Inzwischen trat ich unruhig von einem Fuß auf den anderen. Nur mit Mühe verkniff ich es mir, mein Ohr an die Tür zu drücken, um herauszufinden, was der Mensch da drinnen trieb. Nach einer gefühlten Ewigkeit klopfte ich an, wenn auch sachte, denn andere Menschen zu behelligen, war mir unangenehm. Doch in dem Falle pressierte es wirklich.

»Gleich«, erklang es dumpf und männlich durch die Tür.

Was genau bedeutet »gleich«?, wollte ich nachbohren. Zehn Sekunden? Eine Minute? Fünf Minuten? Wenn man es genau bedachte, war »gleich« ein ärgerlicher Begriff, den man ruhig aus der Sprache tilgen konnte, da er nichtssagend und dazu noch irreführend war. Zum wiederholten Male huschte mein Blick zu der Toilettentür am anderen Ende des Gangs hinüber, aber auch dort schien jemand eine nicht enden wollende Sitzung abzuhalten.

Da!

Das Licht schaltete soeben auf Grün um. Doch kaum hatte ich mich in Bewegung gesetzt, als ein Mann im Mittelgang aufsprang, um den Platz einzunehmen, der meiner Meinung nach mir gebührte. Verdammt! Vermutlich hatte er nur darauf gelauert. Aasgeier! Ich stöhnte innerlich auf. Wie viele Toiletten mochte es an Bord eines Forschungsschiffes geben? Zwei? Drei? Eine womöglich? Herrje! Bei hundert Besatzungsmitgliedern mit einer durchschnittlichen Sitzung von drei Minuten und einer Häufigkeit von sechs innerhalb von vierundzwanzig Stunden machte das bei zwei Toiletten eine reine Sitzungszeit von je fünfzehn Stunden. Du meine Güte! Was für ein Andrang da herrschen musste! Und wehe, man benötigte mehr als drei Minuten! Warum wurde man vor einer Expedition nicht über derartige Dinge informiert?

Als sich die Tür der Kabinentoilette vor mir öffnete, brach mein Gedankenwirrwarr jäh ab. Ich starrte in ein markantes Gesicht mit Schlafzimmerblick. Es war nicht ungewöhnlich, dass ich Männern direkt in die Augen schauen konnte, ohne den Kopf heben zu müssen. Nicht viele überragten mich, und der unrasierte Mann vor mir im zerknitterten karierten Hemd und der Cargohose bildete da keine Ausnahme. Als Teenager hatte ich sehr unter meiner Größe zu leiden, und als ob das nicht genug gewesen wäre, wurde ich wegen meiner vollen Lippen von manchen Mitschülern als Fischmaul beschimpft. Entsprechend lange dauerte es, bis ich mich fraulich und begehrenswert fühlte – genau gesagt bis zu dem Tag, als ich Ralph Lawford traf. Den Mann meiner Träume. Er war gut aussehend, charmant, übte als Architekt einen spannenden Beruf aus, und, was das Beste war: Er maß knapp zwei Meter. Und er mochte meinen Mund.

Als ich ihn auf einer Silvesterparty bei Freunden zum ersten Mal sah, schlotterten mir dermaßen die Knie, dass ich beinahe das Gleichgewicht verlor, und das in flachen Pumps. Die Sehnsucht, mich an ihn zu schmiegen und meinen Nacken strecken zu müssen, um ihn zu küssen, war übermächtig. Und dazu noch die eisblauen Augen! Es war Liebe auf den ersten Blick gewesen – und ein Beweis dafür, wie heimtückisch das Herz sein kann.

»Na endlich!«, stieß ich im Hier und Jetzt hervor und drängte mich an dem Fremden vorbei in die Toilette.

Ein unverständliches Gemurmel war die Antwort, aber ich achtete nicht darauf, sondern warf die Tür unsanft hinter mir zu.

Schon hing ich über der Schüssel und würgte. Eine Minute verstrich, dann noch eine, bis das Gefühl der Übelkeit endlich abgeklungen war. Hinterher spülte ich mir den Mund aus und spritzte mir kaltes Wasser ins Gesicht. Matt betrachtete ich mich im Spiegel – etwas, das ich in letzter Zeit auffallend häufig tat –, bis ich mir einen Ruck gab. Vielleicht wartete vor der Tür die nächste gequälte Seele. Tatsächlich stand draußen eine ältere Frau, die mir ein mitfühlendes Lächeln zuwarf, als ich hinaustrat. Dass sie offenbar alles mit angehört hatte, kümmerte mich nicht weiter, und als ich auf meinen Platz zurückkehrte, fühlte ich mich beinahe beschwingt. In dem Moment fiel mir wieder ein, dass vor zwei Jahren die Kabinen auf der *Rosenrot* mit eigenen Toiletten ausgestattet worden waren. Da ich nicht wusste, ob ich über mich lachen oder den Kopf schütteln sollte, tat ich beides.

Kurz darauf gab es – o Wunder! – das Abendessen, das ich dankend ablehnte. Die ganze Aufregung forderte ihren Tribut, und so nickte ich stattdessen ein. Ich wachte erst auf, als das Flugzeug eine Schleife beschrieb, um von Süden her die Landung auf Kapstadt einzuläuten. Unter uns erstreckte sich der dunkelblaue Ozean, und in der Ferne erhaschte ich einen Blick auf das Kap der Guten Hoffnung. In meinen Augen brannten Tränen, als mir klar wurde, dass sich mein endgültiges Ziel einige Tausend Kilometer dahinter befand. Plötzlich war das Abenteuer so nah, dass ich es fast auf der Zunge schmecken konnte. Während wir die False Bay überflogen und die Stadt ansteuerten, klebte ich mit der Nase beinahe an der Scheibe. Der Anblick war überwältigend! Die Millionenstadt dehnte sich weit über die Halbinsel aus, und weil ich auf der richtigen Seite saß, konnte ich beim Landeanflug den gewaltigen Umriss des alles überragenden Tafelberges bewundern.

Während das Flugzeug über die Rollbahn fuhr, informierte uns der Pilot, dass es kurz nach drei Uhr nachmittags war und dass draußen zweiundzwanzig Grad herrschten. In der Kabine ertönte aufgeregtes Getuschel, und obwohl die Maschine noch in Bewegung war, sprangen manche von ihren Sitzen auf, um ihr Gepäck aus den Fächern zu holen. Derweil betrachtete ich den makellosen Himmel und hielt diesen kostbaren Moment in meinem Herzen fest.

Der Cape Town International Airport war nach Johannisburg der zweitgrößte Flughafen Südafrikas und nach eigenen Angaben einer der modernsten Afrikas. Tatsächlich unterschied er sich mit seinen Restaurants, Boutiquen, Duty Free Shops und den Aussichtsplattformen nicht wesentlich vom Flughafen Heathrow. Um ehrlich zu sein, war ich ein wenig enttäuscht. Abgesehen von den riesigen Tafeln mit den Naturbildern hatte ich mir etwas mehr Lokalkolorit erhofft. *Was denn?*, kommentierte die spöttische Stimme in meinem Kopf, während ich darauf wartete, meinen Pass vorzuzeigen. *Etwa Zollbeamte mit Zuluspeeren und Delfter Kacheln auf dem Gepäckband?* Die Vorstellung entlockte mir ein Kichern, was mir einen irritierten Blick aus dunkelbraunen Augen bescherte, die ich nur einen Sekundenbruchteil später als die des Fremden aus der Bordtoilette identifizierte. Er stand vor mir in der Schlange. Ich hatte ihn deshalb nicht auf Anhieb erkannt, weil er einen Seesack geschultert hatte.

Wie extravagant!, dachte ich unwillkürlich, zumal der Mann nicht nach Soldat aussah, was daran lag, dass er die dunkelblonden Haare zwar gestutzt, aber mit etwas längerem wuscheligem Deckhaar trug und dazu kurze Koteletten.

Ein wenig verlegen nickte ich ihm zu, doch er hatte sich bereits wieder abgewandt. Vermutlich hielt er mich für sonderlich. Auch gut. Ich würde ihn eh nicht wiedersehen. Die Kontrolle seiner Personalien währte nicht lange, nur einen Bruchteil dessen, was die anderen in der Warteschlange über sich ergehen lassen mussten. So war er bereits über alle Berge, als ich mit Rollkoffer und Wanderrucksack durch die automatischen Türen trat. Sofort richteten sich erwartungsvolle Blicke auf mich, um sich gleich darauf abzuwenden und sich dem nächsten Neuankömmling zu widmen. In der ersten Reihe waren Personen mit Schildern, die ich meinerseits eine nach der anderen taxierte. Schließlich wurde ich fündig. Ein dünner Mann in schwarzer Hose und weißem Hemd hielt ein Schild hoch, auf dem vier Namen aufgelistet waren. Meiner befand sich an zweiter Stelle. Unten rechts prangte das Logo des Antarctic Protection Fund: der Kontinent Antarktika auf einer offenen Handfläche und darüber die drei Buchstaben APF. Stolz durchflutete mich, als ich auf den Mann zuging und mich vorstellte. Sein dunkles Gesicht verzog sich zu einem Lächeln, und er wies auf ein Banner beim Ausgang, auf dem »Meeting Point« stand.

»Bitte begeben Sie sich dorthin, Doktor. Ihre Kollegen Kwan und Rousseau sind bereits eingetroffen. Sie müssen sich leider noch etwas gedulden, wir warten auf Doktor Raji. Sie trifft mit dem Vier-Uhr-Flug aus Mumbai ein.«

Die Teilnehmer der Expedition waren mir im Vorfeld über Videochat vorgestellt worden, und so wusste ich, dass Nishay Raji ebenfalls Meeresbiologin war und mit der Erforschung des Krills betraut war, der als wichtige Nahrungsgrundlage für größere Organismen galt. Wo Krill war, waren auch Wale. Die Namen Kwan und Rousseau sagten mir allerdings nichts. Daher vermutete ich, dass es sich um zwei Wissenschaftler handelte, die mit uns in die Antarktis flogen, wo sie die nächsten zehn Monate auf einer Forschungsstation tief im Packeis verbringen würden. Bewunderung stieg in mir auf, als ich mich den beiden Männern näherte. Zehn Monate im ewigen Eis. Das erforderte viel Mut und psychologische Stärke.

Während wir darauf warteten, dass Nishay Rajis Flugzeug landete, kamen wir ins Gespräch, und es stellte sich heraus, dass ich richtig vermutet hatte. Kwan, ein schlaksiger Sinoamerikaner in den Vierzigern war Geophysiker, der Belgier Rousseau, ein stämmiger kleiner Mann mit ansteckendem Lachen, war Luftchemiker. Ihre Arbeit würde darin bestehen, das Zusammenspiel von Atmosphäre und Polarmeer zu untersuchen und deren Rolle bei der Erderwärmung. Sie wollten begreifen, wie das derzeitige Klimasystem funktionierte und wie es durch menschliche Aktivitäten beeinflusst wurde. Nicht zum ersten Mal, wie sie betonten. Es war bereits ihr dritter Einsatz dieser Art in der Antarktis.

Entsprechend überschüttete ich sie mit Fragen. Das hier war doch etwas anderes als die trockene Theorie. Wie fühlte sich extreme Kälte an? Wie war das, um Mitternacht mit Gletscherbrille und Sonnencreme vor die Tür zu gehen? Ob sie ihre Familien nicht vermissten? Wie war das, mit so vielen Menschen auf engstem Raum zu leben? Geduldig und mit nachsichtigem Lächeln beantworteten sie meine Fragen, wollten dann im Gegenzug von mir wissen, wo mein Forschungsschwerpunkt lag. Während wir uns angeregt unterhielten, verflog die Zeit im Nu, wie es eben so war, wenn man Gleichgesinnte traf. Als Nishay Raji dann plötzlich vor uns stand, sahen wir sie fast überrascht an. Wie auch wir reiste sie mit leichtem Gepäck, da unsere Arbeitskleidung und Ausrüstung mit einem separaten Flug vorausgeschickt worden war.

Während des Kennenlern-Chats hatte ich schon festgestellt, dass Dr. Raji eine Schönheit war, mit samtiger kaffeebrauner Haut, hohen Wangenknochen und großen, ausdrucksstarken grünen Augen. Doch in natura war sie noch beeindruckender, zumal sie trotz ihrer schätzungsweise eins siebzig zart und grazil wirkte. Was auch unseren beiden männlichen Kollegen nicht entging, denn sie verstummten bei ihrem Anblick augenblicklich. Rousseau lief rot an und stotterte ein »Hallo«, während Kwan sich wie eine Auster verschloss. Als sich Nishay Raji mir zuwandte, glaubte ich, einen gereizten Ausdruck in ihren Augen zu sehen, der sich jedoch gleich wieder verflüchtigte.

»Lara, nicht wahr?«, fragte sie mit einer wohltönenden Stimme. Sie war von der Natur wirklich großzügig bedacht worden. »Da wir eng zusammenarbeiten werden, darf ich dich doch beim Vornamen nennen?«

»Natürlich, aber nur, wenn ich dich Nishay nennen darf«, antwortete ich hocherfreut, worauf sich ihr Lächeln vertiefte. Vielleicht irrte ich mich, aber irgendwie wirkte sie erleichtert. Ob sie wegen ihres Aussehens von anderen Frauen angefeindet wurde? »Es ist deine zweite Reise in die Antarktis, richtig?«, fragte ich weiter.

Mir war natürlich bewusst, dass ich mich wie ein aufgeregter Welpe aufführte, der seine Artgenossen der Reihe nach beschnüffelte, aber ich konnte nicht anders. Meine Neugier war einfach zu groß.

»Ja«, antwortete Nishay. »Vor zwei Jahren haben wir nördlich des Weddell-Meers neue Krillvorkommen ausgemacht, dieses Jahr will ich sie mir etwas näher ansehen. Ich bin schon sehr gespannt, wie sie sich zu der Walpopulation verhalten ...«

Ein leises Räuspern ließ sie innehalten, und alle Köpfe wandten sich dem Mann mit dem Schild des APF zu, der sich zu uns gesellt hatte. »Da Sie nun vollzählig sind, möchte ich Sie noch einmal in Kapstadt willkommen heißen. Mein Name ist Sonny, ich bin Ihr Chauffeur. Die Fahrt zu Ihrem Hotel im Zentrum wird eine gute halbe Stunde dauern.« Auf seinem freundlichen Gesicht zeigte sich Bedauern. »Leider werden wir in den Feierabendverkehr geraten, es kann also sein, dass wir im Stau stehen werden. Dafür möchte ich mich schon vorab entschuldigen.« Er lächelte. »Sollten Sie während der Fahrt Fragen zu unserer wunderschönen Stadt haben, zögern Sie nicht. Ich beantworte sie Ihnen gern.«

Wir folgten ihm nach draußen zum Taxistand, wo er seinen beigefarbenen Kleinbus abgestellt hatte. Die Sonne brannte, und dazu wehte eine laue Brise. Es war verrückt! Da kam ich doch frisch aus dem nasskalten Europa, durfte zehn Stunden lang den Sommer genießen, um anschließend weiter in den kältesten Winter zu reisen, den man sich nur vorstellen konnte! Nachdem wir mit Sonnys Hilfe unser Gepäck verstaut hatten, stiegen wir ein und fuhren los. In einer Kolonne aus gelben Taxis und anderen Wagen verließen wir den Flughafen und bogen auf die sechsspurige Autobahn Richtung Westen ein, direkt auf den Tafelberg zu. Flankiert wurde die mächtige Erhebung von den weniger bekannten, jedoch nicht minder schönen Bergen Lion's Head und Devil's Peak. Die Landschaft um uns herum bestach durch viel Grün, vereinzelte Bäume und jede Menge Industriebauten. Obwohl Kapstadt mit seinen fast fünf Millionen Menschen eine Metropole war, zeigte es sein Großstadtgesicht recht spät. Bis kurz vor dem Zentrum gab es nur dünn besiedelte Gebiete mit einfachen Häusern und Einkaufszentren, was meine Begeisterung jedoch keineswegs dämpfte. Auf mich wirkte alles aufregend und exotisch.

Wie unser Fahrer Sonny vorausgesagt hatte, geriet der Verkehr bald ins Stocken, und zwar genau in dem Moment, als sich in der Ferne die ersten Hochhäuser vor den Tafelberg schoben. Je mehr wir uns dem Zentrum näherten, desto dichter wurde es auf den Straßen. Auch der Baumbestand auf beiden Seiten nahm zu. Eichen, Palmen und die für Südafrika so typischen Milkwoodbäume, die sich durch buschige Wipfel und gebogene Stämme auszeichnen, säumten unseren Weg ins pulsierende Herz der Stadt. Dort setzte die tief stehende Sonne die Fenster der Hochhäuser tausendfach in Brand. Schließlich hielt unser Kleinbus vor einem dieser Wahrzeichen des modernen Wohlstands aus Glas und Beton, an dem in großer Leuchtschrift »The Cape City Hotel« erstrahlte. Dabei handelte es sich um ein typisches Designhotel der gehobeneren Klasse, in dem alle Teilnehmer der Expedition vom APF untergebracht wurden.

Kaum standen wir vor dem Eingang, als zwei Pagen durch die Drehtür eilten, um uns das Gepäck abzunehmen. Nachdem wir uns von Sonny mit einem Lächeln und einem

Trinkgeld verabschiedet hatten, betraten wir die Lobby. Der großflächige Raum war hell und freundlich und wurde von eckigen Säulen unterteilt, sodass er mit seinen türkis-gelben Sitzgruppen beinahe gemütlich wirkte. Der Zeitplan sah vor, dass wir am nächsten Morgen um sechs Uhr mit einer russischen Transportmaschine die viertausendzweihundert Kilometer bis zum antarktischen Kontinent fliegen würden. Nishay, ein Teil des Wissenschaftlerteams und ich würden dort an Bord der *Rosenrot* gehen, während andere wie Rousseau und Kwan am nächsten Tag mit dem frisch aufgetankten Flugzeug achthundert Kilometer weiter zu einer Forschungsstation auf dem Eis gebracht werden würden.

Als wir an der Rezeption unsere Namen nannten, erhielten wir zusammen mit unseren Schlüsselkarten eine Einladung zu einem Get-together, das um sieben Uhr abends im Victoria Room stattfinden sollte, wo man auch Essen servieren wollte. Es wurde ausdrücklich um zwanglose Kleidung gebeten, was mir ein Schmunzeln entlockte. Natürlich zwanglose Kleidung. Was sonst? Schließlich konnte niemand von uns erwarten, dass wir bei dem ohnehin knapp bemessenen Platz auf einem Schiff neben unseren notwendigen Sachen für mehrere Monate noch Smoking oder Abendkleid mitführten.

Mein Zimmer lag im achten Stock, wie auch die Zimmer meiner Kollegen. Ich schätzte, dass der APF die gesamte Etage reserviert hatte. Der Raum war nicht sehr groß, aber ohne überflüssigen Schnickschnack und in Weiß und Dunkelblau geschmackvoll eingerichtet. Vor allem bot er einen herrlichen Blick auf den Tafelberg. Als ich die Wolkendecke sah, die darüber schwebte, erinnerte ich mich an eine Geschichte, die mir ein südafrikanischer Kommilitone einmal erzählt hatte. Das »Tischtuch« auf dem Tafelberg war der Legende nach das Ergebnis eines erbittert geführten Rauchduells auf dem Devil's Peak zwischen dem Teufel und dem Piraten Captain

Jan van Hunks. Allerdings beruhte die Geschichte auf einem wesentlichen Fehler. Ursprünglich lautete der Name des Bergs nicht Devil's Peak, also Teufelspitze, sondern Taubenspitze, und weil in Kapstadt bis ins neunzehnte Jahrhundert hinein Niederländisch gesprochen wurde und sich in dieser Sprache »Taube« und »Teufel« ähnelten, veränderte sich der Begriff im Laufe der Jahre. Was sicher nicht das Schlechteste war. Der Teufel hielt zweifellos spannendere Geschichten bereit als eine Taube.

Da bis zum Abendessen noch Zeit war, überlegte ich, mich frisch zu machen und anschließend einen Spaziergang an der nahe gelegenen Uferpromenade zu unternehmen. Doch so gern ich mehr von Kapstadt gesehen hätte, war ich zu müde dafür und entschied daher, im Hotel zu bleiben. Bestimmt würde sich nach dem Essen eine Gelegenheit ergeben, mich draußen ein wenig umzusehen. Ich schlüpfte rasch unter die Dusche und legte mich anschließend ins Bett. Mein Kopf hatte kaum das herrlich weiche Kissen berührt, als meine Gedanken schon zerfransten und sich vollständig auflösten. Ich glitt ins Reich der Träume, wo ich von eisblauem Wasser umgeben war. Gigantische Wale umkreisten mich, während weiße Tauben über deren Köpfen flogen, und aus dem Maul eines der friedlichen Riesen stieg Rauch auf. Selig schwamm ich in ihrer Mitte, strich über ihre glatte Haut und lachte, ohne mich darüber zu wundern, dass ich unter Wasser atmen konnte.

Plötzlich durchdrang ein schriller Ton die Stille. Klang der Ruf der Wale normalerweise nicht hell und ätherisch? Verärgert über die Störung murmelte ich etwas, doch während Wale und Tauben verschwanden, hielt das nervtötende Geräusch an. Mein Kopf schien Tonnen zu wiegen, als ich ihn hob. Ich blinzelte, und erst da begriff ich, dass kein Wal, sondern das Telefon auf dem Nachttisch der Störenfried war. Mit einem Mal war ich hellwach und setzte mich ruckartig auf. Der Himmel vor dem

Fenster hatte sich verdunkelt, und statt des Tafelberges in der Ferne leuchteten Tausende von Lichtern in der Nacht.

Wie spät mochte es wohl sein?

»Ja?«, flüsterte ich in den Hörer und räusperte mich, weil sich mein Hals wie Sandpapier anfühlte.

»Lara?«, fragte eine Stimme, die ich erst nach kurzem Zögern als die von Nishay erkannte.

»O nein!«, rief ich erschrocken. »Habe ich das Get-together verpasst?«

Ein leises Lachen ertönte, das mich ein wenig beruhigte.

»Nein, aber in zehn Minuten geht's los. Du solltest ...«

»Bin schon unterwegs!«, unterbrach ich Nishay und legte auf.

Flugs war ich aus dem Bett und zog mich im Eiltempo an. Doch weil ich den Victoria Room nicht auf Anhieb fand, versäumte ich den Beginn der Begrüßungsrede von Michelle Esperanza, der Präsidentin des APF. Der große Konferenzraum, aus dem man die langen Tische entfernt hatte, lag im zwölften Stock eines Nebengebäudes, das man über eine offene Fußgängerbrücke erreichte. Im Victoria Room waren schätzungsweise um die siebzig Personen versammelt, als ich dort ankam, die meisten von ihnen waren Wissenschaftler. Einige kannte ich aus den Videochats, andere waren mir fremd. Einer der Vorteile meiner Größe bestand darin, dass ich mich nicht auf die Zehenspitzen stellen musste, um in der Menge jemanden auszumachen. Ich entdeckte Nishay sofort inmitten einer Gruppe von Kollegen. Sie hatte ein Glas Wein in der Hand und lauschte mit konzentrierter Miene Esperanzas Rede. Als ein Kellner an mir vorbeiging, pflückte ich ebenfalls ein Glas Wein von seinem Tablett, dann steuerte ich auf die kleine Gruppe zu.

»Wir sind hier«, sagte Michelle Esperanza, gerade als ich Nishay erreicht hatte, die mich mit einem Lächeln begrüßte, »weil wir unser Leben dem Schutz der antarktischen Umwelt gewidmet haben. Unsere Forschung ist für den Fortbestand unseres Planeten und damit auch der Menschheit existenziell, denn sie trägt dazu bei, mehr über die damit verbundenen Ökosysteme zu erfahren und sie im Zuge dessen zu verbessern. Der Schutz der Antarktis liegt im Interesse aller, deshalb darf sie niemals zum Gegenstand internationaler Zwietracht werden.« Die Präsidentin blickte sich zufrieden um. Die Fünfzigjährige trug die grauen Haare raspelkurz und war in einen hellen Anzug gekleidet, der perfekt auf ihren sehnigen Körper zugeschnitten war. »Sie, werte Kollegen, die Sie von allen Kontinenten angereist sind, sind der beste Beweis, dass die Welt Hoffnung schöpfen darf«, sagte sie, worauf Applaus und begeisterte Rufe aufbrandeten. »Nun habe ich aber genug geredet. Sicher möchten Sie sich näher kennenlernen und Hunger werden Sie auch mitgebracht haben.« Hier und da ertönte leises Gelächter. »Eine Sache noch, ehe ich Sie erlöse. Ich muss Sie davon in Kenntnis setzen, dass aufgrund eines Schneesturms die *Rosenrot* einen Tag später in der Atka-Bucht anlegen wird. Ihr Flug startet also erst übermorgen früh. Sie sitzen einen Tag hier fest.« Michelle Esperanza lächelte. »Ich schätze, es gibt Schlimmeres, als einen Tag in Kapstadt verbringen zu müssen. Denjenigen, die zum ersten Mal hier sind, empfehle ich einen Besuch des Two Oceans Aquariums an der Waterfront. Wie der Name verrät, wird dort die Vielfalt der Unterwasserwelt vor Südafrika vorgestellt, die sich, wie Sie natürlich wissen, dadurch hervortut, dass der kalte Atlantik auf den warmen Indischen Ozean trifft. Eine gute Gelegenheit für Sie, die hiesige Flora und Fauna zu studieren ... bei zweiundzwanzig Grad *plus*«, fügte sie mit vielsagendem Blick hinzu und erntete erneut Gelächter. »Und sollte Ihnen der Wein munden, der Ihnen heute Abend kredenzt wird, empfehle ich Ihnen, eines der Weingüter in Franschhoek zu besuchen. Nehmen Sie ruhig an einer Weinprobe teil. Aber übertreiben Sie es nicht. Ein Flug über den 50. Breitengrad kann ziemlich holprig werden, und das wollen Sie nicht mit Kopfschmerzen oder einem lädierten Magen erleben, glauben Sie mir. Also dann, genießen Sie den Abend.«

»Sympathische Frau«, kommentierte Nishay, während alle applaudierten.

»Und ziemlich tough, wie ich gehört habe«, fügte ich bewundernd hinzu. »Hat sie sich nicht mal in einem Schlauchboot einem japanischen Walfänger in den Weg gestellt?«

»Habe ich auch gehört.«

»Man munkelt, sie wäre mal hundert Meter in die eisige Kälte getaucht, um eine illegale Ölplattform vor Alaska zu sabotieren«, mischte sich einer der anwesenden Wissenschaftler ein.

Ich nickte. »Dass der Vorstand sie letztes Jahr zur Präsidentin gewählt hat, war überfällig«, sagte ich, worauf mir die anderen zustimmten.

Kurz entstand Stille, während wir die grauhaarige Frau ehrfürchtig musterten, die sich unter die Leute gemischt hatte, um Hände zu drücken und ein paar Worte auszutauschen.

»Ich könnte jetzt etwas essen!«, warf Nishay in diesem Moment ein, und von einer Sekunde auf die andere war Michelle Esperanza vergessen.

Während wir zum Büfett eilten, wunderte ich mich, dass ich erneut Hunger verspürte, obwohl ich auf dem Flug von London hierher alle naselang etwas in mich hineingestopft hatte. Aber mit Walen und Tauben zu schwimmen, zehrte offensichtlich an den Kräften. Da uns zusätzliche vierundzwanzig Stunden in Kapstadt beschert worden waren, verzichtete ich im Anschluss auf den Spaziergang an der Uferpromenade. Stattdessen ging ich recht früh zu Bett, denn ich hatte mir für den nächsten Tag viel vorgenommen. Neben dem Two Oceans Aquarium und dem Besuch eines Weingutes, wie von Michelle Esperanza angeregt, standen die Viertel Bo-Kaap und Woodstock auf meiner Besichtigungsliste. Und sollte die Energie noch ausreichen, würde ich abends vielleicht eine dieser hippen Bars an der Waterfront aufsuchen. Mir gefiel die Vorstellung, und ich spürte ein aufgeregtes Kribbeln im Bauch. Es war eine Ewigkeit her, seit ich das letzte Mal ausgegangen war.

HAFENFÜHRUNG MIT
HAPPY END

Jayden Mitchell saß an der Theke, nippte an seinem Drink und ließ den Blick unauffällig durch den Innenraum schweifen. In seiner Jackentasche steckte ein Kondom, das er auch zu benutzen gedachte, schließlich war es seine letzte Nacht in der Zivilisation. Ab morgen würde er sich auf eine heikle Mission begeben und deshalb für lange Zeit auf Sex verzichten müssen. Das Robert's Corner bestach durch eine grelle Beleuchtung, moderne Designermöbel, ein gemischtes Publikum und eine gut sortierte Gin-Karte. Eine attraktive Brünette mit schier endlosen Beinen erregte Jaydens Aufmerksamkeit, doch als sie sich eine Strähne aus dem Gesicht strich, fiel ihm der Ehering auf. Nun, eine verheiratete Frau wäre die ideale Lösung gewesen, sofern sie für einen One-Night-Stand offen war. Aber als sie sich ansahen und er versuchte, ihren Blick festzuhalten, wandte sie demonstrativ den Kopf ab, um sich mit ihrer Freundin zu unterhalten. Jayden nahm es nicht persönlich. Treue war generell etwas Gutes.

Er schaute sich weiter um, und obwohl es Samstagabend und die Bar entsprechend gut besucht war, wurde es vielleicht

Zeit, sich woanders umzusehen. Auf Anhieb traf keine der anwesenden Ladys seinen Geschmack. Gerade als er sich anschickte, den Barmann heranzuwinken, um seine beiden Drinks zu bezahlen, trat in der Nähe des Eingangs ein Koloss von einem Mann beiseite, um eine Kellnerin vorbeizulassen. Dabei gab er den Blick auf eine hochgewachsene Frau frei, die sich mit einem wild gestikulierenden Kerl im Polohemd unterhielt. Das Erste, was Jayden an ihr auffiel, war die faszinierende Haarfarbe, die von reifem Weizen bis Karamell alle Nuancen aufwies. Außerdem besaß sie ein hübsches Profil mit einer leicht gebogenen Nase und Lippen, die voll und prall waren … Jayden lächelte. Mit etwas Glück endete seine Suche hier und jetzt, zumal sie von dem Geschwätz ihres Begleiters gelangweilt schien. Zwar versuchte sie, es zu verbergen, doch mit mäßigem Erfolg. Ihr Nicken war mechanisch, und immer wieder irrte ihr Blick umher, was ihr Gegenüber offenbar nicht bemerkte. Was für ein Trottel! Andererseits war das gut für ihn, denn dadurch stieg seine Erfolgschance.

Jayden betrachtete ihre Figur, die in einem wadenlangen geblümten Kleid mit tiefem V-Ausschnitt und Knopfleiste steckte. Ihm gefiel, was er sah, auch wenn für ihn das Gesicht entscheidend war. Meistens jedenfalls. Natürlich machte er Ausnahmen, wie bei der Brünetten von eben, deren Beine jeden Mann um den Schlaf bringen mussten. Trotz aller Attraktivität hatten ihn ihre Augen jedoch kaltgelassen, ganz im Gegensatz zu den unsteten blauen Augen der hübschen Unbekannten, die jetzt Richtung Theke wanderten.

Jayden stutzte.

Diese Augen hatte er schon einmal gesehen, und zwar gestern während des Flugs. Er erinnerte sich an ein faszinierendes Blau mit silbernen Sprenkeln, das von dichten, langen, dunklen Wimpern umrandet war. Erregung machte sich in ihm breit. Sie war allein gereist, das wusste er, weil sie ohne Begleitung in der Warteschlange der Passkontrolle gestanden hatte. Vielleicht war sie von ihrem Freund abgeholt worden, allerdings glaubte er nicht, dass es sich um den Kerl dort handelte. Die beiden wirkten weder verliebt noch vertraut. Verheiratet war sie wohl nicht, wie der Blick auf ihre Hände verriet. Fieberhaft überlegte er, wie er sie ansprechen sollte. Was für eine Art Frau mochte sie sein? Ihr höfliches Lächeln und die Art, wie sie ihre Haare gelegentlich hinters Ohr schob, sagten ihm, dass sie eher zurückhaltend war, was jedoch nicht heißen musste, dass sie im Bett eine Schlaftablette war. Ganz im Gegenteil. Stille Wasser waren bekanntlich tief. Ihm fiel auf, dass sie, während ihr Gegenüber auf sie einredete, an der Wand lehnte und leicht in die Knie ging, um sich kleiner zu machen. Nun, das würde in seinem Fall nicht notwendig sein!

Als sie mit der Hand auf das Toilettenschild wies und ihr Begleiter inmitten seines Wortschwalls abbrach und nickte, kam Jayden die zündende Idee. Er stellte sein Bier ab, glitt von seinem Hocker und folgte seiner hübschen Mitreisenden Richtung Toilettentür. Indessen bewunderte er ihre weichen Kurven und die langen Haare, die ihr schimmernd auf den Rücken fielen. Er hatte Glück. Die Toilette war besetzt, sodass sie davor stehen bleiben musste.

»Die Welt ist ein Dorf, finden Sie nicht?«, ließ er seinen Spruch los, der nicht sonderlich originell war, dafür aber durchaus passend.

Neugierig drehte sie sich um, und weil sie gleich groß waren, prallten ihre Blicke ohne Umwege aufeinander. Entzückt stellte er fest, dass sie blinzelte.

»Wie bitte?«, fragte sie.

»Vielleicht erinnern Sie sich. Gestern im Flugzeug?«, sagte er mit einem charmanten Lächeln, um sie nicht in Verlegenheit zu bringen.

Ihre Miene veränderte sich, und Erstaunen trat an die Stelle von Verwirrung. »Oh! Ja, natürlich.« Dann ein Ausdruck von Reue. »Entschuldigen Sie, dass ich so unhöflich war, aber ich fühlte mich nicht gut, und es eilte.«

Er nickte verständnisvoll. »So etwas habe ich mir schon gedacht. Ich hoffe, Ihnen geht es inzwischen besser.«

Sie lächelte verlegen. »Das tut es. Nachdem ich losgeworden war, was ich loswerden musste, fühlte ich mich hinterher wie ein Fisch im Wasser ... könnte man sagen.« Ihre Wangen färbten sich rosa, was Jayden absolut hinreißend fand. »Du meine Güte, warum erzähle ich Ihnen das bloß?«

»Weil es menschlich ist«, antwortete Jayden. »Ich kann es Ihnen gut nachfühlen. Eine besetzte Toilette kann die Hölle auf Erden sein. Apropos ...« Er zeigte auf die geschlossene Tür, worauf sie kicherte. *Perfekt!* »Ich bin Jayden«, sagte er weiter und reichte ihr die Hand.

Nach kurzem Zögern ergriff sie sie. Ihre Haut fühlte sich warm und zart an. Wie der ganze Rest von ihr vermutlich.

»Lara«, antwortete sie.

»Lara«, wiederholte er ehrlich entzückt. »Ein wunderschöner Name wie in ...«

»... ›Doktor Schiwago‹, ich weiß«, unterbrach sie ihn mit einem Lächeln, das er erwiderte. »Ist Jayden ein südafrikanischer Name?«

Er bejahte. »Ich stamme aus Stellenbosch. Und Sie? Sind Sie Engländerin?«

»Schottin, um genau zu sein.«

»Schottin«, bemerkte er. »Interessant.«

»Wieso sagen das alle?«, fragte sie irritiert. »Als wären wir Exoten.«

»Nun, vor allem sind sie sehr geheimnisumwittert«, erwiderte er, in der Hoffnung, damit ihr Lächeln zurückzuholen, was ihm auch gelang. Trotzdem wechselte er vorsichtshalber das Thema. »Sind Sie zum ersten Mal in Kapstadt?«

»Ja, ich …«

Im gleichen Moment wurde die Toilettentür geöffnet, und eine ältere Frau trat mit einem entschuldigenden Lächeln heraus. »Bitte sehr«, sagte sie und eilte davon.

Lara sah ihn an. »Ich lasse Ihnen den Vortritt. Sozusagen als Wiedergutmachung für mein schroffes Benehmen von gestern.«

»Vielen Dank, das weiß ich zu schätzen, aber …« Jayden griff sich ans Herz. »Ehrlich gesagt bin ich Ihnen nachgegangen, um Sie anzusprechen«, erklärte er und hielt die Luft an.

Ihre Augen weiteten sich überrascht und in ihrem Gesicht arbeitete es, bis sie schließlich einen hörbaren Seufzer ausstieß. »Also gut, wenn wir schon die Karten offen auf den Tisch legen, muss ich Ihnen gestehen, dass mein Weg zur Toilette nur eine Ausrede war, um meinem Begleiter zu entfliehen.« Sie rang sich ein entschuldigendes Lächeln ab. »Ich habe ihn heute Nachmittag während einer Weinprobe kennengelernt. Er ist ein netter Kerl, aber seit einer halben Stunde redet er von nichts anderem als von dem sechzig Zentimeter langen und zwanzig Kilo schweren Raubwels, den er letzte Woche aus dem Voëlvlei-Stausee gefischt hat.« Sie verzog das Gesicht. »Dabei habe ich es nicht so mit dem Fischfang, wissen Sie.«

Jayden lachte. Lara gefiel ihm ausgesprochen gut, und möglicherweise war sie für einen One-Night-Stand zu schade, doch er hatte keine Wahl. Morgen um diese Zeit wäre er dem Gefühl nach am Ende der Welt, deshalb würde er den Teufel tun, sie jetzt vom Haken zu lassen, um beim Angeljargon zu bleiben. Er wollte sie haben. Heute Nacht.

»Fischen ist hierzulande ein Volkssport«, sagte er und sah ihr tief in die Augen. »Soll ich Sie irgendwohin entführen, wo garantiert nicht über Kombiköder, Öhrhaken und Fliegenruten geredet wird? Wie wäre es mit einer Fahrt im Riesenrad? Von dort oben haben Sie den schönsten Blick auf den Hafen und den angeleuchteten Tafelberg«, beeilte er sich, hinzuzufügen, als sich ihre Stirn in Falten legte.

Auf die plumpe Art würde er bei ihr nichts erreichen, das war ihm klar. Umso mehr freute er sich darauf, tief in die Verführungskiste zu greifen, um sie in sein Bett zu kriegen. Während er auf eine Antwort wartete, entspannten sich ihre Züge ein wenig, und zu seiner Erleichterung nickte sie, wenn auch nachdrücklich, als müsste sie sich selbst überzeugen. Nun, er würde schon dafür sorgen, dass sich auch ihre letzten Bedenken bald in Luft auflösten!

* * *

Nachdem ich Ben, dem passionierten Angler, die Geschichte von einem Kollegen aufgetischt hatte, den ich eine Ewigkeit nicht mehr gesehen und jetzt zufällig getroffen hatte, dankte ich ihm für den netten Abend und verabschiedete mich. Ich schob das schlechte Gewissen beiseite, indem ich mir sagte, dass er nicht allein in der Bar war, sondern mit einem befreundeten Ehepaar, das nur wenige Meter von ihm entfernt stand. Mir war natürlich klar gewesen, dass er unser Treffen als Date eingestuft hatte. Kennengelernt hatten wir uns bei der Weinprobe in einem wunderschönen Weingut, direkt vor Kapstadts Haustür. Obwohl unser Gespräch im Schatten eines holländischen Herrenhauses holprig startete, verabredete er sich mit mir, und ich sagte zu. Warum auch nicht? Ich hatte mir schließlich vorgenommen, das Nachtleben von Kapstadt ein wenig zu erkunden. In den vorangegangenen Jahren hatte ich das Quäntchen Spontanität, das ich zuvor besessen hatte, komplett eingebüßt, doch damit war jetzt Schluss!

Natürlich hätte ich mit einigen Kollegen etwas trinken gehen können, doch wir hatten bereits den gestrigen Abend und beinahe den ganzen Tag miteinander verbracht und würden die nächsten Monate auf engstem Raum zusammenleben. Ich fand, dass es reizvoller war, die restliche Zeit in Kapstadt mit einem Einheimischen zu verbringen, in der Hoffnung, mehr über diese faszinierende Stadt und ihre Einwohner zu erfahren.

Leider stellte sich schnell heraus, dass der holprige Start unserer Unterhaltung symptomatisch war. Ben und ich hatten einfach nicht die gleiche Wellenlänge und fanden kein Thema, das uns beide gleichermaßen interessiert hätte, was ihn aber nicht im Geringsten zu stören schien. Jayden hingegen hatte es fertiggebracht, mich innerhalb einer Minute zum Lachen zu bringen, und das vor einer besetzten Toilette. Das musste man erst mal hinkriegen! Außerdem war er nicht unattraktiv. Er war kein schöner Mann im klassischen Sinn, dafür waren seine Züge nicht fein genug, und die Nase war vielleicht etwas zu groß. Doch die kräftige Kinnpartie und der träge Ausdruck seiner dunkelbraunen Augen verliehen ihm einen sinnlichen maskulinen Charme. In der stonewashed Bluejeans und dem schwarzgemusterten Hemd, dessen zwei oberste Knöpfe offen standen, schien ein starker Körper zu stecken. Und dann war da noch das rauchige Timbre seiner Stimme.

»Vor zweihundert Jahren gab es hier nichts«, erklärte er, während wir nach draußen traten und uns in die Menge einreihten, die auf der weihnachtlich dekorierten Hafenpromenade flanierte. Es wehte ein leichter Südwestwind, deshalb zog ich mir das dünne, in meinem Cityrucksack verstaute Strickjäckchen über, bevor ich diesen schulterte. Straßenmusiker spielten, und in den Bars und Restaurants rundum pulsierte das Leben. Mit einem Lächeln, das ein kleines Kribbeln in meinem Bauch erzeugte, bot mir Jayden seinen Arm an, und ich hakte mich ein. »Die Kapregion ist berüchtigt für ihre Winterstürme, musst du wissen«, erklärte er. Dass er zum vertrauten Du wechselte, schien mir in diesem Moment natürlich und richtig, und so ließ ich ihn gewähren. »Im Laufe der Jahre wurden zahlreiche Schiffe zerstört, allein 1858 waren es über dreißig. Weil die Versicherungen sich weigerten, für in Kapstadt liegende Schiffe zu zahlen, sah sich die Stadt gezwungen, einen sicheren Hafen zu bauen. Im September 1860 vollzog Prinz Alfred, der zweite Sohn von Königin Victoria, den ersten Spatenstich für ein neues Hafenbecken. Das Alfred Basin.« Jayden wies nach rechts auf das L-förmige Becken, das von mehrstöckigen Gebäuden gesäumt war. »Durch die Gold- und Diamantenfunde im Landesinneren erhöhte sich die Bedeutung Kapstadts als Warenumschlagplatz, und zu Beginn des zwanzigsten Jahrhunderts erwies sich der Hafen als zu klein. Also wurde er durch das Victoria Basin erweitert.« Er zeigte nach links, in die Richtung, in die wir nun liefen. »Deshalb trägt die Gegend hier den Namen Victoria & Alfred Waterfront.« Ich hörte das Lachen in seiner Stimme. »Aber das hast du dir vermutlich schon gedacht.«

Ich nickte.

»Jedenfalls lag Mitte des letzten Jahrhunderts das gesamte Viertel brach«, erzählte Jayden weiter, und als er mir das Gesicht zuwandte, spürte ich seinen warmen Atem auf meiner Wange, gleichzeitig nahm ich den Geruch seiner Haut wahr. Ein frischer, holziger Duft mit einer Orangennote. Seine Nähe versetzte meine Nerven in Schwingungen, und ich tat so, als würde ich mich umschauen, um seinem verwirrenden Blick nicht zu begegnen. »Bis sich Anfang der Neunzigerjahre Investoren fanden, die die historischen Gebäude wieder auf Vordermann brachten und aus dem heruntergekommenen Viertel die angesagteste Flaniermeile Kapstadts machten.«

»Das ist ihnen hervorragend gelungen«, sagte ich, während ich die funkelnden Lichter der Ausflugsschiffe bewunderte und gleichzeitig den festen Unterarm zu ignorieren versuchte, um den ich meine Finger geschlungen hatte.

Kurz blieben wir vor einer traditionellen Musikgruppe stehen, die mit Trommeln, Rasseln und Glocken die umstehenden Menschen zum Tanzen anregte.

»Hier wird aber nicht nur geshoppt und gefeiert«, erklärte Jayden, als wir weitergingen. »Einige der Werften sind wieder in Betrieb, und von hier aus legen nach wie vor viele Schiffe ab. Kreuzfahrtschiffe, Jachten, Fischerboote.« Er zeigte auf ein achteckiges, im gotischen Stil erbautes rot-weißes Gebäude. »Der Clock Tower. Er steht genau an der Grenze zwischen den beiden Becken. Eine Zeit lang befand sich dort das Büro des Hafenkapitäns, inzwischen beherbergt er das touristische Informationszentrum und einige Luxusläden. Wenn du dich für Diamanten interessierst ...«

Ich hob lachend die Hand. »Nein, danke. Ich bewundere sie gern aus der Nähe, würde aber niemals welche tragen.« Kurz zögerte ich. »Es ist nicht mein Stil.«

Diesmal hielt Jayden meinen Blick fest, sodass ich nicht wegschauen konnte. »Wirklich nicht? Hast du schon mal einen Tansanit gesehen?«

Als ich den Kopf schüttelte, veränderte sich etwas in seinem Ausdruck, und die Intensität darin ließ meinen Hals trocken werden.

»Dieser Stein wird ausschließlich entlang eines vier Quadratkilometer großen Streifens an den Ausläufern des Kilimandscharos gefördert, ist also extrem selten und wertvoll. Er schimmert in einem intensiven Blau.« Kurz hielt Jayden inne. »Wie deine Augen.«

Du meine Güte!

Meine Gefühle fuhren Achterbahn, und ich schwankte zwischen einem kurzatmigen »Wirklich?« und einem spöttischen »Wie oft hast du den Spruch eigentlich schon gebracht?«. Am Ende zog ich es vor, zu schweigen. Trotzdem schlug mein Herz ein wenig schneller, als Jayden mich weiter durch die Schar von Besuchern direkt auf einen riesigen bunt geschmückten Weihnachtsbaum zulotste, der einen seltsamen Kontrast zu den sommerlich gekleideten Menschen darstellte. Das blau schimmernde, sich gemächlich drehende Riesenrad zu unserer Linken, die Tausenden Lichter, die sich ringsum im Wasser spiegelten, das Lachen, die Musik, die Gerüche und letztlich der beleuchtete Tafelberg erzeugten einen Zauber, dem ich mich nicht entziehen konnte. Ich stieß einen Seufzer aus, der Jayden nicht entging.

»Alles in Ordnung?«, fragte er.

»Ja, ich bedauere es nur, nicht mehr Zeit zu haben, um mir diese wunderschöne Stadt anzusehen. Morgen reise ich weiter«, antwortete ich und überlegte, ob ich ihm von meiner Tätigkeit erzählen sollte, entschied mich jedoch dagegen. Natürlich hätte ich Eindruck schinden können, indem ich von meiner bevorstehenden Teilnahme an einer Forschungsexpedition erzählte, doch wenn ich von der Arbeit sprach, kam ich gewöhnlich vom Hölzchen aufs Stöckchen. Es war stärker als ich. Meine Begeisterung ging mit mir durch, und aus Erfahrung wusste ich, dass die meisten Menschen schnell gelangweilt waren. Ralph war es ebenfalls so gegangen. Ich wollte Jayden nicht in die Flucht schlagen, indem ich mit Daten zum Verwandtschaftsgrad von Finnwalen aufwartete. Mir war natürlich bewusst, worauf er abzielte. Ich war schließlich nicht dumm. Und obwohl ich bei der Vorstellung weiche Knie und ein ganz kleines bisschen Panik bekam, war die Versuchung groß. Ich hatte noch nie zuvor einen One-Night-Stand gehabt, doch das hier war in jeder Hinsicht ein Neuanfang. Morgen wäre ich viele Tausend Kilometer weit entfernt. Wenn also nicht heute, wann dann?

»Das ist ein bedauerlich kurzer Besuch«, bemerkte Jayden. »Du musst unbedingt wieder hierherkommen.«

»Es handelt sich um eine Art Stippvisite. Deshalb habe ich heute im Eilverfahren die wichtigsten Sehenswürdigkeiten abgearbeitet«, erklärte ich. »Das District Six Museum, den Straßenmarkt in Woodstock, Bo-Kaap und noch einiges mehr. Nicht zu vergessen die Weinprobe in Franschhoek.«

Jayden lachte herzlich. Ich mochte es, wenn er das tat. »Das nenne ich ein strammes Programm. Was hat dir denn besonders gefallen?«

»Das Two Oceans Aquarium und das kleine Schokoladenmuseum in Woodstock.«

»Das Two Oceans Aquarium?«, rief Jayden und fasste sich an die Stirn. »Das ist nur einen Steinwurf entfernt. Und ich erzähle dir stundenlang etwas über den Hafen. Dabei warst du bereits hier.«

»Heute Vormittag, ja.« Ich schmunzelte. »Und wenn schon? Ich war zwar da, hatte aber keinen so charmanten Guide an meiner Seite.«

Hui, jetzt flirtete ich doch tatsächlich mit ihm!

Daraufhin plusterte sich Jayden spielerisch auf. »Wussten Sie, Madam, dass Oktopusse drei Herzen haben, weil zwei das Blut zu den Kiemen pumpen und ein größeres Herz das Blut im Rest des Körpers zirkulieren lässt? Und dass sie neun Gehirne haben, weil neben dem zentralen Gehirn jeder der acht Arme ein Minigehirn hat, mit dem er unabhängig agieren kann?«

Ich grinste breit und nickte.

»Verdammt!«, brach es aus Jayden heraus.

Nun war ich es, die lachte.

»Wohin verschlägt es dich denn morgen? Namibia?«, fragte er.

Ich winkte ab. »Wir reden die ganze Zeit von mir. Was ist mit dir? Was machst du so im Leben, außer weibliche Augen mit Diamanten zu vergleichen?«

»Autsch!«, rief Jayden und fasste sich ans Herz, als hätte ich einen Pfeil hindurchgeschossen. »Das trifft mich jetzt aber hart.«

Übermütig zwinkerte ich ihm zu. »Ich denke, das kannst du locker wegstecken. Also …?«

»Ich … äh …« Kurz senkte er die Lider. War er etwa verlegen?

»Na los!«, forderte ich ihn auf. Mit jeder Minute, die wir gemeinsam verbrachten, fühlte ich mich beschwingter und auch selbstbewusster. »Ich verspreche, dass ich nicht geschockt sein werde.«

»Also gut.« Winzige Pause. »Ich bin Pilot.«

Ich bedachte ihn mit einem spöttischen Blick. »Tatsächlich?«

Er lachte. »Ich weiß, wie das klingt. Aber es stimmt.«

»Soso«, neckte ich ihn. Mir gefiel seine Art. Charmant und verwegen zugleich. »Lass mich raten.« Ich tippte mir auf die Unterlippe, während ich ihn eingehend musterte. »Du bist beim Militär, hast aber gerade Fronturlaub«, witzelte ich und wies auf seinen Dreitagebart.

Verblüfft starrte er mich an. »Wie kommst du darauf?«

»Der Seesack«, antwortete ich triumphierend. »Der ist mir gestern aufgefallen.«

»Verstehe.« Er sah mich anerkennend an. »Nicht schlecht. Du bist dicht dran. Ich war früher bei den südafrikanischen Streitkräften, jetzt bin ich in der zivilen Luftfahrt tätig.«

»Klingt aufregend.«

»Das ist es auch, aber ich will heute Abend nicht von der Arbeit sprechen, einverstanden?«, sagte er langsam.

»Einverstanden«, antwortete ich. In diesem Moment hätte ich vermutlich zu allem Ja und Amen gesagt. Und ich würde ihm definitiv nichts über den Verwandtschaftsgrad von Finnwalen erzählen.

»Hast du eigentlich schon gegessen?«, fragte er unvermittelt.

Ich schüttelte den Kopf. »Tatsächlich habe ich einen Bärenhunger.«

»Perfekt.« Er lächelte. »Wie wäre es mit einem Gatsby Sandwich?«

»Einem was?«

»Gatsby Sandwich. Du kannst Kapstadt nicht verlassen, ohne eines gekostet zu haben.«

»Klingt interessant. Und was hat dieses Sandwich mit der literarischen Figur zu tun?«

»Nicht viel«, antwortete Jayden. »Angeblich wurde es von jemandem kreiert, der ein großer Fan der Filmversion aus dem Jahre 1974 war. Es besteht aus einem Baguette, fünfhundert Gramm Rindersteak in einer pikanten Marinade, Tomaten, Gurken, Salat, Zwiebeln, Käse und Pommes. Und dazu gibt es eine leckere BBQ-Soße.«

Ungläubig starrte ich ihn an. »Du nimmst mich auf den Arm?«

»Keineswegs.«

»Wer soll das alles essen?«

Jayden grinste. »Hast du nicht eben gesagt, du hättest einen Bärenhunger?«

»Ja schon, aber ein halbes Kilo Fleisch in einem Baguette?«

»Keine Sorge. Es gibt auch halbe Sandwiches für die Ladys.«

»Puh!«, stieß ich hervor und tat, als würde ich mir den Schweiß von der Stirn wischen. »Da bin ich aber erleichtert.«

»Schön! Gehen wir!«, sagte Jayden. »Ich kenne da einen Stand, wo es das beste Gatsby Sandwich der Stadt gibt.«

»Klar tust du das«, zog ich ihn auf.

Jayden zog die Stirn in Falten. »Hör ich da erneuten Spott heraus?«

Ich hob lediglich die Augenbrauen.

Daraufhin gab er sich betont gelassen. »Ich kann dich natürlich zu dem Stand führen, der das schlechteste Sandwich der Stadt verkauft, wenn dir das lieber ist.«

»Was? Den kennst du auch?«

»Ich geb's auf«, brummte er und schüttelte den Kopf.

Nun war es an mir, ihm meinen Arm anzubieten. Ein breites Grinsen überzog sein Gesicht, als er sich bei mir unterhakte. »Lass uns das beste Sandwich der Stadt essen gehen!«, rief ich und unterdrückte ein Lachen.

Ich hatte mich in Gegenwart eines Mannes schon lange nicht mehr so gefühlt: ausgelassen, herausfordernd und auch sexy. Entsprechend strahlte ich Jayden an. Einen Moment lang betrachtete er mich einfach nur, und es schien, als wollte er etwas sagen, doch dann besann er sich anders. So schlenderten wir gemächlich am Wasser entlang, bis wir vor einem mobilen Kiosk stehen blieben, vor dem sich eine Schlange gebildet hatte.

»Scheint sich herumgesprochen zu haben, dass es hier die besten Sandwiches gibt«, bemerkte ich mit Blick auf die wartenden Menschen.

»Chucks Sandwiches sind legendär«, bestätigte Jayden.

Bis wir an die Reihe kamen, hatte ich viel Zeit, den Kiosk in Augenschein zu nehmen, der ziemlich skurril aussah. Er bestand aus einem dreirädrigen italienischen Rollermobil, auf dessen Ladefläche ein überdachter Stand montiert war. Dort waren unter anderem ein Kühlschrank mit kalten Getränken, eine Kaffeemaschine, eine Fritteuse, eine Arbeitsplatte und Kochutensilien untergebracht. Auf einer Tafel stand mit Kreide geschrieben:

KAFFEE, SANDWICHES, KOEKSISTERS

Weil der Kiosk zu wenig Fläche bot, um darin zu stehen, bereitete ein Mann, von dem ich annahm, dass es Chuck war, das Essen davor zu und verkaufte es dort auch.

»Was sind Koeksisters?«, fragte ich Jayden.

»Frittierter Teigzopf, überzogen mit Zitronensirup.«

Allein die Vorstellung ließ mir das Wasser im Mund zusammenlaufen. Andererseits klang das, zusammen mit dem Sandwich, nach schwerem, kalorienreichem Essen.

»Soll ich eins mitbestellen?«, fragte Jayden.

»Unbedingt!«, antwortete ich, kaum dass er den Satz beendet hatte.

Er schmunzelte. »Trinkst du Bier?«

»An lauen Sommerabenden allemal.«

Auf der *Rosenrot* hätte ich noch genug Gelegenheit, eine Diät zu machen. Außerdem würde das Essen auf dem Schiff sicher nicht annähernd so gut schmecken. Als wir an die Reihe kamen, wurden wir von Chuck herzlich begrüßt, dann wechselte er ins Afrikaans und plauderte mit Jayden. Währenddessen bereitete er unser Essen zu. Die beiden kannten sich offenbar gut. Ich verstand kein Wort, wusste nur, dass die Niederländer die Sprache mitgebracht hatten, als sie sich im siebzehnten Jahrhundert in Teilen Afrikas niederließen. Beladen mit Köstlichkeiten, deren Gerüche sowohl meine Nase als auch meinen Magen in helle Aufregung versetzten, nahmen Jayden und ich wenig später auf einer freien Bank direkt am Wasser Platz.

»Du musst mir sagen, wie viel ich dir schulde«, sagte ich, während ich mein Gatsby Sandwich auspackte.

»Mach dich nicht lächerlich!«, gab Jayden unsanft zurück.

Überrascht sah ich ihn an.

Er räusperte sich. »Entschuldige. Ich wollte dich nicht anfahren. Es ist nur, wir sprechen hier von Centbeträgen verglichen mit den Preisen in Europa. Das ist wirklich keine Diskussion wert. Außerdem lade ich dich gern ein.«

»Okay, vielen Dank.« Ich lächelte. »Ich weiß das zu schätzen, auch wenn es nur Centbeträge sind.«

Jayden warf die Hände in die Luft, dennoch war das amüsierte Funkeln in seinen Augen unverkennbar. »Frauen! Egal, was man sagt, sie drehen einem einen Strick daraus.«

»Na, na, jetzt übertreibst du aber«, bemerkte ich und biss in mein Sandwich. »Mmm … köstlich.«

Jayden nickte zufrieden.

Mir fiel es schwer, nicht zu schlingen, denn es schmeckte wirklich hervorragend, aber ich wollte mich nicht vollkleckern. Nicht an einem solchen Abend, neben einem solchen Mann! Innerlich seufzte ich. Als ich heute Morgen aus dem Bett gestiegen war, hätte ich mir nicht träumen lassen, dass sich der Tag so entwickeln würde. Während wir aßen und tranken, sahen wir auf die Lichter im Wasser. Zwischen uns herrschte eine angenehme Eintracht, und ich dachte daran, wo ich morgen um diese Zeit sein würde. Es fühlte sich so unwirklich an.

»Alles in Ordnung?«, fragte Jayden, der offenbar meine nachdenkliche Miene bemerkt hatte.

»Ja«, antwortete ich und kostete von dem Koeksisters, der mir förmlich auf der Zunge zerging. »Es ist ein wundervoller Abend«, fügte ich hinzu, nachdem ich den Bissen hinuntergeschluckt hatte. »Vielen Dank dafür.«

»Ich habe zu danken«, entgegnete Jayden leise und hob die Hand. Ehe ich reagieren konnte, entfernte er mit der Fingerspitze etwas aus meinem Mundwinkel, was leicht kitzelte. Mein Magen zog sich krampfhaft zusammen.

»Oh«, brach es aus mir heraus, und ich wischte mir hektisch über den Mund.

»Nur ein Krümel«, raunte Jayden.

Unsere Blicke trafen sich und blieben aneinander haften. Eine Ewigkeit, wie es schien. Mein Kopf war wie leer gefegt, und ich rang vergeblich nach Worten.

»Ich habe dir etwas versprochen«, bemerkte Jayden mit der Andeutung eines Lächelns.

Ich blinzelte. »Ach ja?«

Er wies auf das Riesenrad hinter uns.

Ich stieß ein brüchiges Lachen aus. »Richtig.« Ich räusperte mich. »Aber diesmal zahle ich.«

Kurz schien Jayden einen inneren Kampf auszufechten, dann nickte er. »Wie du willst.«

»Ich will«, antwortete ich fest.

Auch vor dem Riesenrad stand eine Schlange, die zu dieser fortgeschrittenen Stunde nur aus Pärchen zu bestehen schien. Weil der Romantik zuliebe jedes eine Kabine für sich allein haben wollte, dauerte es gut zwanzig Minuten, bis wir endlich durch die Absperrung traten. Gleich darauf erhoben wir uns im Zeitlupentempo in die Lüfte, und je höher wir fuhren, desto leiser wurden die Stimmen, das Lachen und die Musik. Unter uns erstreckte sich der Hafen, über dem der beleuchtete Tafelberg thronte.

»Habe ich zu viel versprochen?«, sagte Jayden nach einer kleinen Weile und legte einen Arm um meine Schulter.

Ich ließ es geschehen.

»Es ist atemberaubend«, antwortete ich mit zugeschnürter Kehle.

»Ja, das ist es«, entgegnete er mit einem seltsamen Unterton, der mich dazu veranlasste, ihm mein Gesicht zuzudrehen.

Statt die Aussicht zu genießen, sah er mich an. Die Situation war derart klischeebelastet, dass ich darüber hätte spötteln können, doch ich tat es nicht. Ich konnte es nicht, denn ich genoss jede Sekunde davon, und das mit einer Intensität, die fast beängstigend war. Dann veränderte sich der Ausdruck in Jaydens Augen, und Lust lag darin. *Lust auf mich.* Es war verflucht lange her, dass ein Mann mich auf diese Weise angesehen hatte! Mir wurde davon ganz schwummrig. Als Jayden sich anschickte, mich zu küssen, zögerte ich keinen Moment und lehnte mich gegen ihn. Er nahm mein Gesicht zwischen seine Hände und berührte meine Lippen zunächst sachte, dann immer fester. Wie gut sich sein Mund anfühlte und wie gut er schmeckte! Ich krallte meine Finger in seine Oberarme, während sein Kuss hungriger und fordernder wurde. Ein Kuss, der die Begierde entflammte. Ich blähte die Nasenflügel, um seinen Geruch einzuatmen, und erwiderte den Kuss, genoss, wie seine Bartstoppeln über meine Wange kratzten. Als er sanft in meine Unterlippe biss, stöhnte ich leise auf, und dann teilten sich unsere Lippen und er berührte meine Zungenspitze mit der seinen. In meinem Becken setzte ein heftiges Ziehen ein, und ich fühlte, wie ich feucht wurde.

Ein Teil von mir wunderte sich, wie heftig mein Körper auf Jaydens Berührungen reagierte, während sich der Rest einfach nur fallen lassen wollte. Unser Kuss wurde heiß und wild. Dann packte er mich mit festem Griff, ließ mich seine wachsende Erektion spüren, und mein Verstand setzte aus. Mit einer Hand strich er über meinen Rücken bis hinunter zum Po und wieder zurück. Gänsehaut überzog meinen Körper, und mein Atem beschleunigte sich. Kurz löste er seine Lippen von meinen und bedachte meinen Hals mit kleinen Küssen. Mein Seufzer verwandelte sich zu einem leisen Stöhnen, als sein Mund zu meiner Schulter wanderte, während er mit einem Finger das Strickjäckchen zur Seite schob. Sein Mund strich über die empfindliche Haut meines Dekolletés, glitt tiefer zu dem Tal zwischen meinen Brüsten. Meine Hände verfingen sich in seinem dichten Haar, und ich schloss die Augen …

Die ruckelnde Kabine brachte uns aus dem Takt, worauf mein Verstand wieder einsetzte und ich mich von Jayden löste. Ich war über die Störung fast erleichtert, hatte ich doch kurz davor gestanden, alles um mich herum zu vergessen. Trotzdem hielt ich mich mit einer Hand an ihm fest, als würde sich mein Körper sträuben, ihn loszulassen.

»Hafenführung mit Happy End ist wohl deine Spezialität?«, bemerkte ich scherzend und mit einer Stimme, die ich kaum wiedererkannte, so heiser klang sie.

Mit leicht geneigtem Kopf sah Jayden mich an. Sein Blick war schwer und dunkel wie guter Rotwein. »Und wenn es so wäre?«, fragte er mit einem Unterton, der meine Knie weich werden ließ.

Tu es!, drängte meine innere Stimme. *Heute Nacht erlebst du vielleicht den besten Sex deines Lebens, und morgen bist du über alle Berge. Besser könnte es nicht sein.*

Das Ende unserer Fahrt ersparte mir eine unmittelbare Erwiderung, und wir stiegen wortlos aus der Kabine. Mir war ganz heiß, und ich fühlte mich schwach.

Während wir zurück zur Uferpromenade gingen, nahm Jayden meine Hand und brachte sein Ohr an meins. »Ich kenne ein sympathisches kleines Hotel in der Nähe«, flüsterte er. »Lass uns fortsetzen, was wir begonnen haben. Ein bisschen Spaß ohne Wenn und Aber. Du wirst auf deine Kosten kommen, das verspreche ich dir.«

Keine Ahnung, ob es der feste Boden unter meinen Füßen war, das »sympathische kleine Hotel« oder der »Spaß ohne Wenn und Aber«, doch mit einem Mal brach mir der kalte Schweiß aus. Jayden war der perfekte Liebhaber für eine Nacht, denn er war heiß, konnte hervorragend küssen und verfügte vermutlich über einen reichen Erfahrungsschatz. Und genau das war es, was mich plötzlich panisch werden ließ. Ich hatte diesen definitiv nicht. Wann hatte ich das letzte Mal einen Mann verführt? Ich konnte mich nicht einmal erinnern. Ralph hatte bei unserem ersten Mal die Initiative ergriffen, und ich war gefolgt. Davor hatte ich zwar ein paar Freunde gehabt, aber keinen von Jaydens Kaliber. Nicht einer von denen hatte auch nur im Ansatz einen solchen Sex-Appeal gehabt. Wie viele Frauen mochte er bisher gehabt haben? Was, wenn ich mich lächerlich machte? Einem jungen Mädchen mochte man Unbeholfenheit nachsehen, sie als reizvoll und charmant befinden, aber nicht einer Frau in meinem Alter.

Das kann dir doch egal sein, sagte meine innere Stimme eindringlich. *Danach seht ihr euch nie wieder.*

Obwohl dieses Argument nicht von der Hand zu weisen war, vermochte es mich nicht zu beruhigen. Ich sah doch, wie die Frauen ihn ansahen, wenn sie an uns vorbeigingen! Ihm mangelte es sicher nicht an Gelegenheiten. Was wollte ein Mann wie er mit einer Frau wie mir?

»Ich kann nicht«, sagte ich leise, und mir wurde vor Enttäuschung fast übel.

Jayden sah mich verdutzt an. »Was?«

»Tut mir leid.« Hastig entzog ich ihm meine Hand. »Aber ich kann nicht«, erklärte ich erneut.

»Wieso nicht?«, fragte er mit umwölkter Stirn.

»Es ist so lange her und ...«

»Und was?«

Rasch drückte ich ihm einen Kuss auf die Wange und trat wohlweislich zurück, damit er mich nicht berühren konnte. »Ich danke dir für diesen unvergesslichen Abend, Jayden. Hab noch ein schönes Leben! Und bitte sei nicht böse«, fügte ich hastig hinzu, dann drehte ich mich um und eilte davon.

»Lara!«, rief er. »Warte!«

Doch ich dachte nicht daran zu warten, vielmehr verfiel ich in Laufschritt. Ein Blick über die Schulter verriet mir, dass er mir nicht folgte. Stattdessen sah er mir mit unergründlicher Miene nach, was mir die Kehle zuschnürte. Ich war austauschbar. *Reiß dich zusammen*, ermahnte ich mich, *schließlich hast du es so gewollt.* Sicher. Natürlich. Und doch hatte ich mir so sehr gewünscht, über meinen Schatten springen zu können. Von wegen Spontanität! Ich war nicht stolz auf mein Verhalten, aber wenigstens blieb mir die Erinnerung an einen rundum perfekten romantischen Abend. Ohne Makel oder peinliche Momente. Jayden mochte im Augenblick frustriert sein, doch ein Typ wie er würde sich schnell fangen. Möglicherweise fand er schon innerhalb der nächsten Stunde Ersatz. Dass mir die Vorstellung einen Stich versetzte, ignorierte ich geflissentlich.

Ich atmete tief durch und straffte die Schultern. Es wurde Zeit, zurück ins Hotel zu gehen und etwas zu schlafen. In weniger als sechs Stunden begann das Abenteuer meines Lebens. Kapstadt, mit allem, was dazu gehörte, war bald Schnee von gestern.

Das ewige Eis

Die Nacht war zwar kurz, aber weil ich kein Auge zutat, fühlte sie sich doppelt so lang an. Von wegen Schnee von gestern! Eine Frage spukte mir unentwegt im Kopf herum. Was wäre gewesen, wenn ich Ja gesagt hätte? Obwohl ich wusste, wie müßig es war, darüber zu grübeln, wuchs die Ungewissheit in der Stille der Nacht zu einem Ungetüm heran, das schließlich den ganzen Raum ausfüllte. Nichts anderes hatte mehr Platz in meinen Gedanken, auch wenn es Wichtigeres gab, worüber es sich nachzudenken lohnte. Die bevorstehende Expedition zum Beispiel. Aber Jayden hatte in mir die sinnliche Saite zum Vibrieren gebracht. Wieder und wieder stellte ich mir unser Liebesspiel vor, und nachdem ich mich zwei Stunden lang hin und her gewälzt hatte, gab ich den Kampf auf. Ich sprang entnervt aus dem Bett, duschte und zog mich an. Als die ersten Kollegen gegen fünf Uhr in der Lobby eintrafen, stand ich dort schon zum Aufbruch bereit.

»Du kannst es wohl nicht erwarten«, begrüßte mich Nishay mit einem schelmischen Funkeln in den Augen und gähnte anschließend herzhaft. »Ich habe vor Aufregung auch kaum geschlafen.«

Ich widersprach nicht und war froh, als ein Hotelmitarbeiter uns die Lunchpakete für den Flug überreichte, die wir in unseren Wanderrucksäcken verstauten. Das ersparte mir weitere Erklärungen. Kurz darauf luden wir unser Gepäck in einen Bus und fuhren durch die leeren Straßen Richtung Flughafen. Die Sonne, die über den Horizont lugte, überzog die eben erst erwachende Stadt mit einem Schleier aus gelbem Licht. Nachdem wir die Passkontrolle und den Zoll durchlaufen hatten, fuhren wir mit dem Bus weiter die verbliebene Strecke zu unserem Flieger. Der Anblick unserer Transportmaschine, einer Iljuschin IL-76, die einsam auf einem abseits gelegenen Rollfeld stand, ließ meinen Puls schneller schlagen. Das riesige Flugzeug, das von einigen Leuchten angestrahlt wurde – was mich an die berühmte Schlussszene aus dem Film »Casablanca« erinnerte –, würde uns in weniger als fünf Stunden zum sechsten Kontinent befördern.

Als ich aus dem Bus stieg, fröstelte ich, was ich auf den mangelnden Schlaf zurückführte, denn wie alle anderen auch steckte ich bereits in meiner mehrschichtigen Polarkleidung, für den Fall, dass das Flugzeug über dem Eismeer eine Panne haben würde. Einige Leute standen bei dem Flugzeug, das gerade betankt wurde, und unterhielten sich. Ich tippte auf Crewmitglieder und weitere Wissenschaftler.

Aus der Gruppe löste sich ein Mann und kam mit großen Schritten auf uns zu. Thomas Kuhlmann, Esperanzas Stellvertreter und der Expeditionsleiter, ein Glaziologe mit über zwanzig Jahren Erfahrung, der seinen Spitznamen »Der Eisbär von Eckernförde« zu Recht trug. Er war breit und massig, und seine Mähne wie auch sein Bart waren lang und struppig. Zwischen all dem weißblonden Pelz funkelten seine blauen Augen voller Tatendrang.

»Guten Morgen!«, bellte er mit einem kaum wahrnehmbaren deutschen Akzent in die Runde. »Ich hoffe, Sie haben alle gut geschlafen und sind fit für die Herausforderungen, die auf Sie zukommen.«

Als müdes Gemurmel ertönte, brach er in lautes Lachen aus, das auf dem leeren Rollfeld wie ein Donnern klang. Die Bezeichnung »Eisbär« traf den Nagel auf den Kopf.

»Früher, als ich noch grün hinter den Ohren war, ging es mir wie Ihnen. Ich konnte am Vorabend einer Expedition vor Aufregung kaum schlafen.« Er zwinkerte. »Ich kann Sie beruhigen: Mit der Zeit ändert sich daran rein gar nichts.«

Einige lachten, auch ich.

Thomas zeigte auf die geöffnete Ladeklappe des Flugzeugs, wo ein mehrköpfiges Team dabei war, über eine Rampe Unmengen von Metallkisten zu verladen. Unsere Ausrüstung, aber auch Ersatzteile und Proviant für die *Rosenrot*. »Stellen Sie Ihr Gepäck dort ab. Sobald die Maschine aufgetankt ist, können Sie einsteigen! Drinnen gilt die freie Platzwahl. Wer allerdings einen empfindlichen Magen hat, sollte weiter vorn sitzen. Ab dem fünfzigsten Breitengrad kann es etwas ruppig werden.«

Ich sah zu Nishay hinüber, die neben mir stand, und wir nickten uns zu. Wir würden versuchen, zwei der vorderen Plätze zu ergattern. Während wir auf das Go warteten, betrachtete ich den Sonnenaufgang. Für die nächsten drei Monate würde es das letzte Mal sein, denn im arktischen Sommer bewegte sich die Sonne vorwiegend entlang des Horizonts.

»Es geht los!«, rief jemand, und in unsere gut sechzigköpfige Gruppe kam Bewegung.

Nishay und ich drängten uns nach vorn, was uns niemand übel zu nehmen schien, zumal wir uns entschuldigten und Nishay etwas von »Wir sind die mit den empfindlichen Mägen« sagte, was die meisten zum Schmunzeln brachte. Ich beneidete sie um ihren unverkrampften Umgang mit anderen, selbst mit völlig Fremden. Als wir die Gangway hinaufgingen, fiel mein Blick zufällig auf unser Gepäck, das gerade eingeladen wurde.

Jede Menge Rollkoffer und Rucksäcke, sogar ein Seesack befand sich darunter. In Sachen Komfort hatte das Innere der Iljuschin mit der Kabine einer üblichen Passagiermaschine in etwa so viel Ähnlichkeit wie ein Hostel mit einem Viersternehotel. Immerhin gab es Sitzreihen, zwölf mit je sechs Plätzen, die durch einen Mittelgang getrennt waren. Der pure Luxus, wenn man bedachte, dass noch vor zehn Jahren die Passagiere mit Sitzen an den Seiten vorliebnehmen mussten. Schließlich war die Iljuschin als Transportmaschine für große Geräte und Fahrzeuge wie Trucks konzipiert worden, nicht für Menschen. Es gab nur vier Bullaugen an den Ausgängen, aber das Befremdlichste war die deckenhohe Ladung unmittelbar hinter den Sitzreihen, darunter eine Pistenraupe, die vermutlich für die Forschungsstation bestimmt war.

Im Gegenzug war es viel geräumiger als in einer klassischen Passagiermaschine, sodass man während des Flugs herumlaufen und sich sogar zum Schlafen auf dem Boden ausstrecken konnte. Vorausgesetzt natürlich, die Turbulenzen ließen es zu. Nishay und ich nahmen in der dritten Reihe Platz, verstauten unsere Rucksäcke unter den Sitzen und nutzten die Gelegenheit, die anderen zu mustern. Erfreulicherweise waren Männer und Frauen gleichermaßen vertreten, was daran lag, dass sich die Führung des APF in weiblicher Hand befand. Bekannte und unbekannte Gesichter zogen an uns vorbei, und obwohl viele von ihnen übernächtigt wirkten, lag doch auf den meisten ein Ausdruck der Euphorie. Tatsächlich war die spannungsvolle Erwartung mit Händen zu greifen, und ich konnte nicht anders, als ebenfalls zu lächeln. Mir stand etwas Bedeutendes bevor.

Mein Hochgefühl wich schlagartig nacktem Entsetzen, als ich des Mannes gewahr wurde, der in diesem Moment das Flugzeug betrat. Er war durchschnittlich groß, wirkte aber in der Polarkleidung breit und schwer, sein kantiges Kinn war unrasiert und seine Augen unter den halb gesenkten Lidern hatten mich bereits ausgemacht. Sie blickten eiskalt. Ich verfiel in eine Schockstarre, gleichzeitig spürte ich, wie meine Wangen heiß wurden.

Jayden.

Hastig senkte ich den Blick. Das konnte doch nicht wahr sein! Hatte er nicht gesagt, er sei Pilot? Pilot wovon? Von dem Flugzeug hier? Dann wäre der Spuk schnell wieder vorbei gewesen. Aber in dem Fall hätte er nicht den Mittelgang angesteuert, um nach hinten zu gehen. Oder doch? Meine Gedanken sprangen aufgepeitscht hin und her. Als Jayden an mir vorbeiging, stellten sich alle Härchen auf meinem Körper auf. *Was, wenn er eine Szene macht, hier vor allen Kollegen?* Ich spürte, wie mein Nacken ganz steif wurde. Doch er ging wortlos weiter, und ich glaubte, einen Hauch seines Duftes wahrzunehmen. *Orangenblüten.* Ich saß so starr auf meinem Sitz, dass sich Nishay zu mir beugte und wissen wollte, ob alles in Ordnung sei.

Ich nickte matt.

»Du bist ja knallrot«, sagte sie hörbar besorgt. »Sicher, dass du dich wohlfühlst?«

»Jaaa. Es ist alles in Ordnung. Wirklich!«, fuhr ich sie an, worauf sie die Augenbrauen zusammenzog.

Verdammt!

Ehe sie sich abwenden konnte, berührte ich leicht ihre Schulter. »Die Nacht war zu kurz, und ich bin nervös«, sagte ich zerknirscht. »Bitte entschuldige.«

Ihre Züge entspannten sich ein wenig, und ich atmete auf. Dass ich es mir schon mit einem Expeditionsmitglied verscherzt hatte, bevor unsere Mission überhaupt begonnen hatte, reichte fürs Erste. Ich wollte nicht auch noch Nishay vergraulen. Meinen Plan, während des Flugs Schlaf nachzuholen, konnte ich jedenfalls vergessen. Nicht, wenn ein paar Reihen hinter mir Jayden saß und mir vermutlich die Pest an den Hals wünschte.

Turbulenzen waren nichts im Vergleich zu den Qualen, die mich von nun an erwarteten. Andere zu verärgern, setzte mir immer schrecklich zu. Ich war für Streit einfach nicht gemacht, sondern suchte im Gegenteil immer den Konsens. Wenn sich meine Schwestern als Kinder stritten, versuchte ich immer, zu vermitteln. Mein Harmoniebedürfnis war derart ausgeprägt, dass mich Violet deshalb schon oft zusammengefaltet hatte. »Du kannst es nicht jedem rechtmachen«, sagte sie dann sinngemäß, »Du musst auch mal anecken! Nicht jeder muss dich mögen, weißt du?« Obwohl ich wusste, dass sie damit richtiglag, fiel es mir schwer, ihren Rat zu beherzigen. Ich war nun mal friedliebend. Violet hätte es wohl eher feige genannt.

Nachdem alle ihre Plätze eingenommen hatten, meldete sich der Kapitän per Lautsprecher und verkündete, dass der Start unmittelbar bevorstand. Kurz machte er uns mit den Sicherheitsvorkehrungen vertraut. Dabei gab es zwei Besonderheiten. Wegen der imposanten Deckenhöhe – schließlich musste ein Truck hier locker hereinpassen – fielen bei Druckabfall die Sauerstoffmasken nicht von der Decke, vielmehr steckten sie in der Rückenlehne des Vordersitzes. Außerdem standen an den Ausgängen zur schnellen Evakuierung keine Notrutschen, sondern Seile zur Verfügung, was mir ein leises »O Mann!« entlockte.

Und nicht nur mir.

Danach wurden die Turbinen lauter, ein Schütteln ging durch die Maschine und sie setzte sich in Bewegung. Ich zog meinen Gurt fester und wagte einen raschen Blick über die Schulter, doch ich konnte Jayden nirgendwo entdecken. Aber er war natürlich da, und ich glaubte, die Löcher zu spüren, die seine stechenden Augen in meinen Schädel brannten. Unwillkürlich machte ich mich auf meinem Sitz klein. Indes beschleunigte die Iljuschin, wurde schneller und schneller. Die Nase hob sich, ein kurzes Wackeln, dann waren wir in der Luft.

Vorn in der Kabine war ein großer Monitor montiert, auf den das Bild der Cockpitkamera geschaltet war, sodass wir alles außerhalb des Flugzeugs aus Sicht des Piloten bewundern konnten. Fasziniert sah ich zu, wie die Ausläufer Kapstadts kleiner wurden und der gesamte Kontinent und damit die Welt, wie ich sie kannte, zurückblieb. Dann war nur noch Wasser, und was folgte, war ein überraschend ruhiger Flug, der den idealen Wetterverhältnissen geschuldet war. Einige meiner Kollegen legten sich auf den Boden, um zu schlafen. Andere lasen, wieder andere hörten Musik oder aßen. Für eine Unterhaltung war es allerdings zu laut, und so trugen wir bald alle Ohrstöpsel.

Obwohl die Einrichtung rudimentär war, herrschte eine behagliche, beinahe familiäre Stimmung, die so kein Economyflug bot, und langsam beruhigten sich meine Nerven. Übel wurde mir auch nicht, vielleicht weil ich wieder und wieder in Gedanken das unvermeidliche Klärungsgespräch mit Jayden durchging, was mich ablenkte. Ja, sicher, in manchen Situationen mochte ich ein Hasenfuß sein, aber ich schätzte klare Verhältnisse, deshalb würde es – nein! – musste es eine Aussprache geben, so unangenehm sie vermutlich ausfallen würde. Dabei würde ich ruhig und souverän argumentieren, sodass Jayden mir vergab. Außer er gehörte zu denjenigen, die zur Station weiterflogen, wie die Kollegen Kwan und Rousseau. Ein Teil von mir wünschte sich inbrünstig, dass dies der Fall wäre. Aber wenn nicht, auch gut. Auf dem Schiff würden sich rund hundert Menschen befinden, jeder mit einer zeitintensiven Arbeit betraut. Viel freie Zeit bliebe da nicht, es wäre also ein Leichtes, sich aus dem Weg zu gehen. *Ja, genau.* Je länger ich über die Problematik nachdachte, desto zuversichtlicher wurde ich, dass sich alles in Wohlgefallen auflösen würde, und irgendwann döste ich tatsächlich ein.

Ein sanftes Rütteln an der Schulter weckte mich auf. Als ich die Augen aufschlug, sah ich in Nishays lächelndes Gesicht.

»Was ist?«, fragte ich, worauf sie auf den Monitor zeigte.

Offenbar hatten wir den sechzigsten Breitengrad überflogen, denn im Ozean unter uns trieben Eisschollen wie Scherben auf einem dunkelblauen Teppich. Meine Kehle zog sich zu, und ich spürte, wie meine Augen brannten.

Was für ein Anblick!

Ab diesem Moment war an Schlaf nicht mehr zu denken. Gebannt starrte ich auf den Monitor und gab irgendwann einen ehrfürchtigen Laut von mir, als der Ozean an ein Hindernis stieß, das sich groß und weiß vor ihm auftat. Eine Wand aus Eis und Schnee, die kein Ende zu nehmen schien, und die als Schelfeiskante bezeichnet wurde. Dabei handelte es sich um eine Eisplatte gewaltigen Ausmaßes, die auf dem Meer schwamm, aber mit dem eisigen Kontinent verbunden war. Sie konnte mehrere Hundert Meter hoch werden, wobei nur ein Bruchteil davon über der Oberfläche lag. Dieser »Bruchteil« maß in der Höhe jedoch häufig dreißig Meter und mehr, sodass Schiffe wie die *Rosenrot* gezwungen waren, an einer relativ niedrigen Stelle anzulegen wie an der Atka-Bucht, die wir ansteuerten.

Obwohl die Schelfeiskante noch Kilometer entfernt war, begann die Iljuschin mit ihrem Sinkflug, und ich spürte den Druck in meinen Ohren. Als sie eine Schleife zog, sodass der Wall nach rechts rutschte, stach ein dunkler Klecks hervor, der an der Kante zu kleben schien. Ein Raunen ging durch die Kabine. Die *Rosenrot*. Unser Zuhause für die nächsten zwölf Wochen. Nach und nach wurden Details sichtbar. Der weiß-rote Bug, die Kräne, der große Schornstein. Nicht weit vom Schiff entfernt standen auf dem Eis Lkws, Schlitten und Menschen, deren signalrote Jacken mit jedem Meter, den wir sanken, deutlicher hervorstachen.

»Bitte kehren Sie auf Ihre Plätze zurück und schnallen Sie sich an. Wir landen gleich«, ertönte die Stimme des Kapitäns, doch dieser Order hätte es gar nicht bedurft, denn alle saßen bereits auf ihren Sitzen und starrten wie hypnotisiert auf den Monitor.

Minuten später setzte die Iljuschin unweit der *Rosenrot* auf der präparierten Eispiste auf und holperte weiter. In der Kabine wurde es unangenehm laut, als der Umkehrschub einsetzte, um die Maschine zum Stehen zu bringen. Mein Magen vollführte einen Salto, beruhigte sich zum Glück aber sofort wieder. Als dann die Tür geöffnet wurde, drangen Kälte und grelles Licht ins Innere, und ich schob mir rasch die Sonnenbrille vor die Augen. Ich konnte es kaum erwarten, aus der Maschine zu steigen, und eilte wie alle anderen nach draußen. Trotzdem zögerte ich kurz auf der letzten Metallstufe, ehe ich meinen Fuß behutsam auf das Eis setzte, worauf es unter meinen Schuhsohlen knirschte. Ich blinzelte, um nicht in Tränen auszubrechen. So oder so ähnlich musste sich Neil Armstrong gefühlt haben, als er den Mond als erster Mensch betrat. Die tiefe Ergriffenheit drohte, mich zu überwältigen, doch mit diesem Gefühl war ich offenbar nicht allein. Andere um mich herum waren ebenfalls wie angewurzelt stehen geblieben und starrten hinter ihren verspiegelten Sonnenbrillen in die weiße Unendlichkeit.

Da unser Gepäck als Letztes verladen worden war, wurde es als Erstes entladen und auf einen Motorschlitten gepackt, mit dem es zum Schiff befördert wurde. Wir anderen folgten langsam, ja beinahe ehrfürchtig, als könnten wir das Eis durch unser Gewicht zerbersten lassen. Ob Jayden in meiner Gruppe war, konnte ich nicht sagen. Wir waren alle dick eingepackt, hatten die Kapuzen über die Köpfe gezogen und trugen unsere Brillen auf den Nasen. Dabei fiel mir auf, dass im Gegensatz zu uns die Crew vor Ort relativ dünn bekleidet war. Ein Blick auf die Temperaturanzeige meiner Armbanduhr zeigte an, dass minus fünfzehn Grad herrschten, es war also für hiesige Verhältnisse eher mild. An manchen Tagen konnte man während des arktischen Sommers angeblich im T-Shirt herumlaufen, weil die Temperatur um den Gefrierpunkt lag und die Sonneneinstrahlung entsprechend intensiv war. Ich grinste bei dem Gedanken. In dem Fall wollte ich unbedingt ein Erinnerungsfoto davon haben. Violet und Poppy würden Augen machen!

Die Antarktis zeigte sich an meinem ersten Tag von ihrer Schokoladenseite, und so lag die *Rosenrot* in seidenglattem tiefblauem Wasser und wurde von einzelnen Eisschollen umspielt. Über unseren Köpfen wölbte sich der Himmel in einem makellosen Azurblau. Mithilfe des Mummychairs, eines Korbes, der mit einem der Kräne über Bord gehoben wurde, begann die Schiffscrew damit, uns in kleinen Gruppen auf das Deck abzusetzen. Bei rund fünfzig Wissenschaftlern dauerte es entsprechend lang, was aber niemanden störte. Die überwältigende Szenerie nahm uns vollends gefangen: die zweifarbige grenzenlose Weite und mitten drin dann der Eisbrecher. Die *Rosenrot* war knapp hundertzwanzig Meter lang und fünfundzwanzig Meter breit, sie erreichte, wie ich inzwischen wusste, eine Spitzengeschwindigkeit von sechs Knoten, was etwa dreißig Kilometern pro Stunde entsprach. Ihr Anblick bescherte mir eine Gänsehaut. Eine Sache hundert Mal auf Bildern zu sehen, war etwas völlig anderes, als plötzlich direkt davor zu stehen.

»Lara«, ertönte eine Stimme hinter mir, die ich als die von Thomas Kuhlmann erkannte, unserem Expeditionsleiter. »Ich möchte Ihnen jemanden vorstellen.«

Immer noch überwältigt von den Eindrücken drehte ich mich lächelnd um. Mein Gesicht erstarrte zu einer debilen Maske, als wäre die Lufttemperatur von einer Sekunde auf die andere von minus fünfzehn Grad auf minus hundertfünfzehn gefallen. Neben dem Expeditionsleiter stand Jayden. Trotz der Sonnenbrille erkannte ich ihn auf Anhieb, was daran lag, dass er die Kapuze zurückgeschoben hatte und sein Mund zu einem

Strich zusammengepresst war, was sein ohnehin kantiges Kinn noch schärfer aussehen ließ.

»Ja?«, krächzte ich.

»Der Hubschrauberpilot, der ursprünglich mit Ihnen ein Team bilden sollte, ist krank geworden. Zum Glück hat sich Jayden Mitchell hier bereit erklärt, kurzfristig für ihn einzuspringen. Es ist nicht seine erste Expedition. Sie sind also in besten Händen.« Thomas lächelte. »Sie beide werden die Nachtschicht übernehmen. Es ist nicht so schlimm, wie es klingt. Tag und Nacht machen hier keinen Unterschied. Sie werden sich schnell daran gewöhnen«, fügte er hinzu und dann: »Jayden, darf ich vorstellen? Dr. Lara Duncan, die Meeresbiologin, mit der Sie die Walbeobachtung und -zählung durchführen werden. Es ist ihre erste Expedition. Seien Sie also nett zu ihr.«

Mein verknoteter Magen rebellierte, und jedwede Variante eines klärenden Gesprächs, die ich im Geist durchexerziert hatte, löste sich in Luft auf. Du lieber Himmel! Es hätte nicht schlimmer kommen können! Wie verhielt man sich in einer solchen Situation? Am besten souverän, entschied ich. Genau. Ich würde einfach so tun, als wäre nichts geschehen. Gerade wollte ich meine Hand zum Gruß ausstrecken, da wandte sich Jayden ruckartig an Thomas.

»Können wir kurz reden?«, fragte er harsch.

Thomas wirkte zwar überrascht, nickte jedoch. »Natürlich.«

Die zwei Männer entfernten sich ein Stück, sodass ich ihre Unterhaltung nicht mithören konnte. Dennoch hätte ich auf beiden Augen blind sein müssen, um nicht zu sehen, dass Jayden eifrig auf Thomas einredete. Dieser allerdings wirkte nicht im Mindesten überzeugt, und als er antwortete, verhieß Jaydens Miene nichts Gutes. Nach dem kurzen Gespräch ging Thomas weiter zu einem anderen Kollegen, während Jayden auf mich zugestapft kam. Seine Stirn umwölkt zu nennen, wäre purer Euphemismus gewesen, und ich musste meinen ganzen Mut zusammennehmen, um nicht zurückzuweichen.

»Tauschen ist keine Option, wie's aussieht!«, sagte er in eiskaltem Ton. »Wir müssen wohl oder übel zusammenarbeiten. Ich hoffe, du verhältst dich professionell.«

»Wie bitte?«, entfuhr es mir. »Wenn hier einer unprofessionell reagiert, dann wohl d...«

Doch Jayden ließ mich einfach stehen. Perplex starrte ich ihm nach.

Da drehte er sich noch einmal um und rief: »Ein beschissenes Gefühl, nicht wahr?«

Ehe ich etwas tun oder sagen konnte, ging er weiter, um einer Gruppe von Männern zu helfen, die dabei waren, das Equipment von einem der Schlitten zu heben. Mir sank das Herz in die Kniekehlen. Offenbar war Jayden Mitchell nachtragend, und zwar so richtig. Das konnte ja was werden!

»Was war denn das?«, fragte Nishay, die plötzlich neben mir stand.

»Was genau meinst du?«, erwiderte ich, um Zeit zu gewinnen. Es fiel mir schwer, einen klaren Gedanken zu fassen.

»Na, der Kerl dort!«

Ich zuckte mit den Achseln. »Nichts Wichtiges. Er hat etwas missverstanden, das ist alles.«

Glücklicherweise blieb mir eine genauere Erklärung erspart, denn in diesem Moment wurden wir zum Mummychair beordert. Gleich darauf schwebten wir mit drei anderen durch die Luft und landeten schließlich an Bord der *Rosenrot*. Dort wurden wir von der Schiffscrew, die an den blauen Overalls mit dem Signet des Schiffes zu erkennen war, freundlich empfangen. Unser Gepäck stand bereits auf dem Deck.

»Willst du oben oder unten schlafen?«, fragte Nishay, nachdem man uns unsere Kabine zugewiesen hatte. Die Kajüte war klein, verfügte über ein Etagenbett, ein Waschbecken mit Spiegel, einen Klapptisch, einen Stuhl, eine Bank, einen schmalen eingebauten Schrank und eine Dusche mit Toilette.

»Unten«, antwortete ich. »Da ich nachts arbeiten werde und du tagsüber, will ich dich nicht stören, wenn ich mich abends zum Aufbruch fertigmache.«

Nishay hob die Augenbrauen. »Das Gleiche könnte ich sagen, wenn ich morgens aufstehe.«

Ich schmunzelte. »Auch wieder wahr.«

»Du kannst trotzdem gern unten schlafen, wenn du magst. Ich liege eh lieber oben.«

»Wunderbar, dann passt es ja!«

Ein Glück, dass ich mich wenigstens mit meiner Mitbewohnerin gut verstand.

»Soll ich dir das Schiff zeigen?«, fragte Nishay, nachdem wir unsere Sachen verstaut hatten, was angesichts des wenigen Platzes schnell erledigt war, da wir das meiste in den Koffern und Rucksäcken beließen.

»Unbedingt«, antwortete ich, begierig darauf, mit eigenen Augen zu sehen, was ich bisher nur von Bildern her kannte.

»Die *Rosenrot* ist wie eine kleine Stadt, in der du arbeiten, essen, schlafen, aber auch Sport treiben oder Kinofilme sehen kannst«, erklärte Nishay, als wir durch die Tür in den schmalen Korridor traten. Dabei wären wir fast mit einem vorbeilaufenden Crewmitglied zusammengestoßen. Der Mann nickte uns kurz zu, ehe er hastig seinen Weg fortsetzte. »Hier kann es ziemlich eng werden«, wies meine neue Freundin auf das Offensichtliche hin. »Aber daran wirst du dich gewöhnen. Und bereite dich schon mal darauf vor, dich am Anfang zu verirren. Hier gibt es unzählige Gänge! Lass uns erst mal nach oben gehen, aufs D-Deck. Im Unterdeck würden wir momentan nur stören, da sie gerade am Verladen sind.«

So liefen wir über den abgetretenen grünen Boden den Korridor entlang, bis wir eine schmale Treppe erreichten.

Dabei fielen mir die vielen Bilder und Poster an den Wänden auf, die für etwas Gemütlichkeit sorgten. Von Landschaften über Kinderzeichnungen bis zu Fußballteams war alles vertreten. Dafür war die Luft stickig, weil es nur in wenigen Räumen Bullaugen gab. Während unserer Besichtigung waren wir bemüht, den anderen nicht auf die Füße zu treten, die entweder ihrer Arbeit nachgingen oder wie wir eine kleine Führung durchs Schiff machten. Unsere Tour auf dem D-Deck führte uns zu den Kabinen der Crewmitglieder, zur Krankenstation, zum Labortrakt sowie zum Computerraum, wo ich Zeit verbringen würde, um Daten zu analysieren, sofern ich nicht gerade Wale beobachtete. Anschließend zeigte mir Nishay den Helikopterhangar, in dem zwei rot gestrichene Hubschrauber standen, bei deren Anblick sich mein Magen zusammenkrampfte.

»Zeigst du mir die Schiffskantine?«, fragte ich wohl wissend, dass sie sich ein Deck höher auf der gegenüberliegenden Seite der *Rosenrot* befand. Weit weg von den Helikoptern. Und von Jayden.

Nishay nickte. »Essen ist wichtig. Wegen der Kälte müssen wir dreimal so viele Kalorien zu uns nehmen wie sonst. Allerdings nimmt man hier auch schnell zu, deshalb ist der Fitnessraum unter Deck sehr begehrt. Wie der Pool, wo einmal die Woche Wasserball gespielt wird.« Sie senkte die Stimme. »Bei meiner letzten Expedition gab es hier sogar einen Diät-Club.«

»Wirklich?«, rief ich.

»Klar. Das Problem ist, dass sie einen exzellenten Koch an Bord haben. Freitags gibt es abwechselnd Bienenstich und Schokoladentorte. Zumindest war es das letzte Mal so, und Kaffeepausen mit Stückchen gibt es auch.« Nishay blähte die Wangen und ließ die Luft dann hörbar wieder entweichen. »Ich habe fünf Kilo zugelegt.«

»Das ist nicht dein Ernst!«

Angesichts meiner entsetzten Miene lachte Nishay amüsiert. »Doch. Das verschweigen sie einem nur im Vorfeld gern.«

Kaum waren wir auf dem C-Deck angelangt, wo sich unter anderem die Messe, die Bibliothek, in der auch Filmabende veranstaltet wurden, sowie ein Gemeinschafts- und Arbeitsraum befanden, da ertönte eine Durchsage durch das ganze Schiff.

»Wir bitten die Neuankömmlinge, sich zum Willkommensdrink in der Bibliothek auf dem C-Deck zu versammeln.«

Nishay und ich grinsten uns an. Als hätten wir es gewusst!

Keine zehn Minuten später standen etwa vierzig Personen eng an eng in dem hübsch eingerichteten Raum, in dem Teppichboden verlegt war und der tatsächlich an eine Bibliothek erinnerte, was an den Bücherregalen, Messinglampen und Holztäfelungen lag. Eine Wand war vollkommen leer, vermutlich, weil daran Filme projiziert wurden. Stühle standen gestapelt am Rand, damit alle Platz hatten. Offenbar waren bis auf Nishay nur diejenigen gekommen, die zum ersten Mal auf der *Rosenrot* waren, denn weder entdeckte ich Thomas Kuhlmann noch Jayden. Letzteres nahm ich entspannt zur Kenntnis. So fiel es mir leichter, mich auf den Schiffskapitän zu konzentrieren, einen für meinen Geschmack sehr gut aussehenden Chilenen mit dunklen Haaren, braunen Augen und einem kurzen, gepflegten Bart. Er stellte sich als Matías Muñoz vor und ich schätzte ihn auf Mitte vierzig.

»Willkommen an Bord der *Rosenrot*«, sagte er mit unwiderstehlichem spanischem Akzent. »Drei Monate lang werden Sie ein wertvoller Teil dieser Crew sein. Hundertundeine Personen leben und arbeiten von nun an hier. Die *Rosenrot* gehört zu den größten Eisbrechern der Welt«, erklärte er weiter, und man konnte den Stolz in seiner Stimme hören. »Der Platz ist jedoch begrenzt, deshalb gibt es klare Regeln, an die sich alle halten müssen.« Er zeigte auf einen Tisch in der Ecke, den ich bis dato nicht bemerkt hatte und auf dem ein Stapel Blätter lag. »Dort können Sie alles im Detail nachlesen. Trotzdem möchte ich Sie darauf hinweisen, dass der Tagesablauf auf der *Rosenrot* klar strukturiert ist und der Routine folgt. Anders als an Land können Sie nicht spontan eine Pause einlegen und in der Messe, also unserer Schiffskantine, etwas essen, wenn Ihnen danach ist. Das wäre logistisch nicht machbar. Natürlich haben Sie Zugang zum Kühlschrank, aber das Angebot ist begrenzt.« Mit einer Handbewegung wies er auf den kleinen Mann zu seiner Rechten, der die fehlenden Haare auf seinem Kopf durch einen beeindruckenden Schnauzer wettmachte und uns breit anlächelte. »Holger ist unser Schiffskoch, und für so viele Personen zu sorgen, ist für ihn und sein Team eine große Herausforderung. Deshalb sind die Mahlzeiten stark reglementiert.« Es folgte eine ausführliche Auflistung der Essenszeiten, ehe der Kapitän auf das Büfett entlang der nackten Wand wies. »Sie dürfen schon mal ein paar Häppchen kosten, dazu gibt es Orangensaft. Natürlich aus der Tüte. Frisches Gemüse und Obst sind auf dem Schiff Mangelware.«

»Wie? Kein Sekt?«, rief ein Spaßvogel hinter mir.

»An Bord wird kein Alkohol ausgeschenkt«, antwortete der Kapitän ein wenig unterkühlt. »Außer an Weihnachten und Silvester.« Dann fand er zu seinem Lächeln zurück. »Sie sehen, der Schiffskoch ist der wichtigste Mann an Bord. Natürlich neben dem Kapitän«, fügte er zwinkernd hinzu, und ich hörte Nishay seufzen. »Bis die Iljuschin entladen und betankt ist, damit sie zur Forschungsstation weiterfliegen kann, dauert es noch, deshalb legen wir erst morgen früh ab. Heute Abend essen wir in der Messe gemeinsam mit der Crew der Iljuschin, auch wenn es etwas eng werden wird. Und nun gebe ich das Wort an meinen Sicherheitsoffizier weiter, der Ihnen eine Einführung geben wird, wie Sie sich in einem Notfall zu verhalten haben.« Lächelnd wies er auf den Mann zu seiner Linken, einen finster dreinblickenden Mittfünfziger mit einer wulstigen Narbe auf der Stirn. »Ich verlasse Sie jetzt. Die Kommandobrücke wartet. Wir sehen uns heute Abend.«

»Hätte ich gewusst, wie sexy der neue Kapitän der *Rosenrot* ist, hätte ich andere Klamotten eingepackt«, bemerkte Nishay, als wir nach dem kleinen Empfang wieder unter Deck gingen.

»Du meinst etwas Luftigeres als die wattierte Unterwäsche, in der man wie ein Michelinmännchen aussieht?«, erwiderte ich feixend.

»Genau das meine ich.« Nishay verzog das Gesicht zu einem Bild des Jammers, was mich zum Lachen brachte.

Wer hätte gedacht, dass eine Meeresbiologin wie Nishay Raji, die immerhin zwei Doktortitel besaß, so locker und witzig sein würde? Ich schätzte mich glücklich. Wäre da nur nicht dieser missgelaunte braunäugige Pilot gewesen, der irgendwo auf dem Schiff sein Unwesen trieb!

»Du sagtest ›der neue Kapitän‹. Was ist denn mit dem früheren passiert?«, wollte ich wissen.

Nishay sah mich überrascht an. »Weißt du es nicht? Er wurde in der Bibliothek erschossen aufgefunden. Ungefähr da, wo du eben noch gestanden hast.«

Ich blieb wie angewurzelt stehen. »Du veräppelst mich doch!«

»Überhaupt nicht.«

Ich sah sie durchdringend an, worauf ihre bitterernste Miene erste Risse aufwies. Als ihre Mundwinkel zuckten und ihre dunklen Augen dazu übermütig funkelten, fiel mir ein Stein vom Herzen, und ich bedachte sie mit einem strafenden Blick.

Nishay lachte. »Du hättest mal dein Gesicht sehen sollen!«, rief sie. »Unbezahlbar! Keine Bange, der ehemalige Kapitän ist in Rente gegangen.«

»Sehr witzig, ehrlich.« Ich sah sie argwöhnisch an. »Machst du so was häufiger?«

Sie grinste. »Das war die Strafe dafür, dass du dich über meinen Seelenschmerz lustig gemacht hast.«

»Seelenschmerz? Nur weil du nicht die passende Kleidung dabeihast?« Ich schüttelte in gespielter Strenge den Kopf, was sie noch mehr amüsierte. »Du bist nicht hier, um den Kapitän zu verführen, sondern um den Krillbestand zu analysieren, pflanzliches und tierisches Plankton zu untersuchen und Experimente durchzuführen.«

Sie zuckte mit den Achseln. »Wer sagt, dass ich das nicht in Spitzenunterwäsche machen kann?«

Ich konnte nicht mehr länger an mich halten und prustete los. Obwohl Nishay ein paar Jahre älter war als ich, erinnerte sie mich mit ihrer unbeschwerten Art an Poppy. »Zeig mir lieber den Fitnessraum und den Pool, du Scherzkeks!«, sagte ich in liebevollem Spott.

Wie sich herausstellte, waren weder Pool noch Fitnessraum besonders groß, doch zum Austoben langte es allemal. Es gab sogar ein Laufband.

»Fahrräder sind da hinten«, sagte Nishay und zeigte auf einen separaten Raum.

»Fahrräder?«, wiederholte ich ungläubig.

»Logisch. Wenn die Wetterverhältnisse mitspielen und die Geophysiker auf dem Schelfeis zu tun haben, um Proben zu entnehmen und Ähnliches, können die anderen die Zeit für eine kleine Radtour nutzen.«

»Verrückt«, murmelte ich.

»Die Sauna«, sagte Nishay und zeigte auf eine Holztür, an der eine Notiz angebracht war, in der darüber informiert wurde, dass heute Herrentag war.

Danach riskierten wir einen Blick in den gigantischen Proviantraum und in die Laderäume, wo ein ständiges

Kommen und Gehen herrschte. Beim Anblick der Metallkisten und Container, die hereingetragen und gestapelt wurden, blieb mir der Mund offen stehen. Die Ausmaße waren gewaltig, was keine wirkliche Überraschung war. Irgendwo in den Unterlagen über die *Rosenrot* hatte ich gelesen, dass innerhalb von drei Monaten im Schnitt dreitausend Klopapierrollen und zehntausend Eier verbraucht wurden, um nur zwei Beispiele zu nennen. Da konnte einem ganz schön schwindelig werden! Nach den Laderäumen besichtigten Nishay und ich die Laborcontainer, was ich besonders spannend fand. Diese ambulanten Labore besaßen eine eigene Strom- und Wasserversorgung und wurden speziell für die Expedition an Bord gebracht. Ganz zum Schluss steckten wir die Nase in den Taucherraum, wobei der herbe Neoprengeruch bei mir einen Niesanfall auslöste.

Ich rieb mir immer noch die Nase, als plötzlich sieben kurze Töne und ein langer Ton durch die Korridore ertönten, und zwar in einer Lautstärke, die durch Mark und Bein ging. Mir blieb vor Schreck fast das Herz stehen. Es war der allgemeine Alarm, wie ich inzwischen gelernt hatte. Was war vorgefallen? Mit einem flauen Gefühl im Magen sah ich Nishay an, doch die lächelte breit.

»Das ist nur eine Übung«, sagte sie gelassen, und ich seufzte vor Erleichterung wie ein Ballon, aus dem hörbar die Luft entwich.

»Das grenzt ja an Körperverletzung«, brummte ich. Wenn das so weiterging, wäre ich in wenigen Tagen ein nervliches Wrack. »Kommt so was öfters vor?«

Nishay zuckte mit den Achseln. »Ab und an.«

Um uns herum breitete sich geschäftige Betriebsamkeit aus, als alle zu ihren Kabinen liefen, um ihre Rettungswesten zu holen. Wichtig war, dass keine Hektik oder gar Panik ausbrach. Wenig später versammelten wir uns auf dem Helikopter-Deck. Nachdem ich über eine Stunde in engen Räumen mit künstlichem Neonlicht verbracht hatte, mutete die endlose weiß-blaue Welt surreal an.

»Ich gehe wieder nach unten«, erklärte Nishay nach dem Ende der Übung.

»Ich bleibe noch ein bisschen und genieße die Aussicht«, antwortete ich und lehnte mich gegen die Reling.

Meine neue Freundin nickte verständnisvoll, dann ging sie davon. Seufzend schloss ich die Augen und genoss die kalte, saubere Luft auf meiner Haut. Wie spät mochte es sein? Schon bald würde es keinen Unterschied machen, ob es zwei Uhr nachmittags oder zwei Uhr nachts war. Ehrfurcht überkam mich. Dass ich tatsächlich hier war, an diesem wundersamen Ort, war vollkommen verrückt und auch unsagbar schön. Als sich unerwartet ein Schatten vor die Sonne schob, öffnete ich seufzend die Augen – und erschauderte. Vor mir stand Jayden und sah mich an wie ein böser Geist.

Königspinguine und eine Ohrfeige

Als der allgemeine Alarm ertönte, unterhielt sich Jayden gerade mit seinem Helikopterkollegen. Beide kannten sich seit Jahren und teilten sich die Kabine. Henrik war Norweger und noch länger dabei als Jayden. Es war bereits seine fünfte Fahrt mit der *Rosenrot,* aber die erste gemeinsam mit seiner Zwillingsschwester Ingrid, die mit ihm das zweite Walbeobachtungsteam bildete. Henrik hatte Thomas Kuhlmann im Vorfeld bekniet, mit seiner Schwester ein Team bilden zu dürfen, was auch der Grund war, warum der Expeditionsleiter nicht bereit war, personelle Änderungen vorzunehmen. Jayden hatte keine Wahl. Er würde wohl oder übel mit »Dr. Lara Duncan« zusammenarbeiten müssen. Dieser tausendmal verfluchten …! Er verbot sich, den Gedanken zu Ende zu bringen.

Henrik grinste, während er nach seiner Rettungsweste griff, die er in weiser Voraussicht auf sein Bett gelegt hatte. Er war ein vierschrötiger blonder Mann mit freundlichem Gesicht. »Der übliche Alarm, um die Neulinge aufzuschrecken«, sagte er.

Jayden nickte abwesend.

»Alles okay mit dir, Kumpel?«, fragte Henrik.

»Jaja«, wehrte er ab. »Ich bin heute nur mit dem falschen Fuß aufgestanden.«

»Das gibt sich wieder«, antwortete Henrik, der ewige Optimist.

Jayden zog sich ebenfalls die Rettungsweste über, ehe sich die beiden mit einem Pulk Menschen, die den Korridor bereits bevölkerten, nach oben begaben. Als sie auf dem Helikopter-Deck ankamen, sah er, dass Lara schon da war. Trotz der Polarkleidung und der Brille erkannte er sie sofort an ihrem Haarschopf und ihrer Statur. Sie war die größte Frau im Team. Jetzt, da sie die Kapuze zurückgeschoben hatte, verfingen sich die Sonnenstrahlen in ihren Strähnen, was die Farben darin auflodern ließ. Jayden knirschte mit den Zähnen. Er war sich so dämlich vorgekommen, als er ihr gestern Abend wie ein liebestoller Narr und mit einem Ständer in der Hose nachgerufen hatte! Dabei war alles perfekt gewesen. *Sie* war perfekt gewesen. Er hatte sich bereits ausgemalt, wie er sie langsam auszog, erst das Jäckchen, dann das geblümte Kleid und schließlich den BH, um sie anschließend zu verwöhnen. Er hatte ihr den Slip mit den Zähnen herunterziehen und sie ausgiebig lecken wollen, bis ihre blauen Augen sich verdunkelten und ihre unglaublichen Wimpern unkontrolliert flatterten. Sie wäre stöhnend unter ihm gekommen, hätte sich an ihm festgekrallt und nach Erlösung gebettelt ... Allein die Vorstellung daran ließ ihn wieder hart werden – und stinksauer!

Er war froh um seine verspiegelte Sonnenbrille. Es fiel ihm schwer, sich zu bändigen, und er war sicher, dass man ihm seine Empfindungen von den Augen ablesen konnte. Was ihn höllisch irritierte, denn normalerweise war er nicht so leicht aus der Fassung zu bringen. Doch genau das war gestern Abend geschehen! Nachdem Lara ihn eiskalt und ohne Erklärung abserviert hatte, war er in die nächste Bar gestürmt, hatte sich erst einen Scotch, dann einen zweiten genehmigt und kurz davor gestanden, eine vollbusige Brünette abzuschleppen. Ihr Name hatte mit T angefangen. Tanja oder Tamara. Er wusste es nicht mehr. Am Ende hatte er trotz der sexuellen Dürreperiode, die vor ihm lag, die Gelegenheit sausen lassen. Ihm war die Lust auf einen Höhepunkt vergangen, der vermutlich in etwa so befriedigend gewesen wäre wie ein Hamburger, den man in drei Bissen hinunterschluckte. Kein Vergleich mit dem Filet Mignon, das ihm Lara beschert hätte. Was seine Wut auf sie noch weiter entfacht hatte!

Nachdem an Bord der *Rosenrot* über Lautsprecher durchgegeben wurde, dass es sich lediglich um eine Übung handelte, zerstreuten sich die Menschen. Manche verschwanden wieder unter Deck, andere blieben und genossen die Aussicht. Darunter auch Lara, die neben einer kleineren Frau stand. Beide blickten zum Horizont, und Jayden erinnerte sich, wie überwältigt er beim ersten Mal gewesen war. Normalerweise verspürte er dieses Gefühl nach jeder Ankunft. Nur heute nicht, weil *sie* seine Gedanken beherrschte. Er stieß einen leisen Fluch aus. Lara hatte nicht nur den gestrigen Abend, sondern auch diesen kostbaren Moment versaut.

Was für ein Schock es gewesen war, als er sie in Kapstadt aus dem Bus hatte steigen sehen! Zunächst hatte er sie für eine Halluzination gehalten, die er auf den Schlafmangel und die Frustration zurückführte, doch auch nach dem zweiten und dritten Blick hatte sich seine Befürchtung bestätigt. Wenn er ehrlich zu sich war, war das Schlimmste daran gewesen, dass sein Herzschlag bei ihrem Anblick kurz aus dem Takt geraten war und er für den Bruchteil einer Sekunde so etwas wie Freude empfunden hatte – bis das Gefühl der Demütigung erneut über ihn hereingebrochen war.

Um dem Ganzen die Krone aufzusetzen, hatte Thomas ihn anschließend aufgeklärt, um wen es sich handelte. Seine Teampartnerin! Jayden hatte innerlich ein bitteres Lachen ausgestoßen. Das Schicksal zeigte ihm eine lange Nase. Trotz allem war ihm natürlich bewusst, dass Lara und er die Sache hinter sich lassen mussten, wollten sie als Team funktionieren. Schließlich war er Profi.

»Ich muss kurz jemanden begrüßen«, sagte er zu Henrik, der sich anschickte, nach unten zu gehen. »Ich komme nach.«

Die kleinere Frau hatte sich ebenfalls auf den Weg gemacht, sodass Lara allein war. *Jetzt oder nie*, dachte Jayden. Reglos wie eine Statue stand sie da und starrte in die Ferne. Zumindest nahm er das an, denn auch ihre Augen waren hinter einer Sonnenbrille verborgen. Als er sich vor sie stellte, reagierte sie nicht sofort, was ihn verwirrte. Ihre Lippen waren sogar zu einem kleinen Lächeln verzogen. Er wartete einige Sekunden ab, wollte schon das Wort an sie richten, als sie zusammenzuckte und einen Schritt zurücktrat. Jetzt hatte sie ihn bemerkt.

Wortlos sah er sie an, und obwohl er ihren Ausdruck nicht erkennen konnte, war offensichtlich, dass sie sich unter seinem Blick wand.

Gut.

Die Angelegenheit hinter sich zu lassen, war vernünftig, bedeutete aber nicht zwangsläufig, dass er es ihr leicht machen würde.

Lara räusperte sich. »Wegen gestern Abend ...«, begann sie zögernd. »Ich habe kalte Füße bekommen. Bitte nimm es nicht persönlich.«

Nimm es nicht persönlich? Was war das für ein beschissener Spruch? Und ob er es persönlich nahm! Schließlich war er Jayden Mitchell und nicht irgendeine Nulpe, die sie bei einer Weinprobe kennengelernt hatte und die sich an der Größe ihrer geangelten Fische maß. Mit einem Schlag waren seine guten Vorsätze dahin, die Sache auf zivilisierte Weise zu bereinigen. Wieder sah er sich auf der Straße stehen wie ein Volltrottel! Dachte sie wirklich, er werde sich so einfach abspeisen lassen?

»Mach dir deswegen keine Sorgen. Ich bin gestern noch gut auf meine Kosten gekommen«, log er kalt. »So gesehen war das gar nicht schlecht.« Er musterte sie von Kopf bis Fuß. »Eine verklemmte Tussi in meiner letzten Nacht an Land. Was für eine Pleite das geworden wäre!«

Klatsch!

Er hatte kaum seinen Satz beendet, da hatte er sich auch schon eine gefangen. Nicht dass die Ohrfeige geschmerzt hätte, Lara trug Handschuhe und besonders viel Kraft hatte sie nicht aufgewendet. Das Ganze ähnelte mehr einem Stupser als einem Schlag. Dennoch hatte Jayden diese Reaktion nicht kommen sehen. Lara offensichtlich auch nicht, wie er angesichts ihres halb offenen Mundes und ihrer starren Haltung annahm. Fast hätte er gelacht. Die Situation entbehrte nicht einer gewissen Komik, und seine Wut war buchstäblich mit einem Schlag verraucht. Wortlos sahen sie sich an – was hätte er darum gegeben, den Ausdruck in ihren Augen zu sehen! –, bis eine Stimme beide aus ihrer Regungslosigkeit riss.

»Was für ein Problem haben wir hier?«, fragte Thomas, der mit eiligen Schritten auf sie zukam.

Offenbar war der Zwischenfall nicht unbemerkt geblieben, und tatsächlich sahen einige der Umstehenden zu ihnen herüber. Klasse! Keine zwei Stunden an Bord und schon die Gerüchteküche angeworfen!

»Kein Problem«, antwortete er, während Lara sich anscheinend noch sammelte.

»Das sieht mir nicht danach aus«, bemerkte Thomas ernst und mit leiser Stimme, sodass nur sie ihn hören konnten. »Ich habe keine Ahnung, was hier vor sich geht. Aber regelt das! Ich kann in meinem Team keine Unstimmigkeiten gebrauchen. Ich zähle darauf, dass ihr euch professionell verhaltet!«

Lara, die knallrot geworden war, nickte eifrig. »Natürlich«, murmelte sie. »Tut mir leid. Kommt nicht wieder vor.«

Thomas sah Jayden abwartend an, worauf der ebenfalls nickte.

»Gut. Ich verlasse mich darauf.«

Nachdem der Expeditionsleiter gegangen war, rang Lara sichtlich nach Worten, während Jayden mit regloser Miene wartete.

Würde sie sich bei ihm entschuldigen? Oder war es an ihm, sich zu entschuldigen? Schließlich war er eben nicht sehr galant gewesen. Seine Bemerkung war definitiv ein Schlag unter die Gürtellinie gewesen. Verfluchter Mist! Er hasste nichts mehr als Komplikationen.

Er atmete tief durch. »Belassen wir es dabei und tun einfach so, als hätte es den gestrigen Abend und diesen Vorfall hier nie gegeben«, sagte er ruhig. »Okay?«

Sie stieß einen hörbaren Seufzer aus. »Okay.«

»Gut«, bemerkte er.

Es entstand eine unangenehme Pause, und als nichts weiter geschah, trat Jayden den Rückzug an. Er konnte spüren, wie sie ihm nachsah, und nahm sich vor, die Privatperson Lara Duncan aus seinem Gedächtnis zu streichen und sich von nun an ausschließlich auf ihre gemeinsame Arbeit zu konzentrieren. Ein Glück, dass die Polarkleidung jegliche Geschlechtsmerkmale ausradierte, so wäre es für ihn einfacher, mit ihr auf engstem Raum Zeit zu verbringen. Ohne sein Zutun schob sich vor sein inneres Auge ein Bild von Lara im Bikini, das er rasch zurückdrängte. Nicht auszudenken, wenn ihre Aufgabe darin bestanden hätte, Buckelwale in der Karibik zu beobachten!

* * *

O mein Gott!

Violet hätte mir wegen der Backpfeife sicher auf die Schulter geklopft, ich dagegen war nach der Tat wie versteinert. Bis zu diesem Augenblick hatte ich noch nie jemanden geohrfeigt, nicht einmal Ralph, nachdem ich ihn in flagranti mit der Frau aus dem Supermarkt erwischt hatte. Wo waren bloß meine Friedfertigkeit und mein Harmoniebedürfnis geblieben? Im Gegensatz zu mir hatte Jayden nicht im Mindesten schockiert gewirkt, sondern hatte sich gleichmütig über die Wange gestrichen. Ob ihm solche Vorfälle häufiger widerfuhren? Obwohl sich mein Schlag wegen der Handschuhe vermutlich harmlos angefühlt hatte, schämte ich mich in Grund und Boden. Aber seine Worte hatten mich unerwartet hart getroffen. Nicht nur, weil er »auf seine Kosten gekommen war«, sondern auch, weil er mich als totale Versagerin hingestellt hatte. Ich hatte reagiert, ohne zu überlegen. Als wäre in mir von allein eine Sprungfeder losgegangen. Ich pustete mir eine Strähne aus dem Gesicht. Wenigstens war er bereit, die ganze Sache zu vergessen, und das Gleiche würde ich ebenfalls tun. Ich war mit einer bestimmten Aufgabe hierhergekommen, und die würde ich mit Bravour erfüllen. Jawohl!

»Du hast deinem Piloten eine gescheuert?«, begrüßte mich Nishay, kaum dass ich unsere Kabine betreten hatte. Sie sprang von ihrem Bett herunter. »Erzähl!«

Wow! Gerüchte verbreiteten sich hier schnell.

Weil ich die Angelegenheit nicht noch mehr aufbauschen wollte, indem ich darüber sprach, schüttelte ich den Kopf. »Da gibt es nichts zu erzählen«, antwortete ich. »Die Sache ist erledigt. Am besten, du vergisst das Ganze wieder.«

»Vergessen?«, rief Nishay mit funkelnden Augen. »Bist du verrückt? Wenn man monatelang auf einem Schiff gefangen ist, kommt es auf jede Neuigkeit an.«

Überrascht sah ich sie an. »Aber Nishay, das hier ist doch keine Gefangenschaft! Hier zu sein, ist ein Geschenk!«

Nishay verzog schuldbewusst das Gesicht. »So habe ich das nicht gemeint. Du hast ja recht. Aber Klatschgeschichten können …«

»Ja?«, fragte ich nach, als sie zögerte.

»... das Salz in der Suppe sein.«

Ich teilte Nishays Meinung nicht. Vielmehr freute ich mich darauf, in meiner Arbeit aufzugehen, und brauchte das Getratsche über andere Menschen nicht. Gedanklich runzelte ich die Stirn. Sah ich die Sache vielleicht zu eng? Wie hatte mich Jayden noch mal bezeichnet? Als verklemmte Tussi?

Arschgeige!

»Heute Abend ist das gemeinsame Abendessen mit allen. Weißt du schon, was du anziehst?«, fragte ich im Scherz, wohl wissend, dass die Wahlmöglichkeiten begrenzt waren.

Nishay lachte. »Ich denke, heute ziehe ich das kleine Schwarze an.«

Das »kleine Schwarze« entpuppte sich als schwarze Cargohose und schwarzer Pullover, in denen Nishay hinreißend aussah, als steckte sie tatsächlich in einem kurzen Abendkleid. Was Jayden wohl von ihr halten würde? Der unliebsame Gedanke fuhr durch meinen Kopf, ehe ich ihn unterdrücken konnte, worüber ich mich ärgerte. Mich interessierte nicht die Bohne, was diesem sexbesessenen Macho gefiel oder nicht! Nichtsdestotrotz brauchte ich lange, um mich zwischen meiner olivfarbenen und meiner dunkelgrauen Cargohose zu entscheiden. Am Ende zog ich meine olle Jeans an und dazu ein rotes Sweatshirt.

In der Messe standen zehn Tische, an denen rund vierzig Personen sitzen konnten. An diesem Abend rückten alle zusammen, damit auch die Crew der Iljuschin Platz fand, was nur deshalb funktionierte, weil einige standen oder mit ihren Tellern an den Wänden lehnten. Es gab ein hervorragendes Zitronenhühnchen mit Reis und anschließend Schokomousse. Holger und seine beiden Küchenhilfen erhielten am Ende zu Recht stürmischen Beifall. Die Stimmung war gut, es gab viel zu erzählen, und so übertönte bald das Stimmengewirr die Musik, die irgendwo im Hintergrund lief. Ich plauderte mit Kwan und Rousseau, den beiden Wissenschaftlern, die am nächsten Tag zu ihrer Station fliegen würden, und ich lernte Ingrid kennen, mein Pendant aus der Tagschicht. Sie war Norwegerin und bildete ein Team mit ihrem Bruder Henrik.

Derweil erfuhr ich vieles, was über das theoretische Wissen hinausging, das ich mir in den letzten Monaten angeeignet hatte. Der schnellste Rechner im Computerraum, das wirkungsvollste Mittel gegen Übelkeit bei starkem Wellengang, Schwierigkeiten, die zu erwarten waren, darunter witterungsbedingte Ausfälle sowie die Gefahr, die von Whiteouts ausgingen.

»Wenn das Licht hell und diffus ist und jegliche Kontraste fehlen, können die Piloten den Abstand zum Boden oder zu den Eisbergen nicht mehr abschätzen, und es kann schnell zu Unfällen und sogar zu Abstürzen kommen«, erklärte Ingrid, was es mit den Whiteouts auf sich hatte. Sie war zwei Jahre älter als ich und trug ihre blonden Haare zu einem langen Zopf geflochten. »Aber sei unbesorgt«, sagte sie, als sie meine Miene sah. »Jayden ist ein erfahrener Pilot. Obwohl man nie vergessen darf, dass hier die Natur die Oberhand hat, nicht der Mensch. Hier sind wir die niedrige Spezies.«

Falls Ingrid etwas von dem unangenehmen Vorfall auf dem Helikopter-Deck mitbekommen hatte, ließ sie nichts darüber verlauten, wofür ich ihr dankbar war.

»Ich freue mich schon auf meine erste Sichtung«, sagte ich versonnen.

Ingrid lächelte. »In ein paar Tagen könnte es so weit sein. Morgen geht's erst mal mit Vollgas nach Westen, wo bisher die meisten Wale gesichtet wurden. Ich bin sehr gespannt!«

An diesem Abend erspähte ich Jayden zwar mehrmals, doch es kam glücklicherweise zu keiner direkten Begegnung. Dafür lernte ich unseren charmanten Datenrekorder kennen, also denjenigen, der das, was ich im Hubschrauber übers

Bordmikrofon durchgab, in einen Laptop eintippte. Neben meinen Beobachtungen würde er alles dokumentieren, was damit zusammenhing wie Sonnenreflexion auf dem Wasser, Eisvorkommen oder die Wetterverhältnisse. Sein Name war Philippe Belmont, ein Doktorand aus Paris. Weil ich mich im Vorfeld über ihn informiert hatte, wusste ich, dass er fünfundzwanzig Jahre alt war und zurzeit an seiner Dissertation über das Sozialverhalten von Finnwalweibchen arbeitete. Philippe war ein junger Mann aus wohlhabender Familie, mit halblangen, gewellten dunklen Haaren, graugrünen Augen und einem Kinngrübchen. Wir verstanden uns auf Anhieb, was vermutlich an seiner unkomplizierten Art lag sowie an seinem Enthusiasmus. Ebenso wie ich nahm er zum ersten Mal an einer Expedition teil. Innerlich atmete ich auf. Wenigstens gäbe es von dieser Seite keine Probleme.

Als am nächsten Morgen die schweren Maschinen der *Rosenrot* angeworfen wurden, stand ich neben vielen anderen auf dem Außendeck, um das Auslaufen des Schiffes mitzuerleben. Auf dem Schelfeis winkten uns Rousseau, Kwan und die Crew der Iljuschin zu, und während wir uns immer weiter vom Festland entfernten, schrumpften sie zu winzigen Punkten auf dem gleißenden Weiß zusammen.

Auf der mehrtägigen Fahrt zur nordwestlichen Spitze der Antarktischen Halbinsel, wo wir unsere Forschungen betreiben würden, lernte ich die übrigen Expeditionsteilnehmer kennen. Neunzehn Nationalitäten waren an Bord vertreten, viele verschiedene Sprachen wurden gesprochen, und uns alle verband die Liebe zur Natur und zur Wissenschaft. Am zweiten Abend hielten wir kleine Präsentationen, um uns gegenseitig vorzustellen. Inzwischen hatten wir unser Equipment aus den großen Metallboxen ausgepackt, und die ersten Laborversuche wurden vorbereitet.

Ich nutzte die Zeit auch, um mich mit den Abläufen auf dem Schiff vertraut zu machen, und stellte mit Bewunderung fest, was alles organisiert wurde, damit wir keinen Koller bekamen. Es würde unter anderem interessante Vorträge geben, ein Schachturnier, regelmäßige Pokerrunden, und selbst Tanz- und Gesangsstunden standen auf dem Programm. Bereits nach wenigen Tagen bildete sich ein zehnköpfiger Chor, der in zwei Wochen, an Heiligabend, auftreten wollte. Einige bastelten an der Weihnachtsdekoration, solange sie die Chance dazu hatten, denn waren wir erst mal in unserer Schwerpunktregion angelangt, stand uns nicht mehr so viel freie Zeit zur Verfügung. Uns erwarteten Zwölfstundenschichten ohne Wochenende, schließlich wollten die Tage hier sinnvoll genutzt werden.

Nachdem sich die Antarktis bei unserer Ankunft von ihrer sonnigen Seite gezeigt hatte, erfuhr ich kurz darauf, was es mit der Bezeichnung »raue See« wirklich auf sich hatte. Der Himmel war grau wie Blei, und unter uns schäumten die Wellenkämme. Dabei geriet die *Rosenrot* gehörig ins Schlingern, und so mancher rutschte auf seinem Stuhl quer durch die Messe. Wobei gerade dort in solchen Momenten kaum einer saß. Dafür hatten die Schiffsärztin und ihr Assistent alle Hände voll zu tun, und auch ich suchte die beiden auf, um etwas gegen die Seekrankheit zu bekommen. Allerdings nicht für mich, denn ich stellte mich als seefest heraus, was ein Segen war, sondern für die arme Nishay, die mit fahlem Gesicht in ihrer Koje lag und ein bemitleidenswertes Bild abgab.

Glücklicherweise war sie wieder auf dem Damm, als einen Tag später per Borddurchsage angekündigt wurde, dass wir unsere Zielregion erreicht hatten. Kurz darauf sah ich meinen ersten Eisberg. Himmel und Erde waren zu einer grauweißen Brühe verschmolzen, und als sich der frostige Riese aus dem Nebel schälte und mit majestätischer Anmut an uns vorüberzog, ähnelte er einem Geisterschiff. Draußen an Deck war es so still, als befänden wir uns in einer Zwischenwelt. Es war überwältigend und gespenstisch zugleich. Dieser Tag war der bis dahin kälteste, es wurden minus neunundzwanzig Grad gemessen, und mein schmerzendes Gesicht fühlte sich an, als sei es zu Wachs erstarrt. Es war ein Moment, der sich für immer in mein Gehirn einbrannte. Wie gern hätte ich Violet und Poppy davon berichtet, aber wir waren von der Zivilisation abgeschnitten. Sämtliche Kommunikation fand über ein Netzwerk von Satelliten statt, die ihre Konstellation dauernd änderten, was das Telefonieren oder Versenden von Nachrichten mit dem Handy so gut wie unmöglich machte.

Eine Woche lang schafften es Jayden und ich, uns aus dem Weg zu gehen. Sobald ich irgendwo seinen dunkelblonden Schopf erblickte, schwupps!, wechselte ich die Richtung, lief nach oben statt nach unten, fand mich im Taucherraum statt in der Messe wieder und so weiter und so fort. Auf diese Weise lernte ich jeden Winkel der *Rosenrot* kennen. Doch dieses Versteckspiel ließ sich natürlich nicht ewig fortsetzen. Am Vorabend meines ersten Hubschrauberflugs war damit Schluss. Während ich am Computer das Gebiet studierte, das wir in den nächsten Wochen abfliegen würden, setzte sich Jayden zu mir. Wie meistens trug er eine Cargohose und ein – für meine Begriffe – viel zu enges Sweatshirt, das die breiten Schultern und den dazugehörigen Brustkorb betonte.

Sein unwiderstehlicher Duft nach Holz und Orangenblüte setzte sich sofort in meiner Nase fest, und ich rutschte nervös auf meinem Stuhl hin und her. Führte er das Teufelszeug etwa in Kanistern mit? Zu meinem Leidwesen saßen wir recht nah beieinander, und obwohl an den drei anderen Computern eine Chemikerin und zwei Biologen arbeiteten, fühlte es sich an, als wären wir allein im Raum. Und immer wieder schlich sich die Erinnerung an unseren leidenschaftlichen Kuss in meine Gedanken.

»Bist du schon mal im Hubschrauber geflogen?«, fragte er mich mit dieser Stimme, die sich anfühlte, als würden warme raue Finger langsam über meine Wirbelsäule streichen.

Konzentrier dich auf den Bildschirm!, ermahnte ich mich.

»Zwei Mal«, antwortete ich ein wenig kurzatmig. »Rundflüge über Edinburgh und am Loch Lomond.«

»Das hier ist etwas völlig anderes«, schnaubte Jayden, worauf ich ihm einen bösen Blick zuwarf.

Ach was!

»Selbst bei klarem Himmel müssen wir mit heftigen Winden rechnen«, redete er ungerührt weiter. »Außerdem kann das Wetter innerhalb von Minuten umschlagen. Und du willst nicht in einen Schneesturm geraten, glaub mir!«

»Ich glaube dir ja. Trotzdem ist das noch lange kein Grund, mir Angst zu machen«, murmelte ich vorwurfsvoll.

Was sollte das? Wollte er sich als der große Held aufspielen?

Für einen Moment lastete drückendes Schweigen auf uns.

»Hier wurden letztes Jahr jede Menge Finnwale gesichtet«, sagte Jayden schließlich, als wäre nichts gewesen, und tippte einen Punkt auf dem Bildschirm an.

Froh über den Themenwechsel, atmete ich auf. »Ja, weiter oben aber auch. Wir teilen uns den Bereich mit Henrik und Ingrid auf.«

»Hier unten im Süden wird es Überschneidungen geben«, gab Jayden zu bedenken.

»Was nicht schlecht sein muss. Dann haben wir in manchen Fällen doppelte Daten …«

Wir diskutierten eine Weile so weiter, nüchtern und emotionslos, was mich zuversichtlich stimmte. Mit der Zeit würde ich schon vergessen, was zwischen uns vorgefallen war – *und wie charmant er sein kann, wenn er es darauf anlegt, eine Frau ins Bett zu kriegen.* Schluss jetzt, wies ich mich zurecht. Er war ein Mitglied des Teams. Mehr nicht.

Um neun Uhr am darauffolgenden Abend trafen sich Jayden, Philippe und ich mit dem Kapitän der Fahrtenleiterin, die für die Koordination der Helikopterflüge zuständig war, und dem Meteorologen, der uns zu unserer Erleichterung perfekte Flugbedingungen bescheinigte. Vor Aufregung hatte ich die Stunden davor kaum geschlafen, dennoch war ich hellwach, als hätte ich literweise Kaffee getrunken. Was am Adrenalin lag, wie ich wohl wusste, denn seit meiner Ankunft auf der *Rosenrot* litt ich an Schlafmangel. Nicht weil meine Koje unbequem war, sondern weil mein Körper noch nicht zu seinem Rhythmus gefunden hatte. Ich hatte jegliches Zeitgefühl verloren. Tag oder Nacht, Dienstag oder Sonntag. Schwer zu sagen.

Die Fahrtenleiterin Barbara, eine Deutsche aus Hannover, schien eine alte Bekannte von Jayden zu sein, denn sie umarmten sich zur Begrüßung und brachten sich anschließend gegenseitig auf den neuesten Stand. Dabei wechselten sie Sätze, die von Piston Engines, Noch- und Niederohmsystemen und externen Batter Packs nur so strotzten. Ich verstand nur Bahnhof! Alle um mich herum schienen von Barbara angetan zu sein, was vermutlich an ihrem Charisma lag. Denn das besaß sie, das musste ich ihr neidlos zugestehen. Sie war mittelgroß, schlank und ein wenig drahtig. Mit ihren kinnlangen roten Haaren und den blassblauen Augen in dem langen Gesicht war sie keine Schönheit wie Nishay, doch ihr selbstbewusstes Auftreten machte das locker wett. Auch war sie nicht auf den Mund gefallen und kam ohne Umschweife auf den Punkt. Ihre schmalen Lippen unterstrichen ihre Attraktivität sogar noch, und zu allem Überfluss hatte sie eine angenehm tiefe Stimme, wenn sie – natürlich akzentfrei – Englisch sprach.

Definitiv keine verklemmte Tussi.

Ich gab mir alle Mühe, sie zu mögen. Wirklich. Aber so recht wollte es mir nicht gelingen. Was vermutlich daran lag, dass sie mich im Unterschied zu den übrigen Anwesenden

– ausnahmslos Männer – wie Luft behandelte. Jayden besaß immerhin den Anstand, uns einander vorzustellen. Ich musste mich mit einem »Angenehm« und einem dünnen Lächeln begnügen. Sollte mir recht sein. Lange würden unsere Besprechungen eh nicht währen.

Nachdem wir unsere Route abgestimmt hatten, machte sich unser Dreierteam auf den Weg zum Heli-Deck, wo wir von gleißendem Sonnenlicht empfangen wurden. Noch immer empfand ich kindliches Staunen angesichts der Tatsache, dass es um neun Uhr abends taghell war. Wir zogen die Rettungswesten über unsere roten Overalls an und setzten die Helme mit integriertem Headset und Visier auf, dann stiegen wir in den Hubschrauber. Obwohl ich es nicht erwarten konnte, meine ersten Finnwale zu sehen, hatte ich ein mulmiges Gefühl, ließ es mir aber nicht anmerken. Philippe und ich nahmen unsere Plätze ein – ich links hinter dem Pilotensitz, weil hier die beste Aussicht war, er rechts davon –, dann betätigte Jayden einige Knöpfe, und die Rotoren setzten sich in Bewegung. Im Vorfeld hatten wir ein Linienraster für das gesamte Gebiet erarbeitet und würden nun aus einer Höhe von sechshundert Fuß, was knapp zweihundert Metern entsprach, die erste von vielen Linien abfliegen. Der Bereich, den ich im Auge behalten musste, begann an der imaginären Linie unter dem Helikopter und endete rund hundert Meter links davon.

»*Rosenrot*, Heli 1«, erklang Jaydens Stimme in den Kopfhörern.

»Hier *Rosenrot*«, kam es krächzend zurück.

»Wir starten.«

»Wind auf acht Uhr mit zehn Knoten.«

»Roger.«

Der Ruck, der nun durch die Maschine ging, trieb mir den Schweiß aus den Poren. Weil ich nach draußen blickte, bemerkte ich erst nicht, wie Jayden sich halb zu mir wandte, und zuckte daher erschrocken zusammen, als er mich mit der behandschuhten Hand am Knie berührte.

»Du brauchst dir keine Sorgen zu machen«, sagte er. »Ich habe jahrelange Flugerfahrung. Und es tut mir leid, wenn ich dir letztes Mal Angst gemacht habe. Das wollte ich nicht.« Sein Tonfall war ungewohnt sanft, und mein Magen flatterte. *Au Backe!* »Du wirst das Fliegen lieben, Lara, versprochen.«

Unfähig, etwas darauf zu erwidern, nickte ich, auch wenn er es nicht sehen konnte, weil er sich wieder seinen Instrumenten zugewandt hatte. Philippe ließ sich mit nichts anmerken, dass er Jaydens Worte gehört hatte, denn natürlich hatte er das. Schließlich waren wir alle drei per Funk miteinander verbunden. Die Rotoren drehten sich schneller und schneller, schon hoben wir senkrecht ab, dann schoss der Hubschrauber über die *Rosenrot* hinweg auf das offene Meer hinaus. Mein Magen rebellierte, gleichzeitig setzte ein Kribbeln ein. Nach wenigen Augenblicken beruhigte sich mein Magen, das Kribbeln aber blieb, was ich der grandiosen Kulisse um mich herum verdankte.

»Auf zehn Uhr!«, rief Jayden und zeigte sicherheitshalber links auf eine Eisscholle vor uns.

Mein Puls schoss in die Höhe. Königspinguine! Ich griff nach dem Fernglas, um sie zu betrachten, und mir kamen die Tränen, gleichzeitig musste ich lächeln. Sie waren so putzig in ihren altmodischen Smokings. Zugegeben, eine ziemlich unprofessionelle Charakterisierung für eine Meeresbiologin, aber ich konnte einfach nicht anders. Philippe beugte sich zu mir herüber, und ich reichte ihm das Fernglas.

»Hach«, seufzte er beim Anblick der Pinguine.

»Ja, oder?«

Wir lächelten uns an, bis der Hubschrauber abrupt zur Seite schwenkte und Philippe auf seinen Platz zurückgedrückt wurde.

»Es geht los, also konzentriert euch!«, ertönte Jaydens Stimme im Kopfhörer.

In gespannter Erwartung blickte ich nach draußen. Wale erkannte man an ihrem Blas, sprich an der Luft, die sie nach dem Auftauchen ausstießen, an ihrer Rückenflosse und dem Körper. Spezifisch für den Finnwal waren seine lange, schlanke Silhouette, die asymmetrische Farbgebung und der weiße rechte Unterkiefer. Leider war uns in dieser Nacht kein Erfolg beschieden, dafür kamen wir in den Genuss einer Robbenkolonie, die sich auf einer Eisscholle sonnte. Den Kopf voller wunderbarer Eindrücke und mit dem Vorsatz, alles Menschenmögliche zu unternehmen, um dieses Paradies zu erhalten, kehrte ich auf die *Rosenrot* zurück. Nachdem Jayden uns abgesetzt hatte, nahm er eine Geophysikerin und ihren Kollegen an Bord, um sie zu einem Eisberg zu fliegen, wo sie Bohrungen vornehmen wollten. Philippe und ich gingen indessen in den Computerraum, um das Ergebnis unserer ersten Sichtung zu übertragen. Dabei stellten wir fest, dass Henriks Team am gestrigen Tag ebenfalls erfolglos gewesen war. Nicht jeder Flug bedeutete zwangsläufig eine Sichtung. Sollte sich allerdings ein Trend abzeichnen, konnte es bedeuten, dass die Finnwale dieses Jahr einen anderen Weg nahmen. Aber natürlich war es für einen solchen Schluss noch viel zu früh.

Anschließend gingen Philippe und ich in die Messe, um etwas zu essen. Heute gab es Gulasch mit Nudeln. Zu meiner Überraschung trafen wir Nishay, die sich bereits über ihren Nachtisch hergemacht hatte.

»Nanu!«, rief ich erfreut. »Was machst du denn hier um diese Uhrzeit?«

»Ich habe mit einem Kollegen getauscht, weil ich nicht schlafen konnte, während der arme Kerl kaum aus dem Bett kam. Also …« Sie machte eine vielsagende Geste.

»Geht das denn so einfach?«

»Klar. In dem Fall schon. Wir sind gerade dabei, Wasserproben zu analysieren. Ob ich es mache oder er, ist wurst.« Sie zwinkerte. »Und? Wie war dein erster Flug?«

Natürlich war mir bewusst, dass es ihr vor allem um Jayden ging, doch ich spielte die Ahnungslose, zumal Philippe mit am Tisch saß. Ich brauchte die beiden einander nicht vorzustellen, denn sie kannten sich bereits vom Sehen her.

»Atemberaubend war's«, antwortete ich und stellte schnell klar: »Die Landschaft! Doch leider ergebnislos. Wir haben keine Finnwale gesehen, aber dafür Königspinguine und Robben.«

»Die sind niedlich, oder?«, erwiderte Nishay, und Philippe und ich nickten einhellig, bevor wir über unser Gulasch herfielen.

Wie immer schmeckte das Essen hervorragend, was ich auf einem Expeditionsschiff so niemals erwartet hätte.

»Du studierst Zoologie an der Sorbonne, habe ich gehört«, wandte sich Nishay an unseren französischen Teamkollegen. »Ich war dort während eines Auslandssemesters. Kennst du zufällig Professor Thibaut? Er lehrt Meeresökologie und -erhaltung.«

Philippes tiefblaue Augen leuchteten auf. Er war wirklich ein hübscher Kerl und freundlich noch dazu, die Studentinnen an der Uni mussten ihm scharenweise nachlaufen. »Klar. Der lila Kauz.«

Nishay lachte. »Richtig! So wurde er zu meiner Zeit auch schon genannt. Wegen seiner überdimensionalen Hornbrille.«

Daraufhin entwickelte sich zwischen den beiden eine rege Unterhaltung, die ich amüsiert mitverfolgte.

»Hast du ein Glück!«, schwärmte Nishay, nachdem Philippe gegangen war. »Du arbeitest mit zwei der heißesten Typen auf dem Schiff.« Sie seufzte theatralisch. »Meine Teampartnerin ist eine dauerschlechtgelaunte Portugiesin, die sich immerfort über die Kälte beschwert. Kann man ja auch nicht erwarten, wenn man in die Antarktis reist.« Sie verdrehte genervt die Augen.

»Lass ihr ein wenig Zeit. Sie wird sich sicher daran gewöhnen.«

»Hoffentlich.«

»Sag mal ...« Ich zögerte. »Kennst du Barbara, die Fahrtenleiterin?«

Nishay hob die Augenbrauen. »Klar kenne ich Barbara. Eine tolle Frau! Sie war früher mal Kunstfliegerin. Wieso?«

Kunstfliegerin, na super. Wahrscheinlich hat sie schon im Alter von fünf Jahren an ihrem ersten Helikopter rumgeschraubt!

»Nur so. Ich habe sie heute kennengelernt.«

»Ah.« Nishay nickte. »Bitte sie mal darum, von ihrem legendären Flug in Manitoba zu erzählen. Eine Wahnsinnsnummer, die sie da abgezogen hat!«

Ich lächelte gequält. »Klar.«

Eher klettere ich nackt auf den nächsten Eisberg!

Zum Glück wechselte Nishay das Thema. »Du hast Feierabend. Ich habe Feierabend. Wie wäre es, wenn wir ein bisschen schwimmen gehen. Hast du den Pool schon getestet?«

Ich schüttelte den Kopf, während ich mir ein Stück Apfelkuchen holte.

»Und? Hast du Lust?«

»Klar«, antwortete ich und setzte mich wieder. »Ich wollte schon die ganze Zeit hin, aber es hat sich irgendwie nicht ergeben. Allerdings haben wir eben gegessen.«

Nishay grinste. »Das ist kein olympisches Becken. Der Pool misst gerade mal drei mal neun Meter. Wir werden nicht ertrinken. Du schon gar nicht«, ergänzte sie frech.

»Haha«, entgegnete ich mit gespielter Empörung, beschloss aber dennoch, den Teller mit dem Apfelkuchen zurückzustellen.

Eine halbe Stunde später ließen wir uns in das warme Wasser gleiten, was sich herrlich anfühlte, zumal wir den Pool ganz für uns allein hatten,

»So eine Nachtschicht hat Vorteile«, bemerkte Nishay und seufzte zufrieden. »Auch wenn auf dem Schiff rund um die Uhr gearbeitet wird, ist tagsüber doch mehr los.«

Während wir entspannt dalagen, plauderte sie aus dem Nähkästchen. Sie erzählte von der Schiffsärztin, die ihre Liebe zu Frauen erst spät entdeckt und sich deshalb vor drei Jahren von ihrem Mann getrennt hatte; von Holger, dem Koch, der früher Profiboxer gewesen war, aber nach einer Hirnverletzung beschlossen hatte, seine Karriere an den Nagel zu hängen; von Thomas, der seit dem Tod seiner Tochter stets eine Venusmuschel bei sich trug, weil sie immer gern damit gespielt hatte; von Michelle Esperanza, der Präsidentin des APF, die ihre Tablettensucht überwunden und es allen Widerständen zum Trotz bis ganz nach oben geschafft hatte …

Ungläubig lauschte ich Nishays Worten. »Was du alles weißt! Keine Ahnung, wie du das hinbekommst«, bemerkte ich mit widerwilliger Bewunderung. »Du bist wie eine wandelnde Liftfasssäule.«

»Das nehme ich jetzt mal als Kompliment«, antwortete Nishay und legte den Kopf in den Nacken, sodass ihre langen schwarzen Haare im Wasser schwammen. Sie schloss die Augen. »Das liegt vermutlich daran, dass ich im Gegensatz zu dir mit den Leuten rede und mich nicht verkrieche.«

»Das tue ich doch gar nicht«, widersprach ich.

»Gut, dann beweis es mir.« Nishay öffnete die Augen. »Heute Nacht ist eine Pokerrunde. Lass uns da hingehen.«

»Morgens um vier?«

Nishay hob lediglich die Augenbrauen.

»Jaja, ich weiß. Die Uhrzeit hat hier keine Bedeutung.« Ich lachte. »Als wären wir in Las Vegas.«

»Warst du schon mal dort?«

Ich verneinte. »Aber ich würde mir das gern ansehen.«

»Ist vermutlich wie hier. Man verliert jegliches Zeitgefühl, nur dass man hier sein Geld nicht einbüßt.«

»Nicht?«, entgegnete ich. »Worum wird denn gespielt?«

»Um Extraportionen Eis, Schokolade, Duschgel. Alles, was man im Shop kaufen kann.«

Ich brach in Lachen aus. »Wie aufregend!«

»Sage ich doch. Also? Bist du dabei?«

Kurz überlegte ich, aber dann schüttelte ich den Kopf. Das warme Wasser hatte meine verspannten Muskeln gelockert, und ich fühlte mich angenehm schläfrig. »Nächstes Mal gern. Doch ich muss unbedingt Schlaf nachholen, und gerade ist mir danach.«

»Alles klar.« Nishay zwinkerte. »Ich nehme dich beim Wort. Kannst du überhaupt Poker spielen?«

Ich verriet ihr nicht, dass unser Vater leidenschaftlicher Pokerspieler gewesen war und seiner ältesten Tochter das Spiel schon früh beigebracht hatte, und antwortete stattdessen: »Ein wenig.«

Schließlich wollte ich auch mal für eine Überraschung gut sein!

VOLLTREFFER!

Auch in den darauffolgenden Nächten zeigten sich keine Wale, zudem funkte uns das Wetter immer wieder dazwischen, sodass der Hubschrauber etliche Male nicht starten konnte. Entsprechend groß war meine Enttäuschung. Das einzig Gute daran war: Mir blieben die Treffen mit Super-Barbie erspart, wie ich die blasierte Fahrtenleiterin Barbara insgeheim nannte. An solchen Tagen verlagerten Philippe und ich unseren Beobachtungsposten auf das Krähennest der *Rosenrot*, das fünf Meter über der Brücke schwebte und über eine Leiter erreichbar war. Aber auch da war uns das Glück nicht hold. Während ich immer frustrierter wurde, übte sich Ingrid in Gleichmut.

»Das muss nichts bedeuten«, sagte die blonde Norwegerin. »Die Finnwale haben die letzten Jahre diese Route genommen. Sie werden über kurz oder lang auftauchen, du wirst sehen.«

Ähnlich zuversichtlich äußerte sich Nishay, die zusammen mit ihrer Kollegin in dem Gebiet ein großes Krillvorkommen ausfindig gemacht hatte. »Einen solchen Leckerbissen werden sich deine Wale nicht entgehen lassen.«

Ich hoffte von Herzen, dass die beiden Frauen, die über mehrjährige Expeditionserfahrung verfügten, recht behielten. Als Nishay mich eine Woche vor Weihnachten erneut fragte, ob ich Lust auf eine nächtliche Pokerrunde hätte, sagte ich freudig zu. Ich konnte ein Erfolgserlebnis gut gebrauchen! Im Gemeinschaftsraum waren zwei Tische zusammengeschoben worden, sodass fünf Personen Platz nehmen konnten. Als Nishay und ich eintrafen, saßen unsere drei anderen Mitspieler bereits am Tisch. Zu meiner Erleichterung war Super-Barbie nicht darunter. Das hätte mir noch gefehlt, dass sie sich auch beim Pokern als Überfliegerin erwiesen hätte! Ernsthaft. In dem Fall wäre ich sofort aus dem nächsten Bullauge gesprungen.

Im Gegenzug war Jayden mit von der Partie. Mein Herz machte bei seinem Anblick einen Satz, was natürlich albern war, da kaum eine Nacht verging, die wir nicht miteinander sprachen. Doch ihn in meiner freien Zeit zu treffen, unseres sicheren professionellen Umfelds beraubt, war etwas völlig anderes. Denn auch wenn ich es mir ungern zugestand, dieser Mann ließ mich nach wie vor nicht kalt. Schon, wie er da saß – in dieser lässigen, aber nicht nachlässigen Haltung, als könnte er bei der kleinsten Bedrohung den Schalter umlegen und zur Tat schreiten –, erzeugte ein Kribbeln in meiner Magengegend. Als er mich mit seinem typischen trägen Ausdruck musterte, verstärkte sich das Gefühl noch.

Evolutionsbiologen hätten an meiner physischen Reaktion ihre wahre Freude gehabt!

»Heute ohne Anhängsel?«, begrüßte er mich mit hörbarem Spott und spielte damit auf Philippe an, mit dem ich in letzter Zeit oft zusammensaß. Selbst Nishay hatte sich deswegen eine Bemerkung nicht verkneifen können, obwohl ich ihr versichert hatte, dass es sich um einen rein fachlichen Austausch handelte. Gut, zweimal hatten wir nach unserer Schicht an der Bar in der Bibliothek alkoholfreie Cocktails geschlürft und über Gott und die Welt gesprochen. Und ja, es schmeichelte mir, dass Philippe hin und wieder mit mir flirtete, schließlich war er zehn Jahre jünger und nicht gerade unansehnlich.

Ignorier Jaydens Kommentar, riet mir die Stimme der Vernunft, aber natürlich hörte ich nicht auf sie.

»Er ist nicht mein Anhängsel«, entgegnete ich spitz. »Er benötigt meine Expertise für seine Dissertation über das Sozialverhalten von Finnwalweibchen.«

»Das Sozialverhalten von Finnwalweibchen.« Jayden setzte bewusst eine Pause. »Klar, dass du dich da auskennst.«

Wortlos nahm ich ihm gegenüber Platz, um ihn beim Spiel im Auge zu behalten. War die Bemerkung wortwörtlich gemeint oder hatte er mich gerade mit einem Finnwal verglichen? Äußerlich gab ich mich ungerührt, doch in Wirklichkeit brodelte es in mir, und ich beschloss, ihm eine Lektion in Bescheidenheit zu erteilen. Erfolg beim Pokern hatte wenig mit Glück zu tun, sondern mit Psychologie. Regel Nummer eins: Wiege deine Mitspieler in Sicherheit und lass sie glauben, dass du leicht zu schlagen bist. Ich grüßte meine beiden anderen Mitspieler und versuchte, sie einzuschätzen. Ich kannte sie nur flüchtig, doch beim Pokern würde sich mir ihr Charakter schon offenbaren.

Daniel, ein schmächtiger Glaziologe mit weichen Händen, aber hartem Blick, durfte ich nicht unterschätzen. Erst vor wenigen Nächten war ich Zeugin gewesen, wie er einen Kollegen heruntergeputzt hatte, und zwar mit leiser Stimme, was eine immense Wirkung entfaltete. In ihm steckte definitiv mehr, als es den Anschein hatte. Pablo, ein gutmütiger, wenn auch etwas großmäuliger Techniker war vermutlich mehr Schein als Sein. Nishay schätzte ich so ein, dass sie aus Spaß an der Freude mitspielte und es ihr gleich war, ob sie gewann oder verlor. Und was Jayden betraf, nun, bei ihm würde ich auf der Hut sein. Was letzten Endes für alle hier am Tisch galt, denn Regel Nummer zwei lautete: Unterschätz deine Mitspieler nicht. Die Menschen entsprachen selten dem Bild, das sie nach außen hin vermittelten. Ich zum Beispiel trug meine Haare auf eine mädchenhafte

Weise offen auf den Rücken fallend, und als ich zum Dealer ernannt wurde und ein wenig ungeschickt die Karten mischte, lag ein schüchternes, fast entschuldigendes Lächeln auf meinen Lippen.

»Der Mindesteinsatz liegt bei drei Schokokugeln«, sagte ich aus dem Wissen heraus, dass an Heiligabend jeder von uns eine kleine, vom APF gesponserte Box mit Weihnachtsleckereien bekommen würde, darunter bunte Schokokugeln.

»Verdammt!«, rief Pablo, der Techniker. »Du legst ja gleich mit schweren Geschützen los.«

»Lieber nur eine Kugel?«, fragte ich, doch weil sonst niemand einen Einwand hatte, winkte Pablo ab.

»Drei Schokokugeln«, bestätigte er ein wenig knurrig.

Ein Spieler nach dem anderen legte drei Jetons in die Mitte des Tisches und erhielt von mir zwei Karten. Diese erste Runde, die Nishay mit einem relativ schwachen Blatt gewann, was sie mit einem Jauchzen und ausgestreckter Faust quittierte, gab mir die Möglichkeit, meine Mitspieler zu studieren. Daniel hielt sich unnatürlich gerade, Jaydens Miene war eine Maske der Gleichgültigkeit, während Nishay sich ein Grinsen kaum verkneifen konnte und Pablo an seinem Goldarmband nestelte. In der nächsten Runde stieg ich in das Spiel mit ein. Obwohl mein Blatt schlecht war, beschloss ich, zu bluffen, aber etwas in Daniels Miene hielt mich davon ab, aufs Ganze zu gehen, und ich gab auf. Vier Schokokugeln weniger für mich. Doch das beunruhigte mich nicht. Ich würde sie mir schon zurückholen.

In der nächsten Runde erhielt ich eine Pikneun und einen Pikbuben, was ein vielversprechendes Blatt war, trotzdem hielt ich mich zurück. Ich wollte nicht gleich zu Beginn meine Mitspieler aufscheuchen. Ich spürte Jaydens Blick auf mir ruhen, was mich mehr zu verunsichern drohte als alles andere. Den Platz vis-à-vis zu wählen, war vielleicht doch keine so gute Idee gewesen, und ich ertappte mich dabei, wie ich mit zwei Fingern meiner linken Hand schnippte. Verdammt! Als ich aufschaute, sah mich Jayden unverwandt an. Ein wissendes Lächeln umspielte seine Lippen, und mir wurde heiß und kalt.

Konzentrier dich auf das Spiel!

Ich warf hin. Sollte er ruhig glauben, er hätte mich mit seinem dämlichen Grinsen aus dem Konzept gebracht. Nachdem ich zwanzig Jetons verloren hatte, was zehn Schokokugeln, zwei Spekulatius und einem Lebkuchenherz entsprach, straffte ich mich innerlich. Es wurde Zeit, endlich ins Spiel einzusteigen! Und es machte sich bezahlt. Ich gewann mit einem Vierling zwanzig Jetons zurück, ließ es aber so aussehen, als wäre ich überwältigt und würde ziemlich erfolglos versuchen, meine Freude zu kaschieren. Was ein wenig dadurch geschmälert wurde, dass Nishay mir um den Hals fiel. Sie hatte bis auf das erste kein weiteres Spiel gewonnen, ihrer guten Laune freilich tat das keinen Abbruch. Bisher hatte Daniel, der Glaziologe mit dem harten Blick, zwei Mal gewonnen und alle anderen jeweils ein Mal. Ich mutmaßte, dass Jayden ebenfalls abwartete, um loszulegen, und beschloss, ihm zuvorzukommen.

Ich ziehe dich bis aufs Hemd aus, Honey!

Die Röte, die mir bei dem Gedanken prompt ins Gesicht stieg, war mir zwar unangenehm, zumal sich Jaydens Lippen erneut kräuselten, gleichzeitig trieb mich seine Selbstzufriedenheit an. Das Kribbeln in meinem Bauch verstärkte sich. Wie ich dieses Spiel liebte! Das Herausfordern, das Parieren, das Dominieren. Als die nächste Runde mit einer Karozehn, einem Kreuzbuben und einem Kreuzass startete, sah ich den Moment gekommen, abzusahnen, denn ich hatte eine Karoacht und einen Karobuben auf der Hand. Allerdings stand ich angesichts der vielverheißenden Gemeinschaftskarten mit dem Vorhaben nicht allein da. Über den Pokertisch legte sich eine knisternde Spannung. Daniel wurde steif wie ein Brett, Nishay rutschte auf ihrem Stuhl hin und her, und Jaydens

Blick nahm einen lauernden Ausdruck an. Ich selbst unterdrückte den Impuls, mit allen Fingern und Zehen zu schnippen. Eine Straße, also fünf aufeinanderfolgende Karten, war drin, ein Drilling oder Vierling, und mit etwas Glück sogar ein Straightflush. Fünf aufeinanderfolgende Karten derselben Farbe waren der Traum eines jeden Pokerspielers und für mich zum Greifen nah! Deshalb erhöhte ich auf zwanzig Jetons, was einem Schokoweihnachtsmann entsprach, und alle zogen mit.

Als beim nächsten Mal die Karoneun aufgedeckt wurde, rückte der Straightflush in greifbare Nähe, und ich gab mir alle Mühe, mir meine Anspannung nicht anmerken zu lassen. Eine Karodame oder eine Karosieben musste her. Oder ein x-beliebiger König, um eine Straße zu vervollständigen. Wie hoch waren die Chancen? Zwanzig Prozent? Wieder spürte ich Jaydens bohrenden Blick auf mir ruhen, sah aber nicht auf. Ich durfte mich auf keinen Fall ablenken lassen! Trotz der guten Vorsätze spürte ich, wie der Puls an meiner Kehle schlug. Nicht ohne Grund hatte ich einen Rollkragenpullover angezogen, denn mein Hals rötete sich, wenn ich nervös war. Daniel gab unerwartet auf, und Nishay erhöhte mit leicht zitternder Hand auf fünfundzwanzig Jetons. Als Jayden und ich mitzogen, sah sie uns beinahe vorwurfsvoll an. Nun hing alles von der letzten Gemeinschaftskarte ab. Als Pablo sie aufdeckte, blitzte sein Armband im Schein des künstlichen Lichts kurz auf. Gebannt starrten wir auf die Karte: die Pikvier.

Mir sackte das Herz in die Kniekehlen, *Mist verflucht!*, gleichzeitig zuckten meine Mundwinkel, nur kurz, aber lange genug, um den Anschein des Triumphs zu erwecken. Jetzt galt es zu bluffen, was das Zeug hielt, denn außer einem läppischen Paar Buben hatte ich nichts auf der Hand. Nishay neben mir stöhnte leise und warf das Handtuch. Die Pikvier hatte so manchen Traum am Tisch platzen lassen. Nun war es an mir, zu setzen. Ich hob den Blick, sah Jayden fest in die Augen und lächelte, dann schob ich alles, was ich hatte, in die Mitte des Tischs. Dreiundvierzig Jetons. Jaydens Miene blieb reglos, und wenngleich er sich um Gelassenheit bemühte, konnte ich seine Anspannung spüren. Sein Blick tastete mein Gesicht ab, als würde er es nach der Wahrheit durchforsten. Da konnte er lange suchen! Obwohl mein Puls raste, gab ich mich äußerlich gelassen und lehnte mich zurück. Das Lächeln auf meinem Gesicht war wie festgetackert.

»Nun macht schon!«, flüsterte Nishay neben mir. Fehlte nur noch, dass sie auf ihrem Stuhl herumzappelte.

Unbeirrt starrten Jayden und ich uns an. Seine dunklen Augen hatten nichts Sanftes an sich, und eine Warnung lag darin. Gefährlich und verheißungsvoll. Ich spürte, wie sich die Hitze nicht nur an meinem Hals ausbreitete. Das hier war wie Sex, nur besser.

Dann verzog er die Lippen zu einem Haifischlächeln. »Netter Versuch«, sagte er und ging mit allem mit, was er hatte. »Ich will sehen.«

Verdammt, verdammt, verdammt! Als ich mir unwillkürlich auf die Unterlippe biss, wurde sein Lächeln noch heimtückischer. Ich habe dich, schienen seine Augen zu sagen. Ich ärgerte mich schwarz, denn normalerweise funktionierte die Unschuldsnummer beim ersten Mal ganz gut, gleichzeitig spürte ich ein lustvolles Ziehen im Unterbauch. Von Jayden bezwungen zu werden, gefiel mir offensichtlich, also dem limbischen System in meinem Gehirn, um genau zu sein. Mit finsterer Miene deckte ich mein Karten auf, doch statt des erwarteten Geräuschs der Freude erklang von der anderen Seite des Tischs ein lautes »Fuck!«.

Als ich hinsah, stutzte ich und musste dann lachen.

Jayden hatte ein Paar Zehner.

»Das höchste Paar entscheidet«, sagte ich und zog den gesamten Pott zu mir heran. Das bedeutete Schokolade für viele Wochen. »Und mit dem läppischen Blatt verlangst du, zu sehen, Jayden? Dein männliches Ego war da wohl größer als dein Verstand.«

Während Nishay begeistert in die Hände klatschte und mir gratulierte, befeuerte mich Jayden mit Blicken, die mich zu verbrennen drohten. Nur mit Mühe widerstand ich der Versuchung, mir mit der Hand über den verschwitzten Nacken zu fahren. Dann aber entspannte sich seine Miene, und er lächelte mild.

»Gut gespielt«, sagte er mit einer samtigen Stimme. »Ich freue mich auf die Revanche.«

Puh! So mussten sich Hitzewallungen in den Wechseljahren anfühlen. »Aber nicht heute«, erwiderte ich und stand rasch auf. »Ich bin müde, ich gehe schlafen.«

Läufst du schon wieder weg?, schien mir Jaydens Blick zu sagen. Ich ignorierte ihn.

»Jetzt schon?«, maulte Daniel.

»Tut mir leid. Wir können das gern die Tage wiederholen«, erwiderte ich. »Damit ihr eure Schokolade rechtzeitig vor Weihnachten zurückgewinnen könnt. Versprochen.«

»Unbedingt«, sagte Pablo mit einem breiten Grinsen. »Obwohl ich nicht so viel verloren habe, wie so manch anderer hier.«

In Jaydens Wange zuckte es kurz.

»Also mir hat es Spaß gemacht«, meinte Nishay und stand ebenfalls auf. »Ich gehe auch schlafen.«

Daniel seufzte. »Okay. Aber nächsten Freitag, einen Tag vor Heiligabend, treffen wir uns wieder hier um die gleiche Uhrzeit.«

Heute war Freitag?

»Machen wir!«, antwortete ich gut gelaunt, packte meine Jetons in eine Tüte und ging Richtung Tür.

Nishay folgte mir.

Der durchdringende Blick, den mir Jayden beim Abschied zuwarf, sorgte dafür, dass ich anschließend einen höchst beunruhigenden Traum hatte. Ich fand mich in einem menschenleeren Casino wieder, in dem ausschließlich Strip-Poker gespielt wurde und wo mein unrasierter, erbarmungsloser Gegner mit Schlafzimmerblick einen Royal Flush nach dem anderen aus dem Hut zauberte, bis ich irgendwann nackt vor ihm auf dem grünen Filz lag. Was dann folgte, war derart turbulent, dass ich schweißgebadet und mit rasendem Herzklopfen aufwachte. Ich erinnerte mich an jede aufregende Einzelheit und fragte mich, ob ich Jayden je wieder in die Augen schauen konnte.

Es stellte sich heraus: Ich konnte.

* * *

Nachdem die ersten beiden Wochen eher ruhig verlaufen waren, überschlugen sich kurz vor Weihnachten plötzlich die Ereignisse. In einem der Laborcontainer versagte die Strom- und Wasserversorgung, wodurch die Kühltruhen ausfielen und Eisproben aus früheren Expeditionen vernichtet wurden, die als Abgleich zu aktuellen und zukünftigen Proben dienen sollten. Das Eis, das teilweise fünfhunderttausend Jahre alt gewesen war, hatte einen wertvollen Einblick in Klimaveränderungen der Vergangenheit geboten. Ein herber Verlust, der die Arbeit von zwei Jahren zunichtemachte! Natürlich gab es darüber Aufzeichnungen, doch ohne die Nachweise waren sie nicht aussagekräftig. Die Wartungsleute versicherten, dass sie – streng nach Vorschrift – im Hafen von Punta Arenas die Labore vor dem Beladen gründlich gecheckt hatten und dass das betreffende Labor erst mit Eintreffen der Wissenschaftler vor zwei Wochen geöffnet worden war. Für die Glaziologen war das nur ein schwacher Trost. Ihre Arbeit stellte einen wichtigen Beitrag zur Erforschung des Klimawandels dar. Entsprechend düster war ihre Stimmung.

Anders erging es unserem Walbeobachtungsteam, denn keine vierundzwanzig Stunden nach der Pokernacht gab es für uns eine vorzeitige Bescherung.

Unsere Schicht neigte sich bereits dem Ende zu, als Jayden plötzlich nach vorne wies. »Lara! Nebelfontänen auf elf Uhr!«, rief er.

O mein Gott, endlich!

Vor Freude hätte ich fast in die Hände geklatscht. Und tatsächlich: Links unter mir stieg der charakteristische Blas aus dem Meer. Gleich drei Mal! Lange dunkelgraue Körper glitten durchs Wasser, anmutig und sehr schnell. Finnwale mochten in Sachen Größe nur an zweiter Stelle nach dem Blauwal liegen, aber in Sachen Schnelligkeit machte ihnen kein anderer Wal etwas vor. Sie erreichten Spitzengeschwindigkeiten von siebenundvierzig Stundenkilometern, was auch der Grund war, warum Sichtungen aus dem Hubschrauber hilfreicher waren als die vom Krähennest aus, denn das Schiff kam zu langsam voran.

Ich griff nach dem Fernglas und konnte spüren, wie das Herz hart in meiner Brust klopfte. Ich suchte, zoomte heran, und da sah ich ihn deutlich, den asymmetrisch gefärbten Unterkiefer.

»Zwei erwachsene Tiere und ein Kalb«, gab ich die Information an Philippe weiter, der sie in seinen Laptop eingab. Obwohl ich mich um einen sachlich-professionellen Tonfall bemühte, konnte ich nicht verhindern, dass meine Stimme vor Aufregung zitterte. »Ich schätze die Größe des Männchens auf zweiundzwanzig Meter«, erklärte ich. »Das Weibchen misst gut fünfundzwanzig Meter, das Kalb zwölf.«

Während wir auf Höhe der Wale flogen, listete ich Informationen auf wie horizontaler Richtungswinkel, Distanz zur Sichtung, Verhalten und Schwimmrichtung. Anschließend beschleunigten wir und flogen unsere Linie weiter ab, in der Hoffnung, noch mehr Tiere zu entdecken. Doch in dieser Nacht war uns kein weiterer Erfolg vergönnt, trotzdem fielen Philippe und ich uns in die Arme, kaum dass wir aus dem Helikopter ausgestiegen waren. Etwas hielt mich davon ab, Jayden ebenfalls um den Hals zu fallen, dennoch konnte ich es mir nicht nehmen, ihn breit anzulächeln. Er lächelte zurück.

Henriks Team hatte im Anschluss kein Glück, dafür aber einen Tag später. Als wäre der Startschuss gefallen, ließen sich immer mehr Tiere blicken, wenn auch in unregelmäßigen Abständen und nicht in großer Anzahl. Ich war jedoch zuversichtlich, eines Nachts auf eine bedeutende Gruppe zu treffen. Der Wettergott war uns in dieser vorweihnachtlichen Zeit wohlgesonnen, das Meer verhielt sich ruhig, der Wind ebenso. Daher wurde beschlossen, die Chance zu ergreifen, um Peilsender an einigen Walen anzubringen. Die Peilsender würden per GPS die Position der Tiere registrieren, speichern und über Satellit an unsere Datenbanken schicken. Nach einer programmierten Zeit, die zwischen zehn Tage und einem Jahr betrug, würden sich die Geräte wieder lösen, sodass sie aus dem Wasser gefischt werden konnten. Ingrid und mir wurde die besondere Ehre zuteil, sie mit Spezialgewehren abzuschießen.

Vor dem entscheidenden Flug war ich so nervös, dass ich nicht müde wurde, mir die feuchten Hände an der Hose abzuwischen. Entsprechend unsicher hantierte ich mit dem Gewehr und dem vierzehn Zentimeter langen Sender, der an einen metallenen Pfeil mit Antenne und Verankerungsspitze erinnerte.

Bleib ruhig und atme tief durch! Du darfst das hier nicht vermasseln.

Mein Puls beschleunigte sich. Was, wenn ich dem Wal Schmerzen zufügte?

Schwachsinn!, konterte prompt meine Stimme der Vernunft. *Die Spitze ist desinfiziert, und der Stopper am Gehäuse sorgt dafür, dass sie nur acht Zentimeter tief in die Fettschicht eindringt. Und die ist in der Regel fast einen halben Meter dick. Der Wal spürt überhaupt nichts.*

Gequält schloss ich die Augen. Ich würde das schon schaffen, schließlich hatte ich mich beim Training im Herbst als Naturtalent erwiesen. Wie ein Mantra wiederholte ich den Gedanken, bis der große Moment gekommen war. Im dunkelblauen Ozean unter uns tauchten die charakteristischen Silhouetten auf und durchschnitten unbeeindruckt das Wasser – wie schon vor Millionen von Jahren. Mit ruhiger Hand positionierte Jayden den Hubschrauber parallel zu einem ausgewachsenen Weibchen, dicht genug, damit ich treffen konnte, aber auch mit dem nötigen Abstand, um das Tier nicht zu erschrecken. Außer einer leichten Vibration war nichts zu spüren, während ich das Gewehr in Anschlag brachte und zielte. Die Sekunden verstrichen, ohne dass ich in der Lage war, den Hahn zu betätigen. Ich atmete tief durch, betrachtete das Weibchen durch das Visier.

»Eineinhalb bis drei Meter dorsal mittig hinter dem Blasloch«, murmelte ich. Dort galt es, den Sender anzubringen, um die Übertragung von Peilsignalen beim Auftauchen zu gewährleisten.

Meine Hand zitterte, und als das Tier abtauchte, rutschte der Walrücken aus meinem Sichtfeld.

»Du schaffst das, Lara«, ertönte Jaydens beruhigende Stimme in meinem Ohr.

»Das sagt sich so leicht«, brummte ich, während ich darauf wartete, dass das Tier wieder auftauchte. »Wie viel kostet so ein Sender noch mal?«

»Ein paar Tau…«, begann Philippe, doch Jayden schnitt ihm grob das Wort ab.

»Peanuts, Lara! Mach dir deswegen keinen Kopf!« Und dann leiser: »Idiot.«

Philippe entfuhr ein Laut der Entrüstung, dennoch erwiderte er nichts.

Das Tier tauchte wieder auf und wieder ab.

»Haltet die Klappe. Alle beide«, sagte ich leise und fast versonnen, dann kniff ich das linke Auge zu.

Das Weibchen tauchte auf.

Ich hielt die Luft an …

… und schoss.

Volltreffer!

Einige Herzschläge lang verfolgte ich durch das Visier, wie das gewaltige Tier abtauchte und wieder auftauchte, abtauchte und wieder auftauchte, ehe ich einen Seufzer der Erleichterung ausstieß. Es hatte geklappt. Der Sender blieb haften!

»Philippe?«, forderte ich den jungen Franzosen auf, ohne mich umzudrehen, wohl wissend, dass sein Blick auf den Laptop vor ihm gerichtet war.

»*Un moment.*«

Die Spannung im Hubschrauber erreichte ihren Höhepunkt.

Und dann kam die erlösende Antwort: »Er sendet.«

Endlich erlaubte ich mir einen Jauchzer und senkte das Gewehr. »Geschafft!« Übermütig grinste ich in die Runde. »War doch eigentlich ganz einfach.«

»Gut gemacht«, bemerkte Jayden, der einen kurzen Blick nach hinten riskierte, um mich anzusehen. »Das Schießen liegt dir offenbar im Blut. Den wenigsten gelingt es, gleich beim ersten Mal einen Treffer zu landen.«

»Wirklich? Dabei kann ich Waffen eigentlich gar nicht leiden«, entgegnete ich und spürte, wie sich zu meinen einhunderteinundachtzig Zentimetern noch einige dazugesellten.

Ha! Nimm das, Super-Barbie!

Auch Philippe brachte mit einem »*Phénoménal!*« seine Anerkennung zum Ausdruck. Das hier fühlte sich noch besser an als mein Triumph beim Pokern, und so feierten wir hinterher in der Messe mit einigen anderen aus der Nachtschicht bei Limonade und Schokoladenkuchen. Ich wurde gehätschelt und geherzt und meine Schulter schmerzte vom vielen Klopfen. Jayden drückte lediglich meine Hand, doch ich meinte, das Prickeln auf meiner Haut noch stundenlang danach zu spüren.

Ho, ho, ho!

Dann kam der Heiligabend. Unsere geplante Pokernacht hatten wir verschoben, da weder Daniel noch Pablo der Sinn danach stand. Beide waren wegen der Panne im Laborcontainer ziemlich mitgenommen. Als Glaziologe war Daniel direkt an den Forschungen beteiligt, während sich Pablo in seiner Funktion als Wartungstechniker verantwortlich fühlte. Da es vor Weihachten also keine Revanche geben würde, beschloss ich, vorerst nicht auf meinen Gewinn zu pochen. Ich gönnte jedem seine Weihnachtsschokolade. Ich würde meine Jetons beizeiten gegen etwas anderes eintauschen. Der Plan für die Feiertage sah vor, dass die Arbeit weiterging, schließlich nahm sich die Natur keine Auszeit, jedoch wurde das Pensum heruntergefahren. Unser Team hatte Glück. Damit wir mit den anderen feiern konnten, wurde unsere Nachtschicht gestrichen, sodass wir uns nach der Feier ausruhen konnten. Zwar geriet der Organismus dadurch erneut aus dem Takt, aber das war auf der *Rosenrot* nichts Neues.

Für das Fest hatte ich ursprünglich mein geblümtes Kleid anziehen wollen, doch weil es mit gewissen Erinnerungen verbunden war und Jayden natürlich anwesend sein würde, verzichtete ich darauf. Stattdessen schlüpfte ich in meine zweitbeste

Garderobe, dazu frisierte ich meine langen Haare zu einem lockeren Knoten. Am Ende legte ich etwas Wimperntusche und Lippenstift auf.

»Wow! Jayden wird vor Begeisterung aus den Latschen kippen!«, kommentierte Nishay mein Erscheinungsbild, worauf ich die Augen verdrehte, mich aber einer entsprechenden Bemerkung enthielt.

Obwohl sie sich nicht sonderlich aufgedonnert hatte, sah sie umwerfend aus. Die dunkle Wimperntusche, der Kajal und der blutrote Lippenstift betonten ihr exotisches Gesicht. Sie trug ein langes, gerade geschnittenes schwarzes Kleid, einziger Schmuck waren goldene Kreolen. In meiner tief ausgeschnittenen blauen Bluse und der hellen Marlene-Dietrich-Hose kam ich mir im Vergleich ein wenig blass und langweilig vor. Doch als wir die Messe betraten und mich Philippes bewundernder Blick traf, musste ich lächeln. So schlimm konnte es wohl nicht sein. Philippe trug eine dunkle Hose und ein weißes Hemd mit weitem Kragen, die halblangen Haare waren leicht gegelt, und ein silberner Ohrring zierte sein linkes Ohr, was ihm einen jungenhaften Charme verlieh. Ich hätte es mit meinem Begleiter für den Abend wahrlich schlechter treffen können.

Die Messe wie auch die angrenzende Bibliothek sowie der Aufenthaltsraum waren festlich dekoriert und mit Tischen und Stühlen bestückt, sodass alle gemeinsam beim Essen sitzen konnten. Um diese Zeit hatte die Sonne ihren höchsten Stand, und obwohl es spät am Abend war, durchflutete goldenes Licht die Räume, was die weihnachtliche Stimmung ein wenig schmälerte. Doch der Weihnachtsbaum aus Plastik in der Messe bot mit seinen bunten Kugeln, Holzfigürchen und seiner roten Spitze tapfer Paroli. Dazu gab es leuchtende Sterne und Girlanden an Decken und Wänden sowie Weihnachtslieder vom Band. Ich wusste, dass Ingrid einen Bärenanteil dazu beigetragen hatte, das Schiff in ein kleines Weihnachtsdorf zu verwandeln, denn sie war eine leidenschaftliche Bastlerin und besaß darüber hinaus ein feines Gespür für Dekoration, etwas, woran es mir gänzlich mangelte.

Noch saßen wir nicht, sondern standen in Grüppchen herum, nippten an unserem warmen Apfelpunsch und unterhielten uns. Wie erwartet zog Nishay alle Blicke auf sich, was ich ihr von Herzen gönnte – bis zu dem Moment, als sie sich bei Jayden unterhakte, mit ihm feixte und er ihr eine Strähne aus dem Gesicht strich. Die intime Geste versetzte mir einen so heftigen Stich, dass ich unwillkürlich eine Hand auf meine Brust legte. Meine Haare waren widerspenstiger als die von Nishay, entsprechend lösten sich immer wieder Strähnen aus meinem Pferdeschwanz, und Jayden hatte sich ihrer noch nie auf diese Weise erbarmt. Philippe erwähnte Sidney, aber ich hörte nur mit halbem Ohr zu. War damit die Stadt oder ein Freund gemeint? Der Druck auf meiner Brust wuchs. Jayden und Nishay würden doch nicht etwas miteinander anfangen! War das überhaupt erlaubt? War Nishay ernsthaft an Jayden interessiert? Brachte sie ihn deshalb immer wieder ins Gespräch, um herauszufinden, wie es um meine Gefühle ihm gegenüber bestellt war? Die Vorstellung, sie könnten ein Paar werden, ließ mich nach Luft ringen. Nishay war eine wunderschöne, kluge und humorvolle Frau.

Was hatte ich dem schon entgegenzusetzen?

Vor meinem inneren Auge sah ich Poppy, die mir für diesen Gedankengang eine imaginäre Kopfnuss verpasste. Seufzend fuhr ich mir über den Nacken. Nur weil wir uns einmal geküsst hatten, hatte ich noch keinen Anspruch auf Jayden. Außerdem hatte ich meine Chance gehabt und sie vorüberziehen lassen. Ende der Geschichte! Ich versuchte, mich auf Philippe zu fokussieren, doch allen guten Vorsätzen zum Trotz waren meine Antennen auf das schöne Paar auf der anderen Seite des Raums gerichtet. Jayden hatte sich nicht die Mühe gemacht, seine Haare aufwendig zu gelen oder sich einen Ohrring anzustecken, trotzdem strahlte er in seinen engen verwaschenen Jeans und dem weißen Leinenhemd, das seine breiten Schultern betonte, eine natürlich Stärke aus, die alle anderen Männer in den Schatten stellte. Meine Kehle schnürte sich zu.

Da endlich löste sich Nishay von Jayden und ging zu Matías Muñoz, der in einer schmucken Kapitänsuniform steckte und meine attraktive Freundin mit einem angedeuteten Handkuss begrüßte. Sofort lockerte sich die bleischwere Kette um meinen Hals und ich nahm einen tiefen, hörbaren Atemzug.

»Das findest du doch auch, oder?«, fragte Philippe in diesem Moment.

Herrje! Keine Ahnung, was er meinte, aber weil die Frage rhetorisch formuliert war, sagte ich »Ja« und fügte noch ein »Unbedingt« hinzu. Letzteres hätte ich mir wohl lieber verkneifen sollen, denn Philippe warf mir einen irritierten Blick zu. Ich sollte niemals erfahren, worauf seine Frage abgezielt hatte, da Besteck gegen Glas klopfte, und die Gespräche verstummten. Zunächst hielt Kapitän Muñoz eine kurze Ansprache, dann war Thomas an der Reihe. Anschließend suchten wir uns alle einen Sitzplatz. Der Kapitän und die Offiziere saßen am Kopfende des langen Tisches in der Messe, ansonsten galt freie Platzwahl. Philippe, Nishay, ich und noch ein paar andere entschieden uns für einen Tisch in der Bibliothek, auch wenn das Büfett mit dem festlichen Drei-Gänge-Menü in der Messe stand. Dort herrschte eine angenehm kuschelige Atmosphäre, zumal es kein Bullauge gab und die Lichterkette an der Wand ihre volle Wirkung entfaltete.

Am Rande bekam ich mit, wie Jayden und Barbara sich gemeinsam an den Kapitänstisch setzten. Die Fahrtenleiterin trug an diesem Abend einen eng anliegenden schwarzen Rollkragenpullover, dazu Jeans und rote Schuhe. Erneut stieg Hilflosigkeit in mir auf, gepaart mit dem nagenden Gefühl der Eifersucht, was mich wütend machte. Ich drängte die Emotionen gewaltsam zurück und beschloss, Jayden und alles, was damit zusammenhing, bis zum nächsten Tag aus meinem Geist zu tilgen und das Fest zu genießen. Zumal Holger und seine beiden Küchenhilfen sich selbst übertroffen hatten. Zunächst wurde eine Kürbiscremesuppe serviert, anschließend Seeteufelmedaillons mit Bandnudeln und Gemüse und als Dessert Bratapfelragout mit Vanillesoße. Dazu gab es Weißwein oder Punsch, was die Stimmung an den Tischen anheizte, wie der zunehmende Geräuschpegel verriet.

Nach dem Essen stand Philippe auf und begab sich in die Messe, wo der Weihnachtschor dabei war, sich aufzustellen. Wir anderen folgten ihm. Zu meiner Überraschung gehörte er nicht zu den Zuhörern, sondern zu den Sängern. Der zehnköpfige Chor machte seine Sache gut, und als Philippe »White Christmas« anstimmte, sah ich einige, die sich verstohlen eine Träne aus dem Augenwinkel wischten. Er hatte eine wirklich schöne Tenorstimme. Während ich versonnen lauschte, ließ ich meinen Blick gemächlich schweifen und stockte, als ich direkt in Jaydens braune Augen sah. Er schaute quer durch den Raum zu mir herüber. Ich spürte, wie mein Gesicht heiß wurde, und blickte rasch zur Seite. Dann war das Lied zu Ende, und ich klatschte frenetisch, um von meiner Verwirrung abzulenken.

»Hat es dir gefallen?«, fragte mich Philippe beinahe schüchtern, als er wieder neben mir stand.

»Es war wundervoll«, antwortete ich wahrheitsgemäß. »Singst du in deiner Freizeit häufiger?«

»Ja.« Eine sanfte Röte breitete sich auf seinem hübschen Gesicht aus. »Ich bin in einem Gospelchor.«

»Das hört man.«

Ehe er etwas erwidern konnte, trat eine der wissenschaftlichen Assistentinnen auf ihn zu: eine hübsche ukrainische

Studentin mit braunen Locken und grünen Augen, die in ihrem türkisfarbenen Kleid bezaubernd aussah.

»Das war echt toll«, sagte sie an Philippe gewandt und strich sich lächelnd eine Strähne hinters Ohr. »Hätte ich gewusst, dass du im Chor bist, hätte ich mich freiwillig gemeldet.«

Sie warf ihm unter halb gesenkten Wimpern noch einen verzückten Blick zu, dann wandte sie sich ab. Offenbar hatte Philippe gerade eine Eroberung gemacht. Ich kam nicht mehr dazu, ihn deswegen aufzuziehen, denn in diesem Moment ertönte eine Glocke und gleich darauf ein donnerndes »Ho, ho, ho!«. Ein Weihnachtsmann betrat den Raum. Sein Rauschebart war gewaltig, und der Rollwagen, den er hinter sich herzog, war über und über mit Geschenken beladen. Zusätzlich zu der hübsch verpackten Weihnachtsschokolade mit dem APF-Logo hatten wir kleine Präsente von zu Hause mitgebracht, die nun per Zufallsprinzip verteilt wurden. Zu diesem Zweck hatte ich ein Dusch- und Körperpflege-Set mit Lavendelaroma besorgt und in eine Geschenktüte mit Schleife gesteckt. Mit einem Hauch von Wellness in unserer knapp bemessenen Freizeit konnte ich meines Erachtens nichts falsch machen.

Als der Weihnachtsmann mit viel Getöse, starkem spanischem Akzent und jeder Menge Leidenschaft die Geschenke verteilte, stellte ich amüsiert fest, dass sich unter der Verkleidung niemand anders verbarg als mein Poker-Mitspieler Pablo von der Wartungstechnik. Eine Chemikerin kam in den Genuss meines Wellness-Sets, an dem sie Gefallen zu finden schien. Während Philippe ein Büchlein über Piraten in der Karibik bekam und Nishay sich über einen gehäkelten Klopapierhut freuen durfte, der für viel Gelächter sorgte, geriet ich an einen Kalender mit leicht bekleideten Frauen. Begleitet wurde jeder Monat von einem Altherrenwitz im Stil von: *Zwei Frauen. Die eine jammert:* »*Einmal neue Schuhe, schon krieg ich Blasen!*« *Sagt die andere:* »*Komisch, bei mir ist es genau umgekehrt!*«

Innerlich stöhnte ich gequält auf, verzog jedoch keine Miene für den Fall, dass der Urheber dieses geschmacklosen Geschenks mich beobachtete. Vielleicht würde sich jemand erbarmen, mit mir zu tauschen.

»Nett«, kommentierte Nishay trocken.

»Idioten gibt es anscheinend überall«, sagte ich. »Selbst hier in der Antarktis.«

Mit aufreizender Miene sah sich meine Freundin um. »Von wem das wohl ist?« Sie tippte sich auf die Unterlippe. »Komm, lass uns doch mal raten? Was hältst du von Daniel, der von unserer Pokerrunde? Der macht auf mich einen ziemlich ausgehungerten Eindruck.«

Tadelnd und amüsiert zugleich schüttelte ich den Kopf. »Also wirklich, Nishay! Hör auf, den armen Kerl so runterzumachen. Möglicherweise kommt der Kalender von deinem sexy Capitán …«

Nishay fasste sich in gespieltem Entsetzen an die Brust. »Was? Niemals!« Sie senkte die Stimme und sah Philippe entgegen, der ihnen beiden neuen Punsch brachte. »Vielleicht wollte unser Junior besonders witzig sein.«

Ich bedachte sie lediglich mit einem vielsagenden Ausdruck.

»Du hast recht«, bemerkte Nishay. »Das passt nicht zu ihm. *Merci, mon petit choux*«, fügte sie hinzu, als der »Junior« ihr ein Glas reichte.

Philippe strahlte. *Mon petit choux* – wörtlich übersetzt, mein kleiner Kohlkopf – war in Frankreich ein intimer Kosename. Ich bedankte mich ebenfalls, wenn auch weniger blumig.

»Na? Wie gefällt dir mein Geschenk?«, grätschte unvermittelt eine männliche Stimme dazwischen. Neben mir stand Christoph Marquardt, der hochgewachsene Chefingenieur der *Rosenrot*, dessen Knautschgesicht unter den dichten braunen Haaren noch mehr als sonst glänzte. Obwohl er mich deutlich überragte, konnte ich seine Alkoholfahne riechen.

Der Schweizer wartete meine Antwort erst gar nicht ab, sondern griff nach dem Kalender, den ich ganz weit weg auf einen Abstelltisch gelegt hatte, und wies auf das Foto einer Blondine in Hotpants, der die Oberweite aus dem Top quoll. »Die da sieht aus wie du. Findest du nicht?«

Er starrte mich mit glasigen Augen und einem anzüglichen Lächeln an. Innerlich stöhnte ich auf. Das konnte doch nicht wahr sein! Warum musste ausgerechnet ich diesen schrecklichen Kalender bekommen und damit die Aufmerksamkeit dieses Widerlings auf mich ziehen?

»Lara! Nishay!«, rief Philippe und griff nach meinem Arm. »Kommt! Drüben gibt es noch etwas Bratapfel. Lasst uns rübergehen.«

»Verpiss dich!«, blaffte Marquardt ihn an.

»Aber …«

Der Chefingenieur richtete sich zu seiner vollen Größe auf. Er maß gut und gern eins neunzig, und ich schätzte sein Gewicht auf hundertzwanzig Kilo, von dem das meiste aus Muskelmasse bestand. »Ich sagte, verpiss dich, und nimm die indische Sahneschnitte mit! Ich habe mit der blonden Mademoiselle zu reden.«

Ich hörte Nishay empört schnauben, und da ich fürchtete, die Lage könne eskalieren, sah ich sie alarmiert an. Ich wusste, wie flink ihre Zunge war. Indes huschte Philippes Blick nervös hin und her, und ich sah, wie es in ihm arbeitete. Irgendwie tat er mir leid. Es wurde Zeit, die Sache selbst in die Hand zu nehmen. Ich würde in ruhigem Tonfall Marquardt die Unterschiede zwischen der Frau auf dem Kalender und mir aufzählen, wir würden darüber lachen, dann würde ich mich für das kreative Geschenk bedanken, und er würde seiner Wege gehen.

»Hören Sie …«, begann ich, doch da spürte ich schon seine fleischige Hand auf meinem Po.

Ich japste und wollte ihn wegstoßen, als hinter mir eine Stimme erklang. Scharf wie eine Messerklinge und eiskalt.

»Der Einzige, der sich hier verpisst, bist du, Kumpel. Unverzüglich. Und nimm deine dreckige Hand von ihr, bevor ich sie dir abhacke.«

Jayden.

Marquardt wirbelte herum, schwankte dabei leicht, worauf ich hastig einen Schritt zur Seite trat, für den Fall, dass er zu Boden krachte. Ich wollte nicht unter einem zentnerschweren Fleischberg begraben werden. Die beiden Männer starrten sich an, und obwohl Jayden fast einen halben Kopf kleiner war als Marquardt, nagelte sein harter Blick ihn an Ort und Stelle fest. Das Stimmengewirr ringsum verebbte, und plötzlich richteten sich alle Augen auf uns, was auch Marquardt zu bemerken schien, denn er nahm eine drohende Stellung an. Es war offensichtlich, dass er vor den anderen nicht als Schwächling dastehen wollte.

»Sag das noch mal!«, knurrte er und ballte die Fäuste.

O nein! Es würde doch nicht zu einer Prügelei kommen? Und alles wegen mir. Nein, nicht wegen dir, verbesserte ich mich im Stillen, sondern wegen dieses Schwachmaten mit seinem schlechten Benehmen. Ich sah zu Jayden hinüber, und unsere Blicke trafen sich erneut.

Bitte nicht, gab ich ihm lautlos zu verstehen.

Jayden nickte kaum merklich. »Hör zu, Christoph«, sagte er und seine Stimme klang ruhig und tief. »Heute ist Heiligabend. Für uns alle ist das eine ganz besondere Zeit, vor allem hier, an Bord eines Schiffes, weit weg von zu Hause. Du willst ihn doch nicht ruinieren?«

Der Chefingenieur kniff die Augen zusammen, fehlte nur noch, dass er mit den Zähnen fletschte. »Du kannst mich mal, Mitchell! Ich bin der leitende technische Offizier. Ich kann dich unter Arrest stellen, wenn ich Bock drauf habe.«

Daraufhin seufzte Jayden übertrieben. »Bei Männern deiner Größe braucht es offenbar länger, bis das Gehirn richtig durchblutet wird«, erwiderte er gedehnt. »Versuch doch, mich unter Arrest zu stellen. Deinem Kapitän wird es sicher gefallen, wenn du wegen eines gebrochenen Arms deine *leitende* Funktion ein paar Wochen nicht ausüben kannst.« Jaydens hämischer Tonfall war unverkennbar.

Herrje! Hatte er meine stumme Botschaft etwa missverstanden?

Alle schienen die Luft anzuhalten, und als Marquardt zuckte, als wollte er sich auf sein Gegenüber stürzen, krampfte sich mein Magen vor Angst zusammen.

»Nur zu«, sagte Jayden mit einer Kaltblütigkeit, die mir einen Schauer über den Rücken jagte. Seine Augen waren plötzlich hart wie Steine. »Ich bin gespannt.«

Jaydens Bemerkung schien ihre Wirkung nicht zu verfehlen, denn Marquardt trat nach kurzem Zögern einen Schritt zurück, murmelte ein »Schafsäckel« (ein derbes Schimpfwort, wie ich später herausfand) und stampfte davon. Dabei rempelte er ein paar Leute an, doch niemand wagte es, zu protestieren. Obwohl ich froh war, dass Jayden mich vor noch mehr Ärger bewahrt hatte, und ich insgeheim seine Überlegenheit heiß fand, was ich natürlich niemals offen zugegeben hätte, musste ich die Sache klarstellen.

Ich atmete tief durch. »Ich danke dir für deine Hilfe, Jayden, wirklich«, sagte ich und zwang mich, ihm in die Augen zu sehen. Die Entschlossenheit darin ließ meine Knie weich werden. »Aber ... Ich wäre auch gut allein klargekommen. Ich brauche keinen strahlenden Ritter, der mich aus der Not rettet.«

»Ich weiß«, antwortete er ernst. »Aber auf die Weise ging's schneller.«

Mit diesen Worten wandte er sich ab und ging.

Mein Herz hüpfte wild auf und ab, während ich ihm nachsah. *Du darfst mich gern häufiger retten, Jayden Mitchell.*

Ein Räuspern riss mich aus meiner Betrachtung.

»Tut mir leid, Lara«, sagte Philipp, während er auf mich zutrat. Er wirkte betreten. »Ich hätte energischer sein müssen, aber dieser Marquardt wirkte verflucht aggressiv, und ich ... nun, ich kann damit nicht gut umgehen, weißt du?«

Ich schenkte ihm ein Lächeln. »Mach dir deshalb keinen Kopf. Sich zurückzuhalten, war das einzig Richtige. Jayden war bei der Army. Wahrscheinlich kennt er sich mit solchen Situationen aus. Abgesehen davon müssen wir Frauen in der Lage sein, uns selbst zu verteidigen.«

Philippe brummte etwas Unverständliches, und es bedurfte einiger Überredungskunst meinerseits und auch seitens Nishay, um ihm wieder ein Lächeln aufs Gesicht zu zaubern.

»Ein Glück, dass Marquardt trotz Jaydens Provokation den Rückzug angetreten hat«, flüsterte ich Nishay zu, als Philippe gerade nicht zuhörte.

»Mit Glück hat das wenig zu tun«, antwortete meine Freundin im Brustton der Überzeugung. »Marquardt hat gespürt, dass er einem dominanteren Männchen gegenübergestanden hat. Das müsstest du wissen, schließlich beschäftigst du dich beruflich mit der Thematik.«

Obwohl ich wusste, dass Nishay nicht ganz unrecht hatte, verdrehte ich demonstrativ die Augen, worauf sie laut lachte, was mir ein Schmunzeln entlockte. Über ihre Schulter hinweg bemerkte ich Kapitän Matías Muñoz, der mit sorgenvoll gefurchter Stirn auf uns zukam, und ging ihm entgegen.

»Können Sie mir bitte sagen, was hier passiert ist?«, fragte er mich. Da er sich im Nebenraum aufgehalten hatte, war er zwar offensichtlich informiert worden, hatte aber selbst von allem nichts mitbekommen.

Philippe nutzte den Moment, um sich zu entfernen. Der Arme wirkte ein wenig überfordert.

Da ich nicht noch mehr Staub aufwirbeln wollte, machte ich eine wegwerfende Handbewegung. »Es war nur der Alkohol, Capitán.«

Kapitän Muñoz schüttelte ungehalten den Kopf. »Ein solches Verhalten dulde ich auf meinem Schiff nicht! Ich werde mit Marquardt ein ernstes Wort reden. Jedenfalls möchte ich mich im Namen der Crew für diesen unangenehmen Vorfall entschuldigen.«

»Danke schön. Alles halb so schlimm, wirklich«, beeilte ich mich, hinzuzufügen. »Ich bin sicher, sobald Ihr Offizier wieder nüchtern ist, wird ihm sein Fehlverhalten leidtun. Vielleicht ist es jetzt schon der Fall.«

»Du musst keine Angst haben, dass er Marquardt an den Mast kettet und auspeitschen lässt«, zog mich Nishay auf, nachdem der Kapitän nach einem knappen Nicken wieder gegangen war. »Diese Zeiten sind schon lange vorbei.«

Ich boxte sie feixend in die Seite.

»Übrigens habe ich munkeln hören, dass Marquardt ein allgemeines Alkoholproblem hat«, erzählte Nishay weiter, »was mit ein Grund ist, warum Matías keinen Alkohol auf seinem Schiff duldet.«

Ich verschränkte die Arme und sah Nishay mit gespielter Entrüstung an. »Soso. Matías. Ihr seid also schon beim Vornamen.«

Prompt errötete sie.

In die Erleichterung darüber, dass meine Freundin sich offenbar für einen anderen Mann als Jayden interessierte, mischte sich Sorge. »Pass ein wenig auf, Nishay«, sagte ich mit gesenkter Stimme. »Ich glaube nicht, dass ein Techtelmechtel mit dem Kapitän von der Expeditionsleitung gern gesehen wird.«

Ihre dunklen Augenbrauen fuhren zusammen wie zwei Gewitterwolken. »Wer spricht denn von einem Techtelmechtel?«, fuhr sie mich ungewohnt scharf an. »Bei uns ist es noch nicht mal zu einem Kuss gekommen, im Unterschied zu anderen hier.«

Ich blinzelte. »Meinst du etwa mich und Jayden? Das war, bevor wir wussten, dass wir zusammenarbeiten würden.«

»Aber es ist passiert, oder?«, zischte sie. »Selbst ein Blinder mit Krückstock würde merken, wie scharf ihr beide aufeinander seid. Dass ihr noch nicht übereinander hergefallen seid, grenzt an ein Wunder!«

Mit glühenden Wangen und weit aufgerissenen Augen starrte ich sie an, suchte nach einer entsprechenden Erwiderung.

»Oder irre ich mich da etwa?«, setzte sie nach.

Ich räusperte mich. »Also scharf aufeinander sein, würde ich das vielleicht nicht gerade nennen, Nishay«, antwortete ich unbeholfen.

»Ist mir auch schnurzegal! Kümmere dich um deinen Kram, ich kümmere mich um meinen«, schloss meine Freundin und rauschte davon.

Perplex sah ich ihr nach. So aufgebracht hatte ich sie bis zu diesem Zeitpunkt noch nie erlebt. Offenbar hatte ich einen wunden Punkt getroffen. Einen Moment lang überlegte ich, ihr nachzugehen, entschied mich aber dagegen. Wir würden die Angelegenheit beizeiten klären, daran bestand für mich nicht der geringste Zweifel.

Nach der offiziellen Weihnachtsfeier fand noch eine Party statt, die aufgrund der relativ milden Temperaturen und der ruhigen See nach draußen an Deck verlegt wurde. Ich passte. Mein verwirrter Organismus verlangte Ruhe, außerdem war mir durch den Streit mit Nishay die Lust aufs Feiern vergangen, daher zog ich mich kurz nach eins in meine Koje zurück. Wann Nishay nachkam, bekam ich nicht mit. Zwei Stunden tiefen Schlummers später wachte ich überraschend frisch und ausgeruht, aber mit trockener Kehle auf. Rasch schlüpfte ich in Hoodie und Jogginghose, in der immer ein paar Münzen steckten, und begab mich ein Deck höher zu den Automaten mit Heiß- und Kaltgetränken, die im Gang gegenüber den Mannschaftsräumen standen. Auch am Weihnachtstag wurde weniger gearbeitet, nichtsdestotrotz traf ich unterwegs einen schlaftrunkenen jungen Mann, der im Computerraum noch rasch ein paar Daten herunterladen wollte, wie er sagte. Ich musste grinsen. Stets begegnete man irgendwem, der »noch rasch« etwas zu erledigen hatte. Einmal Wissenschaftler, immer Wissenschaftler.

Ich zog eine Flasche Sprudel aus dem Automaten und leerte sie zur Hälfte. Danach wägte ich ab. Sollte ich mich zurück ins Bett legen oder lieber aufbleiben? In gut sieben Stunden würde es einen Weihnachtsbrunch für alle geben, und weil wir heute Nacht unsere Schicht wiederaufnehmen würden, hieß das für mich, dass ich nach dem Brunch schlafen musste. Deshalb beschloss, ich aufzubleiben und am Computer Liegengebliebenes abzuarbeiten.

Einmal Wissenschaftler, immer Wissenschaftler eben.

Gerade wollte ich den Rückweg antreten, als ich ein dumpfes Geräusch vernahm, was an Bord eines Schiffes eigentlich nichts Ungewöhnliches war. Dennoch stellten sich mir die Nackenhaare auf. Ein Urinstinkt vermutete ich. Das Geräusch schien von der Treppe hinter der letzten Mannschaftskabine her zu kommen, rechts von mir. Diese Treppe führte nach unten zum E-Deck, dorthin, wo sich das Nasslabor, der Taucherraum und der Geräteraum befanden. Ich zögerte. Dann zuckte ich mit den Schultern. Was immer das Geräusch verursacht hatte, es war sicher harmlos und ging mich nichts an. Abgesehen davon musste ich in die entgegengesetzte Richtung. Da erspähte ich an der oberen Treppenwand einen Schatten.

»Frohe Weihnachten!«, rief ich, erhielt jedoch keine Antwort.

Vielmehr herrschte auf dem Gang plötzlich eine Stille, die in meinem Kopf zu dröhnen schien. Der Schatten begann zu schrumpfen. Eine menschliche Gestalt, die sich entfernte. Warum antwortete die Person nicht? Hatte sie etwas zu verbergen? Wich sie mir deshalb aus? Das ungute Gefühl, das ich bisher verspürt hatte, wandelte sich in Furcht um, die ich sofort als kindisch abtat. Das hier war schließlich die *Rosenrot* und kein Zombieschiff! Ich streckte den Rücken durch. Es brauchte mehr als nur Schatten und irgendwelche Geräusche, um die neue Lara abzuschrecken.

Entschiedenen Schrittes ging ich auf die Treppe zu.

Ein schwerwiegender Verdacht

Jayden lag in seiner Koje, die Arme hinter dem Nacken verschränkt, und starrte auf das Bett über ihm, aus dem laute Schnarchgeräusche drangen. Er seufzte. Während Henrik den Schlaf der Gerechten schlief, fand er keine Ruhe. Seine Gedanken kreisten um die Mission im Allgemeinen und um den Höhenmesser des Helikopters im Speziellen, der bei seinem letzten Flug einen Ausfall gehabt hatte. Die Fehlfunktion hatte fast dreißig Sekunden gedauert, trotzdem hatte er es dem Team gegenüber nicht erwähnt, um niemanden zu beunruhigen. Hinterher hatte er mit dem Wartungstechniker gesprochen, der ihm zugesichert hatte, sich die Sache schnellstmöglich anzusehen. Solange das Problem nicht gefunden und behoben wurde, weigerte sich Jayden, mit dem Vogel zu fliegen, das hatte er Barbara klar gemacht. Bis dahin würden sie auf den zweiten Hubschrauber ausweichen und als Grund eine Routinewartung angeben.

Darüber hinaus kreisten seine Gedanken um Lara. *Schon wieder.* Was fand sie nur an diesem französischen Milchbubi? Trotz seines elitären Getues war Philippe in Ordnung, dennoch passten die beiden kein bisschen zusammen. Sie waren kein Paar, auch war es zu keinen Vertraulichkeiten gekommen, soweit er das beurteilen konnte. Warum also ärgerte es ihn, wenn sie die Köpfe zusammensteckten oder über etwas lachten, das nur sie verstanden? Er war schließlich kein Typ mit Minderwertigkeitskomplexen, der sich von der Mehrheit ausgesperrt fühlte. Doch der Ärger darüber war nichts im Vergleich zu seiner Wut gewesen, als Marquardt Lara angegrabscht hatte. Tatsächlich hatte er kurz davor gestanden, seine viel gerühmte Selbstbeherrschung zu verlieren, und hätte dem betrunkenen Chefingenieur um ein Haar eine verpasst, und zwar richtig.

Er seufzte erneut. Lara stellte sein Gefühlsleben mächtig auf den Kopf. Keine Ahnung, wie sie das schaffte! Vielleicht lag es daran, dass sie im Vergleich zu den meisten unverfälscht war. Denn trotz ihres ruhigen, zurückhaltenden Wesens standen ihr die Emotionen immer ins Gesicht geschrieben. Ihre Ergriffenheit, nachdem sie die ersten Finnwale gesehen hatte; ihre Anteilnahme Daniel gegenüber, als klar geworden war, dass die Eisproben unwiederbringlich verloren waren. Besonders gefiel ihm die Verwirrung in ihren schönen blauen Augen, wenn es um ihn ging. O ja, er war sich seiner Wirkung auf sie vollends bewusst. *Wie du mir, so ich dir, Schätzchen.* Und dann, um dem Ganzen die Krone aufzusetzen, ihre provozierende Art beim Pokern! Er hatte doch tatsächlich gedacht, er könne sie über den Tisch ziehen. Beinahe hätte er gelacht. Falsch gedacht! Beim Pokern galten für Lara Duncan offenbar andere Regeln als im wirklichen Leben. Noch eine Seite an ihr, die er unwiderstehlich fand.

Während des gesamten Spiels hatte er sich vorgestellt, wie er sich tief in ihr vergrub. Für ihn stand außer Zweifel, dass es über kurz oder lang dazu kommen würde. Für Lara würde er seine eiserne Regel brechen, während einer Expedition keine sexuellen Beziehungen einzugehen. Was auch völlig in Ordnung war, schließlich war die Saat bereits in Kapstadt gelegt worden. Er lechzte so sehr danach, herauszufinden, ob die süßen Sommersprossen in ihrem Gesicht auch dort zu finden waren, wo die Sonne nicht hinkam! Wenn ja, wollte er jede einzelne von ihnen unter die Lupe nehmen. Und dann war da noch ihr verführerischer weicher Mund …

Allerdings hatte er seinen Stolz. Daher würde er nicht den ersten Schritt tun, auch wenn es schwerfiel. Sie musste diejenige sein, die an seine Tür klopfte. Das war sie ihm schuldig. In seiner Fantasie stellte er sich vor, wie er die Tür öffnete, sie mit rosigen Wangen vor ihm stand und »Ich will dich« raunte. Sie würde ihre vollen Lippen befeuchten und den Gürtel ihres Morgenmantels lösen, unter dem sie natürlich nackt war. Wie ihre Brüste wohl aussahen? Groß und rund und schwer, so wollte er sie. Beinahe glaubte er, die Wärme und Weichheit in seinen Händen zu spüren. Sein Schwanz zuckte. Und wenn sie klein und fest waren, war das auch in Ordnung. Sicher waren es keine aufgeblasenen Plastiktitten wie die aus Marquardts unsäglichem Kalender.

Jayden schnaubte.

Was für ein Schwachkopf!

Aber solche Typen waren in der Regel harmlos. Ärgerlich waren sie dennoch und irgendwie auch bemitleidenswert. Jayden schüttelte unwillig den Kopf. Er wollte keinen unnötigen Gedanken an den Schweizer verschwenden, dafür war ihm seine Zeit zu kostbar.

Weil er nicht mehr einschlafen konnte, beschloss er, die Nacht ausfallen zu lassen und dem Kaffeeautomaten auf dem D-Deck einen Besuch abzustatten. Leise stand er auf, schlüpfte in seine Hausschuhe und trat in T-Shirt und Pyjamahose auf den menschenleeren Korridor. Als er an Laras Kabine vorbeikam, verlangsamte er unbewusst seine Schritte und schielte zur Tür. *Sie soll bei dir anklopfen, nicht umgekehrt,* flüsterte seine innere

Stimme und trieb ihn weiter. Oben vor dem Kaffeeautomaten fiel ihm auf, dass er vergessen hatte, Geld einzustecken, und er fluchte halblaut. Fragte sich, wer hier der Schwachkopf war! Kaum hatte er den Gedanken zu Ende gebracht, als ein erstickter Laut an sein Ohr gelangte. Das Geräusch kam von der Treppe am Ende des Ganges, hinter der letzten Mannschaftskabine. Er zögerte. Was immer dort geschah, ging ihn nichts an. Als sich aber ein Keuchen dazugesellte, beschloss er, nachzusehen. Das Schlimmste, was passieren konnte, war, dass er zwei bei einem Quickie im Treppenhaus überraschte. Nach der Feier und dem Alkoholkonsum, der zwar nicht ausufernd, aber dennoch ungewohnt gewesen war, konnten solche Dinge schon mal vorkommen.

Er sollte sich gewaltig irren.

Seine Belustigung verflog jäh, als er die Treppe erreichte und nach unten sah. Am Fuß der Treppe war kein kopulierendes Pärchen, sondern Lara, die sich über einen leblosen Körper beugte, der in einer verdrehten Haltung vor ihr auf dem Boden lag. Als sie ihn hörte, ruckte ihr Kopf nach oben. Hinter dem wirren offenen Haar las er in ihren Augen nackte Panik, und sein Herz krampfte sich zusammen.

»Was ist passiert?«, rief er und lief rasch die Treppe hinunter.

Unfähig zu sprechen, sah Lara ihn einfach nur an.

»Wer ist das?«, wollte er wissen.

Wieder erhielt er keine Antwort.

Doch die erübrigte sich, als Jayden das knautschige Gesicht des Mannes sah. Ihm wurde übel. Es war Christoph Marquardt, dessen weit aufgerissene Augen ins Nichts starrten.

»Er ist tot.«

Die Worte waren so leise gesprochen, dass Jayden sie kaum vernahm, zumal Lara so sehr zitterte, dass er ihre Zähne klappern hörte. Er musste nicht lange überlegen und zog sie in seine Arme. Sie ließ es nicht nur geschehen, sondern krallte sich an ihm fest. Wie in Kapstadt, als er sie geküsst hatte. Jayden verdrängte den Gedanken. Das war nun wirklich nicht der Moment. Er spürte, wie das Zittern nach einigen Sekunden nachließ und sie sich entspannte. Wie weich und warm sie sich anfühlte! Und irgendwie auch vertraut.

»Was ist passiert?«, wiederholte er sanft und drückte seine Lippen in ihr Haar, die wundervoll dufteten.

»Ich weiß es nicht.«

Er strich über ihre Wange, ehe er ihr Kinn hob, um ihr in die Augen zu sehen. »Du weißt es nicht?«

Sie schüttelte den Kopf. »Ich habe ihn so gefunden.«

Keine Ahnung, was er befürchtet hatte, aber ihm fiel eine Zentnerlast von der Seele. Hätte sie gelogen, dann hätte er es ihr angesehen. Das wusste er.

* * *

Ich war vor Entsetzen wie betäubt. Leise redete Jayden auf mich ein, und auch wenn der Sinn seiner Worte nicht zu mir durchdrang, hatte das rauchig-samtige Timbre seiner Stimme eine hypnotisierende Wirkung, und ich spürte, wie das Beben in meinem Innern nach und nach zu einem kaum vernehmbaren Flirren verebbte. Ich war ihm unendlich dafür dankbar, dass er mich stützte, denn meine Beine drohten unter mir nachzugeben. Nur kurz ließ er mich los, um den Alarmknopf zu betätigen, ehe er mich wieder in seine Arme zog. Wir verharrten in dieser Position, bis der Kapitän, sein erster Offizier und die Schiffsärztin eintrafen. Die ganze Zeit über vermied ich es, Marquardts Leiche anzusehen. In meinem bisherigen Leben hatte ich nicht viel mit Toten zu tun gehabt, geschweige denn mit welchen, die auf unnatürliche Weise gestorben waren.

»Noch einmal fürs Protokoll, Doctora Duncan«, sagte Kapitän Muñoz mit tiefem Ernst. »Was ist vorgefallen?«

Ich erzählte ihm von meinem plötzlichen Durst, wies dabei auf die Wasserflasche, die mir aus der Hand geglitten war, als ich Marquardts Leiche unten an der Treppe entdeckt hatte, von dem vorangegangenen Geräusch und dem Schatten, dem ich nachgegangen war, in der Annahme, es handele sich um einen Kollegen oder um ein Crewmitglied.

»Doch da war niemand«, erklärte ich, und meine Stimme klang mir fremd in den Ohren. »Ich denke, die Person ist wieder hinuntergeschlichen und ist dann übers E-Deck verschwunden. Es wäre aber auch möglich, dass ich mir den Schatten nur eingebildet habe. Der Schlafmangel, der Alkohol ... Wer weiß.« Ich zuckte hilflos mit den Achseln. »Jedenfalls fand ich ihn so vor ... Christoph Marquardt.« Ich stockte und spürte, wie Jayden, der einen Arm um meine Taille gelegt hatte, den Druck zum Trost leicht verstärkte. »Zuerst war ich vor Schock wie erstarrt«, erzählte ich langsam weiter. »Dann bin ich hinuntergelaufen, um zu helfen. Aber als ich ihm ins Gesicht sah ...« Ich kämpfte gegen das Unwohlsein an und schluckte. »Da war mir klar, dass es zu spät war. Trotzdem habe ich seinen Puls gefühlt. Nichts.«

»Haben Sie ihn bewegt?«, fragte der Kapitän stirnrunzelnd.

»Nein. Ich habe ihm nur zwei Finger auf den Hals gelegt.«

Muñoz nickte langsam, ehe er sich der Schiffsärztin zuwandte, einer blond gelockten Frau mittleren Alters, die neben Marquardt kniete und ihn untersuchte.

»Nun, was meinst du?«, fragte er sie.

»Sieht nach einer schweren Kopfverletzung aus, die vermutlich vom Sturz herrührt«, antwortete Susanne Böcklin. »Aber ich kann erst Genaueres sagen, nachdem ich ihn auf Herz und Nieren geprüft habe.« Sie blähte leicht die Nasenflügel. »Ich werde eine Blutanalyse machen. Gut möglich, dass er betrunken war, als er die Treppe heruntergefallen ist.«

Den scharfen Alkoholgeruch hatte ich ebenfalls wahrgenommen, als ich mich zu ihm hinuntergebeugt hatte.

»Armer Christoph«, sagte die Ärztin leise, und für einen Moment herrschte tiefes Schweigen.

Vermutlich dachte jeder dasselbe. Mochte er sich am Vorabend auch einen Fauxpas geleistet haben, ein solches tragisches Ende wünschte man niemandem. Zu meiner Überraschung wischte sich Doktor Böcklin eine Träne aus dem Augenwinkel.

»Bist du sicher, dass du das hier machen willst, Susanne? Du könntest deinen Assistenten darum bitten«, sagte der Kapitän leise.

»Ich bin sicher«, antwortete die Ärztin.

»Christoph war der Mann ihrer Schwester«, flüsterte mir Jayden ins Ohr.

O Gott!

Mein Herz schwoll vor Mitleid an, gleichzeitig bewunderte ich die Ärztin für ihre Haltung.

»Auf wann schätzt du den Todeszeitpunkt?«, fragte Kapitän Muñoz.

»Auch das kann ich erst später genau bestimmen, aber angesichts seiner Körpertemperatur …« Susanne Böcklin hielt kurz inne. In ihrer Miene spiegelte sich Verzweiflung wider. Vielleicht dachte sie daran, wie sie die schlimme Nachricht ihrer Schwester beibringen sollte. »Möglicherweise vor sechs oder sieben Stunden.«

Als die Party noch in vollem Gange gewesen war.

»Ein Unfall also«, schloss der Kapitän.

»Vielleicht. Doch bevor ich den Totenschein ausstelle, muss ich sicherstellen, dass es wirklich ein Unfall gewesen ist«, erwiderte die Ärztin, dann sah sie mir direkt ins Gesicht. »Sollte der Fall anders liegen, finde ich es heraus.«

Ich brauchte einige Momente, um zu begreifen, worauf sie anspielte. Wie vor den Kopf geschlagen, starrte ich sie an. Jayden, der gespürt haben musste, wie ich mich versteifte, drückte mich an sich. »Du darfst es ihr nicht übel nehmen«, flüsterte er in mein Ohr.

»Aber wie kann sie nur so etwas denken? Wie können Sie nur so etwas denken?«, wiederholte ich lauter und richtete mich diesmal an die blonde Frau. »Ich habe damit nichts zu tun.«

Ihr Blick verhärtete sich. »Dass Sie als Erste bei der Leiche angetroffen werden, nach dem, was auf der Weihnachtsfeier vorgefallen ist, mutet schon seltsam an, das müssen Sie zugeben.«

Ich keuchte. »Sie verdächtigen mich wegen einer grabschenden Hand ...?«

»Señoras«, mahnte Kapitän Muñoz, doch die Ärztin, die sich inzwischen erhoben hatte, achtete nicht auf ihn.

»Christoph war kein Heiliger, und er war betrunken«, ereiferte sie sich. »Womöglich wollte er Ihnen an die Wäsche, es kam zu einem Gerangel, und er ist die Treppe heruntergefallen. Geben Sie es zu!« Ihre Augen wurden zu Schlitzen. »Außer natürlich, Sie haben ihn vorsätzlich geschubst ...«

»Susanne! Es reicht!« Die Stimme von Kapitän Muñoz fuhr dazwischen wie ein Peitschenhieb. »Auf meinem Schiff wird niemand grundlos verdächtigt.« Er wandte sich an Jayden. »Bitte bringen Sie Doctora Duncan in ihre Kabine, damit sie sich von dem Schock erholen kann. Ich schicke jemanden mit einem Beruhigungsmittel vorbei. Das Krankenzimmer sollte sie fürs Erste meiden. Und die Sache bleibt vorerst unter uns. Heute ist Weihnachten. Ich werde die Leute morgen von dem Unglück in Kenntnis setzen.«

Ich nickte mechanisch und Jayden zog mich sanft mit sich fort.

»Wie kann sie nur? Ich verstehe das nicht«, murmelte ich. Die Vorstellung, jemand könnte mir einen Mord zutrauen, war so erschreckend, dass sich mein Magen schmerzhaft zusammenkrampfte.

»Sie kennt dich nicht, Lara«, antwortete Jayden behutsam, während wir den Korridor entlanggingen, um eine der anderen Treppen nach oben zu nehmen. »Bitte nimm es dir nicht zu Herzen. Sie ist voller Wut und Trauer und braucht etwas Zeit, um sich zu sammeln.«

Abrupt blieb ich stehen und sah ihn an. »Aber du glaubst mir doch, oder? Dass ich nichts damit zu tun habe, meine ich«, rief ich verzweifelt.

Hätte ich ein spontanes »Natürlich« erwartet, wäre ich enttäuscht worden. Stattdessen sah mich Jayden mit einem Ausdruck an, der weit von seinem Schlafzimmerblick entfernt war. Vielmehr lag darin eine Intensität, die mir Gänsehaut bereitete, als versuchte er, meinen Verstand zu sezieren.

Dann nickte er.

»Danke«, flüsterte ich und hauchte ihm einen Kuss auf die Wange.

Ehe ich mich von ihm lösen konnte, senkte er den Kopf und fing meinen Mund mit seinem ein. Es war kein Kuss der Leidenschaft, sondern des Trostes, der mich derart überwältigte, dass mir eine Träne aus dem Augenwinkel kullerte. Nach wenigen Herzschlägen ließ er mich los und sah mich forschend an, dann wischte er mit dem Daumen über meine Wange.

Das letzte Stück bis zu meiner Kabine legten wir schweigend zurück. In meinem Innern herrschte ein eigentümlicher Zustand. Taubheit, Entsetzen, aber auch eine kleine Flamme der Euphorie kämpften um die Vorherrschaft. Mehr als einmal biss ich mir auf die Lippe, um nicht in hysterisches Kichern auszubrechen. Ich war völlig von der Rolle und hoffte, dass das Beruhigungsmittel, das mir Kapitän Muñoz zukommen lassen wollte, schnell wirken würde. Ich brauchte wieder einen klaren

Kopf, zumal ich mich gegen die Verdächtigungen von Susanne Böcklin wehren musste.

Als wir die Kabine betraten, befand sich Nishay in tiefem Schlummer.

»Ich warte draußen und passe den Typen mit der Tablette ab, damit er nicht klopft und sie aufweckt«, sagte Jayden leise. »Das erspart dir unnötige Erklärungen.«

Ich schenkte ihm ein dankbares Lächeln und ging hinein. Die Tür ließ ich einen Spalt weit offen. Nachdem ich meinen Hoodie ausgezogen hatte, legte ich mich aufs Bett. Kaum hatte ich die Augen geschlossen, sah ich Christoph Marquardt mit blutiger Kopfwunde und leerem Blick vor mir. Ich schüttelte den Kopf, wie um das Bild zu verscheuchen, und beneidete Nishay, die ahnungslos und friedlich über mir schlief. Keine Ahnung, wie lang ich brettsteif dalag, ehe eine Bewegung an der Tür meine Aufmerksamkeit erregte. Jayden hatte sie aufgedrückt und stand im Rahmen, mit einem Glas Wasser in der Hand, in der anderen hielt er vermutlich die Tablette. Als ich Anstalten machte, aufzustehen, gab er mir mit einer Geste zu verstehen, dass ich liegen bleiben sollte, und trat ein.

Während er näher kam, ertrank ich in seinem Blick. Wie gern hätte ich ihm erklärt, warum ich ihn an dem Abend in Kapstadt hatte stehen lassen. Ich war mir sicher, diesmal hätte er zugehört. Doch meine Zunge war wie gelähmt, außerdem wollte ich Nishay nicht wecken. Also blieb ich stumm. Nachdem ich die Tablette hinuntergeschluckt hatte, verließ Jayden wortlos die Kabine. Insgeheim hatte ich gehofft, er werde mir übers Haar streicheln oder seine Zuneigung auf andere Weise bekunden, aber das tat er nicht. Albernerweise reichte das aus, damit Tränen wie Sturzbäche über meine Wangen liefen. Handelte er nur aus Höflichkeit? War ich ihm egal? Und was war Christoph Marquardt widerfahren? Was für ein grausiges Ende! Ob er gelitten hatte? Hoffentlich nicht. Allein im kalten Bauch eines

Schiffes zu sterben, fern von zu Hause. Schrecklich! Meine Gefühle entluden sich in einem heftigen Weinkrampf, und ich presste mein Gesicht in das Kissen, um keine Geräusche zu erzeugen. Gleichzeitig wunderte sich ein Teil meines Verstandes über die Heftigkeit meines Ausbruchs. Zum Glück wirkte die Tablette, wie sie sollte, und schon bald wurden meine Lider schwer, und ich glitt in einen tiefen traumlosen Schlaf.

Als mich Nishay irgendwann weckte, damit ich mich für den Weihnachtsbrunch frisch machte, täuschte ich Kopfschmerzen vor und blieb liegen. Danach war jedoch an Schlaf leider nicht mehr zu denken, und ich wälzte mich unruhig von einer Seite auf die andere, während die Minuten zäh wie Sirup dahin-tropften. Mich unter die lachenden, plappernden Menschen zu mischen, war keine Option, also holte ich mein Buch aus der Schublade – »Eat, Pray, Love« von Elizabeth Gilbert, das mir Violet an meinem letzten Geburtstag geschenkt hatte – und begann zu lesen. So verbrachte ich den Nachmittag, auch wenn ich alle naselang Seiten mehrmals lesen musste, weil meine Gedanken immer wieder abschweiften.

* * *

Keine vierundzwanzig Stunden später wusste jeder auf dem Schiff Bescheid. Da ich die Leiche gefunden hatte, wurde ich von allen Seiten mit Fragen bombardiert, bis mir irgendwann der Kragen platzte und ich einen Kollegen zum Teufel schickte. Daraufhin wurde ich in Ruhe gelassen. Was jedoch niemanden davon abhielt, wilde Spekulationen anzustellen.

»Da kursieren die verrücktesten Geschichten«, erzählte mir Nishay mit betrübter Miene, als wir zwei Tage danach gemeinsam in der Sauna lagen. Es war das erste Mal seit der Weihnachtsfeier, dass wir freie Zeit miteinander verbrachten.

»Eine davon lautet, dass du … also …« Sie räusperte sich. »Aber das weißt du vermutlich schon.«

»Ja.« Gereizt wischte ich mir übers verschwitzte Gesicht. »Susanne Böcklin, unsere Schiffsärztin, hat mich des Mordes verdächtigt, keine fünf Minuten, nachdem ich Marquardt gefunden hatte. Nett«, fügte ich bitter hinzu.

»Die beiden sind verwandt.«

»Ich weiß«, stieß ich heftiger als beabsichtigt hervor. »Aber das ist kein Grund, haltlose Verdächtigungen auszusprechen!«

Eine Weile hingen wir schweigend unseren Gedanken nach.

»Wann wird sie ihre Untersuchung abgeschlossen haben?«, fragte Nishay.

»Keine Ahnung.« Ich sah zu meiner Freundin hinüber. »Es klingt wahrscheinlich herzlos und selbstsüchtig, aber ich hoffe, dass die Sache rasch geklärt ist, damit ich mich wieder auf meine Arbeit konzentrieren kann.«

»Das ist weder herzlos noch selbstsüchtig, sondern menschlich.«

Ich wusste nicht, wie ich es Nishay erklären sollte, doch seit ich Marquardt tot aufgefunden hatte, war mir, als hätte ich meine kindliche Freude an der Expedition verloren. Erst gestern hatten wir zwei erfolgreiche Sichtungen gehabt, ein Dutzend erwachsene Tiere. Das größte von ihnen maß fast dreißig Meter. Und alles, was ich gefühlt hatte, war – nichts.

Anscheinend war mir meine Traurigkeit anzusehen, denn Nishay beugte sich zu mir und drückte meine Hand. »Es gibt einen Seelsorger an Bord. Hast du schon mit ihm gesprochen?«

Ich schüttelte den Kopf.

»Vielleicht solltest du.«

»Was soll ich ihm sagen? Das Gleiche, was ich dir erzählt habe?« Ich rang mir ein Lächeln ab. »Ich habe eine gute Freundin, da brauche ich keinen Wildfremden, dem ich mein

Herz ausschütte. Was nicht heißt, dass ich dir ab jetzt immer die Ohren vollkauen werde!«, stellte ich rasch klar.

»Dafür sind Freunde doch da!« Nishay zwinkerte. »Falls es dich tröstet, du hast einen Verfechter, der sich für deinen guten Ruf einsetzt. Und zwar Jayden.«

»Wirklich?«, flüsterte ich.

»Ja. Heute Mittag in der Messe habe ich mitbekommen, wie einer der Geophysiker eine Bemerkung gemacht hat, von wegen, stille Wasser hätten es häufig faustdick hinter den Ohren und wie man einen Kerl nur aufgrund seines schlechten Benehmens ins Jenseits befördern könne …« Nishay schüttelte den Kopf. »Das sollte wohl witzig sein. Jayden jedenfalls fand das gar nicht komisch und hat ihn so was von zusammengefaltet! Hätte der andere nicht gebuckelt und sich für die dämliche Bemerkung entschuldigt, Jayden wäre ihm bestimmt an die Gurgel gegangen.«

Prompt stieg mir die Hitze in die Wangen, was nicht dem heißen Dampf um uns herum geschuldet war.

»Weißt du, ob er verheiratet ist?«, fragte Nishay unvermittelt, und in mir krampfte sich alles zusammen. Ich hatte diese Möglichkeit nicht eine Sekunde lang in Betracht gezogen.

Entsetzt sah ich sie an. »Wieso fragst du?«

»Ich meine ja nur«, antwortete Nishay. »Bevor du dich ernsthaft verknallst, solltest du das vielleicht checken. Außer natürlich, es ist dir egal.«

Ich holte tief Luft. »Ob er verheiratet ist oder nicht, ist nicht von Belang. Ich bin weder an einer Romanze noch an einem One-Night-Stand interessiert«, leierte ich herunter. »Deswegen bin ich nicht hier.«

»So habe ich das nicht gemeint«, erwiderte Nishay sichtlich zerknirscht. »Niemand ist deswegen hier. Aber manchmal passiert es einfach.«

Ich weiß, dachte ich, sagte jedoch nichts.

»Übrigens …« Nishay räusperte sich. »Es tut mir leid, dass ich dich so angemotzt habe.«

Ich runzelte verständnislos die Stirn. »Angemotzt?«

»Auf der Weihnachtsfeier. Wegen Matías … Kapitän Muñoz.«

»Ach das.« Die Weihnachtsfeier war erst drei Tage her, aber mir kam es bereits wie eine Ewigkeit vor. »Schon vergessen!«

»Nein, nein. Wie du richtig gesagt hast, wir sind Freundinnen.« Nishay lächelte und ich gab ihr das Lächeln zurück. »Ich schulde dir eine Erklärung. Es ist nichts zwischen mir und ihm oder einem anderen Mann. Ich … Also … Ich bin verheiratet, weißt du, seit fast zwanzig Jahren, aber zurzeit läuft es nicht so gut zwischen Dinesh und mir, deshalb kam uns diese Expedition sehr gelegen, um etwas Abstand zu gewinnen.« Sie strich sich verlegen eine feuchte Strähne aus der Stirn. »Ich liebe ihn und will ihn nicht verlieren. Nur, in letzter Zeit hat er es ein wenig an Zuwendung fehlen lassen, und wahrscheinlich suche ich ein wenig Bestätigung. Ganz schön armselig, was?«

»Du? Bestätigung?«, entfuhr es mir. »Du bist eine der umwerfendsten Frauen, die ich kenne. Und nein, das ist nicht armselig.« Ich griff ihre eigene Formulierung auf. »Das ist menschlich.«

Nishay war knallrot geworden. »Eine der umwerfendsten Frauen, die du kennst. So ein Unsinn! Du übertreibst.«

Ich schüttelte den Kopf, so energisch, wie es in einer Sauna eben möglich war. »Kein bisschen.«

Nachdenklich sah sie mich an. »Ich fühle mich aber nicht umwerfend. Im Juni werde ich zweiundvierzig.«

»Das ist das neue zweiundzwanzig!«

Nishay fand ihr Lachen zurück. »Um Himmels willen! Bloß nicht! Was für eine schreckliche Vorstellung, wieder zweiundzwanzig zu sein!«

Ich gab ihr recht. Allein die vielen Selbstzweifel, die ich in diesem Alter gehabt hatte. Nicht zu wissen, was die Zukunft brachte; den Druck zu verspüren, bis dreißig Beruf und Familie unter einen Hut bringen zu müssen; es jedem in meinem Umfeld recht machen zu wollen. Nie wieder! Mein Leben mochte nicht perfekt sein, aber zumindest wusste ich, wo ich stand.

»Apropos, hat dich Monsieur Philippe de Belmond schon zum Silvesterball eingeladen?«, feixte Nishay.

Die Frage war natürlich als Scherz gemeint, und so ließ ich unerwähnt, dass der hübsche Franzose mir aus dem Weg ging, seit das Gerücht umlief, ich sei in Marquardts Tod verstrickt. Einmal kam er mir auf einem der Korridore entgegen, machte jedoch bei meinem Anblick kehrt, als wäre ihm plötzlich etwas eingefallen oder er hätte etwas vergessen. Es hätte mir sauer aufstoßen müssen, tat es aber nicht. Philippe war eben noch jung und entsprechend unreif.

»Nein, ich werde wie Aschenputtel allein gehen«, antwortete ich schmunzelnd. »Ich habe das passende Kleid mit Reifrock schon zum Lüften aus dem Bullauge gehängt, zusammen mit der gepuderten, hoch aufgetürmten weißen Perücke. Und ein Schönheitspflästerchen habe ich auch.« Ich zeigte auf meine Oberlippe. »Das klebe ich genau hierhin.«

»*Nice!*«, entgegnete Nishay und ging auf mein Spiel ein. »Da kann ich locker mithalten. Ich gehe als Musketier. Hosen und Degen besorge ich mir aus der Kapitänskajüte.«

Wir grinsten. Nishay würde natürlich wieder ihr schwarzes Kleid anziehen, ich meine Hose-Bluse-Kombination in Blau und Beige. Uns erwartete ein Festessen mit anschließendem Tanz. Nach Mitternacht würde es eine heiße Suppe geben, aber auf ein Feuerwerk würden wir natürlich verzichten müssen, da offene Flammen an Bord eines Schiffs tabu waren. Zu groß war die Gefahr eines Brandes.

Wir blieben noch ein wenig in der Sauna, genossen die Ruhe und das lockere Geplänkel, und für einen Nachmittag vergaß ich meine Sorgen. Bis ich vor Beginn meiner Schicht in die Kapitänskajüte gebeten wurde. Mir wurde ganz mulmig zumute. Was mochte Muñoz von mir wollen? Ehe ich anklopfte, drückte ich den Rücken durch und sprach mir Mut zu. Es gab keinen Grund, nervös zu sein, schließlich hatte ich mir nichts zuschulden kommen lassen. Als das »Herein« erklang, trat ich ein – und meine Zuversicht geriet einen Moment lang gehörig ins Wanken. Die sich mir bietende Szene hatte eine erschreckende Ähnlichkeit mit einem Kriegstribunal. Hinter einem großen Holztisch standen außer Kapitän Muñoz noch Susanne Böcklin und Thomas. Ich schätzte, Letzterer war in seiner Funktion als mein Vorgesetzter hier. War das jetzt ein gutes oder ein schlechtes Zeichen?

Ich begrüßte die Anwesenden mit einem Kopfnicken, doch ehe ich zum Sprechen ansetzen konnte, kam mir die Ärztin zuvor.

»Ich muss mich bei Ihnen entschuldigen, Lara«, sagte sie nüchtern. »Ich habe die Leichenschau abgeschlossen und kann anhand der Totenflecken und der Körperkerntemperatur sagen, dass Christoph zwischen elf Uhr und zwölf Uhr dreißig nachts gestorben ist. Zu der Zeit waren Sie noch auf der Feier, wie uns mehrere Zeugen bestätigt haben.«

Na, da habe ich ja Glück gehabt!, wollte ich erwidern, verkniff mir aber die Bemerkung. »Dann war es ein Unfall?«, fragte ich stattdessen, worauf Kapitän und Ärztin einen raschen Blick wechselten.

»Christoph hatte Abschürfungen an Rücken und Beinen, als wäre er über den Boden geschleift worden«, erklärte Susanne Böcklin und zog, wohl unbewusst, ihren weißen Kittel zurecht. Ein Zeichen von Aufgewühltheit, wie ich vermutete. »Ich denke, dass er woanders gestorben ist und jemand ihn dort abgelegt hat. Damit es wie ein Unfall aussah. Außerdem hatte er nicht so viel Alkohol im Blut, wie der Gestank an seiner Kleidung uns glauben ließ.«

Schockiert sah ich sie an. »Heißt das, irgendwo an Bord läuft ein Mörder herum?«, fragte ich, verwundert darüber, wie fiepsig meine Stimme klingen konnte.

»Nicht unbedingt«, warf Kapitän Muñoz eilig ein. »Möglicherweise hatte Marquardt einen Unfall, hat sich selbst dorthin geschleppt, um Hilfe zu holen, es aber die Treppe nicht hochgeschafft. Oder er hat ein paar Stufen genommen und ist anschließend gestürzt.«

Der Blick, den ihm Susanne Böcklin daraufhin zuwarf, sprach Bände. Sie hielt die Theorie offensichtlich für Humbug.

»Also war die Person, deren Schatten ich gesehen habe, entweder der Mörder oder jemand, der sich der unterlassenen Hilfeleistung schuldig gemacht hat«, fasste ich leise für mich zusammen.

Susanne Böcklin nickte müde. »Was wir hundertprozentig wissen, ist, dass die Verletzung am Hinterkopf zu Christophs Tod geführt hat.« Ihre Stimme klang schrecklich hohl. »Sie hatte eine Hirnblutung zur Folge.«

»Es tut mir sehr leid, Doktor«, sagte ich leise.

Wieder nickte sie.

»Könnte jemand ihn mit einem Gegenstand geschlagen haben?«, fragte ich.

Thomas, der bis dahin kein Wort gesprochen hatte, warf mir einen vorwurfsvollen Blick zu, doch die Ärztin wirkte weder geschockt noch überrascht. »Schwer zu sagen. Ich bin keine Rechtsmedizinerin.«

»Wir sollten nicht wild spekulieren«, grätschte Kapitän Muñoz dazwischen, dann räusperte er sich. »Vermutlich war das Ganze nur ein tragischer Unfall. Trotzdem muss ich Sie bitten, den Vorfall erst einmal für sich zu behalten, Doctora Duncan.«

»Natürlich.«

»Bitte auch kein Wort zu Jayden«, mahnte Thomas, als er mich nach draußen begleitete.

»Wieso?« Erschrocken blieb ich stehen und starrte ihn an. »Glauben Sie etwa nicht an die Unfalltheorie? Halten Sie ihn für verdächtig?«

Thomas lächelte bedauernd. »Wie Sie und der Kapitän auch kann ich mir nicht vorstellen, dass unter uns ein Mörder sein soll. Trotzdem können wir die Möglichkeit nicht ausschließen. Deshalb ist jeder, der zum Todeszeitpunkt von Marquardt nicht auf der Feier war, verdächtig. Glauben Sie nicht auch?«

Mehr als ein mattes Nicken brachte ich nicht zustande.

Als ich schließlich meine Kabine betrat, um mich für meine Schicht fertig zu machen, war mir ganz schlecht. Jayden hatte die Weihnachtsfeier tatsächlich ziemlich früh verlassen – und zwar mit Barbara.

UNTER KEINEM GUTEN STERN

Auf einem Schiff etwas geheim halten zu wollen, ist in etwa so, als würde man versuchen, einen Schwall hereinbrechendes Wasser mit gespreizten Fingern aufzuhalten, also unmöglich. So wussten bald alle, was die Leichenschau erbracht hatte. Ich hatte meinen guten Ruf zurückerlangt und Philippe war wieder ganz der Alte. Kapitän Muñoz' Plan, schnell wieder zur Tagesordnung überzugehen, wurde von Susanne Böcklin durchkreuzt, die darauf bestand, dass jeder an Bord nach seinem Alibi befragt werden sollte. Und zwar in ihrer Anwesenheit. Vor der Kapitänskajüte, wo die Untersuchung stattfand, trat man sich bald gegenseitig auf die Füße, so emsig ging es dort zu. Am Ende dauerte das Prozedere mehrere Tage und brachte nichts, außer der Erkenntnis, dass die verlorene Zeit besser hätte genutzt werden können. Unter den Befragten gaben viele an, sich nach dem Weihnachtsessen frühzeitig in ihre Kabinen zurückgezogen oder noch einmal kurz im Labor vorbeigeschaut zu haben, ohne dass jemand ihre Behauptungen hätte bestätigen können. Daraufhin erklärte Kapitän Muñoz die Angelegenheit für erledigt und verfügte, dass sich ein Rechtsmediziner der Sache annehmen solle, sobald die *Rosenrot* wieder in ihrem Heimathafen eintraf. So lange würde die Leiche des Chefingenieurs in einem der gekühlten Lagerräume aufbewahrt werden.

Bekanntlich ist Aberglaube bei Seeleuten weit verbreitet, und es wurde gemunkelt, dass unsere Expedition unter keinem guten Stern stand. Erst der Verlust der Eisproben, dann der tödliche Unfall von Christoph Marquardt, wie es offiziell hieß. Dabei waren wir noch nicht einmal einen Monat unterwegs. Was hielt das Schicksal für die kommenden Wochen noch bereit? Obwohl ich weit davon entfernt war, abergläubisch zu sein, ließ ich mich von der allgemeinen Nervosität anstecken. So blickte ich Silvester mit einem unguten Gefühl entgegen, und je näher das Datum rückte, desto häufiger bemerkte ich, dass mehr oder weniger verstohlen auf Holz geklopft oder sich bekreuzigt wurde. Einmal wurde ich Zeugin, wie Nishay nach dem Essen in der Messe Salz über die linke Schulter warf.

»Kann nicht schaden«, antwortete sie gleichmütig, als ich sie darauf ansprach.

Keine Ahnung, ob es das Salz, das Holz oder die unterschiedlichen Gebetsketten waren: Am Ende verlief der Jahreswechsel ohne Zwischenfälle, und alle an Bord atmeten gemeinschaftlich auf. Was meine Stimmung dennoch trübte, war die Tatsache, dass Jayden am Silvesterabend kaum ein Wort mit mir wechselte. Dabei hatte ich die etwas langweilige Hosen-Blusen-Kombi im Schrank hängen lassen und mich in letzter Minute für das geblümte Kleid entschieden, das ich an unserem gemeinsamen Abend in Kapstadt getragen hatte. Beim Schminken und Frisieren hatte ich sehr viel Sorgfalt walten lassen und war am Ende mit dem Ergebnis zufrieden – zu Recht, wie mir Nishay bestätigte. Doch selbst die silbernen Ohrhänger, die ich mir von ihr geliehen hatte, brachten nicht den gewünschten Erfolg. Jayden erstickte jegliche Form von Unterhaltung im Keim, indem er eine faule Ausrede vorschob und mich stehen ließ. Mit jeder Zurückweisung schmerzte der

Stich ein bisschen mehr. Nach dem dritten Versuch kapitulierte ich. Bereits seit Tagen verhielt sich Jayden auffallend abweisend. Was hatte sich seit der Mordnacht, in der er so liebevoll zu mir gewesen war, verändert? Wieder und wieder ging ich die vergangenen Nächte durch, doch mir wollte kein Grund einfallen. Bisher hatte ich keine Möglichkeit gehabt, ihn darauf anzusprechen. Wie auch, wenn er die Flucht ergriff, sobald es nicht konkret den Job betraf!

Dein Schmerz ist nichts anderes als verletzter Stolz, sagte ich mir im Stillen. *Schluck ihn hinunter und amüsier dich! Heute ist Silvester!* Schließlich waren da noch Nishay, Ingrid, Henrik, Pablo und natürlich Philippe, der mich immer wieder auf die Tanzfläche zerrte, bis ich irgendwann lachend abwinkte und auf meine armen gepeinigten Füße zeigte.

»Hübsche Füße«, lautete sein Kommentar, bevor er sich eine junge Brünette schnappte, die neben uns stand.

»Ganz schön wankelmütig, dein junger Verehrer«, kommentierte Nishay, nachdem die beiden vergnügt abgerauscht waren.

Ich zuckte nur mit den Achseln. Es machte mir nichts aus. Warum auch?

Während des Silvestercountdowns standen wir mit unseren Sektgläsern und in Polarjacken und Boots gepackt an Deck und blickten gemeinsam auf die sonnenbeschienenen, strahlend weißen Eisbrocken ringsum, die wie Festungen aus dem dunklen Meer ragten. Über unseren Köpfen wölbte sich ein perfekter glasklarer Himmel. Wie gern hätte ich diesen Moment mit Jayden geteilt, doch ich konnte ihn nirgendwo entdecken, was mir wieder körperliche Schmerzen bereitete. Barbara entdeckte ich dafür weiter hinten als Teil einer kleinen Gruppe. Immerhin waren Jayden und sie gerade nicht zusammen. Das hätte mir noch gefehlt!

Punkt Mitternacht ertönte Feuerwerkgetöse aus dem Lautsprecher, und wir prosteten uns zu. Das Jahr 2017 war angebrochen. Nishay und ich fielen uns in die Arme, Philippe gab mir sogar einen Kuss auf die Lippen, und als er mich erwartungsvoll ansah, lächelte ich ihn lediglich an. Es war nett mit ihm, mehr aber auch nicht. Nachdem er davongeeilt war, lehnte ich mich gegen die Reling und betrachtete ein paar Pinguine auf einer entfernten Scholle, die ihre ganz eigene Party zu feiern schienen. Wehmut überkam mich, und ich lächelte traurig.

»Frohes neues Jahr, Lara«, erklang Jaydens tiefe Stimme plötzlich in meinem Rücken.

Mein Herz tat einen heftigen Satz, und ich drehte mich um. Wie an Weihnachten trug er seine ausgewaschene Jeans und das Leinenhemd unter der Polarjacke, trotzdem erschien er mir heute noch attraktiver als sonst. Vielleicht weil er frisch rasiert war? Keine Ahnung. Ich schätzte, dass ich in dieser Sache nicht ganz objektiv war.

»Danke. Das wünsche ich dir auch, Jayden.«

Kurz zögerten wir, dann prosteten wir uns zu und tranken einen Schluck. Dabei sahen wir uns an, was nichts anderes hieß, als dass wir unsere eigenen Spiegelbilder betrachteten. Obwohl die Sonnenbrillen uns vor Schneeblindheit schützten, verfluchte ich sie in diesem Augenblick aus tiefstem Herzen. Wie gern hätte ich sie abgenommen, um Jayden eine stumme Botschaft zu senden.

Küss mich!

Er räusperte sich. »Na dann. Viel Spaß noch!«, sagte er und machte auf dem Absatz kehrt.

Ich trat einen Schritt vor, um ihn aufzuhalten, aber da packte mich Philippe unerwartet von der Seite und wirbelte mich herum, als würden wir Walzer tanzen. Die Menschen in der Nähe lachten und klatschten, also spielte ich das Spiel mit, doch ich war nicht mit dem Herzen dabei. Es verschwand in diesem Moment mit Jayden unter Deck. Später saß ich an einem Tisch in der Bibliothek und starrte betrübt in mein leeres Glas, als sich Ingrid zu mir setzte. Die Norwegerin hatte ihren langen Zopf um den Kopf gebunden. Eine streng genommen altbackene Frisur, die ihr aber ausgezeichnet stand, weil sie ihre hohen Wangenknochen hervorhob. Dazu trug sie eine himmelblaue Tunika und eine bunte Jeans.

Sie stützte den Kopf in beide Hände und sah mich an. »Was ist los?«, fragte sie und blinzelte, als müsste sie ihre Sicht scharf stellen. Sie war offenbar etwas beschwipst.

»Jayden geht mir aus dem Weg«, antwortete ich offen heraus, denn auch ich hatte ein wenig über den Durst getrunken.

Ingrid kicherte. »Möglicherweise liegt es an seinem Keuschheitsgelübde.«

Ich runzelte die Stirn. »An seinem was?«

»Na ja, ich nenne das so.« Sie senkte die Stimme. »Vor zwei Jahren waren wir in einem Team, und da war eine Geophysikerin, die ziemlich heiß auf ihn war. Wenn man zusammen auf engstem Raum lebt, bleiben gewisse Spannungen nicht aus. Hier und da kommt es zu Intimitäten.« Sie zwinkerte frech, während ich mich insgeheim über ihre Redseligkeit wunderte, hatte ich sie bisher doch eher als schweigsam erlebt. »Klar, dass das nicht gern gesehen wird, aber verhindern kann man das nicht. Hauptsache, es beeinträchtigt die Arbeit nicht. Na, jedenfalls war da diese Polin. Ich habe Jayden gefragt, ob da was geht. Und da erzählt er mir doch tatsächlich, dass er sich, solange er auf dem Schiff ist, in Enthaltsamkeit übt. Das sei so eine eiserne Regel von ihm. Alles andere würde die Sache nur verkomplizieren. Kannst du dir das vorstellen?« Wieder lachte Ingrid, ziemlich lauthals und auch ein wenig dreckig. »Vielleicht bist du eine zu große Versuchung für ihn, und er geht dir deshalb aus dem Weg.«

»Ja klar, das wird der Grund sein«, antwortete ich geknickt. »So was kommt nur in Liebesschnulzen vor, aber nicht im wirklichen Leben.«

Ingrid grinste schief. »Wer weiß.«

Selbst auferlegte Enthaltsamkeit.

Obwohl es verrückt klang, erschien es mir plausibel. Warum sonst hätte mich Jayden an seinem letzten Abend in Kapstadt unter allen Umständen ins Bett kriegen wollen? Eine andere Frau hätte seine eiserne Regel vielleicht als Herausforderung betrachtet, ich hingegen tickte offenbar anders. Mich irritierte die ganze Sache nur.

»Also ist er nicht verheiratet?«, fragte ich und hielt den Atem an.

»Natürlich nicht!« Ingrid zwinkerte. »Du kriegst den Kerl schon klein«, tönte sie und klopfte mir so heftig auf die Schulter, dass ich beinahe mit dem Gesicht auf den Tisch geknallt wäre. »Oder sollte ich eher groß sagen?«

Ich sah sie streng an, konnte mir jedoch nur mit viel Mühe ein Lachen verkneifen. »Vielleicht wird es für dich Zeit, ins Bett zu gehen, meinst du nicht?«

Sie zuckte mit den Achseln, stützte sich mit den Ellenbogen ab und schloss die Augen, während ihr Kopf immer schwerer wurde.

»Ich hole deinen Bruder«, sagte ich, als sie ihn schließlich auf den Tisch legte.

»Hm.«

Ich fand Henrik im Gespräch mit dem Meteorologen und wurde das Gefühl nicht los, dass er froh über die Unterbrechung war. Nachdem er seiner Schwester auf die Füße geholfen hatte, um sie in ihre Kabine zu bringen, ging ich ebenfalls zu Bett. Keine zehn Minuten später tauchte Nishay auf, und wir redeten noch über dies und das, ehe wir das Licht ausmachten. Das Letzte, was ich vor Augen hatte, bevor ich einschlief, war Jayden mit einem Keuschheitsgürtel. Wie es aussah, würde auch Super-Barbie nicht zum Zug kommen. Möglicherweise lag ein Lächeln auf meinem Gesicht, als ich wegdämmerte.

* * *

In der darauffolgenden Nacht entlud sich die aufgestaute Spannung zwischen Jayden und mir in einem handfesten Streit.

Unser Flug verlief wie sonst auch in letzter Zeit. Unser bärbeißiger Pilot verhielt sich wortkarg, während ich Ausschau nach Finnwalen hielt und Philippe alles aufzeichnete. War unsere Sichtung ergebnislos, vertrieben wir uns beide die Zeit mit Plaudereien. Obwohl die Sonne heute Mühe hatte, sich durch die dichte Wolkendecke zu kämpfen, herrschte ein gemäßigter Wind, und auch das Meer gab sich von seiner zahmen Seite.

»Wusstest du, dass Southampton von Paris aus mit dem Zug in nur viereinhalb Stunden zu erreichen ist?«, fragte Philippe, während ich mit dem Fernglas das Wasser absuchte.

Wir befanden uns auf dem Rückflug und flogen unsere imaginäre Linie in umgekehrter Richtung ab.

»Ist das so?«, fragte ich.

»Ja. Ich könnte dir an einem Wochenende mal einen Besuch abstatten.«

»Sicher«, entgegnete ich, wohl wissend, dass dies vermutlich niemals geschehen würde. Auch wenn Philippe es wahrscheinlich in diesem Moment ernst meinte, verliefen solche Vorhaben meistens im Sande. Wie oft nahm man sich vor, Freunde zu besuchen, und dann kam etwas dazwischen, obwohl man in derselben Stadt wohnte?

»Cool!«, eiferte sich Philippe. »Sicher w…«

Weiter kam er nicht, denn in der gleichen Sekunde sackte der Hubschrauber derart heftig ab, dass mir ein Schreckenslaut entfuhr und Philippe »*Mon dieu!*« kreischte. Dann fing sich die Maschine wieder, gewann an Höhe und flog weiter entlang unserer Linie.

»Sorry«, sagte Jayden seelenruhig. In seiner Stimme schwang nicht die Spur von Reue mit.

Bleiernes Schweigen breitete sich aus, und bis zum Ende der Sichtung sprachen Philippe und ich nur das unbedingt Notwendige. Als wir kurz darauf ausstiegen, steckte uns der Schrecken immer noch in den Knochen. Ich trödelte ein wenig, wartete, bis der junge Franzose unter Deck verschwunden war, dann packte ich Jayden, der ebenfalls nach unten gehen wollte, fest am Arm und wirbelte ihn herum.

»Das hast du mit Absicht gemacht!«, wetterte ich. Da der Himmel bewölkt war, hatten wir unsere Sonnenbrillen abgenommen und starrten uns direkt in die Augen.

»Das war ein Luftloch«, antwortete Jayden mit gelangweilter Miene, doch in seinem Blick war da etwas, ein leichtes Blitzen, ganz weit entfernt.

Ich schnaubte. »Von wegen! Du wollest uns Angst einjagen. Was sollte das? Bist du eifersüchtig?«

Er hob die Augenbrauen. »Was? Ich? Auf diesen französischen Milchbubi?«

»Zufällig ist Philippe sehr nett.«

»Nett?« Die Wandlung in Jaydens Gesicht vollzog sich so plötzlich, dass ich angesichts der Wut in seinen Augen innerlich zusammenzuckte. »Dieser Fatzke hat dich wie eine Aussätzige behandelt, als es hieß, du hättest etwas mit Marquardts Tod zu tun!« Das war es also. Ein warmes Glücksgefühl breitete sich in mir aus, das schlagartig erkaltete, als Jayden weitersprach. »Dass du ihm das durchgehen lässt, ist schon schlimm genug. Aber dass du dich ihm auch noch an den Hals wirfst, ist jämmerlich!«

»Ich soll mich ihm an den Hals geworfen haben?«, entgegnete ich und lachte höhnisch in dem Versuch, mir nicht anmerken zu lassen, wie sehr seine Worte mich verletzt hatten.

»Willst du etwa leugnen, dass du dich in seiner jugendlichen Bewunderung sonnst?«

»Ich ... äh ... na ja.« *Setz ein Wort nach dem anderen.* »Warum auch nicht?«, konterte ich mit einem herausfordernden Unterton.

»Klar. Warum auch nicht?« Jayden trat einen Schritt auf mich zu. »Schließlich kann er dir nicht gefährlich werden.«

»Ich habe keine Ahnung, wie du auf diesen Schwachsinn kommst«, erwiderte ich, um Gelassenheit bemüht.

»Rasiert er sich überhaupt schon?«

»Er ist fünfundzwanzig!«

»Sag ich doch«, grollte Jayden, der sich mehr und mehr in seine Wut hineinsteigerte. »Ein Milchbubi! Ich tippe auf Midlife-Crisis«, fügte er gehässig hinzu.

»Wer, ich?« So langsam wurde ich sauer. Für wie alt hielt er mich? »Sicher, dass du nicht derjenige mit der Midlife-Crisis bist? Wie alt bist du? Fünfundvierzig? Fünfzig?«, konterte ich böse.

Jayden kniff die Augen zu Schlitzen zusammen. »Ich bin neununddreißig!«

»Wirklich? Wie lange schon?«

Wow! Dafür, dass ich im Grunde meines Herzens ein harmonieliebender Mensch war, schoss ich ziemlich scharf zurück. Und wenn ich ehrlich war, genoss ich unseren Streit auch ein wenig. Kämpferisch starrten wir uns an, bis Jayden den Abstand zwischen uns gänzlich überwand und unsere Nasenspitzen sich fast berührten. Ich musste alle Kraft aufbieten, um nicht zu blinzeln!

»Keine Ahnung, was du dir von dem Grünschnabel erhoffst, Lara«, grollte er leise. »Aber bei ihm wirst du garantiert nicht auf deine Kosten kommen.«

Obwohl er vermutlich damit recht hatte, konnte ich ihm diesen Triumph auf keinen Fall durchgehen lassen. »Was genau versuchst du, mir zu sagen? Dass du mir im Gegensatz dazu den Orgasmus meines Lebens verschaffen würdest?« Unfassbar, dass ich das gerade gesagt hatte. Violet und Poppy wären begeistert gewesen! »Wie willst du das bewerkstelligen?«, höhnte ich rasch weiter, um ihn vergessen zu lassen, dass ich das O-Wort ausgesprochen hatte. »Telepathisch? Hast du nicht ein albernes Gelübde abgelegt, um dich jeglicher Verantwortung zu entziehen?«

Jayden starrte mich an, als hätte ich ihn geohrfeigt, dann drehte er sich um und stürmte davon. Nanu? Verwundert sah ich ihm nach. Sein Unmut wegen Philippe war zwar ein wenig überzogen, aber irgendwie auch nachvollziehbar gewesen, diese Reaktion jedoch nicht. Nachdenklich verließ ich das Helikopter-Deck. Eigentlich hatte ich vorgehabt, mich Philippe anzuschließen, der im Computerraum die Daten von seinem Laptop auf den Hauptrechner transferierte, doch ich entschied mich dagegen. Ich würde ein anderes Mal die Werte vergleichen und analysieren. Stattdessen ging ich in die Messe, um eine Kleinigkeit zu essen. Zum Glück traf ich Jayden dort nicht an, sondern nur einige Kollegen und Kolleginnen, die sich auf mehrere Tische aufgeteilt hatten. Ich nickte grüßend, wärmte eine Portion Lasagne auf und steuerte einen einzelnen Tisch an. Mir war nicht nach Gesellschaft zumute.

Obwohl die Lasagne zweifelsohne mundete, stocherte ich lustlos darin herum. Meine Gedanken drehten sich unaufhörlich um die Fragen, warum Jayden auf meinen Kommentar zum Keuschheitsgelübde so empfindlich reagiert hatte und ob mein Verhalten tatsächlich so jämmerlich war, wie er behauptete.

Schließlich warf ich die kaum angerührte Lasagne in den Müll und ging in meine Kabine. An Schlaf war allerdings nicht zu denken, deshalb fragte ich Nishay um Rat, kaum dass sie sich aus dem Bett geschwungen hatte.

»Keine Ahnung, warum Jayden wegen deiner letzten Bemerkung angepisst war«, sagte sie, während sie sich aus ihrem Pyjama schälte, um unter die Dusche zu schlüpfen. »Aber was das andere betrifft, muss ich ihm recht geben.« Sie warf mir einen unwirschen Blick zu, ehe sie den Duschvorhang zuzog. »Ich kann ehrlich gesagt auch nicht nachvollziehen, wie du Philippes Verhalten kommentarlos akzeptieren kannst«, rief sie, um das Rauschen der Dusche zu übertönen. »Ich hätte ihn an deiner Stelle schon längst zur Rede gestellt!«

Obwohl sie es nicht sehen konnte, zuckte ich mit den Schultern. »Es schert mich nicht, ehrlich gesagt.«

»Sei bitte nicht sauer, wenn ich das jetzt sage, Lara, aber wo bleibt dein Selbstwertgefühl?«

Ich verspürte einen Stich und sagte nichts. Zwar war ich nicht böse auf Nishay, doch auch ihre Bemerkung schmerzte, und so lag ich, lange nachdem sie gegangen war, noch wach und dachte über ihre Worte nach. Und darüber, dass Violet einmal gemeint hatte, ich würde mich in manchen Situationen feige verhalten. Verhielt es sich wirklich so? War das der Grund, warum ich Philippe nicht auf sein Fehlverhalten ansprach? Ich horchte in mich hinein, wobei ich versuchte, ehrlich zu sein, und kam zu dem Schluss, dass mein Auftreten Philippe gegenüber nichts mit Feigheit zu tun hatte. Er bedeutete mir nichts. Es kümmerte mich nicht, was er dachte oder tat. Herrje, war das normal? Oder war ich gar gefühllos und zu keiner Empathie fähig? Ich schüttelte den Kopf. Nein, das war es nicht. Aber der Punkt mit dem Selbstwertgefühl nagte an mir und vor allem, dass Jayden mein Verhalten als jämmerlich bezeichnet hatte.

Was für ein schreckliches Wort! Ich beschloss, bei der nächsten sich bietenden Gelegenheit die Sache mit Philippe zu klären.

Doch dazu kam es nicht. Denn Philippe erkrankte an einer Salmonellenvergiftung, wie zehn andere, die am Vortag Holgers Zitronenpudding gegessen hatten. Unsere Expedition stand wahrlich unter keinem guten Stern!

* * *

Weil uns der dritte Mann fehlte und der antarktische Wettergott die Welt in eine graue, schaukelnde Suppe verwandelte, fielen an vier aufeinanderfolgenden Tagen und Nächten die Sichtungen aus. Ich nutzte die freie Zeit, um Kollegen aus anderen Bereichen unter die Arme zu greifen. Gemeinsam mit Nishay sortierte ich Salpen, kleine durchsichtige Meerestiere, die sich von Plankton ernährten, und führte Protokoll, während ihre Kollegin winzige Krebse durch das Binokular untersuchte. Einmal kam ich in den Genuss, in Helm, Wetterkleidung und Rettungsweste den Ozeanografen beim Aussetzen eines Messeinstruments zu helfen. Eine schweißtreibende Arbeit, zumal das Schiff heftig hin und her schwankte. Umso schmackhafter waren hinterher der Cappuccino und das Stück Apfelkuchen mit Schlagsahne.

Irgendwann lichtete sich die Wolkendecke stellenweise, sodass einzelne Sonnenstrahlen ihren Weg zu uns fanden. Bei dieser Gelegenheit sichtete Ingrid vom Krähennest aus eine größere Gruppe von Finnwalen.

»Es müssen mindestens vierzig Tiere sein!«, berichtete sie mir mit funkelnden Augen, kaum dass sie wieder festen Boden unter den Füßen hatte, sofern man das auf einem Schiff sagen konnte. »Sollte das Wetter weiter mitspielen, müsst ihr später unbedingt mit dem Hubschrauber raus und ihre Position bestimmen. Nimm die Kamera mit und filme sie. Wir hatten keine so gute Sicht, insofern brauchen wir von dir die Bestätigung.« Sie grinste breit. So euphorisch hatte ich sie bisher noch nie erlebt. »Nicht, dass ich einer Täuschung erlegen bin.«

»Sicher nicht.« Ich schnitt eine Grimasse. »Allerdings liegt Philippe krank im Bett. Mir fehlt ein Datenrekorder.«

Ingrid machte eine wegwerfende Geste. »Den brauchst du nicht. Du musst lediglich die GPS-Daten übermitteln, dann setzen wir im Anschluss die Sichtung fort und zeichnen die Einzelheiten auf. Filme, so viel du kannst. Je mehr wir haben, desto besser können wir ihr Verhalten studieren.«

Ihre Begeisterung war ansteckend, und ich spürte, wie ich innerlich kribbelig wurde. Vierzig Tiere auf einen Schlag! Was für ein Anblick das sein musste! Wir blickten in den Himmel, der inzwischen von einer dünnen Wolkendecke bedeckt war. Die Sonne dahinter tauchte alles in ein gelbes Licht, dazu wehte ein leichter Wind. Mit minus acht Grad war es nicht kalt.

»Mal sehen, was der Meteorologe der Nachtschicht meint«, sagte ich.

Eine halbe Stunde später trafen der Kapitän, Barbara, der Meteorologe, Jayden und ich uns zu unserer üblichen Besprechung im Arbeitsraum.

»Das Wetter ist heute ziemlich unbeständig«, erklärte der Meteorologe und kratzte sich den kahlen Schädel, was, wie ich inzwischen wusste, ein Zeichen der Sorge war.

»Können wir fliegen oder nicht?«, fragte Jayden ruhig.

»Im Prinzip schon, aber ich würde empfehlen, sofort zurückzukehren, sollte der Wind früher als geplant drehen. Von Nordwesten kommt eine Schlechtwetterfront auf uns zu. Ich erwarte eine starke bis geschlossene Schichthaufenbewölkung mit wechselnden Untergrenzen. Es kann schneien, aber was viel ausschlaggebender ist: Lokal ist Whiteout möglich.«

Alle nickten ernst. Whiteout war nichts, was man auf die leichte Schulter nahm. Durch bestimmte Lichtverhältnisse verschmolz der weiße Himmel mit dem Eis, sodass jegliche

Konturen verschwanden, was die Orientierung erschwerte. Zugleich machte es das Landen mit dem Hubschrauber auf dem Eis unmöglich, da der Pilot den Boden nicht sehen und damit auch den Abstand nicht einschätzen konnte. Allerdings würde uns dieses Phänomen nicht direkt betreffen, da wir über dem Wasser unterwegs waren. Trotzdem war wegen der zu erwartenden schlechten Sicht und der Verwehungen Vorsicht geboten.

»Die Front dürfte uns erst in fünf bis sechs Stunden erreichen«, erklärte der Meteorologe weiter und sah auf seine Uhr. »Es ist jetzt halb zehn. Geht auf Nummer sicher und seht zu, dass ihr zwischen Mitternacht und ein Uhr zurück seid.«

Nachdem der Kapitän und Barbara das Go gegeben hatten, starteten wir. Jayden und ich sprachen kaum ein Wort, obwohl ich neben ihm saß, um bessere Aufnahmen von den Tieren machen zu können.

Keine zwanzig Minuten später wurden wir fündig.

Und wir hatten Glück. Die Gruppe war auf eine große Menge Krill gestoßen und feierte eine wahre Fressorgie. Keine zweihundert Meter vor uns brodelte das Meer, während unzählige Schwanzflossen das Wasser durchschnitten. Dazu hatten sich Vögel und Robben gesellt, um an dem Schmaus teilzuhaben. Der Anblick war so überwältigend, dass Jayden und ich unsere Differenzen vergaßen und uns anlächelten. Das Herz schlug mir bis zum Hals, als ich die Kamera auf das Spektakel richtete, um es aufzunehmen. Dabei verlor ich jegliches Zeitgefühl, während Jayden in gebührendem Abstand um die Gruppe flog. Ingrid hatte mit ihrer Annahme recht gehabt, nur dass es meinen Beobachtungen nach sogar fünfzig Tiere sein konnten. Angesichts des Gewusels war das nicht einfach zu bestimmen.

»Wir sollten langsam zurück«, meldete plötzlich Jayden durch den Kopfhörer.

»O nein!«, entfuhr es mir. »Jetzt schon?« Ich sah auf meine Armbanduhr. Es war zehn vor zwölf.

»Du hast gehört, was der Meteorologe gesagt hat, Lara.«

Ich knabberte auf meiner Unterlippe herum. »Schon, aber ...« Ich überlegte. »Bitte nur noch ein paar Minuten. Ich habe sie nicht alle im Kasten. Was, wenn wir ihre Spur verlieren?«

Jayden schien zu überlegen, dann nickte er. »In Ordnung, doch sobald ich sage, dass wir umgehend zurückfliegen, will ich darüber keine Diskussionen mehr führen.«

»Alles klar!« Ich stieß einen Laut der Erleichterung aus. »Danke, Jayden.«

»Schon gut.« Er lächelte. »Einen solchen Anblick bekommt man schließlich nicht alle Tage geboten.«

»Hast du schon mal so viele Tiere auf einmal gesehen?«, fragte ich, während ich weiterfilmte.

»Nein. Und ich verstehe dich sehr gut.«

Für einen Moment herrschte einträchtiges Schweigen zwischen uns, und ein Lächeln stahl sich auf meine Lippen. Es fühlte sich an, als wären wir durch ein unsichtbares Band miteinander verbunden. Das und der Anblick der Wale machten diesen Moment zu einem der vollkommensten in meinem Leben. Mein Herz schlug schneller – und sackte mir schlagartig in die Kniekehlen, als der Hubschrauber unerwartet zur Seite ruckte, sodass ich unangeschnallt vermutlich durchs Seitenfenster gekracht wäre. Trotz des stabilen Gurts spürte ich den Schock in jedem meiner Glieder. Viel erschreckender als das war jedoch Jaydens Miene. Er hatte die Lippen zu einer dünnen Linie zusammengepresst.

»Was ist los?«, keuchte ich.

»Der Hubschrauber spinnt wieder mal rum«, antwortete er mit einer unheilvollen Stimme.

»Hast du ihn nicht erst vor Kurzem durchchecken lassen?«

»Ja. Das hier ist aber etwas anderes. Die Instrumente signalisieren einen Druckabfall in der Hydraulik.«

In meinem Magen bildete sich ein Klumpen. »Und was heißt das?«

»Das heißt, dass wir sofort landen müssen, bevor der Heckrotor ausfällt und wir ins Trudeln geraten und abstürzen.«

Einen Augenblick lang schien die Zeit stillzustehen, während die Schreckensbotschaft, die er völlig ruhig vorgebracht hatte, in meinen Verstand sickerte.

»Wo, um Himmels willen, willst du denn landen?«, krächzte ich schließlich.

Wäre ich doch nur in Southampton geblieben! Aber nein, ich wollte unbedingt ein Abenteuer erleben. Das hatte ich nun davon!

»Dort!«, antwortete Jayden und zeigte auf eine Eisscholle gute zweihundert Meter weit entfernt, die schätzungsweise die Größe eines halben Fußballfeldes maß.

»Dort?«, quiekte ich. Vor meinem inneren Auge schrumpfte die Scholle zu Taschentuchgröße zusammen.

»Ja.«

»O Mann!«, stammelte ich.

Jayden wandte den Kopf zu mir. Zwar konnte ich wegen der Sonnenbrille den Ausdruck in seinem Gesicht nicht erkennen, dennoch beruhigte mich der energische Zug um seinen Mund.

»Es wird gut gehen, Lara«, sagte er mit fester Stimme. »Vertrau mir.«

Ich rang mir ein Lächeln ab, das vermutlich mehr einer Grimasse ähnelte. »Ich vertraue dir«, murmelte ich wahrheitsgemäß. »Was aber nichts daran ändert, dass ich eine Scheißangst habe.«

»Das musst du nicht. Ich habe schon gefährlichere Situationen gemeistert.«

Seine Worte mochten angeberisch, großkotzig und was auch immer sein, aber sie nahmen mir etwas von meiner Furcht, und dafür war ich ihm dankbar.

»Steck die Kamera weg und halt dich gut fest«, wies er mich an.

»Okay.«

Während Jayden auf die Eisscholle zusteuerte, überflogen wir die Finnwale, doch diesmal schenkte ich ihnen kaum Beachtung. Vielmehr fixierte ich unser Ziel, das statt größer zu werden, immer winziger erschien, je näher wir kamen. Obwohl es mir schwerfiel, verhielt ich mich mucksmäuschenstill, denn auch wenn Jayden zuversichtlich geklungen hatte, spürte ich, wie hoch konzentriert er war. Einen Hubschrauber auf einer Eisscholle zu landen, war sicher kein Pappenstiel.

Als plötzlich eine heftige Windbö die Maschine zur Seite fegte, sah ich, wie ein Muskel in Jaydens Wange zuckte.

O Gott!

Während er versuchte, den Hubschrauber erneut in eine waagerechte Position zu bringen, krallte ich mich an meinem Sitz fest und schloss die Augen – um sie gleich wieder zu öffnen. Mein Atem ging flach und schnell, und in meinen Ohren sauste es. Gleichzeitig nichts zu sehen, machte es irgendwie schlimmer. Midlife-Crisis hin oder her, ich war noch jung. Ich wollte nicht sterben! Mit ruhiger Hand brachte Jayden die Maschine wieder unter Kontrolle. Langsam verloren wir an Höhe, bis sich die Eisscholle direkt unter uns befand. Gerade setzten wir zur Landung an, als ein weiterer Windstoß uns zur Seite schob, doch Jayden, der das anscheinend erwartet hatte, steuerte augenblicklich dagegen. Als die Kufen auf Widerstand stießen, hielt ich die Luft an. Es gab ein kreischendes Geräusch von Metall auf Eis, der Hubschrauber erzitterte, und für einen schrecklichen Moment fürchtete ich, dass wir erneut zur Seite kippten. Doch zum Glück fand die Maschine ihr Gleichgewicht wieder. Jayden bediente einige Knöpfe, die Rotoren wurden langsamer und stoppten schließlich.

Bis auf den Wind und mein wild hämmerndes Herz war nichts zu hören. Hätten wir nicht unsere Helme und Kopfhörer getragen, ich hätte Jayden geknutscht.

»Danke«, murmelte ich und ließ mich tiefer in den Sitz sinken. Ich fühlte mich ermattet, als hätte ich den Vogel selbst runtergebracht.

»Ich habe doch gesagt, dass alles gut gehen würde«, antwortete Jayden, trotzdem konnte ich die Erleichterung aus seiner Stimme heraushören.

»Und was jetzt?«

Er wies nach Nordwesten, wo sich am Horizont weiß schimmernder Dunst gebildet hatte. »Siehst du das? Das ist die Schlechtwetterfront, von der der Meteorologe gesprochen hat. Ich schätze, in einer Stunde erreicht sie uns. Selbst wenn es mir gelingt, den Schaden in der Hydraulik zu beheben, kommen wir hier nicht rechtzeitig weg.« Er griff nach dem Funkgerät. »*Rosenrot*, hier Heli 1.«

Kurz knackte es in der Leitung, dann erklang die Antwort. »*Rosenrot*, wir hören.«

»Wir mussten wegen eines Hydraulikschadens auf einer Eisscholle notlanden«, erklärte er und nannte die Koordinaten.

»Gibt es Verletzte, Heli 1?«

»Negativ. Wir haben nur einen Schreck bekommen, mehr nicht«, antwortete Jayden und schenkte mir ein kleines Lächeln. »Ich sehe mir den Schaden an und versuche, ihn zu reparieren.«

»Die Schlechtwetterfront kommt rasch auf euch zu, Heli 1. Bleibt dort, bis sie vorübergezogen ist.«

»Roger, *Rosenrot*. Sobald ich mehr über den Schaden weiß, melde ich mich wieder. Schlimmstenfalls müsst ihr uns evakuieren.«

»Alles klar. Heli 1. Wir bleiben in Kontakt.«

»Es ist meine Schuld«, sagte ich leise, nachdem Jayden das Gespräch beendet hatte, und folgte seinem Beispiel, indem ich Helm und Kopfhörer abnahm.

»Wieso soll das deine Schuld sein?«

»Wären wir früher zurückgeflogen ...«

»... hätte sich zwischen uns und der *Rosenrot* vielleicht keine rettende Eisscholle befunden«, vollendete Jayden meinen Satz. »Schon mal daran gedacht?«

Wortlos sah ich nach draußen.

»Nein! Schuld ist das unfähige Wartungsteam!«, schimpfte Jayden. »Es ist schon das zweite Mal, dass die Maschine spinnt. Es hätte diesmal böse enden können.« Er blickte auf den Horizont. »Bei dieser Expedition ist der Wurm drin.«

»Technische Probleme kommen doch sicher immer wieder vor.«

»Schon. Man muss sich fast täglich auf neue Situationen einstellen, Dinge neu bewerten und anpassen. Aber solche schwerwiegenden Pannen in so kurzer Zeit?« Jayden schüttelte den Kopf. »Denk nur an den Ausfall im Laborcontainer. Entweder ist die Crew komplett unfähig oder wir ziehen das Pech an.«

Was ganz besonders für Christoph Marquardt galt.

»Ist das denn nicht immer die gleiche Crew?«, fragte ich.

»Teils, teils. Der Kapitän und seine engsten Mitarbeiter sowie einige Matrosen tun das erste Mal Dienst auf dem Schiff.« Jayden nahm die Sonnenbrille ab und sah mich eindringlich an. »Traust du dir zu, das Zelt allein aufzubauen, während ich mir die Hydraulik ansehe?«

»Klar! Das habe ich in den Alpen trainiert.«

»Gut.« Er lächelte knapp. »Lass uns die Survivalbox rausschaffen.«

Ich nickte.

Das Notfallpaket war eine große Kiste, die unter anderem das Zelt, Schlafsäcke, Klappspaten, Nahrung, Feuerzeug, Kocher und eine Erste-Hilfe-Ausrüstung für zwei Personen beinhaltete. Nachdem wir den Platz zum Aufstellen festgelegt hatten, machte ich mich an die Arbeit. Indessen sicherte Jayden den Hubschrauber, indem er lange Seile über den Kufen anbrachte, die er mit Heringen im Eis festmachte. Um sie trotz möglicher Schneeverwehungen schnell zu finden, steckte er Wegmarkierungsfähnchen ins Eis. Hätten wir überstürzt starten müssen, hätte er nur daran zu ziehen brauchen, und der Hubschrauber wäre frei gewesen. Schließlich deckte er die Triebwerkseinlässe ab, damit weder Eis noch Schnee eindrang, und machte sich daran, den Schaden an der Hydraulik zu begutachten.

Keine Ahnung, wie lange es dauerte, bis ich das Zelt ausgebreitet, die Zeltstangen eingesetzt, es aufgestellt und im Boden verankert hatte. Nicht zu vergessen die Abdichtung der Innennähte und das Befestigen der Zeltunterlage. Als ich fertig war und mich ausgiebig streckte, bemerkte ich, dass wir bereits von dichtem Nebel umgeben waren, der jegliche Kontraste verschluckt hatte. Selbst die klappernden Geräusche von Jaydens Werkzeugen klangen dumpf. Das Meer jenseits der Eisscholle war nicht mehr als eine Ahnung, und die beiden Leuchten an den Wetterfähnchen sahen wie die rot leuchtenden Augen irgendeines riesigen prähistorischen Tiers aus. Ein eisiger Schauer durchlief mich, was nicht nur daran lag, dass die Temperatur gerade rapide sank.

Rasch ging ich dazu über, die Ausrüstung ins Zelt zu packen, wobei ich bis auf die beiden Schlafsäcke, die den meisten Platz einnahmen, alles an die Seiten stellte. Drinnen konnte man nicht stehen, sondern nur sitzen, knien oder liegen. Erst da wurde mir bewusst, wie eng es werden würde. *Jetzt nur nicht in Panik geraten!*, redete ich mir gut zu. Ich brachte die leere

Survivalbox zum Hubschrauber zurück, während Jayden dabei war, sein Werkzeug wieder wegzupacken.

»Gerade rechtzeitig«, sagte er mit Blick auf den Nebel.

»Und? Wie sieht's aus?«

»Ein Schlauch war porös«, antwortete er und schüttelte dabei ungläubig den Kopf. »Ich habe ihn ersetzt. Die *Rosenrot* weiß Bescheid. Ich habe sie kontaktiert und gesagt, dass wir zurückfliegen, sobald die Schlechtwetterfront vorbeigezogen ist. Die Leute müssen uns nicht evakuieren.«

Gemeinsam begaben wir uns zum Zelt. »Gut gemacht«, sagte Jayden, nachdem er es sich einmal von allen Seiten angeschaut hatte.

»Was soll das bitte heißen?«, entgegnete ich und verschränkte die Arme. »Spielst du damit auf die Frau oder auf die Wissenschaftlerin an?«

Jayden legte einen Arm um meine Schulter und drückte mich auf kumpelhafte Weise. »Weder noch. Ich spiele auf jemanden an, der in einer brenzligen Situation die Nerven behalten und seinen Job korrekt gemacht hat.«

»Hmpf«, gab ich entwaffnet zurück.

»Wie war das?«

»Das war, du kannst mich mal!«, brummte ich.

Als er in Lachen ausbrach, konnte ich mir ein Schmunzeln nicht verkneifen, das ich verbarg, indem ich mich losmachte und rasch in das Zelt kletterte.

»Kuschelig«, kommentierte Jayden, der mir bereits gefolgt war.

Eine frische Brise ließ die Plane erzittern, was ihn veranlasste, den Reißverschluss hochzuziehen. Danach ging er unmittelbar dazu über, die beiden Schlafsäcke miteinander zu verbinden.

»Was wird das?«, fragte ich mit bewundernswert fester Stimme.

»Noch ist uns warm, aber halten wir uns hier drin länger als eine halbe Stunde untätig auf, werden wir frieren«, antwortete er, ohne seine Arbeit zu unterbrechen. »Trotz der dicken Klamotten.«

Untätig. Was, bitte, meinte er damit?

»Du weißt aber schon, dass die Schlafsäcke für die Antarktis entwickelt wurden, oder?«, fragte ich ein wenig heiser.

»Klar, aber Hightech hin oder her, nichts geht über fremde Körperwärme.« Er setzte sich auf den Doppelschlafsack und klopfte einladend auf den Boden. »Nur zu, ich beiße nicht.«

»Wegen der dicken Klamotten bringt die Körperwärme überhaupt nichts«, bemerkte ich, kam jedoch seiner Aufforderung nach. Eine wirkliche Wahl hatte ich nicht.

»Wer sagt denn, dass wir sie anbehalten?« Er ließ seinen Worten Taten folgen und zog die Jacke aus, danach machte er sich daran, meine zu öffnen.

Ich war dermaßen perplex, dass ich ihn gewähren ließ, als er sie mir abnahm. Dann entledigte er sich seiner Schuhe, und ich tat es ihm nach. Anschließend zog er den Reißverschluss des Schlafsackes hoch. Meine Nervosität stieg, was im Grunde albern war, schließlich trug ich noch so viel Stoff auf der Haut, dass ich damit ein halbes Dutzend Pinguine hätte einkleiden können. Starr sah ich geradeaus auf den Schlafsack, bis Jayden sich zu mir wandte.

»Und was jetzt, Lara?«

Sechseinhalb Stunden

Und was jetzt, Lara?

Ich schluckte. »Du könntest mir ein paar Anekdoten aus deinem Leben erzählen.«

Wir saßen so nah beieinander, dass ich nur den kleinen Finger hätte bewegen müssen, um seine Hand zu berühren. Nicht dass ich durch die Handschuhe etwas gefühlt hätte, dennoch verwirrte mich die Vorstellung.

Jayden hob die Augenbrauen. »Wirklich?«

»Klar.«

»Also gut, warum nicht.« Er lehnte sich mit dem Rücken gegen die Erste-Hilfe-Box hinter ihm. »Was möchtest du wissen?«

»Wo bist du aufgewachsen? Was hast du gemacht? Solche Dinge eben.«

Heiterkeit spiegelte sich in seinem Gesicht wider. »Das interessiert dich?«

»Klar«, sagte ich erneut, obwohl ich wusste, dass ich das Unausweichliche nur hinausschob.

»Also gut.« Er verschränkte die Arme. »Ich bin in Stellenbosch geboren und aufgewachsen. Meine Kindheit verlief recht unspektakulär, nur dass ich meinen Vater leider viel zu selten sah. Er war Lkw-Fahrer. Meine Mutter war Grundschullehrerin.« Ein kleines Lächeln überzog sein Gesicht. »Beide sind jetzt in Rente, auf diese Weise verbringen sie endlich mehr Zeit miteinander.«

»Und? Geht das gut?«

Er grinste schief. »Bis jetzt schon.«

»Hast du Geschwister?«

»Nein. Du?«

»Ja, zwei jüngere Schwestern.«

»Ah, daher!«

Stirnrunzelnd sah ich ihn an. »Daher was?«

»Deine gewissenhafte und verantwortungsbewusste Art«, antwortete er mit einem amüsierten Funkeln in den Augen.

Ich widersprach nicht, schließlich klang es nach einem Kompliment.

»Nicht zu vergessen, der Stock im Hintern«, fügte er genüsslich hinzu.

»Sagt das verwöhnte Einzelkind!«, gab ich spitz zurück, was Jayden nicht zu beeindrucken schien. »Was hast du nach der Schule gemacht?«, fragte ich weiter.

»Nach meinem Abschluss bin ich zur Army gegangen, um meinen Eltern nicht mehr auf der Tasche zu liegen«, antwortete er. *So viel zum Thema verwöhnt.* »Schließlich bin ich bei der Luftwaffe gelandet. Ich war zwölf Jahre bei der South African National Defence Force.«

»Und was macht man da so?«, fragte ich ein wenig unbeholfen. Diese Welt war mir gänzlich fremd.

»Nun, abgesehen von UN-Missionen im Kongo und in Burundi beteiligten wir uns jedes Jahr an der Zählung des Wildes in den Nationalparks.« Er lächelte und zog die Handschuhe aus. Eine eigentlich harmlose Geste, die meine Kehle jedoch augenblicklich ausdörrte. Wie hypnotisiert starrte ich auf seine langen, schlanken Finger. »Das gehörte zu den angenehmeren

Aufgaben. So kam ich nach der Army auf die Idee, mich in den Dienst der Wissenschaft zu stellen. Das ist jetzt meine vierte Expedition. Eine davon war in der Arktis, die zwei anderen ebenfalls in der Antarktis.«

»Du bist ziemlich viel rumgekommen«, sagte ich, wobei ich die Sehnsucht in meiner Stimme nicht ganz verbergen konnte, und hob den Blick.

»Du nicht?«

Ich schüttelte den Kopf. »Ich bin selten aus Southampton rausgekommen …« In wenigen Worten erzählte ich ihm von meiner Familie, meinem Job und auch von meiner kürzlichen Scheidung. »Warst du schon mal verheiratet?«, fragte ich zum Abschluss.

Nun war es an ihm, zu verneinen. »Allerdings wäre es vor fünfzehn Jahren beinahe dazu gekommen.«

»Was ist passiert?«

»Sie hat kurz vor der Hochzeit gekniffen.«

»Oh.« Ich wagte nicht, ihn anzusehen. »Das tut mir leid.«

Er machte eine wegwerfende Handbewegung. »Schnee von gestern. Das wäre eh nicht gut gegangen. Ich war zu jung, wusste damals nichts über die Welt oder über die Frauen.«

Das Zelt erzitterte, als es von einer Bö erfasst wurde, und ich fröstelte. Jayden stieß sich von der Box in seinem Rücken ab und rutschte tiefer in den Schlafsack, dann legte er sich auf die Seite.

»Na komm«, murmelte er. »Zeit zu kuscheln.«

»Sagte der Hai zum Clownfisch.«

Jayden lachte leise. »Du magst manchmal etwas gehemmt sein, aber mangelnden Humor kann man dir nicht vorwerfen.« Er machte eine kleine Pause. »Das mag ich an dir.«

Als ich seinem Beispiel folgte und mich ebenfalls auf die Seite legte, spürte ich sofort seine Wärme in meinem Rücken.

»Ich bin nicht gehemmt«, maulte ich leise. »Nur eben zurückhaltend. Ich wäge die Dinge gern ab.«

Jaydens Brummen klang nicht wirklich überzeugt. Er schlug den Schlafsack über unseren Köpfen zusammen, wobei er einen Spalt offenließ, sodass das helle Licht, das durch die Zeltwand drang, hereinfiel und wir nicht gänzlich im Dunkeln lagen.

»Ist das okay so?«, fragte er, und ich spürte seinen Atem in meinem Nacken. »Oder leidest du unter Klaustrophobie?«

»Alles bestens«, krächzte ich. Klaustrophobie war in diesem Moment mein geringstes Problem.

Außer dem heulenden Wind war nichts zu hören, und ich befürchtete, dass Jayden meinen wild hämmernden Herzschlag vernahm. Eine Weile sprachen wir nicht, aber meine Gefühle strudelten wie im Schleudergang, so heftig, dass mir schwindelig wurde und ich kaum Luft bekam. Ich stand kurz davor, zu platzen. Es gab zwei Möglichkeiten: Entweder schoss ich wie ein Springteufel aus dem Schlafsack und floh aus dem Zelt, um draußen einen elenden Tod zu sterben, oder ich machte dem Spuk ein Ende. Also nahm ich meinen ganzen Mut zusammen, zog nun meinerseits die Handschuhe aus und presste mich an Jayden, wenn auch sachte. Ich wartete. Nichts geschah. Weder ermutigte er mich, noch wies er mich ab. Nach kurzem Zögern drückte ich mich enger an ihn, gleichzeitig rieb ich meinen Kopf an seiner Schulter, worauf er seine Arme um mich legte. Vor Erleichterung hätte ich beinahe geseufzt.

Eine Weile lagen wir regungslos da, und wieder wartete ich. Aber auch diesmal machte Jayden keine Anstalten, mich zu berühren oder zu küssen. Es würde wohl an mir sein, den ersten Schritt zu tun. Kurz schloss ich die Augen.

Also gut.

Ich drehte mich in seinen Armen um und erschrak vor der Intensität seines Blickes, der auf mir haftete. Lange sahen wir uns an, und ich glaubte, im Feuer seiner Augen zu verbrennen.

»Was willst du, Lara?«, flüsterte Jayden.

»Dich«, antwortete ich ebenso leise, worauf sich seine Brust sichtlich hob und senkte, als er einen tiefen Seufzer ausstieß.

»Gut.«

Mehr sagte er nicht, dafür küsste er mich. Nicht sanft oder vorsichtig, sondern mit einem Hunger, der mich überrollte. Mit einer fließenden Bewegung zog er mir das Gummi aus den Haaren, sodass diese über meine Schultern fielen, dann krallte er seine Finger hinein und hielt meinen Kopf fest. So gab es vor seinen Lippen kein Entrinnen und auch nicht vor seiner Zunge, die Einlass verlangte. Mit einem leisen Stöhnen gab ich nach, worauf er mich stückchenweise verschlang. Die Vorfreude auf meine bevorstehende Kapitulation sandte dunkle Schauer durch meinen Körper, und mein Herz klopfte zum Zerspringen. Unser Kuss war so leidenschaftlich wie beim ersten Mal, doch diesmal war er intimer. Während wir gemeinsam diese eine Grenze überschritten, begaben sich unsere Hände auf Wanderschaft, kamen aber angesichts der Dicke der Stoffe nicht weit.

Mit einem leisen, ungeduldigen Fluch hob Jayden meine Arme. Kurz lösten wir uns voneinander, damit wir uns gegenseitig die Pullover über die Köpfe ziehen konnten, die wir aus dem Doppelschlafsack warfen. Für mehr Bewegungsfreiheit ließen wir den Reißverschluss halb offen. Dann küssten wir uns wieder. Während er mir das Thermohemd aus der Hose zog und seine Finger unter den Stoff gleiten ließ, fror und schwitzte ich gleichzeitig vor Aufregung. Zentimeter für Zentimeter schoben sich seine Finger nach oben, und in meinem Unterleib zog sich alles krampfartig zusammen, während sich meine Brustwarzen vorwitzig gegen den Stoff meines Unterhemdes drängten. Eine

Einladung, die keiner zweiten Aufforderung bedurfte, denn Jayden beugte den Kopf und leckte durch den Stoff an einer der empfindlichen Knospen. Zwischen meinen Schenkeln pulsierte es warm und lebendig, und mit einem Schlag waren auch die Bedenken und Ängste verschwunden, die ich in Kapstadt gehabt hatte. Ich würde mich von meiner Lust leiten lassen, und alles würde gut gehen, das wusste ich nun.

Ich umfing seinen Nacken, strich über seine Schultern und bohrte meine Fingernägel in den Stoff, als er den Reißverschluss meiner Hose öffnete und seine Hand in meinen Slip gleiten ließ. Nur wenige Millimeter vor meinem feuchten Schoß hielt er inne und hob den Kopf, um mir tief in die Augen zu sehen. Ich keuchte, worauf sein Lächeln breiter wurde. So verdammt männlich arrogant!

»Ich denke, ich sollte dir die Hose ausziehen«, sagte er mit einer Stimme, die weit davon entfernt war, gelassen zu klingen, was mich ein wenig beschwichtigte.

»Ich habe einen besseren Vorschlag«, antwortete ich und klang kein bisschen cooler. »Du ziehst deine Hose aus und ich meine. Und vergiss dein Unterhemd nicht.«

Das, was ich im Anschluss darbot, war alles andere als lasziv, aber das war mir egal. Alles, was ich wollte, war Jaydens nackte Haut auf meiner zu spüren. Erstaunlicherweise fror ich überhaupt nicht, ganz im Gegenteil. Das Prinzip der gegenseitigen Körperwärme funktionierte prima! Und würde noch besser funktionieren, sobald wir *tätig* wurden. Am Ende lagen wir lediglich in Slips da, streichelten und küssten uns. Da löste er seine Lippen von meinen, fuhr mit der Zunge an meiner Kehle entlang, wanderte tiefer und tiefer. Mit einer Hand umschloss er eine meiner nackten Brüste, nahm den prallen Nippel zwischen seine Lippen und saugte hart, worauf mir ein Keuchen entfuhr.

»Sie sind noch schöner, als ich sie mir erträumt habe«, raunte er, ehe er sich den anderen Nippel vornahm.

Ich gab einen krächzenden Laut von mir. »Du hast von meinen Brüsten geträumt?«

»O ja«, sagte er und sah kurz auf. Sein jungenhaftes Lächeln rammte sich in mein Herz.

Das romantische Gefühl wurde durch einen Stromschlag verdrängt, als er seine Hand in meinen Slip schob und über meinen feuchten Eingang fuhr. Kurz vergaß ich, zu atmen. Sanft tauchte er einen Finger in meine Nässe, massierte mit dem Daumen meine Perle, was mir ein lustvolles Wimmern entlockte. Unruhig bewegte ich meine Hüften, rieb mich an seiner Hand, bis er weitere Finger zwischen meine Schamlippen zwängte. Ein heftiges Stöhnen entfuhr mir, als er mich stieß und den Druck auf meinen Kitzler erhöhte. Es war überwältigend, und ich versuchte, nicht wie ein gehetztes Kätzchen zu klingen. Ich spürte, wie sich etwas in meinem Inneren zusammenbraute, wobei der Anblick seines nackten Körpers nicht gerade förderlich war, mich in Zurückhaltung zu üben. Jayden war sehnig, mit starken Oberarmen und einem flachen Bauch, soweit ich das sehen konnte. Sicher war ich mir nicht. Worüber es jedoch keine Zweifel gab, war das Ausmaß seiner Erregung. Sein Geschlecht, das in meine Richtung zeigte, ließ meine Nerven flattern.

Die Vorstellung, Jayden schon sehr bald in mir zu spüren, und das gekonnte Spiel seiner Finger reichten aus, damit sich meine Arme und Beine verkrampften und ich keuchend und zuckend über die Klippe stürzte. Es war verflucht lange her, seit ein Mann mich auf diese Weise berührt hatte!

Jayden presste seinen Mund auf meinen und sog mein Stöhnen gierig auf. »So ist es gut«, sagte er, nachdem ich wieder zu Atem gekommen war. Seine Stimme klang noch rauchiger als üblich. »Und jetzt dreh dich auf den Bauch.«

Ich gehorchte.

Und erzitterte, als er mit seinen Lippen über meinen Nacken fuhr. Ich spürte seinen warmen Atem an meiner Schulter und meinem Rücken, und Tausende kleine Schauer jagten über meine Haut.

»Ich mag deine Sommersprossen«, sagte er leise. »Allerdings kann ich mich nicht jeder einzelnen widmen. Das würde zu lange dauern, und so viel Zeit habe ich nicht, fürchte ich.«

Mein Lächeln erstarb, als er mir den Slip bis zu den Kniekehlen zog, mit der Zunge über meinen Po fuhr und dann leicht zubiss. In meinem Unterleib pochte es erneut. Seine Hand zeichnete die Wölbungen nach, als würde sie etwas abwägen.

»Ich schulde dir übrigens noch etwas, meine schottische Blume«, sagte Jayden.

Ich kam nicht mehr dazu, ihn zu fragen, was er meinte. Die Antwort folgte auf dem Fuße, als er mir mit der flachen Hand einen Schlag verpasste. Erschrocken und erregt zugleich keuchte ich auf. Empört wollte ich herumwirbeln, als ich begriff.

»Das mit der Ohrfeige tut mir leid«, sagte ich der Form halber.

»Ich höre da kein wirkliches Bedauern heraus«, entgegnete Jayden hörbar amüsiert und strich mit einem Finger über meine geschwollenen Schamlippen.

»Die ... hattest du dir ... selbst ... zuzuschreiben.«

»Das hier hast du dir auch selbst zuzuschreiben.« Dann gab er ein leises genüssliches Geräusch von sich, und ein Flattern ging durch meine Eingeweide. »Du schmeckst so verflucht gut.«

Hatte er gerade seinen Finger abgeleckt? O Gott!

Wieder zuckte ich, diesmal heftiger, als seine Zunge über mein Geschlecht fuhr und ich dort seinen warmen Atem spürte.

»Genug gespielt«, flüsterte er rau, bevor er mir den Slip ganz auszog und meine Beine auseinanderdrückte. Er legte sich auf mich, verschränkte dabei seine Hände mit meinen und streckte meine Arme über den Kopf. Ich spürte die Wärme seiner Haut und seinen starken Herzschlag. Während er seine Härte gegen meine nasse Öffnung presste, hauchte er kleine heiße Küsse auf meinen Nacken.

»Jayden«, stöhnte ich leise, worauf er behutsam in mich eindrang.

Ebenso behutsam zog er sich wieder zurück, dann versenkte er seinen Schwanz erneut in mich. Ich hörte ihn keuchen. Er erschien mir gewaltig. Wie Marmor, hart und glatt. Mit einem Mal wurde mir bewusst, wie sehr ich diesen Moment herbeigesehnt hatte. Seine Bewegungen waren quälend langsam, neckten mich, denn mit jedem Stoß rieben meine Nippel und mein Kitzler an dem Schlafsack.

Hoffentlich ist das Teil waschmaschinenfest.

Mir entfuhr ein Glucksen, das Jayden innehalten ließ.

»Was ist los?«, fragte er hörbar irritiert.

»Nichts, hab nur an was gedacht.«

»Wie bitte?«

Ehe ich reagieren konnte, zog er sich aus mir heraus und drehte mich auf den Rücken. Er stützte sich auf seine Unterarme und sah mich an. Seine dunkelblonden Haare wirkten noch wuscheliger als sonst, und auf seinem Gesicht lag ein wilder Ausdruck, irgendwo zwischen heftigem Verlangen und Empörung angesiedelt.

»Willst du mich fertigmachen, Lara?«

Mit unschuldiger Miene hob ich das Becken. »Überhaupt nicht.«

Jaydens Augen verdunkelten sich noch mehr, und das Gefühl der Macht, das mich durchströmte, war stärker als jedes Aphrodisiakum. Jayden fackelte nicht lang und drang erneut in mich. Unsere Blicke bohrten sich ineinander, mein Inneres flatterte, schwoll an, und mit einem Schlag war das Gefühl der Überlegenheit verschwunden. Stattdessen kam ich mir schrecklich verwundbar vor, was meine Lust jedoch nicht minderte. Ganz im Gegenteil. Ich verzehrte mich nach der vollkommenen Verschmelzung, bis es kein Er und Ich mehr gab, sondern nur noch ein Wir.

»Nur zu«, raunte ich ihm zu. »Halt dich nicht zurück.«

Seine Bewegungen nahmen an Intensität zu, sein Griff wurde fester, und ein nie gekanntes Glücksgefühl überkam mich. Ich schlang meine Arme um seine Hüfte, dabei hielt ich ihn fest umklammert. Während er unermüdlich zustieß, barg er seinen Kopf in meine Halsbeuge, und ich spürte seinen abgehackten Atem.

Oh, Jayden!

Seine Stöße wurden wilder und härter, und als er meinen Namen rief, spürte ich, wie der Orgasmus auf mich zuraste. Helle Punkte tanzten vor meinen Augen, und ich rang nach Luft. Mit einem erstickten Schrei explodierte ich, und während sich meine Muskeln ruckartig um seinen Schwanz zusammenkrampften, verzerrte sich sein Gesicht, und sein Körper erstarrte. Dann stieß er laut stöhnend in einer Reihe rhythmisch folgender Spasmen seine lang zurückgehaltene Lust aus, während ich jeden Tropfen gierig in mich aufnahm. Das Herz trommelte mir schmerzhaft gegen die Rippen, und meine Augen brannten. Hinterher hob er den Kopf, als würde es ihn übermenschliche Anstrengung kosten, und sah mich an. Sein Atem ging flach und schnell. Ob ich genauso erhitzt und befriedigt aussah wie er?

Wir lächelten uns an.

»Du nimmst doch die P…«, begann er.

»Yep!«, unterbrach ich ihn betont lässig. *Wenn auch eher aus hormonellen Gründen.* Was ich natürlich nicht laut aussprach. »Ein bisschen spät, das zu fragen, findest du nicht?«

Er zuckte mit den Achseln und ließ sich neben mich sinken. »Bei einer Frau deines Alters erwarte ich ein gewisses verantwortungsbewusstes Verhalten.«

In gespielter Empörung richtete ich mich auf und sah auf ihn hinunter. »Was, bitte, soll das heißen? Eine Frau meines Alters? Und sieh mir gefälligst in die Augen, wenn ich mit dir spreche, und nicht auf die Brüste«, fügte ich hinzu, wobei ich versuchte, streng zu klingen, was mir gründlich misslang. Stattdessen musste ich kichern, was Jayden mit einem schiefen Lächeln quittierte.

Nachdem ich mich wieder hingelegt hatte, drückte er mich rücklings gegen seine Brust und zog den Reißverschluss des Schlafsackes hoch. Eine ganze Weile lagen wir schweigend da und genossen einfach nur die Nähe und Wärme des anderen.

»Gib zu, dass du das mit der fehlerhaften Hydraulik eingefädelt hast«, sagte ich irgendwann im Scherz. »Damit wir hier landen und du mit mir schlafen kannst, ohne deine goldene Regel zu brechen.«

Sein Körper in meinem Rücken bebte, als er leise lachte. »Wie? So nach dem Motto: Das Benzin ist alle, wir müssen in einem Hotel übernachten, und zufällig hat das einzig noch verfügbare Zimmer nur ein Doppelbett?«

»So in etwa.«

»Schön wär's.«

Sein Tonfall veranlasste mich, mich umzudrehen, um ihm ins Gesicht zu sehen. Schon jetzt liebte ich jeden Zug, jede Kante, jedes Fältchen.

Ach du Schreck!

Meine Miene hatte mich offenbar verraten, denn er runzelte die Stirn. »Was ist los?«

»Das frage ich dich«, entgegnete ich rasch. »Du klangst eben sehr ernst.«

Er nickte. »Unfähige Techniker sind auf solchen Expeditionen eine Gefahr für alle. Von ihnen hängt verdammt viel ab.« Nachdenklich kaute er auf seiner Unterlippe, und alles in mir schrie danach, das für ihn zu übernehmen.

»Es ist bestimmt nur ein dummer Zufall«, erwiderte ich. »Der Hubschrauber ist vermutlich in die Jahre gekommen.«

»Gerade dann muss er regelmäßig gewartet werden.« Jayden stieß einen tiefen Seufzer aus, und diesmal hielt ich mich nicht zurück und küsste ihn.

»Mach dir keine Sorgen«, flüsterte ich.

Unter meinen Lippen verzog Jayden den Mund zu einem kleinen Lächeln. »Das kann ich nicht versprechen«, antwortete er leise. »Aber ich verschiebe sie gern auf später.«

Dann intensivierte er seinen Kuss, und wir gingen in die zweite Runde, die uns in einen wundervollen Zustand der Erschöpfung versetzte. Doch Körperwärme hin oder her: Draußen herrschten um die minus zwanzig Grad, und selbst Hightech-Schlafsäcke stießen an ihre Grenzen, also waren wir bald gezwungen, uns wieder anzuziehen. Trotzdem blieben wir liegen, bis die Schlechtwetterfront vorübergezogen war. Während wir abwechselnd redeten und uns küssten, versuchte ich, mich nicht zu verlieben. Doch in diesem Kokon am Ende der Welt, von allem anderen abgeschottet, war es verflucht schwer. Ein wenig kam ich mir vor wie Eva. Und wie hätte ich für meinen Adam keine Gefühle entwickeln können? *Das ist eine Ausnahmesituation*, fuhr es mir durch den Kopf. *Sobald wir auf der* Rosenrot *zurück sind, wird der Zauber verblassen …*

Traurigkeit überkam mich.

»Alles klar?«, fragte Jayden.

Meine Güte, der Mann schien Antennen zu besitzen, die auf meinen Gemütszustand ausgerichtet waren.

»Ja. Alles gut.«

Er legte einen Finger unter mein Kinn und hob mein Gesicht, um mir in die Augen zu sehen. »Das hier muss keine einmalige Sache bleiben.«

Ich schluckte. »Nicht?«

Er lächelte. »Nein.«

Wer, verflucht noch mal, hat dich gebacken?

Ich stieß ein ungläubiges Lachen aus. »Wie war das mit der Enthaltsamkeit an Bord?«

Er zuckte mit den Achseln. »Der Zug ist abgefahren, schätze ich. Wir müssen nur diskret sein, das ist alles. Und es darf unsere Zusammenarbeit nicht beeinträchtigen.«

Ich nickte. Es lag mir auf der Zunge, ihn nach seiner Beziehung zu Barbara zu fragen, doch mein Instinkt riet mir, es nicht zu tun. »Keine Eifersüchteleien mehr wegen Philippe?«, fragte ich stattdessen.

Jayden hob die Augenbrauen. »Eifersüchteleien? Wer bin ich? Ein verpickelter Teenager?«

»Hm«, kommentierte ich vielsagend, was mir eine wilde Knutscherei einbrachte.

»Dass ich dich jämmerlich genannt habe, tut mir leid«, sagte Jayden hinterher leise.

»Womöglich hattest du recht«, murmelte ich und strich mir eine Strähne hinters Ohr. »Nishay meinte in dem Zusammenhang, mir fehle es an Selbstwertgefühl.« Ich sah ihn an. »Siehst du das genauso?«

Jayden runzelte ungehalten die Stirn. »Hör nicht auf sie! Sie mag nett sein und deine Freundin, aber sie stellt ihre Person gern in den Mittelpunkt. Das tust du nicht, vielleicht ist das der Grund, warum du leichter vergibst.«

»Keine Ahnung, ob ich leichter vergebe«, gab ich nachdenklich zurück. »Ich weiß nur, dass mir Philippes Verhalten schlichtweg egal war.«

Jaydens Gesicht hellte sich auf. »Wirklich?«

Ich nickte.

»Wenn das so ist.« Er atmete tief durch und sah mich reumütig an. »Du hattest recht. Ich war eifersüchtig.«

Ich lächelte selig. »Soso.«

»Ja. Ich dachte, du stehst auf Jungspunde wie ihn«, bekannte Jayden und wirkte kurzfristig verärgert. »In dem Fall hätte so ein alter Sack wie ich keine Chancen bei dir.«

»Du? Ein alter Sack?« Ich boxte ihm prustend in die Seite. »Eben hast du eindrucksvoll bewiesen, dass du das nicht bist, und das gleich zwei Mal!«

Wieder küsste er mich, und beinahe wäre ein weiteres Mal dazugekommen, aber es war einfach zu frostig, um auch nur einen Quadratzentimeter Haut aus der warmen Polarkleidung zu schälen. Am Ende hatten wir sechseinhalb Stunden auf der Eisscholle verbracht, und ganz gleich, wie sich die Sache zwischen Jayden und mir entwickeln sollte: Diesen Moment des vollkommenen Glücks würde ich für alle Zeiten in meinem Herzen bewahren.

Unter Arrest

»Wir werden offenbar schon sehnsüchtig erwartet«, kommentierte Jayden bei der Landung auf dem Heli-Deck.

Nicht nur Kapitän Muñoz und Thomas Kuhlmann waren erschienen, um uns zu empfangen, sondern auch der Sicherheitsoffizier und drei Matrosen. Der Rückflug hatte bei klarer Sicht und unter blauem Himmel keine dreißig Minuten gedauert.

»Wie geht es dir, Lara?«, rief Thomas, und eilte auf mich zu, kaum dass ich aus dem Hubschrauber gestiegen war.

So gut wie nie!

»Alles bestens! Uns ist nichts passiert«, antwortete ich strahlend. »Das verdanken wir Jaydens Flugkünsten.«

Thomas gab keine Antwort und umarmte mich. Über seine Schulter sah ich, wie der Sicherheitsoffizier und die drei Matrosen auf Jayden zugingen. Ihre Mienen verhießen nichts Gutes. Ich vermutete, dass sie von ihm eine genaue Erläuterung des Zwischenfalls einfordern wollten. Anscheinend sah es Jayden ähnlich, denn er nahm die Sonnenbrille ab und begrüßte die Neuankömmlinge mit einem Lächeln.

»Bitte folgen Sie uns, Señor Mitchell«, sagte der Sicherheitsoffizier, ohne auf seinen Gruß einzugehen. »Und sehen Sie von einer Gegenwehr ab. Wir möchten kein unnötiges Aufsehen erregen.«

Überrascht löste ich mich aus der Umarmung des Expeditionsleiters und trat auf die kleine Gruppe zu.

»Was tun Sie da?«, fragte ich den Sicherheitsoffizier.

»Er nimmt Ihren Piloten in Gewahrsam, das tut er«, antwortete Kapitän Muñoz statt seiner.

»Warum?«, entgegnete Jayden scharf und kam mir damit zuvor. »Sie können mich wohl kaum für die marode Hydraulik des Hubschraubers verantwortlich machen.«

»Das nicht«, erwiderte der Kapitän und nestelte unbehaglich an seinem Kragen.

Jayden runzelte verwirrt die Stirn. »Worum geht es dann?«

»Sie stehen im Verdacht, Chefingenieur Christoph Marquardt getötet zu haben«, antwortete Muñoz.

Von einer Sekunde auf die andere verpuffte das Glücksgefühl, und mir war, als würde ich blind einen Abgrund hinunterstürzen.

»Wie bitte?«, stieß Jayden ungläubig hervor.

»Das ist doch Wahnsinn!«, stieß ich gleichzeitig hervor. »Erst werde ich verdächtigt, und jetzt Jayden?«

»Ob Sie vorsätzlich gehandelt haben oder nicht, wird sich herausstellen, sobald Sie wieder in der Zivilisation sind«, erklärte der Kapitän weiter und ignorierte die Einwürfe. »Wir haben die Zentrale benachrichtigt. Da der Mord auf der *Rosenrot* passiert ist, fällt das in den Zuständigkeitsbereich der chilenischen Polizeibehörde. Sie wird einen Beamten schicken, der sich Ihrer annimmt. Er wird an Bord der Iljuschin sein, die Sie und die anderen in zwei Monaten abholen wird. Die Zeit bis dahin verbringen Sie unter Arrest in Ihrer Kabine. Wir haben Ihren Kollegen bereits woanders untergebracht.«

»Ich soll zwei Monate lang in meiner Kabine eingesperrt bleiben?«, fragte Jayden, und ich konnte die kalte Wut in seiner

Stimme hören. »Haben Sie tatsächlich Angst, dass ich die Biege mache?« Er lachte freudlos. »Wo sollte ich denn bitte hin?«

»Sie sind eine Gefahr für alle anderen an Bord«, antwortete der Sicherheitsoffizier. »Sie könnten einen weiteren Mord begehen.«

»Das kann nicht Ihr Ernst sein?«, rief ich und wandte mich Hilfe suchend an Thomas. »Sag du doch auch was!«

Aber der Eisbär von Eckernförde zuckte ratlos mit den Schultern.

»Welche Beweise haben Sie für diese groteske Anschuldigung?«, fragte Jayden und schüttelte einen der Matrosen ab, der seinen Arm packen wollte.

Als sein Kamerad eingreifen wollte, hielt ihn Kapitän Muñoz mit einer knappen Geste davon ab. »Wir haben die Tatwaffe unter Ihrer Matratze gefunden, Señor Mitchell. Da klebte noch Blut dran. Doktor Böcklin ist dabei, es zu analysieren, aber es besteht kaum Zweifel, dass es Marquardts Blut ist. Die Abdrücke an seiner Kopfverletzung stimmen mit dem Tatwerkzeug überein.«

Sprachlos starrte Jayden sein Gegenüber an. »Das ist doch wohl ein schlechter Witz.«

»Keinesfalls«, antwortete der Kapitän wie immer souverän und tadellos in seinen Manieren. In diesem Moment verabscheute ich ihn dafür.

»Was für ein Tatwerkzeug soll das sein?«, fragte Jayden zwischen zusammengebissenen Zähnen.

»Ein Schraubenschlüssel, wie man ihn für Reparaturen an Hubschraubern benutzt.«

»Und an Schiffen, Flugzeugen und vielem anderen.« Jayden schnaubte. »Und Sie glauben wirklich, wenn ich der Mörder wäre, wäre ich so blöd, die Tatwaffe in meiner Kabine aufzubewahren?«

»Nun, Sie werden früh genug Gelegenheit haben, Gegenargumente vorzubringen. Darin haben Sie ja bereits Erfahrung«, erwiderte der Kapitän kühl.

Stirnrunzelnd sah ich Jayden an, der seinen finsteren Blick nicht von Muñoz abwenden wollte. »Was meint er damit?«, fragte ich mit zitternder Stimme.

»Nun«, antwortete der Kapitän. »Es ist nicht das erste Mal, dass Señor Mitchell im Verdacht steht, jemanden vorsätzlich erschlagen zu haben.«

Was?

»Jayden?«, krächzte ich, worauf sich unsere Blicke begegneten. Für einen Moment schien er etwas sagen zu wollen, aber dann presste er die Lippen zusammen und schüttelte lediglich den Kopf.

»*Vamos!*«, befahl Muñoz, und die Männer setzten sich in Bewegung.

Zwar wagte es niemand, Jayden anzufassen, doch weil er von allen umringt wurde, blieb ihm nichts anders übrig, als mitzugehen.

»Was wird dieser chilenische Polizist mit ihm machen?«, rief ich der Gruppe nach, während das Herz in meiner Brust mit bleierner Schwere schlug.

Zunächst reagierte niemand, doch dann drehte sich der Kapitän noch einmal zu mir um. »Señor Mitchell kommt in Untersuchungshaft und bleibt dort, bis die Polizei ihre Ermittlungen beendet hat«, erklärte er, bevor er seinen Weg fortsetzte.

Was Monate dauern konnte!

Bilder von südamerikanischen Gefängnissen, wie man sie aus Dokumentationen oder Actionfilmen kannte, erschienen vor meinem inneren Auge, und mir wurde speiübel. Keine Ahnung, wie ich zu meiner Kabine gelangte, aber als ich dort ankam, hatte ich immer noch weiche Knie. Kaum hatte ich die Tür aufgestoßen, als Nishay mir um den Hals fiel.

»Gott sei Dank!«, rief sie. »Ich habe mir solche Sorgen gemacht. Nicht auszudenken, wenn ihr mit dem Hubschrauber abgestürzt wärt.«

Matt nickte ich.

»So schlimm?«, fragte Nishay mit banger Miene.

Tränen traten mir in die Augen.

»Ach herrje, dabei haben sie gesagt, dass alles glimpflich ausgegangen ist.«

»Ist es auch«, antwortete ich schluchzend und ließ mich schwer auf den einzigen Stuhl im Raum fallen.

»Aber?«

»Ach, Nishay …« Ich schluckte die Verzweiflung hinunter, so gut es eben ging. »Auf der Scholle, da …« Kurz zögerte ich. Wären doch nur meine Schwestern hier gewesen! Doch Nishay war meine Freundin, also konnte ich mich ihr genauso gut anvertrauen. »Wir sind uns sehr nah gekommen, Jayden und ich. Es war unglaublich schön.«

Stirnrunzelnd musterte Nishay mein Gesicht. »Dafür, dass es unglaublich schön war, wirkst du ziemlich down. Was hat er angestellt?«

»Nichts … Also zumindest hoffe ich das.« Angesichts der irritierten Miene meiner Freundin rang ich hilflos die Hände. Natürlich wusste ich, wie bruchstückhaft und verwirrend meine Worte klangen, aber ich konnte keinen klaren Gedanken fassen. *Beruhige dich.* »Bald wird es die Runde machen, Nishay: Sie behaupten, Jayden hätte Christoph Marquardt getötet, deshalb haben sie ihn direkt nach der Landung unter Arrest gestellt.«

Nishays Augen wurden größer. »Wer behauptet das?«, stieß sie hervor.

»Der Kapitän, der Sicherheitsoffizier … Na ja, alle, die auf diesem Schiff das Sagen haben.«

Daraufhin setzte sich Nishay auf meine Pritsche und starrte mich wortlos an. Betrübt ließ ich den Kopf sinken.

»Aber wie kommen die da drauf?«, fragte sie schließlich.

»Die Tatwaffe lag unter Jaydens Matratze«, murmelte ich und wischte mir energisch die Tränen aus dem Gesicht. Ich musste mich, verdammt noch mal, zusammenreißen!

Unwillkürlich sah Nishay nach unten auf mein Bett. »Keine Sorge«, sagte ich, was der klägliche Versuch eines Scherzes war. »Da ist nichts.«

Wirklich nicht?, warf eine kleine Stimme im hintersten Winkel meines Verstands ein.

»Glaube ich wenigstens«, fügte ich hinzu, worauf Nishay wie von der Tarantel gestochen aufsprang.

»Du veräppelst mich, richtig?«, fragte meine Freundin.

Ich blickte sie ratlos an. »Keine Ahnung.« Dann war es an mir, aufzustehen. »Ich sehe lieber mal nach.«

Während ich meine Matratze hob, sah mich Nishay an, als hätte ich komplett den Verstand verloren. Zu meiner Erleichterung befand sich dort nichts außer Fusseln und vermutlich auch Milben. Niemand hatte mir sprichwörtlich etwas untergeschoben.

»Was geht hier vor, Lara?«, fragte meine Freundin mit Grabesstimme.

Ich seufzte. »Ich weiß es nicht, aber das finde ich heraus.«

Nishay sah mich eindringlich an. »Hast du schon mal daran gedacht, dass Jayden vielleicht …«

»Er ist unschuldig!«, unterbrach ich sie und ballte ungewollt die Fäuste. »Für mich besteht daran kein Zweifel.«

Auch wenn er angeblich schon mal jemanden getötet hat, dachte ich, behielt den Gedanken aber für mich.

In Nishay arbeitete es, dann gab sie sich einen Ruck. »Okay. Wenn du Hilfe brauchst, ich bin für dich da.«

Dankbar lächelte ich sie an. »Ich glaube, das tue ich tatsächlich.«

Nishay nahm wieder Platz. »Meine Schicht fängt erst in zwei Stunden an«, sagte sie entschieden. »Lass uns Kriegsrat halten.«

Überwältigt umarmte ich sie. »Danke dir!«

»Klar doch«, antwortete Nishay und räusperte sich. »Also los! Jeder Tag, den dein geliebter Jayden in seiner Kabine verbringen muss, ist ein Tag zu viel.«

»Er ist nicht mein geliebter Jayden«, widersprach ich mechanisch.

»Nonsens«, erwiderte Nishay. »Natürlich ist er das.«

Und vielleicht hatte sie damit doch recht.

* * *

»Kriege ich wenigstens etwas zu lesen und auch zu essen und zu trinken?«, fragte Jayden scharf, als der Sicherheitsoffizier die Kabinentür hinter sich zuzog.

»Selbstverständlich, wir sind schließlich keine Unmenschen«, rief dieser durch die Tür, dann wurde der Schlüssel zweimal umgedreht, und Stille umgab Jayden.

Fluchend warf er sich auf seine Pritsche, wo er es nur wenige Sekunden aushielt, bevor seine innere Unruhe ihn wieder auf die Beine trieb. Aus Angst, mit seinen Fäusten den nächstbesten Gegenstand zu zertrümmern, tigerte er mit verschränkten Armen durch die winzige Kabine, während sein Verstand auf Hochtouren lief. Wer zum Teufel hatte ihm die Mordwaffe untergeschoben? Und warum? Wie konnte er sich in einer solchen Lage befinden, nachdem Lara und er an einer Tragödie vorbeigeschrammt waren und sich diese Nacht wie durch ein Wunder zu etwas Außergewöhnlichem entwickelt hatte? Das Hochgefühl, das er noch vor zehn Minuten empfunden hatte, erschien jetzt wie eine blasse Erinnerung. Eine Illusion. Hatten Lara und er sich auf dieser Eisscholle mitten im Nirgendwo wirklich geliebt, oder hatte er alles nur geträumt? Er schloss kurz die Augen und blieb stehen. Nein, ihr Geruch haftete an ihm, und seine Lippen prickelten noch von ihren Küssen.

Unwillkürlich sah er ihr hübsches Gesicht vor sich, das er sofort beiseiteschob. Er durfte sich nicht ablenken lassen. Jemand an Bord der *Rosenrot* wollte ihn offenbar ausschalten. Erst der unzuverlässige Höhenmesser, dann die defekte Hydraulik und jetzt die platzierte Tatwaffe. Das alles konnte kein Zufall sein! Jayden lief wieder nervös auf und ab. Ob irgendwie durchgesickert war, dass seine Mission nicht nur darin bestand, einen Hubschrauber zu fliegen? Jayden rieb sich die Schläfe. Aber wie? Nur zwei Personen wussten von der Sache, er eingeschlossen. Vielleicht hatte das Ganze aber gar nichts mit ihm zu tun, und es war purer Zufall. Als Marquardts Mörder von dem Notruf erfahren hatte, der vom Hubschrauber aus eingegangen war, hatte er womöglich eine Chance gewittert, ihm die Tatwaffe unterzuschieben, in der Hoffnung, die Maschine werde abstürzen. Problem gelöst. Oder er hatte schon vorher etwas nachgeholfen und an der Hydraulik herumgepfuscht.

Wäre es in dem Fall nicht viel einfacher gewesen, die Tatwaffe über Bord zu werfen?

Jayden stöhnte gequält auf. Vielleicht war es doch etwas Persönliches. Weil seine Beine es leid waren, sinnlos im Kreis zu laufen, gönnte er ihnen Ruhe und legte sich erneut auf die Pritsche. Kurz darauf wurde der Schlüssel herumgedreht, ein Matrose trat mit einem Tablett herein, von dem ein verführerischer Duft ausging, und stellte es auf den kleinen Tisch. Wenigstens würde er auf Holgers Kochkünste nicht verzichten müssen. Außerdem hatte der Matrose einige Zeitschriften und zwei Bücher dabei.

»Ich wusste nicht, was Sie mögen«, sagte der junge Mann, der sich sichtlich unbehaglich fühlte. Er sprach gutes Englisch, wenn auch mit starkem Akzent. »Deshalb habe ich einen historischen Roman und eine Komödie aus unserer Bibliothek ausgewählt. Ich dachte mir, dass ein Thriller vielleicht keine so gute Idee wäre.« Er kratzte sich am Kinn. »Ich hoffe, es gefällt Ihnen.« Dann senkte er die Stimme. »Also ich glaube ja nicht, dass Sie …«

»Manuel!«, ertönte es scharf von draußen. »Es reicht! Komm wieder raus!«

Der junge Matrose errötete, nickte ihm zu und verließ den Raum. Ehe er die Kabine schloss, sah Jayden, dass auf dem Korridor ein Kerl aus dem Sicherheitsteam Wache stand. Er setzte sich an den Tisch und machte sich über sein Essen her. Schweinekotelett mit Pfannengemüse. Erst jetzt wurde ihm bewusst, wie hungrig er war. Kein Wunder, schließlich hatten die Stunden auf der Eisscholle seinem Körper einiges abgefordert! Herzhaft kauend begutachtete Jayden den mitgebrachten Lesestoff und stellte fest, dass der humoristische Roman von einem seiner Lieblingsautoren stammte. Er stand seit Längerem auf seiner Wunschliste, doch bisher war er nicht dazugekommen, einen Blick hineinzuwerfen. Nun, das würde er jetzt nachholen. Die Geschichte würde seinen aufgepeitschten Verstand beruhigen und ihm wieder den klaren Kopf bescheren, den er so dringend benötigte, um sein weiteres Vorgehen zu planen.

Grimmig lächelnd schlug er das Buch auf und begann zu lesen.

* * *

Zwei Tage nach Jaydens Inhaftierung betrat ich mit klopfendem Herzen, aber forschen Schrittes die Kapitänskajüte. In der Hand hielt ich eine Liste mit Unterschriften. Kapitän Muñoz saß an seinem Schreibtisch, hinter ihm stand sein Sicherheitsoffizier unbeweglich wie eine Statue, seine Narbe schien noch schärfer hervorzutreten als sonst.

»Ich will eine offizielle Beschwerde gegen Jaydens Internierung einreichen«, sagte ich und übergab Muñoz meine Liste.

Mit regloser Miene nahm dieser das Blatt entgegen und überflog es. Seine hochgezogenen Augenbrauen verrieten mir, dass er über die Anzahl der Unterschriften überrascht war, was mich mit Stolz erfüllte. Schließlich hatten fast drei Viertel der Wissenschaftler unterschrieben sowie einige der Crewmitglieder. Es hatte sich herausgestellt, dass Jayden unter den Expeditionsmitgliedern Wohlwollen und Respekt genoss.

»Sonst noch etwas?«, fragte Muñoz ruhig, aber nicht unfreundlich.

Ich nickte. »Wir verlangen, dass ihm das Recht auf Besuch gewährt wird. Außerdem müssen Sie ihm gestatten, eine Stunde pro Tag nach draußen zu gehen. Seine Kabine hat kein Bullauge, ihn dort vierundzwanzig Stunden einzusperren, ist unzumutbar!«

Muñoz hob die Hand. »Müssen muss ich gar nichts, Doctora Duncan. Dennoch bin ich einverstanden«, fügte er hinzu, bevor ich protestieren konnte.

»Wirklich?«, entfuhr es mir.

»*Sí.*«

»Aber *Capitán* ...!«, protestierte der Mann hinter ihm, worauf Muñoz etwas in schnellem Spanisch antwortete, das dem Tonfall nach keinen Widerspruch duldete.

Der Sicherheitsoffizier schien kurz zu zögern, gab sich dann aber geschlagen und verließ steifgliedrig die Kajüte. Währenddessen spielte Muñoz scheinbar gedankenverloren mit einem Stift.

»Wir sind noch gut sieben Wochen unterwegs«, sagte er. »Eine lange Zeit, wenn man in einem fensterlosen, sechs Quadratmeter großen Raum eingesperrt ist. Da gebe ich Ihnen recht.« Er löste seinen Blick von dem Stift und richtete ihn auf mich. »Ich habe nachgedacht. Die Sache ist dubios. Ein Beweismittel unter der Matratze zu verstecken, statt es sofort zu entsorgen, zeugt entweder von Dummheit oder von Hochmut. Und auf Señor Mitchell trifft nichts davon zu, soweit ich das beurteilen kann.«

Frische Hoffnung beschleunigte meinen Herzschlag.

»Allerdings ist da dieser eine Aspekt aus seiner Vergangenheit …«, fügte Muñoz nachdenklich hinzu.

Unwillkürlich trat ich einen Schritt vor. »Welcher Aspekt?«

Der Kapitän schüttelte den Kopf. »Es steht mir nicht zu, es Ihnen zu erzählen, Doctora. Fragen Sie Señor Mitchell. Ich weiß eh nur, was in seiner Personalakte steht, und das ist alles in allem recht kryptisch.«

»Werden Sie sich bei den chilenischen Behörden für Jayden einsetzen?«, fragte ich.

»Ich werde meine Skepsis zum Ausdruck bringen«, antwortete Muñoz ein wenig ausweichend.

»Ist das alles?«, rutschte es mir heraus, worauf ich mich im Stillen verfluchte, wohl wissend, dass mein Tonfall mehr als pampig gewesen war.

Offenbar nahm es mir der Kapitän nicht übel, denn auf seinem Gesicht erschien ein mildes Lächeln. »Ich habe in den letzten beiden Tagen mit einigen Leuten gesprochen, die Jayden Mitchell etwas länger kennen und schon mit ihm gearbeitet haben. Sie alle sind bereit, ein schriftliches Leumundszeugnis auszustellen.«

Reflexartig flog mein Blick zu meiner Unterschriftenliste auf dem Schreibtisch, worauf das Lächeln des Kapitäns breiter wurde.

»Auch ich bin nicht untätig geblieben, Doctora Duncan«, sagte er.

»Gracias, Capitán«, entgegnete ich gerührt.

An Bord eines Schiffes war der Kapitän König und Richter zugleich, sein Wort hatte Gewicht, dennoch zwang ich mich, meinen Enthusiasmus zu dämpfen. So oder so, die chilenischen Behörden waren bereits involviert. Andererseits waren sieben Wochen eine lange Zeit, wie Muñoz richtig angemerkt hatte. Genug Zeit für das Team Mitchell also, wie ich Nishay, Ingrid, Henrik, mich und noch einige andere insgeheim nannte, um Jaydens Unschuld zu beweisen.

Eine Sache gab es jedoch, die ich ansprechen musste, obwohl sie sich wie ein Verrat an Jayden anfühlte. »Bekommen Philippe und ich einen Ersatzpiloten?«, fragte ich.

Muñoz nickte. »Selbstverständlich. Wir arbeiten an einer Lösung und sagen Ihnen beizeiten Bescheid. Bis dahin werden Sie vom Krähennest aus Ihre Sichtungen tätigen.«

Ich nickte knapp.

Nach meinem Gespräch mit dem Kapitän eilte ich genau dorthin, wo Philippe bereits auf mich wartete. Mich auf meine Aufgabe zu konzentrieren, fiel mir schwer, und während ich durch das Fernglas die Fluten absuchte, drohten meine Gedanken immer wieder abzuschweifen. Ich wies mich energisch zurecht. Unsere Mission war wichtig, schließlich wollten wir erreichen, dass diese Region als Meeresschutzgebiet klassifiziert wurde, was nur ging, wenn wir eindeutige Daten zu den Lebensbedingungen und der Population von Walen und anderen Lebewesen lieferten. Schlimm genug, dass aufgrund einer technischen Panne ein Teil der glaziologischen Beweiskette verloren gegangen war!

Auch wenn er nicht dem Team Mitchell angehörte, zeigte sich Philippe verständnisvoll und hilfsbereit, deshalb verwarf ich den Plan, ihn wegen seines früheren Verhaltens mir gegenüber zur Rede zu stellen. In der aktuellen Situation erschien mir das plötzlich wie Kinderkram.

In dieser Nacht sichteten wir mehrere Wale, doch ein Anblick, wie ich ihn mit Jayden vom Hubschrauber aus erlebt hatte, bot sich mir nicht wieder. Als ob er – und nur er – diese besondere Nacht voller Magie herbeigerufen hätte. Obwohl ich meine Arbeit liebte, fieberte ich dem Ende meiner Schicht entgegen, denn ich wollte ihn im Anschluss daran in seiner Kabine aufsuchen. In seiner Situation konnte er sicher etwas moralische Unterstützung gebrauchen. Wie sich herausstellte, war meine Sorge um seine Gemütsverfassung unbegründet. Als die Wache seine Kabine aufschloss und ich durch die Tür trat, lag Jayden ganz entspannt auf seiner Pritsche, ein Bein aufgesetzt, das andere darüber gelegt, und las. Der Anblick wirkte so unbeschwert, dass ich überrascht innehielt. Aber was hatte ich auch erwartet? Dass er vierundzwanzig Stunden am Tag wie ein Wahnsinniger auf und ab lief und Nägel kaute? Sein Gesicht hellte sich auf, als er mich sah. Schon war er auf den Beinen und zog mich in seine Arme. Wir hatten uns seit drei Tagen nicht gesehen, und seine Berührung war, als hüllte man sich in ein vorgewärmtes Handtuch, nachdem man in einem kalten Badezimmer aus der Dusche gestiegen war. Ein kleiner Glücksmoment.

»Wie geht es dir?«, fragte ich heiser.

»Jetzt, da du da bist, viel besser«, antwortete er und strich mit dem Daumen über meine zitternde Unterlippe. Dann senkte er den Kopf und küsste mich zärtlich. Seine Lippen öffneten sich, gleichzeitig presste er mich fest an sich. Seufzend schlang ich die Arme um seine Hüften. Unsere Zungenspitzen berührten sich schüchtern, als ein Hüsteln erklang. Widerstrebend lösten wir unsere Lippen voneinander und sahen zum diensthabenden Matrosen, der mit betretener Miene im Türrahmen stand.

»Du darfst die Tür ruhig schließen, Manuel«, sagte Jayden freundlich.

»Ich habe den Befehl, mich nicht von der Stelle zu rühren, wenn Sie Besuch haben.« Das Gesicht des jungen Mannes zeigte Bedauern. »Ich möchte keine Schwierigkeiten bekommen.«

Jayden seufzte. »Also gut. Wie wäre es damit? Du lässt die Tür einen Spalt offen und beziehst im Korridor Stellung, möglichst außer Hörweite. Das hier ist nämlich ein privates Treffen«, ergänzte er vielsagend.

Nun war es an mir, zu erröten.

Kurz kämpfte der Matrose mit sich, ehe er sich einen Ruck gab. »In Ordnung. Das klingt nach einem guten Kompromiss.« Er nickte, dann verließ er die Kabine und zog die Tür nach, ließ sie jedoch, wie verabredet, einen Spalt offen.

»Ich weiß nicht, was du vorhast, Jayden Mitchell«, sagte ich streng. »Aber das hier wird kein Schäferstündchen. Ich bin hier, um mich mit dir zu beraten, wie wir vorg…«

Weiter kam ich nicht, denn Jayden verschloss meinen Mund mit einem leidenschaftlichen Kuss, worauf sich meine weichen Knie und meine abwehrenden Hände einen recht absurden Kampf lieferten.

»Nein, nein!«, keuchte ich. »Wir müssen unsere Strategie besprechen.«

»Welche Strategie?«, fragte Jayden und saugte genüsslich an meiner Unterlippe.

»Wie …« Rasch brachte ich meinen Mund in Sicherheit. »Wie wir deine Unschuld beweisen können, natürlich.«

Jaydens Gesicht verfinsterte sich. »Keine Ahnung, wer ›wir‹ ist, aber du wirst gar nichts tun!«

Überrascht trat ich einen Schritt zurück. »Was? Wieso nicht?«

»Weil ich es so will.« Er sah mich eindringlich an. »Ich befehle es dir.«

Falsche Wortwahl, Mister!

»Du kannst mir gar nichts befehlen, Jayden!« Grimmig starrten wir uns an. »Du kannst so böse gucken, wie du willst, ich werde mich von meinem Vorhaben nicht abbringen lassen«, sagte ich weiter und verschränkte die Arme.

Unglaublich! Ich erkannte mich kaum wieder. War das die gleiche Lara, die sich noch vor einem Jahr schwach und mutlos gefühlt hatte und anderen ungern auf die Füße trat, selbst wenn sie im Recht war? In diesem Augenblick wusste ich nur, dass ich Jayden vor dem chilenischen Gefängnis retten musste.

Ein warmer Ausdruck trat auf sein Gesicht. »Du glaubst wirklich, dass ich unschuldig bin.«

»Natürlich tue ich das!«, erwiderte ich energisch und fragte mich im nächsten Moment – zum ersten Mal überhaupt –, warum ich keinerlei Zweifel hegte.

Ein solch irrationales Verhalten war sonst gar nicht meine Art. Was wusste ich schon über Jayden Mitchell? Nichts. Nur weil er mir nette Komplimente gemacht hatte und wir unglaublichen Sex gehabt hatten, vertraute ich ihm. War ich vielleicht zu naiv?

Hilflos ließ ich die Arme sinken, dann atmete ich tief durch und sah Jayden fest in die Augen. »Was hat Kapitän Muñoz gemeint, als er sagte, dass du schon mal im Verdacht gestanden hast, jemanden vorsätzlich erschlagen zu haben?«

Er nickte, als habe er die Frage bereits erwartet, ergriff meine Hand und bugsierte mich zum Stuhl. Anschließend nahm er mir gegenüber auf der Pritsche Platz. Seine Miene war ernst.

»Es gab da diesen Kerl«, begann er zu erzählen und ließ meine Hand los. »Major Rick Donahue. Ein fähiger Soldat und eher von der ruhigen Sorte. Doch eines Tages rastete er völlig aus, zertrümmerte die halbe Bude eines seiner Untergebenen, nur weil der seinen Spind nicht ordentlich gehalten hatte. Der Major war ein Bär von einem Mann, und es brauchte drei

Kameraden, um ihn zur Räson zu bringen. Hinterher entschuldigte er sich. Er wirkte bestürzt und konnte sich selbst nicht erklären, wie er derart die Kontrolle hatte verlieren können. Eine Zeit lang ging alles gut, bis es zu einem erneuten Zwischenfall kam. Dann wieder.« Jayden hielt kurz inne. »Man schickte den Major zum Psychologen, doch mehr passierte nicht. Schließlich hatte Donahue bis dahin nur Sachschaden verursacht.«

Mein Magen verkrampfte sich in böser Vorahnung.

»Er wurde immer unberechenbarer, deshalb gerieten wir auch ein paarmal aneinander. Aber ich war nicht der Einzige. Anderen ging es ebenso. Und dann eines Morgens …« Jayden senkte den Blick zu Boden. »Er ist auf einen Rekruten losgegangen, der seinem Befehl nicht schnell genug nachgekommen war. Er hat sich ohne Vorwarnung auf ihn gestürzt und ihn mit seinen Fäusten traktiert. Das geschah auf dem Exerzierplatz. Andere Rekruten haben versucht, ihn davon abzuhalten, doch vergeblich. Ich war Zeuge der Szene.« Jayden hob die Augen, und ich konnte den Schmerz darin sehen. »Donahue war dabei, den Jungen totzuprügeln. Dessen Kopf baumelte bereits leblos von einer Seite zur anderen. Also habe ich mein Gewehr genommen und ihm mit dem Kolben einen Schlag auf den Hinterkopf verpasst. Ich wusste mir einfach nicht anders zu helfen. Mein Schlag war nicht besonders hart, er sollte lediglich dazu dienen, dass Donahue aufhörte. Das hat er dann auch.« Jayden legte wieder eine Pause ein, diesmal eine längere. Ich widerstand der Versuchung, nach seiner Hand zu greifen. »Donahue ist ächzend in die Knie gegangen, hat noch den Kopf gedreht und ›Was soll der Scheiß?‹ gemurmelt, dann ist er wie ein nasser Sack zur Seite gekippt. Eine Stunde später war er tot.«

»Aber nicht von dem Schlag, oder?«, fragte ich leise.

»Doch.«

Verwirrt runzelte ich die Stirn. »Aber hast du nicht gesagt, der Schlag sei nicht kräftig gewesen? Hast du dich verschätzt?«

Jayden schüttelte den Kopf. »Es gab eine Autopsie, die mich entlastet hat. Sie ergab, dass Major Donahue bei einem eigentlich harmlosen Auffahrunfall sechs Monate zuvor ein Schädel-Hirn-Trauma erlitten hatte, das unbemerkt blieb. Die Symptome tauchten erst später auf, was sein aggressives Verhalten erklärte. Die Ärzte gingen davon aus, dass er darüber hinaus unter heftigen Kopfschmerzen und Depressionen gelitten hat, etwas, das man in der Army ungern an die große Glocke hängt. Auch seine Psychologin war ahnungslos. Man kann ihr keinen Vorwurf machen. Die Therapiestunden hatten erst begonnen. Sicher hätte sie irgendwann seinen depressiven Zustand diagnostiziert ...«

»Also war die Todesursache dieses Schädel-Hirn-Trauma?«, fragte ich sachte nach, als Jayden nicht weitersprach.

»Durch den Unfall hatte sich ein Blutgerinnsel gebildet, das sich durch den Schlag gelöst und eine wichtige Arterie verstopft hat«, antwortete Jayden dumpf. »Der Major ist an einem Schlaganfall gestorben.«

»Aber wie hättest du das wissen können?«, rief ich angesichts der Trauer in seinen Augen.

Jayden zuckte nur mit den Schultern.

Ich beugte mich vor und ergriff seine Hände, was er geschehen ließ. »Es war nicht deine Schuld.«

»Sag das mal seinem Sohn.«

Ich schwieg.

»Hast du deshalb die Army verlassen?«, fragte ich nach einer Weile.

»Nein. Ich habe die Army verlassen, weil ich mich verliebt habe.«

Der Stich in meinem Herzen schmerzte so sehr, dass ich geradeso ein Keuchen unterdrücken konnte. »Wirklich?«, flüsterte ich und rang mir ein Lächeln ab.

»Wirklich.« Jayden sah mich offen an. »Für sie habe ich mein altes Leben hinter mir gelassen und bin nach London gezogen.«

Perplex ließ ich seine Hände los. »Du lebst in England?«

Jayden hob die Augenbrauen. »Klar. Was dachtest du, warum ich im Flugzeug aus Heathrow war?«

»Keine Ahnung. Ich dachte, du kämst aus dem Urlaub zurück oder was auch immer.« Ich verzog das Gesicht. »Ehrlich gesagt habe ich nicht richtig darüber nachgedacht. Ich habe angenommen, du lebst in Kapstadt.«

»Nein. Ich lebe in London. Greenwich, um genau zu sein.« Ich blinzelte. »Und deine Freundin?«

Jayden legte mir eine Hand auf die Wange. »Ist längst Geschichte. Es hat nur ein paar Monate gehalten.«

»Und doch bist du in London geblieben«, entgegnete ich, bemüht, meine Freude darüber zu verbergen.

»Ja.« Nun lächelte er. »Ich mag die Stadt.«

London ist keine zwei Stunden von Southampton entfernt.

Der Gedanke drängte sich mir förmlich auf, doch ich unterdrückte das Gefühl der Euphorie, schließlich gab es im Moment anderes zu tun, als über die Zukunft zu fabulieren. Abgesehen davon hatten Jayden und ich nur Sex gehabt, was nicht hieß, dass wir gleich heiraten mussten. Du lieber Himmel! Ich musste sofort mit diesem Unsinn aufhören. Heirat? Lächerlich! Ich war gerade erst geschieden! Von Ehemännern hatte ich erst einmal genug!

»Halt, halt!«, rief Jayden mit gespieltem Entsetzen. »Auf deinem Gesicht geht momentan so viel ab, dass ich nicht mehr mitkomme.«

»Oh!« Reflexartig bedeckte ich mein Gesicht mit den Händen, worauf Jayden in schallendes Gelächter ausbrach.

»Äh … Alles in Ordnung?«, ertönte es daraufhin aus dem Korridor.

»Alles bestens«, rief Jayden fröhlich zurück.

Die gelöste Atmosphäre währte nur wenige Augenblicke, die sich jedoch besonders anfühlten, weil wir uns erneut bei den Händen hielten. *Wie verliebte Teenager.* Der Gedanke riss mich aus meiner Trance, und ich entzog Jayden sanft meine Hände.

»Strategie«, sagte ich leise.

Mit einem resignierten Stöhnen ließ er den Kopf sinken, sah mich aber von unten an. »Du wirst nicht lockerlassen, richtig?«

Ich verneinte mit einem »M-m«.

Er schien zu überlegen. »Der Major hatte einen Sohn. Rick Donahue junior ...«

»Du glaubst, es könnte sich um einen Racheakt handeln?«

Jayden zuckte mit den Schultern. »Mir fällt niemand anderes ein, der Grund hätte, mir solchen Schaden zuzufügen.«

»Erzähl mir von ihm!«, forderte ich mit fester Stimme.

»Viel weiß ich nicht«, antwortete Jayden langsam. »Nur dass er inzwischen siebenundzwanzig oder achtundzwanzig sein müsste. Er könnte sich unter falschem Namen an Bord geschmuggelt haben.« Jaydens Gesicht wurde nachdenklich. »Streng genommen müsste er es vielleicht gar nicht. Ich kenne nicht jeden Teilnehmer an Bord, und meistens sprechen wir uns mit Vornamen an. Ein erster Schritt könnte sein, herauszufinden, ob ein Matrose oder wissenschaftlicher Mitarbeiter namens Rick oder Richard Donahue an Bord ist. Du könntest Henrik bitten, dich bei der Suche zu unterstützen«, schloss Jayden. »Aber diskret. Ich möchte nicht, dass ihr in Gefahr geratet.«

Ich atmete tief durch, froh, endlich etwas unternehmen zu können, und erzählte ihm vom Team Jayden. Ich hätte schwören können, dass seine dunkelbraunen Augen für einen Moment feucht schimmerten. Womöglich war es aber auch nur das Oberlicht, das sich in seinen Pupillen spiegelte.

»Glaubst du, dass er hinter dem Mord an Christoph Marquardt steckt?«, fragte ich leise.

»Gut möglich.«

»Aber wieso?«

Jaydens Augen flackerten. »Um mir den Mord anzuhängen, möglicherweise. Keine Ahnung.« Dann räusperte er sich und wechselte abrupt das Thema. »Wer übernimmt eigentlich meinen Platz im Cockpit?«

»Steht noch nicht fest«, murmelte ich unbehaglich.

Jayden suchte meinen Blick. »Das ist in Ordnung, Lara, die Arbeit muss weitergehen.« Er schien zu überlegen. »Ich wette, die setzen Russell Nicolet ein. Er hat die größte Flugerfahrung.«

Ich nickte, wenn auch mechanisch. Ich kannte den nautischen Offizier lediglich vom Sehen her. Er war ein schlanker Mittdreißiger mit spärlichem rotblondem Haar, blauen Augen und leicht abstehenden Ohren, der eine entfernte Ähnlichkeit mit Ron Howard hatte, dem Schauspieler und späteren Regisseur.

Jaydens sanfte Berührung am Arm brachte mich in die Wirklichkeit zurück. »Das wird schon«, sagte er zärtlich.

Ja, das würde es. Ganz sicher sogar. Denn nicht Russell Nicolet würde bald wieder im Pilotensitz sitzen, sondern Jayden Mitchell. Und zwar mit meiner Hilfe und der vom Team Jayden. Sollte sich dieser Rick Donahue jr. an Bord der *Rosenrot* geschmuggelt haben, würden wir ihn finden!

TEAM JAYDEN

Aufgrund unserer unterschiedlichen Schichten dauerte es zwei Tage, bis das Team Jayden zu einem Treffen im Taucherraum zusammenkam. Außer Nishay, Ingrid, Henrik und mir waren noch ein Wartungstechniker und ein Taucher anwesend, die Jayden seit Jahren kannten. Wir alle steckten voller Ehrgeiz und wollten unter allen Umständen seine Unschuld beweisen. Im Anschluss an mein Gespräch mit Jayden hatte ich dem Team eine Nachricht zukommen lassen, mit der Bitte herauszufinden, ob sich an Bord ein Rick Donahue jr. befand. Darüber hinaus sollten sie jeden Endzwanziger unter die Lupe nehmen. Zu Hause wäre es für uns einfach gewesen, über soziale Netzwerke und andere Internetauftritte Identitäten zu checken, aber ohne Internetzugang mussten wir auf die altmodische Art vorgehen. Augen aufhalten und uns umhören. Nun kamen wir zusammen, um unsere ersten Ergebnisse zu präsentieren.

Über das Aussehen von Rick Donahue jr. wussten wir nicht viel, nur dass er ein hellhäutiger Südafrikaner war und, wie Jayden auch, vermutlich eine ungewöhnliche Aussprache hatte und Ausdrücke verwendete, die in anderen englischsprachigen Ländern unüblich waren.

»Also weder weiß ich etwas über einen Rick noch über einen jungen Mann mit südafrikanischem Akzent«, bekundete Nishay.

Ich nickte. Es war für mich keine Überraschung, da wir unter vier Augen bereits darüber gesprochen hatten.

»Leider kann ich damit auch nicht dienen«, meldete sich Ingrid zu Wort, und Henrik schüttelte ebenfalls bedauernd den Kopf.

»Einer aus der Crew heißt zwar Richard«, erklärte der Taucher, ein sehniger Mann mit scharf geschnittenen Zügen und hellblauen Augen. »Aber der ist weit über fünfzig. Sorry.«

Alle Blicke richteten sich auf den Wartungstechniker, der höchstens dreißig war. »Also ich bin's nicht«, sagte er mit einem schiefen Grinsen. »Ich stamme aus Kolumbien.« Widerwillig musste ich schmunzeln, denn sein Akzent war unverkennbar. »Einen Rick kenne ich auch nicht, aber es gibt da einen jungen Geologen, den wir uns vielleicht näher ansehen sollten. Keine Ahnung, warum, doch immer, wenn ich ihm begegne, stellen sich bei mir die Nackenhaare auf. Ich finde ihn irgendwie unheimlich.«

»Gilt das nicht für alle Geologen?«, konterte Ingrid verschmitzt, und alle lachten.

Bis auf mich. Denn in meinem Hinterkopf regte sich etwas. Eine Erinnerung, die ich jedoch nicht zu greifen vermochte, sosehr ich es auch versuchte.

»Wie heißt er?«, fragte ich den Wartungstechniker.

»Sean«, kam der Taucher seinem Crewkameraden zuvor. »Er ist Neuseeländer. Spricht ebenfalls komisches Englisch.«

»Und das sagt ausgerechnet ein Texaner!«, kam es prompt von Henrik, der damit für einen erneuten Lacher sorgte.

»Sean ist wirklich ein wenig eigen«, bemerkte Nishay, nachdem sich alle wieder beruhigt hatten. War ja klar, dass sie ihn kannte! »Er hat ein paar Marotten, ja, aber ein Mörder? Also ich weiß nicht …«

»Wie sieht dieser Sean denn aus?«, fragte ich.

»Schlaksig, melancholisches Gesicht, lange, strähnige Haare«, antwortete Ingrid.

Verblüfft sah ich in die Runde. War ich die Einzige, die den Kerl nicht kannte? Anscheinend ließ mein soziales Verhalten schwer zu wünschen übrig.

»Nein, nein!«, widersprach Nishay. »Du sprichst von Stan, dem Planktologen.«

»Wirklich?« Ingrid schüttelte verwirrt den Kopf. »Dann kenne ich diesen Sean doch nicht.«

Für diese Bemerkung wäre ich ihr am liebsten um den Hals gefallen.

»Sean ist ein etwas blässlicher Typ mit kurzen blonden Haaren«, antwortete Nishay. »Trüge er kein Piercing in der linken Augenbraue, würde er kaum auffallen.«

Das Wort Piercing war es, das meine vergrabene Erinnerung flutartig an die Oberfläche spülte.

»Ich habe ihn gesehen!«, rief ich lauter als beabsichtigt. »Im Korridor, kurz bevor ich Christoph Marquardt tot aufgefunden habe.« Aufgeregt knetete ich meine Finger. »Er kam mir entgegen, direkt aus der Richtung der Mannschaftskabinen. Ich habe sogar mit ihm gesprochen«, fügte ich nach rascher Überlegung hinzu. »Er meinte, er wolle im Computerraum ein paar Daten herunterladen.«

Im Raum herrschte plötzlich tiefes Schweigen. Zu hören war nur das Geräusch der Filtrationsanlagen nebenan.

»Aber hast du nicht gesagt, du hättest anschließend einen Schatten auf der Treppe gesehen?«, fragte der Taucher.

»Das habe ich«, bestätigte ich. »Vielleicht hatte dieser Sean einen Komplizen.«

»Und was machen wir jetzt?«, fragte Nishay mit leicht zitternder Stimme.

Henrik reckte das Kinn vor. »Ich fühle ihm mal ein wenig auf den Zahn«, grollte er. Fehlte nur noch, dass er die Fingerknöchel knacken ließ!

»Ich komme mit!«, rief ich ihm nach, als er wie ein wild gewordener Wikinger aus dem Raum stürmte.

* * *

Wir fanden Sean im Computerraum, wo er am Rechner Kurven und Diagramme studierte. Zu seinem Pech und unserem Glück war er allein. Bei unserem Anblick wurde er noch blasser als sonst, was vermutlich daran lag, dass Henriks eisblaue Augen Blitze in seine Richtung abschossen. Allem Anschein nach würde ich die Kommunikation übernehmen müssen.

»Sean, richtig?«, fragte ich freundlich, ehe Henrik das Wort an ihn richten konnte.

»Ja.« Sichtlich beunruhigt sah uns der junge Mann an. »Wie kann ich euch helfen, Leute?«

Auf mich wirkte der Geologe harmlos, doch Henrik schien das wenig zu beeindrucken, denn er blickte unverändert finster drein.

»Von wo in Neuseeland kommst du her?«, fragte er grimmig, bevor ich fortfahren konnte.

Sean runzelte die Stirn. »Wieso fragst du?«

»Seit ich Tolkiens ›Herr der Ringe‹ gesehen habe, interessiere ich mich eben dafür.«

Eine mehr als lahme Ausrede, wie ich fand, und tatsächlich lag immer noch Skepsis auf Seans Miene. Dennoch antwortete er bereitwillig, wenn auch gedehnt, als überlegte er sich jedes Wort genau. »Aus Rolleston, das liegt südlich von Christchurch.«

»Hm. Und wie ist es da so?«, fragte Henrik in einer Weise, die eine im Grund harmlose Plauderei in eine ungemütliche Befragung verwandelte, was auch Sean zu spüren schien.

»Schön«, antwortete er, wobei sein Blick unruhig von mir zu Henrik huschte und wieder zurück. »Die Stadt ist für ihren Wein bekannt und für ihr Gefängnis.«

»Gefängnis … Soso.«

Ich hatte genug von dem seltsamen Wortwechsel und mischte mich ein. »Okay, Sean«, sagte ich mit fester Stimme und lehnte mich an seinen Schreibtisch. »Was wir wissen wollen: An dem Tag, als Marquardt starb, was hast du da im Korridor gemacht? Vielleicht erinnerst du dich, wir haben uns getroffen. Ich war auf dem Weg zu den Getränkeautomaten, und du kamst mir entgegen.«

Sean schnitt eine Grimasse. »Wie könnte ich das vergessen? Ohne es zu ahnen, ging ich da lang, nur wenige Meter von seiner Leiche entfernt …« Er runzelte die Stirn. »Moment mal! Glaubt ihr etwa, ich hätte etwas mit seinem Tod zu tun?«

»Na ja«, brummte Henrik, den ich mir gut in der Rolle des bösen Bullen in einer Krimiserie vorstellen konnte, »dass du nichts gesehen haben willst, ist doch seltsam. Keine Leiche, keinen Mörder. Du musst doch an der betreffenden Treppe vorbeigekommen sein. Oder etwa nicht?«

Sean wurde noch fahler als ohnehin schon. »Nun … äh … Ich dachte, Jayden Mitchell ist Marquardts Mörder.«

Henrik schnellte vor, als hätte er auf eine solche Bemerkung nur gewartet, und zog Sean von seinem Stuhl hoch. »Das würde dir so passen, Bürschchen!«

Da geschah etwas völlig Unerwartetes. Seans Gesicht verhärtete sich, und im nächsten Moment hatte er Henriks Finger gepackt und bog sie brutal nach hinten. Der hochgewachsene Norweger stieß einen Schmerzensschrei aus und krümmte sich. Allein durch den Anblick hätte ich es ihm fast gleichgetan.

»Fass mich noch einmal an«, sagte Sean mit tödlicher Gelassenheit, »und ich breche dir die Hand.«

So plötzlich, wie er Henrik gepackt hatte, ließ er ihn auch wieder los. Während dieser fluchend zurückwich und seine schmerzenden Finger rieb, wandte sich Sean an mich.

»Ich habe nichts mit Marquardts Tod zu tun«, bemerkte er unaufgeregt. »Ich war auf dem Weg in den Computerraum und habe nichts von alldem mitbekommen. Das ist alles, was ich dazu sagen kann.«

Nach diesen Worten setzte er sich wieder hin und arbeitete seelenruhig weiter, als sei nichts geschehen, was mir widerwillige Bewunderung abnötigte. Henrik und ich wechselten Blicke. Er schien eine erneute Offensive starten zu wollen, aber ich schüttelte warnend den Kopf. Einen Herzschlag lang zögerte er, kam dann jedoch meiner Aufforderung nach.

»Glaubst du, dass er es ist? Rick Donahue jr.?«, fragte ich draußen im Korridor.

»Keine Ahnung, aber ganz gleich, wer der Kerl ist, er hat etwas zu verbergen«, brummte Henrik, der die Schmach offenbar nicht gut verkraftete.

Ich nickte. »Und er mag offensichtlich keinen Körperkontakt.«

»Sein Problem. Ab jetzt lasse ich den kleinen Wichser nicht mehr aus den Augen. Er verschweigt uns was, das ist klar wie Kloßbrühe. Ich kriege schon aus ihm raus, was es ist!«

So wütend hatte ich Henrik bisher noch nie erlebt und hoffte, dass er nicht auf eigene Faust etwas unternehmen würde. Weil seine Schwester und er, wie auch Sean, die Tagschicht hatten, kam ihnen die Aufgabe zu, den Geologen in ihrer Freizeit zu observieren. Da ich währenddessen auf dem Krähennest weilte – offenbar hatte man es nicht sehr eilig, einen Ersatzpiloten zu bestimmen –, konnte ich selbst wenig ausrichten. Doch am darauffolgenden Abend wurde ich kurz vor Schichtbeginn Zeugin einer Szene zwischen Sean und dem Schiffsmechaniker Mikhail, die sich als interessant erwies. Draußen wehte ein frischer Wind, und bevor ich meine Position im Krähennest einnahm, eilte ich rasch in die Messe, um mich mit einem heißen Kaffee aufzuwärmen. Holger hatte sich angewöhnt, zu Beginn der Nachtschicht drei große Kannen bereitzustellen, dessen Inhalt um Längen besser schmeckte als die Plörre aus dem Automaten.

Als ich dort eintraf, fuhren Sean und Mikhail, die zuvor die Köpfe zusammengesteckt hatten, auseinander, als fühlten sie sich ertappt. Der Mechaniker, ein junger dunkelhaariger Bursche mit Ziegenbärtchen, huschte mit schuldbewusster Miene an mir vorbei, während Sean mir einen feindseligen Blick zuwarf und dann betont gelassen ebenfalls hinausging. Beim nächsten Treffen erzählte ich den anderen davon. Daraufhin wurde auch Mikhail von uns observiert. Wir mussten nicht lange warten. In der darauffolgenden Nacht beobachtete Ingrid, wie Sean in Mikhails Kabine ging, die sich unweit der Getränkeautomaten befand, und sie erst nach Stunden wieder verließ. In der Zeit trank sie so viel Automatenkaffee, dass sie sich vor ihrer Schicht nicht mehr hinlegte. Ein Glück für sie, dass es zu keiner Sichtung gekommen war, bekannte sie später. Der mangelnde Schlaf und das übermäßige Koffein hatten sie hibbelig und unkonzentriert gemacht.

»Irgendetwas sagt mir, dass sie sich nicht zum Schachspielen treffen«, erklärte sie bei unserer anschließenden Besprechung im Taucherraum. »Ich glaube, die beiden haben was am Laufen.«

»Gut«, erwiderte Henrik mit einem Funkeln in den Augen, das mir nicht gefiel. »Fragen wir sie!«

»Ich denke, dass eine von uns das tun sollte«, warf ich ein und zeigte auf Ingrid, Nishay und mich.

»Hältst du mich für homophob?«, versetzte Henrik und kniff verärgert die Augen zusammen.

Möglicherweise.

»Ich finde, Lara hat recht«, sprang Ingrid für mich in die Bresche. »Einer Frau gegenüber werden sie vielleicht offener sprechen.«

Henrik nickte, wenn auch mit sichtlichem Widerwillen, und ich atmete auf.

Am Ende war ich es, die mitten in der Nacht an Mikhails Kabinentür klopfte, was ich dem stürmischen Wetter verdankte, das eine Sichtung auf dem Krähennest vereitelte. Drinnen hörte ich Getuschel, dann Stille. Also klopfte ich erneut. Nichts.

»Ich weiß, dass ihr drin seid, Mikhail«, sagte ich so leise wie möglich, schließlich wollte ich die beiden nicht auffliegen lassen, sondern nur mit ihnen reden.

Als nichts geschah, beschloss ich, schwerere Geschütze aufzufahren. Zwar behagte mir dieses Verhalten ganz und gar nicht, aber es ging um Jayden, also blieb mir keine Wahl.

»Ich kann auch gern den Ersten Offizier über einen medizinischen Notfall in eurer Kabine informieren«, drohte ich.

In dem Fall würde er die Tür mit einem Generalschlüssel aufschließen, was Mikhail natürlich wusste. Wieder geschah nichts. Gerade sann ich über eine neue Strategie nach, als in der Kabine erst ein Rascheln, dann ein Klicken ertönte. Die Tür öffnete sich einen Spalt, und Mikhails gerötetes Gesicht erschien.

»Was wollen Sie?«, fragte der junge Russe.

»Ich möchte mit Ihnen und Sean reden«, antwortete ich mit einem beruhigenden Lächeln. »Es ist wichtig.«

Mikhails Blick flackerte. »Welcher Sean?«

Ich seufzte übertrieben. »Leugnen bringt nichts. Ich habe ihn vor ein paar Stunden hineingehen sehen.«

Mikhail erblasste, öffnete langsam die Tür. »Kommen Sie rein«, sagte er und sah ein wenig gehetzt in den Korridor.

Weil er mir leidtat, kam ich, ohne zu zögern, seiner Bitte nach. Ich wollte das Ganze möglichst schnell und schmerzlos über die Bühne bringen.

Im Gegensatz zu Mikhail, dem die Scham ins Gesicht geschrieben stand, starrte mir Sean mit verschränkten Armen und einer Spur Arroganz entgegen. »Bravo!«, sagte er hämisch. »Du musst wirklich stolz auf dich sein, im Privatleben anderer herumzuschnüffeln.«

Innerlich wand ich mich. Stolz war tatsächlich das Letzte, was ich in diesem Moment empfand, trotzdem würde ich mich durch nichts von meinem Vorhaben abbringen lassen. Ich ignorierte Sean und wandte mich an seinen Freund.

»Was Sie in Ihrer Freizeit machen, geht mich nichts an …«, begann ich.

»So ist es!«, ätzte Sean dazwischen.

»… und ich verspreche Ihnen, diskret zu sein. Aber hat Sean nach der Weihnachtsfeier die Nacht mit Ihnen verbracht? Das ist wichtig«, fügte ich hinzu, als Mikhail nicht darauf antwortete. Seine Gesichtsfarbe allerdings sprach Bände. Er war krebsrot geworden.

»Ich kann mich natürlich weiter umhören, was Sie beide betrifft«, erhöhte ich den Druck und hasste mich dafür angesichts des armen Jungen vor mir, der Höllenqualen litt.

»Ja«, presste er schließlich hervor.

»Nein!«, widersprach Sean. »Ich habe Mikhail in dieser Nacht nicht gesehen. Lass ihn in Ruhe!«

»Ich glaube dir nicht. Ich vermute, du hast Christoph Marquardt erschlagen und einen Komplizen damit betraut, das Ganze wie einen Unfall aussehen zu lassen«, entgegnete ich, obwohl ich nicht ernsthaft daran glaubte. Ich wollte lediglich Mikhail weichkochen.

Was auch funktionierte.

»Nein!«, rief der junge Russe. »Er war bis zum frühen Morgen bei mir. Mit Marquardts Tod hat er nichts zu tun.«

»Mikhail lügt«, widersprach Sean mit feurigem Blick. »Keine Ahnung, woher du deine schmutzige Fantasie nimmst, Lara, aber wir beide sind Kumpels. Mehr nicht.«

Der kurz aufflackernde Schmerz in Mikhails Augen sagte etwas anderes, und mit einem Mal hatte ich genug von dem Trauerspiel.

»Okay«, sagte ich seufzend und sah die beiden Männer abwechselnd an. »Ich weiß jetzt, was ich wissen wollte. Von mir erfährt niemand etwas.«

»Es gibt nichts, was …«, warf Sean ein, wurde jedoch von Mikhail grob unterbrochen.

»*Stoi!* Hör auf!«, fauchte der junge Russe mit bebender Unterlippe. »Wir beide sind ein Liebespaar! Und wenn schon? Das darf ruhig die ganze Welt wissen!«

Seans Schultern sackten nach unten, alle Wut war verraucht. »Du weißt, dass das nicht geht«, sagte der junge Geologe und berührte seinen Freund sanft am Arm. Dann richtete er seinen Blick auf mich. Ich las darin Verzweiflung. »Ich bin nicht derjenige, der Probleme bekommt, wenn das herauskommt. Aber Mikhail als Mitglied einer Schiffscrew … Kapitän Muñoz und sein Erster Offizier mögen liberal sein, doch das trifft nicht zwangsläufig auf jeden Matrosen hier zu. Sollte herauskommen, dass er schwul ist, würde man ihm das Leben zur Hölle machen.«

Mikhail widersprach nicht, sondern starrte mit zusammengepressten Lippen zu Boden.

»Wie gesagt, von mir erfährt keiner was. Versprochen!«, sagte ich mit tiefem Ernst. »Habt ihr in der Nacht vielleicht etwas mitbekommen? Etwas, das uns hilft, Jaydens Unschuld zu beweisen?«, fragte ich weiter.

Beide schüttelten den Kopf.

»Okay. Trotzdem danke.« Ich versuchte, mir meine Enttäuschung nicht zu sehr anmerken zu lassen, schenkte ihnen ein kleines Lächeln und verließ die Kabine.

Ich hielt mein Wort.

Bei unserem nächsten Treffen spielte ich das Ganze herunter, flunkerte etwas von einem Schachbrett in Mikhails Kabine und dass der Mechaniker Sean ein glaubwürdiges Alibi geliefert habe. Ich legte noch eine Schippe drauf, von der ich hoffte, dass sie nicht überzogen war, und erzählte, neben Mikhails Pritsche würden Fotos seiner Freundin hängen. Eines davon würde die beiden auf dem Kilimandscharo zeigen. Nicht einmal Nishay vertraute ich die Wahrheit an. Alle aus dem Team Jayden nahmen mir die Geschichte ab, auch wenn sie ernüchternd war. Sean, der Geologe aus Rolleston, war offenbar nicht die Fake-Identität von Rick Donahue jr., womit wir wieder ganz am Anfang standen.

* * *

Jayden spürte, wie Lara in seinen Armen zitterte. Sie standen an der Reling und blickten gedankenverloren ins graue Nichts. Wie um ein Zeichen der Solidarität zu setzen, hatte sich die Sonne seit Tagen nicht mehr blicken lassen.

»Sollte sich Rick Donahue jr. an Bord befinden, hat er sich nicht unter die Wissenschaftler gemischt, da sind wir uns ziemlich sicher. Wir haben alle gecheckt«, sagte Lara und sah ihn an. Sie war blass, und unter ihren blauen Augen lagen tiefe Schatten. »Aber wir geben nicht auf! Ich gebe nicht auf«, fügte sie flüsternd hinzu.

Sie in diesem Zustand zu sehen, fühlte sich für Jayden an wie ein Messer im Bauch, und er küsste sie ungestüm, ja fast verzweifelt. Eine Berührung, die sie nur halbherzig erwiderte, denn ihre Gedanken schoben sich wie ein Riegel zwischen ihre Münder.

»Es muss jemand aus der Crew sein«, überlegte sie laut. »Aber es kann dauern, bis wir alle gecheckt haben. Es gibt viele junge Matrosen, die vom Alter her passen könnten.«

Jayden blickte unwillkürlich zu Manuel, der sich diskret einige Meter hinter ihnen postiert hatte, und nickte.

»Allerdings stammen die meisten von ihnen aus Lateinamerika«, sagte Lara weiter. »Entweder ist Rick Donahue jr. ein sehr talentierter Schauspieler oder ...«

»Ja?«

Sie machte eine wegwerfende Handbewegung. »Ach nichts.«

Dieses »Ach nichts« beunruhigte Jayden mehr als alles andere, dennoch fragte er nicht nach. Eine Bewegung hinter ihm erregte seine Aufmerksamkeit. Manuel zeigte mit entschuldigender Miene auf seine imaginäre Armbanduhr, und Jayden seufzte. Seine Stunde Freigang neigte sich dem Ende zu.

»Ich muss wieder runter«, murmelte er und küsste Lara noch einmal, und diesmal erwiderte sie seinen Kuss mit Inbrunst.

»Ich finde ihn«, flüsterte sie an seinen Lippen, dann löste sie sich beinahe gewaltsam von ihm und eilte unter Deck.

Kurz darauf schlugen Manuel und er in gebührendem Abstand den gleichen Weg ein. In den letzten Tagen war in Jayden der Entschluss gereift, dass er nicht weiter untätig in seiner Kabine verbringen konnte. Jetzt, nach dem Gespräch mit Lara, beschloss er, dass es Zeit war, ein Wagnis einzugehen.

Auf der Treppe nach unten blieb er jäh stehen.

»Was ist los?«, rief Manuel und sah sich hektisch um, als rechnete er jeden Moment damit, dass ein bis an die Zähne bewaffneter Trupp zu seiner Befreiung heranstürmen würde.

Jayden schmunzelte. Der junge Matrose sah zu viele heruntergeladene Actionfilme auf seinem Handy. Obwohl es während der Arbeitszeit eigentlich verboten war, hatte Jayden mehr als einmal die klassischen Geräusche wie Gewehrsalven, Fausthiebe und quietschende Reifen vor seiner Tür vernommen. Wer konnte es Manuel verübeln? Stundenlang auf einem Korridor Wache zu halten, konnte auf Dauer ziemlich öde sein.

»Bring mich zu Kapitän Muñoz«, bat Jayden. »Ich muss etwas Wichtiges mit ihm besprechen.«

Der Matrose sah ihn überrascht an. »Jetzt sofort?«

»Ja, jetzt sofort«, antwortete Jayden mit einer Spur Ungeduld in der Stimme.

Nun, da er die Entscheidung getroffen hatte, wollte er keine Minute länger warten.

Señoras y señores

Wenige Tage, nachdem ich mit Sean und Mikhail gesprochen hatte, geschah etwas, das Jaydens ohnehin prekäre Situation dramatisch verschärfte! Vor meinem ersten Flug mit Russell Nicolet, der, wie Jayden prophezeit hatte, als Ersatzpilot bestimmt worden war, scheuchte mich Nishay aus dem Bett und teilte mir mit, dass Kapitän Muñoz etwas Wichtiges zu verkünden habe. Die Messe platzte bereits aus allen Nähten, als wir dort erschienen, und war vom Summen wispernder Stimmen erfüllt. Man konnte die Spannung in der Luft fast greifen.

»Señoras y señores«, rief der Kapitän, worauf das Summen augenblicklich abbrach. »Danke, dass Sie gekommen sind.« Er stand am Kopfende des längsten Tisches, flankiert von seinem Ersten Offizier und dem neuen Chefingenieur, und blickte auf die Menschen vor ihm. »Leider habe ich eine schlechte Nachricht. Vielleicht ist dem einen oder anderen von Ihnen aufgefallen, dass wir seit gestern langsamer als geplant fahren. Nun, das liegt nicht am Wetter und hat auch keinen wissenschaftlichen Hintergrund. Vielmehr ist einer der Dieselgeneratoren, die für die Elektrik des Schiffes zuständig sind, ausgefallen.«

»Was bedeutet das?«, rief jemand.

»Dazu kommen wir gleich«, antwortete Muñoz geduldig. »Den Defekt haben wir bereits vor ein paar Tagen bemerkt, und das Ingenieurteam hat versucht, ihn zu beheben. Doch es misslang, der Schaden war zu weit fortgeschritten. Heute Morgen um acht Uhr hat der Generator endgültig den Geist aufgegeben, eine Reparatur ist leider nicht möglich. Er ist hinüber«, schloss der Kapitän lapidar und zeigte auf den neuen Chefingenieur, der nun das Wort ergriff.

»Wie die Technikaffinen von Ihnen sicher wissen, wird die *Rosenrot* am Laufen gehalten durch die Hauptmaschine mit ihren Nebenaggregaten, die Kesselanlage, die Ladepumpen und den Hilfsdiesel mit den vier Generatoren für die Stromerzeugung«, erklärte dieser nüchtern. »Bei einem der Generatoren hat die Drehzahlsteuerung versagt, sodass es zu einer Überhitzung gekommen ist, wodurch die Kurbelwelle und die Leiterspule beschädigt wurden. Ich will Sie nicht mit den Einzelheiten langweilen. Jedenfalls hat es zu einem Totalausfall geführt.«

»Was ist mit dem Notgenerator?«, fragte eine Frau aus den hinteren Reihen.

Der Chefingenieur zog bedauernd die Schultern hoch. »Er kann den Ausfall nur bedingt ausgleichen. Unsere Expedition dauert theoretisch noch sechs Wochen. Selbst wenn wir die Heizungen auf zwölf Grad herunterfahren, das Licht dämpfen, Laborcontainer verschließen und die Computerarbeit auf zwei Stunden pro Tag reduzieren, wird es nicht annähernd ausreichen. Die Navigationsausrüstung, die Pumpen und Lüfter sowie die Bug- und Heckstrahlruder verbrauchen den meisten Strom, und auf die können wir nicht verzichten.«

Mein Magen zog sich zu einem Knoten zusammen.

»Bedeutet das, dass wir die Expedition abbrechen müssen?«, rief Thomas Kuhlmann und sprach laut aus, was in diesem Moment wahrscheinlich alle dachten.

»Ich habe mit Michelle geredet«, meldete sich Muñoz erneut zu Wort und meinte die Präsidentin des APF. »Sie hat versprochen, alles zu unternehmen, damit das nicht passiert.« Ein gemeinschaftliches Ausatmen war zu hören. »Zwar wird das mit erheblichen zusätzlichen Kosten verbunden sein, aber noch sprengt das unser Budget nicht – trotz einiger Pannen, die sich ereignet haben. Wir haben bei dieser Expedition auffällig viel Pech.«

»Ein Unglück kommt eben selten allein!«, rief Henrik.

Der Kapitän ging nicht auf den Zwischenruf ein, doch sein durchdringender Blick machte mich nachdenklich. Glaubte er vielleicht nicht an einen Zufall?

»Ich verstehe nicht.« Wieder war es Thomas, der sich meldete. »Wie will Michelle das bewerkstelligen? Um weitermachen zu können, bräuchten wir einen neuen Dieselgenerator. Oder gibt es eine andere Möglichkeit?«, fragte er mit Blick auf den Chefingenieur, der den Kopf schüttelte.

»Señora Esperanza setzt alle Hebel in Bewegung, um schnellstmöglich einen Dieselgenerator zu organisieren, den die Iljuschin zu uns bringen soll«, antwortete Kapitän Muñoz und erntete anerkennendes Gemurmel. »Sobald wir die Bestätigung haben, fahren wir zurück zur Schelfeiskante, wo die Übergabe stattfinden wird.«

»Und wenn nicht?«, fragte jemand.

»Selbst wenn wir uns einschränken, reicht der Strom höchstens für zwei Wochen, dann ist Schluss«, antwortete der Chefingenieur. »So oder so müssen wir spätestens in zehn Tagen zurück zur Schelfeiskante. Entweder um den Generator auszuwechseln oder um nach Hause zu fliegen.«

»Was ist mit den Sichtungen?«, rief Ingrid.

»Was ist mit unseren Messungen?«, wollte ein Glaziologe wissen.

»Wir haben die Wasserproben noch nicht abgeschlossen!«

»Die Krillschwärme werden weiterwandern.«

Die Rufe prasselten auf den Kapitän nieder, der beschwichtigend die Arme hob, bis sich die Menschen wieder beruhigt hatten. »Señoras y señores, denken wir positiv! Unsere Präsidentin ist eine bemerkenswerte Frau, sie bekommt das sicher hin. In dem Fall verlieren wir lediglich eine Woche. Der Treffpunkt auf dem Schelfeis befindet sich südwestlich von uns und ist in drei Tagen erreichbar, sofern uns das Wetter nicht dazwischenfunkt. Einen Tag brauchen wir für die Verschiffung und den Einbau des Generators. Nach weiteren drei bis vier Tagen kehren wir an unseren Ausgangspunkt zurück und fahren dort fort, wo wir aufgehört haben.« Er nickte. »Mehr kann ich Ihnen zu diesem Zeitpunkt nicht sagen.« Kurz streifte er mich mit seinem Blick, dann holte er tief Luft. »Vielleicht noch eine Sache, die den einen oder anderen interessieren wird. Die Iljuschin befindet sich zurzeit in Punta Arenas, unserem Heimathafen.« Er zögerte kurz. »An Bord der Maschine wird ein chilenischer Polizist sein, der Mister Mitchell in Gewahrsam nehmen und nach Chile bringen wird.«

Ich spürte, wie mir das Blut aus dem Gesicht wich, und Nishays sanfte Berührung an meinem Arm sah ich mehr, als dass ich sie fühlte. Um mich herum wurden prompt Stimmen des Protests laut.

»Señoras y señores, bitte!«, rief Kapitän Muñoz. »Wenn Señor Mitchell unschuldig ist, droht ihm keine Gefahr, und …«

»Soll das ein Witz sein?«, bahnte sich Henriks wütender Bass einen Weg durch den Lärm. »Chile ist nicht gerade für seine humanen Haftbedingungen bekannt!«

Ärger legte sich auf das Gesicht des Kapitäns. »Mäßigen Sie sich, Señor Larsen!«, fauchte er. »Wir leben nicht mehr zu Zeiten von Pinochet. Wir haben unsere Gerichtsbarkeit modernisiert und sind damit Vorreiter in Lateinamerika!«

Betretenes Schweigen breitete sich aus. Niemals vorher hatten wir erlebt, dass Kapitän Muñoz derart aus der Haut fuhr.

»Ich wollte Sie nicht beleidigen, entschuldigen Sie«, erwiderte Henrik jetzt ruhiger, wenn auch mit kämpferischem Funkeln in den Augen.

»Ich verstehe die Sorge um Ihren Freund«, sagte Muñoz kühl. »Und Sie können mir glauben, dass Präsidentin Esperanza und ich alles tun werden, damit Señor Mitchell einen fairen Prozess bekommt.« Er sah in die Runde. »Das war's.«

Mit klopfendem Herzen kämpfte ich mich durch die Menge, die heftig diskutierend den Ausgang ansteuerte, bis ich den Kapitän erreicht hatte.

»Bitte, Capitán, auf ein Wort!«

»Tut mir leid, Doctora Duncan, aber es gibt nichts mehr zu besprechen.« Dann wurden seine Züge sanfter. »Vertrauen Sie mir einfach.«

Vertrauen Sie mir einfach. Das sagte sich so leicht.

Sofern Michelle Esperanza erfolgreich war, schrumpfte die Zeit von sechs Wochen auf wenige Tage zusammen, um Jaydens Unschuld zu beweisen. Und sollte die Präsidentin scheitern, war unsere Expedition in zwei Wochen eh zu Ende. So oder so war die Lage niederschmetternd.

Ich nickte wortlos, dann verließ ich fluchtartig die Messe. Sowohl Nishay als auch Henrik versuchten, mit mir zu sprechen, doch ich wehrte sie ab. Im Moment war ich unfähig, auch nur einen Ton herauszubringen. Ich war am Boden zerstört. Also begleitete mich Nishay als die gute Freundin, die sie inzwischen für mich geworden war, schweigend bis zu unserer Kabine. Drinnen sackte ich auf meiner Pritsche zusammen, schlang die Arme um meine Knie und bettete mein heißes Gesicht darauf. Als Nishay irgendwann ein leises hilfloses »Das kriegen wir hin« von sich gab, konnte ich die Tränen nicht mehr zurückhalten. Wie, bitte, sollten wir in der kurzen Zeit irgendetwas hinkriegen? Wir hatten keinerlei Ansatzpunkte! Während mir Nishay tröstend über den Rücken strich, versiegten meine Tränen. Sobald ich mich von dem Schock erholte, würde ich Jayden aufsuchen und mit ihm eine neue Strategie besprechen. Doch im Moment brachte ich nicht den Mut auf, ihn zu sehen. Wenn ich ihm gegenüberstand, wollte ich stark und zuversichtlich wirken. Das Letzte, was er jetzt in seiner Lage gebrauchen konnte, war ein heulendes, zitterndes Bündel Elend.

Sobald sich die Gelegenheit ergab, bat ich Henrik darum, Jayden nach weiteren Feinden aus seiner Vergangenheit zu fragen.

»Ihm fällt niemand ein«, erklärte er mir hinterher. Seine Trauermiene beim Betreten der Messe, in der ich nun saß und lustlos in meinem Essen stocherte, hatte es mir bereits verraten.

Ich legte die Gabel beiseite. »Weiß er Bescheid?«

Henrik nickte. »Manuel, sein Lieblingswachposten, hat es ihm erzählt.«

»Und?« Ich fuhr mir mit der Zunge über die spröden Lippen. »Wie geht es ihm?«

Der Blick des Norwegers wurde sanft. »Du solltest zu ihm gehen.«

Ich nickte betrübt. »Ich weiß.«

»Das wird schon«, antwortete er und legte kurz seine Hand auf meine Schulter, dann verließ er die Messe.

Hilflose Wut stieg in mir auf. Immer diese leeren Worthülsen! *Vertrauen Sie mir einfach! Das wird schon. Wir kriegen das hin.* Ich schüttelte den Kopf. Wie denn, verdammt? Ich griff nach der Gabel, legte sie aber gleich wieder hin. Ich bekam eh keinen Bissen hinunter. Also stand ich auf, schnappte mir das Tablett und brachte es zur Essensausgabe zurück.

»Die Expedition darf jetzt nicht zu Ende sein! Das wäre nicht richtig!«, eiferte sich ein Chemiker, der mit zwei anderen an einem Tisch in der Nähe saß. »Manche Länder würden sich ins

Fäustchen lachen, vor allem die, die mit ihren Ölvorkommen den größten Reibach machen. Nicht auszudenken, wenn die hier zu bohren anfangen.«

»Keine Angst«, antwortete seine Kollegin, eine hübsche Blondine mit Brille. »Michelle kriegt das schon hin. Ich habe da vollstes Vertrauen.«

Wie aufs Stichwort öffnete sich die Tür hinter der Essensausgabe, und ein rundes Gesicht mit Riesenschnauzer zeigte sich im Türspalt.

»Gute Nachrichten, Leute!«, verkündete Holger mit leuchtenden Augen. »Frau Esperanza hat es geschafft! Wir bekommen unseren neuen Generator. Es wurde eben bekannt gegeben. In fünf Tagen treffen wir die Iljuschin an der Schelfeiskante.«

Unter den Anwesenden brach Jubel aus, High Fives wurden verteilt, während ich innerlich zerrissen in meine leere Kabine zurückkehrte. Einerseits konnte ich die Freude meiner Kollegen verstehen, andererseits rann mir die Zeit von jetzt an rasend schnell durch die Finger. *Noch fünf Tage.* Ich musste mir etwas einfallen lassen. Musste! Meine innere Unruhe trieb mich bald wieder hinaus, doch weil ich fürchtete, vom Grübeln verrückt zu werden, begab ich mich in den Arbeitsraum, wo Aufgaben an Freiwillige verteilt wurden. An Bord herrschte jetzt rege Betriebsamkeit, denn bevor wir Richtung Schelfeis aufbrechen konnten, gab es noch vieles zu erledigen. Als es darum ging, die Messinstrumente aus dem Wasser zu fischen, hob ich die Hand, darauf hoffend, dass eine anstrengende körperliche Tätigkeit genau das Richtige war, um den Kopf freizubekommen. Meine Vermutung stellte sich als zutreffend heraus, zumal es zu Komplikationen kam. *Wie kann es auch anders sein?*, dachte ich voller Bitterkeit. Das Seil, an dem die teuren Geräte befestigt waren, geriet unter den Eisbrecher. Ein harter Ruck, eine falsche Bewegung, und die Messgeräte würden irreparablen Schaden nehmen.

Als ob das nicht ausgereicht hätte, erschwerten Schneefall und starker Wind an diesem Tag die Arbeit. Bei einem waghalsigen Manöver kletterten der Erste Offizier und ein Matrose auf die äußerste Bugspitze, wo sie eine Rolle montierten, mit der das Seil umgelenkt werden sollte. Währenddessen türmten sich unter der *Rosenrot* wogende Berge aus schwarzem Wasser. Obwohl die beiden Männer mit Kletterseilen und Gurten gesichert waren, bekam ich nur vom Hinsehen Schweißausbrüche, und mein Herz raste unkontrolliert. Weil die Natur beschlossen hatte, mit ihnen zu spielen wie eine Katze mit einer Maus, dauerte es eine gefühlte Ewigkeit, bis sie wieder wohlauf an Deck gelangten. Alle atmeten auf, kurz wurden Jubelrufe laut, dann packten wir das Seil und zogen. So gelang es uns, es Stück für Stück am Schiff vorbeizuführen und die Messgeräte ohne Schaden an Bord zu holen.

Die Aktion hatte mich völlig ausgelaugt, jeder Muskel in meinem Körper schmerzte, aber zumindest hatten die Gedanken zu rotieren aufgehört. Also beschloss ich, nach einer kurzen heißen Dusche endlich Jayden aufzusuchen. Ich schlüpfte in Cargohose und Sweatshirt, bürstete mir die Haare und ging die wenigen Meter zu seiner Kabine am Ende des Ganges. Der Matrose, der davor Wache hielt, lächelte mich freundlich an, als ich um die Ecke bog.

»Doctora Duncan«, begrüßte er mich von Weitem und sagte dann: »Tut mir leid, aber Mister Mitchell hat bereits Besuch.«

»Oh!«, stieß ich enttäuscht hervor und bemerkte, dass die Tür in seinem Rücken einen Spalt offen stand. »Gut, wenn das so ist, komme ich später wied…«

Das Wort erstarb auf meinen Lippen, als die Tür geöffnet wurde und Barbara heraustrat. Wie angewurzelt starrten wir uns an, worauf der Matrose sich räusperte.

»Heute scheint Mister Mitchell besonders begehrt zu sein«, versuchte er zu scherzen, was ihm unwirsche Blicke von beiden Seiten einbrachte. Prompt errötete er.

»Lara«, sagte Barbara reserviert und rauschte an mir vorbei. Ich nickte nur.

Hätte der Matrose nicht dagestanden, wäre ich vermutlich umgekehrt, so sehr hatte mich Barbaras Anblick aufgewühlt. Ich benötigte einige Sekunden, um mich zu sammeln, und als ich schließlich die Kabine betrat, tat ich es mit einem breiten Lächeln.

Bleib gefasst und zeig ihm nicht, wie entmutigt du bist!

Wieder und wieder spulte ich diesen Satz in meinem Kopf ab.

Jayden stand in Flanellhemd und Jeans neben dem Schreibtisch und sah mich an. Er war unrasiert, seine Haare waren wuscheliger als üblich, und obwohl er die Lippen zu einem kleinen Lächeln verzogen hatte, stachen die Sorgenfalten in seinem Gesicht deutlich hervor. Er brauchte kein Wort zu sagen. Ein Blick in seine Augen reichte, damit meine Selbstbeherrschung wie ein Kartenhaus zusammenbrach.

Schluchzend warf ich mich in seine Arme. »O Gott, Jayden!«, rief ich. »Uns bleiben nur fünf Tage! Fünf lächerliche Tage!«

Wow! Das nenne ich mal gefasst, höhnte eine kleine Stimme irgendwo in meinem Kopf, aber ich achtete nicht auf sie. Stattdessen bettete ich mein Gesicht in seine Halskuhle und labte mich an seinem Geruch, während er seine Arme um mich schloss.

»Du hast doch Marquardt wirklich nicht umgebracht, oder?«, schniefte ich, ohne aufzublicken.

»Na, hör mal«, antwortete Jayden, ohne mich loszulassen.

»Ich frage ja nur«, murmelte ich und kuschelte mich enger an ihn.

Ich spürte seine Hand, die über meine Haare strich, und wieder drängten die Tränen gegen meine geschlossenen Augenlider, aber diesmal gelang es mir, sie zurückzuhalten. Einerseits schmerzte seine Berührung, weil ich um ihre Vergänglichkeit wusste, andererseits legte sie sich wie Balsam auf meinen aufgewühlten Verstand.

»Barbara war eben hier«, sagte ich beiläufig. Noch immer hatte ich meine Nase an seinem Hals vergraben.

»Ja, das war sie.«

»Und?«, fragte ich, als er nichts hinzufügte.

»Und was?« Ich hörte das Lächeln in seiner Stimme und blickte hoch.

»Mach dich nicht über mich lustig, Jayden!«

Sein Lächeln vertiefte sich. »Das tue ich doch gar nicht. Ich finde es nur niedlich, dass du eifersüchtig bist.«

»Ich bin nicht eifersüchtig«, maulte ich, was selbst in meinen Ohren ziemlich unglaubwürdig klang. »Ich mag sie nur nicht.«

Jayden sah mich überrascht an. »Wirklich nicht? Jeder mag sie.«

»Ich nicht«, erwiderte ich trotzig.

»Interessant.« Seine Umarmung wurde fester. »Mach dir wegen Barbara keine Gedanken, Lara. Sie ist nur eine Bekannte, mit der ich ein wenig geplaudert habe. Abgesehen davon könnte sie dir niemals das Wasser reichen.«

»Hm«, brummte ich zufrieden, dann sagte ich eine ganze Weile nichts mehr. Ich genoss einfach nur Jaydens Nähe und seine Wärme. Doch auch hier in seiner Kabine lief die Zeit unermüdlich weiter, also löste ich mich irgendwann von ihm und sah ihn ernst an.

»Sollten wir in den verbleibenden Tagen nichts herausfinden, das dich entlastet, komme ich mit«, sagte ich. »Ich steige in diese Maschine und fliege mit dir nach Chile.«

Jayden runzelte die Stirn. »Was soll das bringen, Lara?«, fragte er. »Du kannst eh nichts tun.«

Ich zuckte mit den Achseln. »Irgendwas wird mir schon einfallen!«

Daraufhin hob er mein Gesicht an und sah mir tief in die Augen. »Das ist das Dümmste, was ich je gehört habe, und auch das Süßeste«, murmelte er und küsste mich zärtlich.

»Aber ...«

»Das werde ich auf keinen Fall zulassen«, sagte er, doch nun war jede Sanftheit aus seiner Stimme gewichen. »Deine Arbeit hier grundlos abzubrechen, würde das Ende deiner wissenschaftlichen Karriere bedeuten.«

»Das wäre mir egal«, murmelte ich, obwohl es sich nicht so verhielt, aber in diesem Moment hätte ich alles getan, um Jayden beizustehen. »Abgesehen davon wäre es nicht grundlos!«

»Für dich vielleicht nicht, für die Wissenschaft schon«, antwortete er und drückte mich so fest an sich, dass es beinahe schmerzte. »Ich komme heil aus der Sache raus, Lara. Ich weiß es.«

Ich nuschelte etwas an seinem Hals, was »Ich mache mir trotzdem schreckliche Sorgen« heißen sollte und mir prompt wieder einen Kuss einbrachte. Diesmal fanden sich unsere Zungen und umspielten sich in zärtlicher Vertrautheit. Die Gefühle drohten, meine Brust zu sprengen, während ich mir wünschte, dieser Tanz würde niemals enden.

»Jayden«, flüsterte ich. »Ich ...«

»Scht«, hauchte er an meinen Lippen.

... *mag dich sehr*, dachte ich den Satz zu Ende.

Eine Weile genossen wir die Nähe des anderen, bis wir uns kurzatmig voneinander lösten. Die Kabinentür, die einen Spalt offen stand, hinderte uns daran, weiter zu gehen. Weil meine Knie von seinen Berührungen ganz weich geworden waren, nahm ich am Rand seines Bettes Platz.

»Möchtest du etwas trinken?«, fragte Jayden. »Ich kann dir Wasser anbieten.«

»Gern.« In meinem Kopf begann es wieder zu rattern. »Komischer Zufall, dass der Generator gerade jetzt ausgefallen ist, findest du nicht?«, dachte ich laut nach, während er ein Glas vom Tisch nahm und unter den Wasserhahn hielt.

»Was meinst du damit?«, fragte er und reichte mir das volle Glas.

»Danke«, antwortete ich und wartete, bis er neben mir Platz genommen hatte, ehe ich weitersprach. »Es könnte doch Absicht gewesen sein. Jetzt, da wir wegen des kaputten Generators zurückmüssen, wirst du der Polizei nicht erst nach zwei Monaten, sondern schon nach fünf Tagen ans Messer geliefert. So ist man dich schneller los, und alle können weitermachen, als wäre nichts geschehen.«

»Ans Messer geliefert?«, wiederholte Jayden sichtlich amüsiert. »Derartige Vokabeln kenne ich von dir gar nicht.«

»Was?« Irritiert sah ich ihn an, dann machte ich eine ungeduldige Geste. »Wie auch immer. Ist dir der Gedanke bisher nicht gekommen, dass ein größerer Plan dahinterstecken könnte?«

Er hob eine Augenbraue. »Ein größerer Plan?«

Ich bejahte, dann tippte ich mir nachdenklich auf die Unterlippe. »Vielleicht …«

»Ja?«

»Vielleicht gehen wir das Ganze falsch an«, sagte ich langsam. »Was, wenn es nicht direkt mit dir zu tun hat? Wenn du lediglich als Sündenbock dienen sollst?«

»Du vergisst die Sache mit dem Hubschrauber«, gab Jayden zu bedenken. »Dem, den *ich* fliege.«

»Schon. Aber was ist mit dem defekten Laborcontainer? Was, wenn jemand wollte, dass die Eisproben vernichtet wurden? Das hätte nichts mit dir zu tun.«

Jayden schwieg lang. »Du sprichst von Sabotage«, sagte er schließlich. Er klang nachdenklich.

Ich nickte, dann erzählte ich ihm von dem Gespräch, dessen Zeugin ich kurz zuvor in der Messe gewesen war. »Es gibt Länder, aber auch internationale Konzerne, denen es nicht gefallen kann, wenn die Region hier zum Meeresschutzgebiet erklärt wird.«

»Sicher. Aber Sabotage würde das Ganze lediglich hinauszögern«, gab Jayden zu bedenken.

Ich zuckte mit den Schultern. »Schon, aber du musst zugeben, es ist schon seltsam, dass der Chefingenieur umgebracht wird, nur wenige Tage, bevor der Generator den Geist aufgibt«, fügte ich mit neu erwachter Hoffnung hinzu. Mir war der Zusammenhang eben erst aufgefallen.

»Ich halte das für ziemlich weit hergeholt, Lara«, erwiderte Jayden, doch ich achtete nicht auf ihn. Je länger ich darüber nachdachte, desto mehr ereiferte ich mich für diesen Gedanken.

»Was, wenn Marquardt zufällig etwas beobachtet hat, das ihm zum Verhängnis wurde?«, rief ich und sprang auf die Füße. »Vielleicht sollte ich zu Muñoz gehen und ihm von meinem Verdacht erzählen.«

»Auf keinen Fall!«, widersprach Jayden energisch.

»Er ist der Kapitän!«

»Es ist sein erstes Kommando mit einer teilweise neuen Crew, und ausgerechnet jetzt passiert das alles«, antwortete Jayden. »Vergiss nicht, dass ich ihm meine Lage verdanke.«

»Aber er hatte doch keine Wahl, nachdem der blutige Schraubenschlüssel unter deinem Bett gefunden worden war«, konterte ich.

Jayden runzelte die Stirn. »Der hübsche Kapitän hat es dir wohl angetan?«

Überrascht sah ich ihn an. »Was? Nein. Hübsch anzusehen ist er natürlich schon, unser Capitán, und kompetent ist er auch«, fügte ich hinzu, während sich Jaydens Miene immer mehr verdüsterte. »Aber das hat nichts damit zu tun. Ich finde, wir können jede Hilfe gebrauchen.«

»Ich wäre an deiner Stelle vorsichtig«, bemerkte Jayden. »Du kannst niemandem trauen.« Er stand ebenfalls auf und nahm meine Hände. »Vielleicht hast du recht mit der Sabotage, vielleicht auch nicht. Doch egal, womit wir es zu tun haben, es ist gefährlich. Bitte versprich mir, dass du dich bedeckt hältst und niemandem von deinem Verdacht erzählst.«

Ich sah ihm lächelnd in die besorgten Augen. »Versprochen.« Dann nickte ich nachdenklich. »Ein Land, das durch sein Öl reich geworden ist, ist Norwegen. Die Branche ist ein Hauptpfeiler der dortigen Wirtschaft«, sann ich weiter und fügte unbehaglich hinzu. »Henrik und Ingrid sind Norweger.«

»Das ist richtig«, erwiderte Jayden nach langem Schweigen, dann sah er mich eindringlich an. »Und deshalb kann ich nur wiederholen, Lara, halte dich um Himmels willen bedeckt.«

Zwei Hobbydetektivinnen

»Gut, ich halte mich mit meiner Meinung bedeckt. Aber irgendetwas müssen wir tun«, sagte Lara mit einer Stimme, in der sich Furcht, Müdigkeit und Angriffslust vermengten.

Kabinen durchsuchen und die Leute auf links ziehen, dachte Jayden, sprach den Gedanken jedoch nicht aus.

»Nein«, sagte er.

Ungläubig starrte sie ihn an. »Nein?«

Fasziniert betrachtete er ihre schönen blauen Augen. Angetan hatten es ihm besonders die hellen Sprenkel, die ihn an Lichtreflexionen auf dem Wasser erinnerten. Augen, die sich in diesem Moment argwöhnisch verengten.

»Jayden!«, stieß sie ungeduldig hervor.

Und wieder drängte es ihn danach, sie zu berühren, zu küssen und zu schmecken. Er packte sie bei den Schultern und zog sie zu sich heran, doch nun sprühte ihr Blick Funken und sie wehrte ihn ab.

»Lass das!«, protestierte sie lautstark und wich von ihm zurück. »Versuch nicht, abzulenken! Wir müssen unsere weitere Vorgehensweise besprechen.«

Seufzend sah er sie an. Sie hatte die Hände in die Hüften gestemmt, ihre Haare, die sie zu einem lockeren Dutt frisiert hatte, waren ein wenig durcheinandergeraten, und ihre Wangen hatten sich gerötet. Der Anblick versetzte ihm einen Stich, süß und schmerzhaft zugleich. Etwas, das er schon lange nicht mehr verspürt hatte. Er war nicht dumm. Er wusste, was das bedeutete. Innerlich ballte er die Fäuste. Wenn Lara etwas zustieße, würde er sich das niemals verzeihen. Als sie sich nervös den Nacken massierte und dabei den Rücken durchbog, zeichneten sich ihre Brüste gegen den Stoff ihres Sweatshirts ab. Rasch sah er zur Seite. Himmel! Die Lage war alles andere als rosig, doch alles, was er in diesem Augenblick verspürte, war pure Begierde. Er musste sich verdammt noch mal zusammenreißen!

»Ich werde versuchen, den Tatort ausfindig zu machen«, sagte sie entschlossen, worauf er den Blick erneut auf ihr Gesicht richtete. Ihre Augen funkelten wie Sterne.

Sterne? Fast hätte er ein spöttisches Schnauben ausgestoßen. Er benahm sich wie ein liebeskranker Trottel!

»Hörst du mir überhaupt zu?«, fragte Lara sichtlich irritiert, weil er nicht geantwortet hatte.

Er räusperte sich. »Hat dir eigentlich schon mal jemand gesagt, dass deine Haare bei bestimmtem Lichteinfall die Farbe von Waldhonig haben?«

»Jaja«, wehrte sie ungeduldig ab. »Schon häufiger! Lenk nicht ab, konzentrier dich lieber auf das Wesentliche!«

»Ach, Lara …«

Beunruhigt sah sie ihn an. »Was?«

»Du bist atemberaubend.«

Jetzt verschlug es ihr tatsächlich die Sprache, und sie sah ihn perplex an.

»Und nein, das ist kein Versuch, das Thema zu wechseln«, fuhr er sanft fort. »Das meine ich absolut ernst.«

Sie lief hochrot an. »Danke«, erwiderte sie. »Du bist auch … äh … atemberaubend … auf eine ganz bestimmte Art.«

Nun musste er lachen. Ihr Humor war noch etwas, das er an ihr mochte.

»Kann ich dir meinen Plan jetzt unterbreiten oder nicht?«, fragte sie betont ungeduldig, vielleicht auch, um von ihrer Verlegenheit abzulenken.

»Kann ich dich daran hindern?«

»Nein.«

»Na dann.«

»Schön.« Sie nickte nachdrücklich. »Ich will versuchen, den Tatort ausfindig zu machen, und mit ein wenig Glück finde ich Spuren, die dich entlasten, oder zumindest berechtigte Zweifel an deiner Schuld wecken.«

Innerlich knirschte er mit den Zähnen. Das also verstand sie darunter, sich bedeckt zu halten!

»Lara ...«, begann er.

»Nein!«, unterbrach sie ihn energisch. »Ich werde es tun, und du wirst mich nicht daran hindern können.«

Wieder seufzte er, diesmal allerdings aus Resignation. Er zweifelte nicht einen Moment lang an ihren Worten, denn ihre Entschlossenheit stand ihr deutlich ins Gesicht geschrieben.

»Okay«, bemerkte er ruhig, obwohl in seiner Brust Angst und Bewunderung um die Vorherrschaft kämpften. »Wie willst du das bewerkstelligen?«

Sie strich sich energisch eine Strähne aus dem Gesicht. »Als Erstes werde ich mit Doktor Böcklin sprechen. Sicher kann sie mir mehr über die Umstände von Marquardts Tod sagen. Dass sie etwas damit zu tun hat, scheint mir recht unwahrscheinlich«, sagte sie und kam so seinem Einwand zuvor. »Du hast doch ihre Reaktion gesehen, als sie neben der Leiche gehockt hat.«

Jayden nickte verhalten. »Vielleicht ist sie aber auch nur eine gute Schauspielerin.«

»Mhm. Kann ich mir nicht vorstellen.«

»Aber sicher kannst du dir nicht sein.«

Lara runzelte die Stirn. »Möglicherweise hast du recht. Trotzdem muss ich es riskieren.«

Riskieren. Ein Wort, das ihm überhaupt nicht behagte. In seinem Magen bildete sich ein Klumpen, und er schloss Lara in seine Arme. »Was kann ich nur tun, um dich umzustimmen?«, fragte er leise und drückte einen Kuss auf ihre Schläfe.

»Nichts.« Sie funkelte ihn übermütig an. Ihr Vorhaben schien sie mit neuer Energie erfüllt zu haben.

»Das gefällt mir nicht, Lara«, sagte er. »Wir wissen nicht, womit wir es hier zu tun haben.«

»Ich werde Nishay um Unterstützung bitten.«

Jayden schloss die Augen. Die Frau war unverbesserlich! »Hast du mir vor zehn Minuten nicht versprochen, dich bedeckt zu halten? Jetzt ist es schon die zweite Person, die du hineinziehen willst.«

»Aber Nishay vertraue ich zu hundert Prozent.« Lara zog die Augenbrauen vielsagend in die Höhe. »Ich könnte natürlich Philippe um Hilfe bitten …«

Ein nagendes Gefühl setzte in seiner Brust ein. Das wurde ja immer besser!

»Das wirst du schön sein lassen«, knurrte er.

»Wie willst du mich daran hindern?«, gab sie frech zurück. »Du bist hier eingesperrt, schon vergessen?«

Da ihm die Argumente ausgingen, verschloss er ihren vorlauten Mund mit einem sehr erotischen Kuss. Triumph durchflutete ihn, als ihre weichen Lippen unter seinen erbebten.

Wenigstens da behielt er die Oberhand.

* * *

Im Behandlungszimmer auf dem D-Deck war man für jede medizinische Eventualität gerüstet. Da gab es Schränke voller Medikamente sowie Geräte wie EKG, Ultraschall, Defibrillator,

Röntgen-, Narkose- und Sterilisationsgerät. In der Mitte stand eine Liege mit grünem Überzug, die Susanne Böcklin gerade für ihren nächsten Patienten herrichtete. Sie war über mein Anliegen ganz und gar nicht begeistert.

»Ich verstehe ja, dass Sie Ihrem Teamkollegen helfen wollen, aber …«, begann sie, doch ich unterbrach sie.

»Bitte!«, sagte ich inständig und berührte sie sachte am Arm. »Jayden soll als Sündenbock für die Tat eines anderen herhalten. Das kann doch nicht in Ihrem Interesse sein!«

Der Blick der Ärztin flackerte, doch sie schwieg.

»Ich weiß, dass er es nicht war«, fuhr ich fort und legte meine ganze Überzeugungskraft in diese Worte. »Helfen Sie mir, den wahren Mörder Ihres Schwagers zu finden.«

Als Susanne Böcklin seufzte, wusste ich, dass ich gewonnen hatte. »Also gut.« Sie sah auf ihre Uhr. »Ich habe nicht viel Zeit. In zehn Minuten steht eine Wurzelbehandlung an. Was wollen Sie wissen?«

»Danke!« Hastig fischte ich einen Zettel aus meiner Jeanstasche, auf dem ich mir ein paar Fragen aufgeschrieben hatte. Bei dessen Anblick verzog sich das Gesicht der Ärztin, doch ich ließ mich davon nicht beirren. »Zunächst einmal: Sie glauben nicht, dass Ihr Schwager am Fuß der Treppe umgebr… umgekommen ist, richtig?«

Susanne Böcklin rang die Hände. »Richtig. Wäre es der Fall gewesen, hätte es dort Blutspritzer gegeben. Doch dem war nicht so.«

»Wo könnte, Ihrer Meinung nach, der Tatort gewesen sein?«

»Irgendwo auf dem E-Deck. In der Sauna, dem Pool oder in einer der Zweierkabinen, in denen auch Sie untergebracht sind.«

»Sie haben mal erwähnt, dass Ihr Schwager geschleift worden ist«, bemerkte ich.

Sie nickte. »Er hatte entsprechende Abschürfungen an Rücken und Beinen.«

»Wäre es möglich, dass er über mehrere Stockwerke geschleift wurde?«

Ein verblüffter Blick traf mich. »Über mehrere Stockwerke?«

»Ja.«

Sie überlegte. »Hm. Schon«, antwortete sie dann. »Aber das wäre ganz schön riskant gewesen. Warum sollte jemand so etwas tun?«

Um vom eigentlichen Tatort abzulenken, dachte ich, sagte jedoch nichts.

»Haben Sie an seiner Kleidung etwas Ungewöhnliches entdeckt?«, fragte ich stattdessen. »Wenn er geschleift wurde, sind vielleicht irgendwelche Partikel am Stoff hängen geblieben.«

Die blonde Frau sah kurz auf ihre Uhr, ehe sie wieder den Blick auf mich richtete. »Ich bin kein Forensiker, außerdem fehlte mir dafür die Zeit. An seiner Hose war auffällig viel Staub, so viel kann ich sagen und …« Sie runzelte die Stirn, da ihr offenbar etwas einfiel. »… ein Ölfleck.« Ihre Stirn glättete sich wieder. »Ja, genau. Ein Ölfleck. Ich habe mir, ehrlich gesagt, nichts dabei gedacht. Schließlich war Christoph Ingenieur und hatte mit Maschinen zu tun.«

Am Weihnachtsabend?

Doch auch diesen Gedanken behielt ich für mich.

Die Ärztin sah erneut auf ihre Uhr und straffte sich. »Tut mir leid, Lara, aber ich muss weitermachen.«

»Natürlich. Vielen Dank, dass Sie sich die Zeit genommen haben, Doktor«, antwortete ich rasch. »Es ist für Sie bestimmt nicht leicht, darüber zu reden. Umso mehr weiß ich Ihre Hilfe zu schätzen.«

Sie nickte. »Sollten Sie etwas Brauchbares herausfinden, sagen Sie mir Bescheid.«

»Selbstverständlich.«

Der Chefingenieur eines Schiffs stirbt wenige Tage, bevor einer der Stromgeneratoren wegen eines Defekts ausfällt. Und dann finden sich an seiner Leiche Ölrückstände. Konnte das ein Zufall sein?

Für mich war klar, dass ich meine Suche beim Maschinenraum und bei dem Areal ringsum starten würde. Zusätzlich würde ich mir die Treppe vornehmen, die vom E-Deck, wo Marquardt gefunden worden war, hinunter zum Maschinenraum führte. Offenbar hatte ich den Mörder gestört, nachdem er die Leiche abgelegt hatte. Mit etwas Glück war er nicht mehr dazugekommen, alle Spuren zu beseitigen. Obwohl es mir unter den Nägeln brannte, sofort loszulegen, musste ich mich gedulden, weil Nishay anderweitig beschäftigt war. Als sie schließlich durch die Kabinentür trat, bestürmte ich sie mit Worten und Gesten, worauf sie abwehrend die Hände hochhielt und grinste.

»Stopp! Ich verstehe kein Wort. Worum geht's?«

Also erzählte ich ihr von meinem Plan.

»Ist Rick Donahue jr. vom Tisch?«, fragte sie.

»Vielleicht, vielleicht aber auch nicht«, antwortete ich vage. »Momentan kommen wir mit unserer Suche nicht weiter, deshalb muss ich auf diesem Weg versuchen, Hinweise für Jaydens Unschuld zu finden.«

»Alles klar!«, rief Nishay und nickte eifrig. »Lass uns nachsehen. Vorher gehen wir im Labor vorbei und decken uns mit Handschuhen, Pinzetten, Röhrchen und so was ein, falls wir etwas finden und Proben nehmen müssen.« Sie strahlte. »Glücklicherweise haben wir hier alles, was zwei Hobbydetektivinnen wie wir brauchen!«

Für meinen Geschmack legte Nishay ziemlich viel Enthusiasmus an den Tag, angesichts der Tatsache, dass Jaydens Lage so ernst war, doch ich verkniff mir eine Bemerkung. Ich war froh und dankbar, dass sie mich unterstützte.

»Falls jemand fragt …« Sie zog ihren silbernen Ring vom Finger, den sie mir anschließend vor die Nase hielt. »Wir suchen den hier.«

Fragend sah ich sie an. Irgendwie stand ich auf dem Schlauch.

Sie verdrehte in liebevollem Spott die Augen. »Es könnte seltsam anmuten, wenn wir völlig grundlos die Treppe und danach den Maschinenraum samt Korridor Zentimeter für Zentimeter absuchen, findest du nicht?«

Da erst fiel bei mir der Groschen, und ich lächelte. »Wenn ich dich nicht hätte!«

»Eben«, antwortete Nishay und steckte den Ring in ihre Tasche.

Wenig später standen wir am Fuß der Treppe, wo ich Christoph Marquardt tot aufgefunden hatte, und untersuchten Boden und Wände des Korridors. Obwohl Neonleuchten an der Decke ausreichend Licht spendeten, stießen wir wiederholt auf dunkle Ecken, bei denen wir unsere Handys mit den eingebauten Lampen zu Hilfe nehmen mussten. So arbeiteten wir uns rückwärts bis zur Treppe, die ins Unterdeck führte. Dort nahmen wir uns die Stufen einzeln vor. Immer wenn jemand vorbeikam, zauberten wir die Geschichte mit dem verlorenen Ring aus dem Hut. Auf Nachfrage erzählte Nishay einmal, der Schmuck sei ein Geschenk ihrer verstorbenen Mutter.

»Stimmt es denn?«, fragte ich nach.

»Ach was!«, kam es beschwingt zurück. »Das Teil habe ich billig auf einem Markt in Mumbai gekauft. Ich glaube nicht mal, dass es echtes Silber ist.«

Auf der Treppe wurden wir nicht fündig, und widerwillig bewunderte ich die Gründlichkeit, mit der das Schiff sauber gehalten wurde. Schließlich gelangten wir zum Maschinenraum, der von einem Matrosen bewacht wurde. Er war jung und pausbäckig, mit hellblauen Augen. Ein harmlos aussehender

Bursche, an dem wir uns wider Erwarten die Zähne ausbissen. Da halfen weder meine ernsthaft vorgebrachte Bitte noch Nishays Charmeoffensive.

»Kapitän Muñoz hat mich beauftragt, zu verhindern, dass unbefugte Personen den Maschinenraum betreten«, sagte er ein wenig steif.

»Warum das?«, fragte ich, obwohl ich den Grund zu wissen glaubte.

»Dazu kann ich nichts sagen.«

»Ich habe meinen Ring verloren. Gut möglich, dass er im Maschinenraum liegt«, erklärte Nishay lächelnd, was ihr prompt einen strafenden Blick einbrachte.

»Was hatten Sie dort zu suchen?«

Nishay gab sich überrascht. »So viel ich weiß, ist das nicht verboten … war das nicht verboten«, verbesserte sie sich. »Einer der Ingenieure hat mich herumgeführt. Das ist doch nicht ungewöhnlich.«

Das war es tatsächlich nicht. Jeder Neuankömmling hatte schon einen Blick riskiert. Ich selbst hatte mir zwei Tage nach meiner Ankunft von einem Crewmitglied die eindrucksvollen Maschinen zeigen lassen.

»Ja, nun …« Der Matrose schien nachzudenken. »Trotzdem. Ich habe meine Befehle. Es tut mir leid«, fügte er ein wenig zerknirscht hinzu.

Ich traf eine Entscheidung. »Und wenn ich mit Kapitän Muñoz spreche?«

Der Matrose setzte eine geschäftige Miene auf. »Wenn er sein Einverständnis gibt, lasse ich Sie natürlich passieren.«

»Vertraust du Matías denn?«, fragte mich Nishay, als wir die Treppe nach oben nahmen.

Ich seufzte. »Wie es aussieht, haben wir keine Wahl.«

Wir fanden Kapitän Muñoz auf der Kommandobrücke. Ich war zum ersten Mal hier und ehrlich gesagt ein wenig enttäuscht, denn sie erwies sich als relativ klein und unspektakulär. Außer Muñoz standen sein Steuermann und sein Erster Offizier an den Navigationsgeräten. Weil sie in eine Unterhaltung vertieft waren, wartete ich eine Sprechpause ab, ehe ich mich bemerkbar machte.

»Auf ein Wort, Kapitän!«, sagte ich, als dieser mich fragend ansah.

Er nickte, und wir zogen uns in einen fensterlosen Lagerraum zurück, damit uns niemand belauschen konnte. Indessen ließ sich Nishay von dem Steuermann die Echolotfunktion erklären, was dieser mit offenkundiger Freude tat.

Zwischen den Metallkisten und ausrangierten Geräten trug ich Kapitän Muñoz mein Anliegen vor.

»Sie glauben also, dass wir es mit Sabotage zu tun haben könnten?«, fragte er, nachdem ich fertig war.

»Sie doch auch«, entgegnete ich. »Sonst hätten Sie nicht jemanden vor dem Maschinenraum postiert.«

Der Kapitän lächelte dünn. »Ich will nur sichergehen, dass bis zu unserem Treffen mit der Iljuschin nichts schiefgeht.«

»Natürlich.« Mein Tonfall ließ keine Zweifel darüber zu, was ich wirklich dachte.

Der dunkelhaarige Mann sah mich prüfend an, dann schien er eine Entscheidung zu treffen. »Bitte warten Sie vor der Tür. Ich sage Ihnen gleich Bescheid.«

Perplex sah ich ihn an und stammelte ein »Wieso?«.

Kapitän Muñoz lächelte. »Es dauert nicht lang.«

Mit einem großen Fragezeichen im Gesicht verließ ich den Lagerraum und schloss die Tür hinter mir. Nishay, die mein Auftauchen bemerkt hatte, blickte mich erwartungsvoll an, doch ich zuckte nur mit den Schultern. Als sie Anstalten machte, die Erklärung des Steuermanns zu unterbrechen, um zu mir zu kommen, schüttelte ich den Kopf. Noch nicht, formte ich lautlos mit den Lippen. Da vernahm ich hinter der

Tür die dumpfe Stimme des Kapitäns. Offenbar redete er mit jemandem, allerdings verstand ich durch die dicke Metalltür kein einziges Wort. Ich hätte nicht einmal sagen können, ob er Englisch oder Spanisch sprach. Für eine kurze Anweisung dauerte das Gespräch relativ lang, vielleicht zwei oder drei Minuten.

Was ging hier nur vor sich?

Dann kehrte im Lagerraum wieder Stille ein, gleich darauf öffnete Muñoz die Tür und trat heraus.

»Entschuldigen Sie, Doctora Duncan, aber ich musste mich vorher absichern«, sagte er in seiner gewohnt freundlichen Art.

Absichern? Was meinte er damit?

Ehe ich nachhaken konnte, redete er weiter. »Ich sage dem diensthabenden Matrosen, dass er Sie durchlassen kann. Die Idee mit dem verlorenen Schmuckstück ist gar nicht schlecht. Bleiben Sie dabei.«

Mir fiel ein Stein vom Herzen, und nun erlaubte ich mir ebenfalls ein Lächeln. »Danke schön, Capitán.«

Muñoz sah mich nachdenklich an. »Señor Mitchell kann sich glücklich schätzen, Sie zu haben«, sagte er, dann kehrte er zurück auf seinen Posten.

Das wird sich noch zeigen, dachte ich.

»Also, was kannst du mir zum Echolot sagen?«, fragte ich Nishay, als wir uns auf den Weg zum Maschinenraum machten.

»Irgendwas mit Schallimpulsen«, antwortete sie und verzog die Miene. »Ehrlich gesagt habe ich nur mit halbem Ohr zugehört.«

Ich schmunzelte. Auch wenn ich niemandem auf dem Schiff hundertprozentig vertrauen konnte – selbst Nishay nicht –, war ich froh, sie an meiner Seite zu wissen. Ihre fröhliche Art munterte mich nicht nur auf, sondern verhinderte, dass ich zu sehr grübelte.

»Ich weiß Bescheid«, begrüßte uns der Matrose vor dem Maschinenraum und wies auf sein Funkgerät. »Sie können hineingehen. Ohrenschützer finden Sie dort.« Er wies auf einen Spind auf dem Korridor links von der Schotttür zum Maschinenraum.

Wir bedankten uns, zogen uns den Gehörschutz über und öffneten die Tür. Uns empfingen dumpfer Lärm und ein stechender Geruch nach Motoröl, der ganze Raum war mit Maschinen vollgestopft, die bis zur Decke reichten. Per Handzeichen verständigten Nishay und ich uns darauf, unsere Suche in der Nähe des defekten Stromgenerators zu beginnen. Außer uns waren noch zwei Ingenieure anwesend, die uns bei unserem Erscheinen »Wir wissen Bescheid!« entgegenschrien.

Gebeugt oder auf den Fersen hockend suchten wir jeden Quadratzentimeter ab. Dabei bedienten wir uns wieder der Taschenlampen-Apps unserer Handys, um auch jeden noch so dunklen Winkel zu beleuchten. Für einen Moment schoss mir der Gedanke durch den Kopf, was Violet und Poppy wohl davon gehalten hätten, mich so zu sehen. Auf dem Boden kriechend und wie ein weiblicher Sherlock Holmes nach Spuren suchend. Die Vorstellung entlockte mir ein Grinsen, das sich jedoch bald wieder verflüchtigte, denn unsere Suche drohte erneut, ins Leere zu laufen. Weit und breit war nichts, was meinen Verdacht bestätigt hätte.

Was, wenn ich falschlag und der Ausfall des Stromgenerators die Folge ganz normalen Verschleißes war? Vielleicht war der Saboteur und Mörder von Christoph Marquardt bei der Spurenbeseitigung aber auch nur sehr gründlich vorgegangen. Mein Blick glitt vom Boden hinauf zur Wand und blieb schließlich an einem Rohr hängen. Ich kniff angestrengt die Augen zusammen. Ein kleiner verkrusteter Fleck an der Unterseite hatte meine Aufmerksamkeit erregt. Handelte es sich um Rost oder war es vielleicht etwas ganz anderes? Rasch griff ich nach der Pinzette und dem Röhrchen in meiner Jackentasche, positionierte mich so, dass mein Rücken die Sicht verdeckte, und machte mich daran, ein wenig von der Substanz abzukratzen. Mein Puls schoss in die Höhe. Definitiv kein Rost! Als Biologin erkannte ich getrocknetes Blut, wenn ich welches sah.

Nachdem ich die Probe entnommen und sie tief in meiner Tasche verstaut hatte, suchte ich den Bereich weiter ab, fand jedoch nichts. Sollte das Blut von Christoph Marquardt sein, hatte sein Mörder offensichtlich diese schwer zugängliche Stelle übersehen! Als ich mich aufrichtete, knackten meine Knie, was ich zwar nicht hörte, dafür aber umso deutlicher spürte. Mehr humpelnd als gehend begab ich mich zu Nishay und tippte ihr auf die Schulter. Ich hab was, gab ich ihr lautlos zu verstehen, worauf sich ihre Miene aufhellte.

»Ich hab ihn!«, schrie sie daraufhin gegen den Motorenlärm an und hielt den Ring in die Höhe, den sie aus ihrer Tasche gefischt hatte. »Was für ein Glück!«

Ihre kleine Inszenierung war natürlich für die beiden Ingenieure gedacht, die sie mit einem erhobenen Daumen und freundlichem Lächeln bedachte. Keine Minute später waren wir wieder draußen und legten die Ohrenschützer in den Spind zurück.

»Wir haben ihn!«, sagte Nishay nun für den jungen Matrosen, der immer noch vor der Tür ausharrte, was ihr Glückwünsche und ein erneutes Lächeln einbrachte.

»Und was jetzt?«, fragte sie mich, als wir nach oben eilten.

»Doktor Böcklin wird für uns die Probe analysieren und uns sagen, ob es sich um das Blut ihres Schwagers handelt«, antwortete ich.

»Ich soll was?«, keuchte die Ärztin wenig später. Sie hatte die Beinwunde eines Matrosen genäht, der aus dem Behandlungszimmer humpelte, kurz bevor ich es betrat, und wusch sich nun die Hände. Nishay war draußen geblieben.

»Sie sollen checken, ob das Blut hier ...« Ich hielt das mitgebrachte Röhrchen hoch. »... von Ihrem toten Schwager stammt.«

»Wo haben Sie es gefunden?«

Ich starrte sie an. »Ist das wichtig?«

Im Starren war sie um Längen talentierter als ich, denn ihr Blick wurde hart wie Granit. »Ich habe ein Recht darauf, es zu erfahren.«

Nach kurzem Zögern antwortete ich wahrheitsgemäß. Was hatte ich schon für eine Wahl?

»Im Maschinenraum?«, stieß Susanne Böcklin ungläubig hervor. »Wieso ausgerechnet dort?«

»Was, wenn Ihr Schwager gestorben ist, weil er jemanden dabei beobachtet hat, wie der versucht hat, das Schiff zu sabotieren?«, reagierte ich mit einer Gegenfrage. »Sagen wir mal ... einen der Stromgeneratoren?«

Die Ärztin zog die Stirn in Falten. »Sie sehen da einen Zusammenhang?«

Ich zuckte mit den Schultern. »Möglich wäre es. Schließlich ist das nicht die erste Panne auf dieser Expedition.«

Die blonde Frau fasste sich nachdenklich ans Kinn. »Sabotage. Mhm.« Dann sah sie mich eindringlich an. »Und Sie sind fest davon überzeugt, dass Jayden Mitchell nichts damit zu tun hat?«

Ich nickte energisch. »Natürlich! Ich glaube, irgendwer versucht, es ihm anzuhängen. Was praktisch ist, denn während sich alle auf Jayden konzentriert haben, konnte der- oder diejenige den Generator lahmlegen, ohne dass jemand Verdacht schöpft.«

»Aber wieso das alles?«

»Nun, es gibt sicher genügend Leute, denen unsere Expedition ein Dorn im Auge ist«, antwortete ich.

Die Ärztin nickte langsam, dann veränderte sich ihre Miene. »Also gut. Sobald ich kann, kümmere ich mich darum.«

Bedauern schwang nun in ihrer Stimme mit. »Ich würde ja gleich damit anfangen, aber leider ist mein Arbeitstag verplant. Bei einigen grassiert zurzeit ein Magen-Darm-Infekt, außerdem habe ich heute Abend eine OP. Ich hoffe, dass ich das morgen Vormittag direkt erledigen kann.«

Morgen Vormittag. Es kam mir wie eine halbe Ewigkeit vor.

»Womöglich ergibt sich die Chance, die Analyse dazwischenzuschieben«, sagte ich hoffnungsvoll und Susanne Böcklin seufzte.

»Ich versuche es, Lara, aber versprechen kann ich nichts. Bekanntlich nimmt meine Arbeit im Laufe des Tages eher zu als ab.«

Ich rang mir ein Lächeln ab. »Danke jedenfalls schon mal.«

Die Ärztin nickte. »Natürlich. Das mache ich gern, schließlich geht es um Christoph.«

»Und?«, fragte Nishay, kaum dass ich die Tür zum Behandlungszimmer hinter mir zugezogen hatte.

»Wir müssen uns noch bis morgen Vormittag gedulden, fürchte ich.«

»Ach, verdammt!« Nishay schürzte missmutig die Lippen. »Und was unternehmen wir bis dahin? Das Team Jayden scharrt schon mit den Hufen, weil es zurzeit untätig ist. Alle möchten gern etwas tun, wissen aber nicht, wo sie ansetzen sollen.«

Nachdenklich sah ich sie an. »Wenn es sich tatsächlich um Sabotage handelt, können wir niemandem trauen, Nishay. Auch nicht den Leuten aus dem Team.«

»Das ist nicht dein Ernst?«, rief sie schockiert.

»Leider doch.«

»Das habe ich gar nicht bedacht«, murmelte sie und wirkte nun ebenfalls besorgt.

»Vielleicht können wir ihnen erzählen, ich hätte eine heiße Spur, die ich allein verfolgen wollte, weil …«

Ich stockte.

»Weil?«, warf Nishay mit hörbarer Skepsis ein.

»Weil ich sie nicht in Gefahr bringen möchte?«

Nishay stieß ein freudloses Lachen aus. »Darauf lassen sie sich garantiert nicht ein.«

»Du hast recht. Dann sollen sie weiter nach Rick Donahue jr. suchen.«

»Du willst sie eine falsche Spur verfolgen lassen?«, fragte Nishay mit gerunzelter Stirn.

»Eine vermutlich falsche Spur. Schließlich können wir diese Möglichkeit nicht ganz ausschließen.« Ich rang mit den Händen. »Ich fühle mich dabei auch nicht sehr wohl, glaub mir.«

»Was, wenn das Blut nicht von Marquardt stammt und du mit der Sabotage falschliegst?«, murmelte Nishay. »Wir wissen erst morgen früh Bescheid, und danach bleiben nur noch vier Tage, um …«

»Ich weiß!«, unterbrach ich sie schroff, und dann leiser. »Ich weiß.«

DER PUPPENSPIELER

Die Nacht verlief unruhig. Immer wieder wachte ich auf und sah auf die Uhr. Gegen sechs Uhr stand ich schließlich auf, zog mich an und verließ leise die Kabine, um Nishay nicht zu wecken. Susanne Böcklin würde frühestens in einer Stunde ihr Behandlungszimmer öffnen. Bis dahin wollte ich mir die Beine vertreten, oben in der Messe einen Kaffee trinken und die herrliche Sonne bewundern, die sich nach Tagen der Tristesse endlich wieder am Himmel blicken ließ. Ich betrachtete den strahlend blauen Himmel als gutes Omen. Auf meinem Weg nach oben passierte ich das D-Deck. Um diese Uhrzeit war in den Gängen wenig los, zumal wir mit Höchstgeschwindigkeit zum Schelfeis fuhren und die meiste Arbeit brachlag. Daher fiel mir der Mann im blauen Overall der Crew sofort auf, der in diesem Moment aus einer der Mannschaftskabinen trat.

Obwohl ich ihn nur aus dem Augenwinkel sah, stutzte ich. Die Statur, die Koteletten, die unter der Mütze hervorlugten, die angespannte Körperhaltung ... Mein Gott, war das etwa Jayden? Er drehte mir den Rücken zu, während er die Tür hinter sich schloss, dennoch erkannte ich ihn jetzt ganz deutlich. Er war es tatsächlich. Perplex, aber auch erfreut, ihn zu sehen, öffnete ich den Mund, um auf mich aufmerksam zu machen, als auf der anderen Seite des Ganges jemand um die Ecke bog. Sofort ließ Jayden etwas fallen und tat so, als würde er es aufheben. Das Gesicht hielt er dabei nach unten gerichtet. Die Frau, eine IT-Spezialistin, mit der ich bisher nur ein, zwei Mal gesprochen hatte, war so sehr in ihre Notizen vertieft, dass sie im Vorbeigehen lediglich einen Gruß murmelte, ohne aufzusehen. Ich hingegen eilte Richtung Treppe und gab vor, das Deck eben erst zu betreten. Mich nahm sie ebenfalls kaum wahr. Ihre Notizen forderten ihre ganze Konzentration.

Nachdem sie an mir vorbeigegangen war, eilte ich zurück zum Gang, wo ich Jayden gesehen hatte. Doch er war verschwunden. Kurz spielte ich mit dem Gedanken, mich auf die Suche zu begeben, doch ich entschied mich dagegen. Ich wollte nicht ungewollt die Aufmerksamkeit auf ihn lenken, schließlich war es mehr als offensichtlich, dass er sich unerlaubt draußen aufhielt. Ob Manuel, der nette Wachposten vor seiner Kabine, ihm geholfen hatte? Irgendjemand musste ihm den Overall besorgt haben. Dann kam mir ein Gedanke. Womöglich ermittelte er auf eigene Faust und hatte eine Spur. Wem war eigentlich die Kabine zugeteilt, aus der er eben gekommen war? Rasch ging ich zu einem der Belegungspläne und sah nach. Als ich die Namen las, war es, als hätte mir Mike Tyson einen Magenschwinger versetzt, und mir wurde schlagartig übel! Das war sicher ein Irrtum! Ich musste mich verguckt haben. Doch auch nach dem zweiten und dritten Vergleich der Kabine mit dem Plan blieb es dabei: Jayden war eben aus Barbaras Kabine getreten!

Was hatte er dort gemacht?

Es ist kurz nach sechs Uhr morgens, stieß meine innere Stimme voller Bitterkeit hervor. *Was denkst du wohl, was er dort gemacht hat?*

Barbaras Mitbewohnerin war eine attraktive Ingenieurin in den Dreißigern. Hatte sie zugesehen oder vielleicht sogar mitgemacht? Von wegen Keuschheitsgelübde! Meine Augen brannten, doch ich verbot mir, zu weinen. Was für eine blöde Kuh ich doch war! Stand mir etwa auf der Stirn geschrieben, dass man mich nach Herzenslust hintergehen konnte, weil ich eh nichts peilte? Verhielt sich Barbara deshalb mir gegenüber so herablassend? Weil sie wusste, wie ahnungslos ich war? Ich spürte, wie mir heiße Tränen über die Wangen liefen, und wischte mir wütend übers Gesicht. Jayden, dieser Dreckskerl, verdiente es nicht, dass ich wegen ihm Tränen vergoss! Als wäre der Teufel hinter mir her, rannte ich zurück nach unten zu meiner Kabine und wäre auf dem Gang beinahe mit Susanne Böcklin zusammengeprallt. Erschrocken starrten wir uns an. Die Ärztin war im Gesicht so weiß wie ihr Kittel, und ich schätze, dass ich ein ähnliches Bild abgab.

»Ah, da sind Sie!«, stieß sie hervor. »Ich habe Sie gesucht.«

»Was ist los?«, fragte ich keuchend und eher aus einem Impuls heraus.

So wichtig es mir noch vor wenigen Minuten erschienen war, interessierte es mich jetzt nicht die Bohne, was die Analyse der Blutprobe ergeben hatte, sollte Doktor Böcklin sie bereits durchgeführt haben.

»Vor ein paar Minuten bin ich ins Behandlungszimmer gegangen, um mich an die Analyse zu machen, bevor die eigentliche Sprechstunde beginnt«, antwortete sie. »Es hat mich doch beschäftigt. Aber … die Blutprobe ist verschwunden!«

»Aha«, gab ich lediglich zurück. Es war mir egal.

»Ja«, antwortete die Ärztin aufgeregt und packte mich am Arm. »Ich hatte sie in eine der Schubladen gelegt. Und bevor Sie fragen, nein, es wurde sonst nichts gestohlen.«

Sehe ich so aus, als wollte ich irgendwas fragen?

Müde sah ich sie an. Wie sollte ich ihr nur klar machen, dass mich die ganze Sache nichts mehr anging? Dass Jayden mich nichts mehr anging? Wieder kämpfte ich mit den Tränen.

»Das kann kein Zufall sein!«, rief Susanne Böcklin verzweifelt.

»Sicher nicht«, murmelte ich.

»Dann stimmt Ihre Theorie vielleicht. Christoph wurde im Maschinenraum getötet und dann nach oben geschleift, weg vom Tatort.« Sie fuhr sich müde übers Gesicht. »Die Spuren wurden zwar beseitigt, aber nicht gründlich genug.«

»Vielleicht, vielleicht auch nicht«, erwiderte ich in der Hoffnung, Susanne Böcklin werde das Ganze auf sich beruhen lassen.

Doch je weniger ich sagte, desto mehr steigerte sie sich in ihren Eifer hinein. »Hätte ich die Analyse doch gestern schon durchgeführt!«, rief sie mit geballten Fäusten, verschränkte dann aber die Arme, als traute sie sich selbst nicht über den Weg. »Oder heute Nacht. Ich konnte sowieso nicht schlafen …«

Ich hätte sie trösten müssen, aber die passenden Worte kamen mir nicht über die Lippen. Vermutlich stand ich immer noch unter Schock. Was auch der Grund war, warum ich es zuließ, dass sie mich am Arm packte und nach oben zum Behandlungszimmer bugsierte. Da erst, in ihrer gewohnten Arbeitsumgebung, schien sie meinen apathischen Zustand zu bemerken.

»Alles in Ordnung mit Ihnen?«, fragte sie und sah mich aufmerksam an. »Sie wirken sehr blass.«

»Muss an der Neuigkeit liegen«, gab ich trocken zurück, worauf sie die Lippen zusammenpresste. Schlechtes Gewissen vermutlich. »Wurde die Tür zum Behandlungsraum aufgebrochen?«, fragte ich dennoch pflichtbewusst, da sie offensichtlich von mir eine Reaktion erwartete.

»Nein.«

Tief in mir spürte ich einen Anflug von Neugier, dessen ich mich als Wissenschaftlerin nicht erwehren konnte. »Wie ist der Dieb hineingekommen?«, stellte ich die einzig logische Frage.

»Ich trage den Schlüssel immer bei mir«, antwortete Susanne Böcklin. »Ich bin es, die aufschließt und auch abschließt.«

»Was ist mit Ihrem Assistenten und Stellvertreter?«

»Er besitzt keinen eigenen Schlüssel. Den muss er sich bei mir abholen. Das ist eine Sicherheitsmaßnahme wegen all der Medikamente, die hier lagern.« Die Ärztin sah nachdenklich zu Boden. »Vielleicht hatte der Dieb einen Generalschlüssel.«

Ich nickte. Das klang schlüssig. »Wie schwer ist es, an einen solchen Schlüssel zu kommen?«

»Wenn man es geschickt anstellt, ist es nicht unmöglich. Es gibt drei Generalschlüssel, verteilt auf den Ersten Offizier, den Bootsmann und die Wartungstechniker.«

Ich strich mir eine widerspenstige Strähne hinters Ohr. Also gut. Jayden verdiente meine Hilfe nicht, doch Susanne Böcklin hatte ein Recht darauf, zu erfahren, wer ihren Schwager getötet hatte.

»Woher wusste der Dieb von dem Blut«, stellte ich schließlich die Frage aller Fragen. »Haben Sie jemandem davon erzählt?«

»Und Sie?«, gab Susanne Böcklin scharf zurück.

»Zwei Menschen wussten Bescheid«, entgegnete ich ruhig. Nicht einmal ihr Tonfall vermochte es, mich zu berühren. Innerlich war ich tot, trotzdem brachte ich Jaydens Namen nicht über die Lippen, aus Angst, der Hass könne unerwartet aus meinem Mund explodieren. »Mein Pilot und Nishay.«

»Jayden Mitchell ist zweifellos außen vor, aber was ist mit Doktor Raji?«

»Ich würde für Nishay beide Hände ins Feuer legen!«, antwortete ich nun ein wenig energischer als bisher.

Würde ich das wirklich?

Ich verdrängte den Gedanken auf später. »Was ist mit Ihnen, Doktor? Wem haben Sie davon erzählt?«

Die Ärztin trat unbehaglich von einem Fuß auf den anderen. »Also eigentlich nur Barbara.«

Ein hysterisches Lachen kitzelte meinen Hals, und ich hatte alle Mühe, ihn zurückzuhalten. Super-Barbie! Schon wieder.

»Warum das?«, krächzte ich.

Es war wirklich zum Totlachen!

»Sie ist eine gute Freundin. Wir kennen uns von früher. Während ihres Studiums in Genf haben wir zusammen in einer WG gewohnt.« Die Ärztin fuhr sich mit der Hand erneut übers Gesicht. »Mich beschäftigt Christophs Tod sehr, und je länger ich darüber nachgedacht habe, desto vielversprechender schien mir Ihr Fund zu sein. Ich musste mich in dieser Sache jemandem anvertrauen, also habe ich ihr gestern Abend bei einer Tasse Tee davon erzählt.« Sie suchte meinen Blick. »Ich verbürge mich für Barbara. Sie hat ganz sicher nichts damit zu tun.«

Eine Weile sagte keine von uns ein Wort, bis sie schließlich hinzufügte: »Vielleicht geschah das nicht vorsätzlich und eine unserer Freundinnen hat lediglich geplaudert.«

»Nishay garantiert nicht. Sie weiß, wie wichtig es ist, den Mund zu halten.« Meine Erwiderung war etwas heftiger ausgefallen als beabsichtigt, aber das kümmerte mich nicht.

Susanne Böcklin schien es nicht zu bemerken und runzelte angestrengt die Stirn. »Also gut, ich kann eins tun. Ich werde Barbara fragen, ob sie mit jemandem darüber gesprochen hat.«

»Tun Sie das«, sagte ich. »Aber ich würde Ihnen empfehlen, ihr nicht zu verraten, dass die Probe verschwunden ist. Je weniger sie weiß, umso besser. Sollte das die Runde machen, verkleinert sich die Chance, den wahren Täter zu finden. Aber das ist natürlich Ihre Entscheidung.«

Was, wenn Jayden doch der Täter ist und Barbara seine Komplizin?, fuhr es mir durch den Kopf. So monströs die Vorstellung auch war, sie rief bei mir in dem Moment nur ein Achselzucken hervor. In dem Fall würde der verlogene Mistkerl überführt werden oder nein, noch besser, *ich* würde ihn überführen. Ich spürte einen Adrenalinstoß. Diesmal würde ich das Richtige tun.

Als Susanne Böcklin nickte, wirkte sie beinahe erleichtert. »Ich werde Barbara keine Details verraten, sondern wie zufällig das Thema anschneiden und betonen, wie wichtig es ist, dass sie das Ganze für sich behält. Mit etwas Glück bringt das schlechte Gewissen sie dazu, mir zu sagen, wem sie davon erzählt hat.«

»Ich werde Nishay ebenfalls auf den Zahn fühlen«, sagte ich der Form halber, denn ich war mir sicher, dass meine Freundin mit alldem nichts zu tun hatte.

In einer spontanen Geste ergriff Susanne Böcklin meine Hand. »Wir beide sind auf derselben Seite, Lara. Sollte sich meine Freundin tatsächlich verplappert haben, mache ich das wieder gut.«

Ich rang mir ein Lächeln ab. »Okay. Aber seien Sie auf der Hut.«

»Natürlich.«

* * *

Ein Donnerwetter war nichts im Vergleich zu Nishays Reaktion, als ich sie zur Rede stellte, wenn auch nur, um die Sache für mich abzuhaken. Inzwischen war ich fest davon überzeugt, dass Barbara die Probe hatte verschwinden lassen, um Jayden zu helfen.

»Ist es dir vielleicht versehentlich herausgerutscht?«, fragte ich jedoch sicherheitshalber. Inzwischen war ich ihr Temperament gewöhnt.

Meine Freundin antwortete nicht, dafür durchbohrte mich ihr tödlicher Blick.

»Schon gut«, sagte ich abwehrend und ließ mich auf mein Bett plumpsen. Plötzlich fühlte ich mich sehr müde.

»Und was jetzt?«, fragte Nishay, nachdem sie sich wieder beruhigt hatte.

»Keine Ahnung. Hoffentlich bringt Doktor Böcklin etwas in Erfahrung.«

Dass ich Jayden aus Barbaras Kabine hatte kommen sehen, behielt ich für mich. Um ehrlich zu sein, schämte ich mich, auf diese Weise hinters Licht geführt worden zu sein. Meine düstere Stimmung führte Nishay auf den Verlust der Blutprobe zurück. Ich ließ sie in dem Glauben.

Weil Barbara an einer logistischen Besprechung teilnahm, die bis in den späten Nachmittag andauern sollte, bekäme Susanne Böcklin erst danach die Gelegenheit, mit ihrer Freundin zu sprechen. Währenddessen unternahm ich alles Mögliche, um mich auf andere Gedanken zu bringen. Wegen des angestrebten minimalen Stromverbrauchs und der Tatsache, dass die *Rosenrot* mit Höchstgeschwindigkeit fuhr, gab es keine Arbeit für mich. Sauna und Pool waren vorübergehend geschlossen, uns blieben also nur die Fitnessgeräte, die mit Muskelkraft betrieben wurden, und die Tischtennisplatte. Eine Zeit lang spielte ich gegen einen Physiker namens Luca und drosch mit aller Kraft auf den kleinen weißen Plastikball ein. Ich gab mein Bestes und verlor. Mein Mittagessen bekam ich kaum hinunter, wohl wissend, dass am frühen Nachmittag Jayden eine Stunde Freigang haben würde. Wir hatten ausgemacht, uns auf dem Heli-Deck zu treffen.

Bis zum letzten Augenblick rang ich mit mir, ob ich unsere Verabredung einhalten sollte. Am Ende tat ich es, um die Kontrolle zurückzuerlangen. Als ich oben ankam, stand er schon da und sah versonnen aufs Meer hinaus. Ein Matrose, bei dem es sich nicht um Manuel handelte, hatte sich in seiner Nähe postiert. Noch immer lachte die Sonne von einem tiefblauen Himmel auf uns herunter, doch der Wind hatte aufgefrischt. Er blies kalt aus dem Norden, und selbst in meiner

Polarkleidung fröstelte ich. Wortlos stellte ich mich neben Jayden. Lächelnd wandte er sich mir zu, und ich war froh, eine Sonnenbrille zu tragen. Der Zorn überwog meinen Schmerz, und ohne die schützenden Gläser hätte ich ihm kaum in die Augen blicken können.

»Gestern Abend haben wir Blut im Maschinenraum gefunden«, erklärte ich dumpf und rückte einen Schritt zur Seite, als er mich berühren wollte. »Doktor Böcklin wollte es heute Morgen analysieren, doch die Probe ist verschwunden.«

»Das tut mir leid«, sagte er, und es klang so aufrichtig, dass ich ihn am liebsten geschlagen hätte. »Nimm es dir nicht so zu Herzen, Lara. Selbst wenn es sich um Marquardts Blut gehandelt hat, hätte das nicht geheißen, dass es mich automatisch entlastet hätte.«

»Es hätte einen Zusammenhang mit dem defekten Generator herstellen können«, gab ich kalt zurück.

»Mit Betonung auf ›können‹.« Entweder schien Jayden nicht zu bemerken, wie es um meine Laune stand, oder er hatte beschlossen, es zu ignorieren. »Es könnte aber auch lediglich bedeuten, dass sich der Chefingenieur im Maschinenraum verletzt hat.« Er neigte leicht den Kopf. »Was nichts Ungewöhnliches wäre, meinst du nicht?«

Diese Sonnenbrillen waren Segen und Fluch zugleich. Was hätte ich darum gegeben, jetzt den Ausdruck in seinen braunen Augen zu sehen.

»Ist das alles, was du dazu zu sagen hast, Jayden?«, rief ich. »Das Blut ist gestohlen worden! Was das bedeutet, liegt wohl auf der Hand.«

»Und was genau bedeutet das?«

Sein ruhiger Tonfall untergrub Stück für Stück meine mühsam aufgebaute Selbstbeherrschung.

»Dass ich recht hatte und wir es mit Sabotage zu tun haben«, stieß ich zwischen zusammengebissenen Zähnen hervor. »Und dass wir es nicht nur mit einem Täter zu tun haben, sondern vermutlich auch mit einem beschissenen Komplizen.«

Einer beschissenen Komplizin, fügte ich im Stillen hinzu.

Jaydens Augenbrauen ruckten nach oben. »Beschissen?« Er wirkte tatsächlich amüsiert. »Was für ein Ausdruck aus deinem hübschen Mund!«

Was ich in diesem Moment verspürte, war pure Mordlust, und um ein Haar hätte ich ihn über die Reling gestoßen!

Das Herz hämmerte in meiner Brust, als ich meine Bombe platzen ließ. »Ich habe zwar noch keine Bestätigung von Doktor Böcklin, aber ich gehe davon aus, dass deine Barbara hinter dem Diebstahl und auch dem defekten Generator steckt«, sagte ich und lauerte auf eine Reaktion.

Jaydens Augenbrauen ruckten nach oben. »*Meine* Barbara?«

Mein »Ja« ähnelte einem Grunzen.

Jayden fluchte leise, und als er weitersprach, war jede Fröhlichkeit aus seiner Stimme verschwunden. »Vergiss sie, Lara«, sagte er. »Sie hat nichts damit zu tun.«

Ich schnaubte. »Du scheinst dir da ja sehr sicher zu sein.«

»Das bin ich.« Seine Stirn legte sich in Falten. »Lass sie in Ruhe.«

Ich ballte die Fäuste. *Lass sie in Ruhe.* Als wäre ich eine lästige Schmeißfliege und nicht die Frau, die bis zu diesem Tag versucht hatte, sein Leben zu retten oder zumindest seine Freiheit.

Das war zu viel.

»Das könnte dir so passen!«, zischte ich und trat einen Schritt auf ihn zu. Die Wut brodelte in mir, ich spürte, wie das Blut durch meine Halsschlagader raste. »Ich weiß, dass du mit ihr unter einer Decke steckst, Jayden! Du verfluchter Dreckskerl!«

Perplex starrte er mich an.

»Was? Keine dumme Bemerkung wegen solcher Worte aus meinem hübschen Mund?«, höhnte ich. Nun konnte ich meinen Hass nicht mehr verbergen. Ich schmeckte das Gift förmlich auf der Zunge.

»Was soll das, Lara?«, fragte Jayden, der ehrlich verwirrt wirkte.

Und natürlich war er das, schließlich hielt er mich für dumm und naiv.

Ich verschränkte die Arme. »Ich antworte mal mit einer Gegenfrage. Was hattest du am frühen Morgen in Barbaras Kabine zu suchen?«

Die Farbe wich aus Jaydens Gesicht, und ich stieß ein böses triumphierendes Lachen aus. »Nun?«, bohrte ich nach, als er nichts sagte.

»Ich …«, begann er und brach abrupt ab.

»Was?«, blaffte ich ihn an, als er nicht weitersprach.

Wortlos sah er mich an. Zwar konnte ich den Ausdruck in seinen Augen nicht sehen, aber alles an ihm strahlte Schuld aus. Letzteres traf mich härter als erwartet, und wieder überkam mich eine Woge der Übelkeit. Ein kleiner Teil von mir hatte wohl gehofft, dass es für all das eine vernünftige Erklärung gab. Was offensichtlich nicht der Fall war.

»Kannst du mir wenigstens erklären, wie es sein kann, dass du dich ohne Aufsicht auf dem Boot frei bewegen kannst?«, fragte ich.

»Lara«, sagte Jayden und hob die behandschuhte Hand.

Ich wich zurück. Erst da spürte ich die heißen Tränen auf meinem eiskalten Gesicht und begriff, dass er sie hatte wegwischen wollen.

»Ich hoffe, du verrottest in deinem chilenischen Gefängnis, Jayden!«, stieß ich mit zitternder Stimme hervor, dann eilte ich davon.

Waren Jayden und Barbara schon lange ein Paar? Warum hielten sie es geheim? Weil es an Bord nicht gern gesehen wurde, oder lag es daran, dass sie tatsächlich finstere Pläne verfolgten?

Ich konnte nicht sicher sein, dass sie hinter der Sabotage steckten, aber dass sie eine enge Verbindung hatten, war eine unumstößliche Wahrheit. Vor allem, wenn man bedachte, wie vehement er sie in Schutz nahm! Eine bleierne Faust drückte mein Herz zusammen. Warum hatte Jayden mit mir angebändelt? Um mich und mein blindes Engagement zu seinem Vorteil zu nutzen? War es für ihn lediglich ein angenehmer Zeitvertreib gewesen? Oder hatten er und Barbara unerwartet wieder zueinandergefunden? Möglicherweise benutzte er sie aber auch nur, wie er mich benutzt hatte. Wie ein verdammter Puppenspieler!

Aufgebracht ging ich nach unten und traf Pablo auf der Treppe.

»Alles okay?«, fragte er mich sichtlich besorgt.

»Ja.« Ich zog die Handschuhe aus und wischte mir übers Gesicht. »Alles gut.«

»Sicher?«

Ich nickte eifrig und drängte mich an ihm vorbei, als mir ein Gedanke durch den Kopf schoss. Als Wartungstechniker hatte Pablo Zugang zum Generalschlüssel. Vielleicht konnte ich ihn dazu überreden, ihn mir zu borgen, damit ich mich in Barbaras Kabine umsehen konnte. Mein tollkühnes Vorhaben trieb mir nicht einmal die Röte ins Gesicht, so entschlossen war ich. Nach allem, was geschehen war, hatte ich meinen Pokergewinn noch nicht eingefordert, weil ich es nicht für angebracht gehalten hatte. Vielleicht würde sich Pablo auf einen Tausch einlassen. Seine Spielschulden gegen eine Gefälligkeit.

»Hey, Pablo!«, rief ich ihm nach.

Mit einem übertriebenen Stöhnen blieb er stehen und drehte sich zu mir um. »Ich weiß, was du willst«, sagte er gequält. »Aber Lara«, versuchte er, zu verhandeln. »Gerade in diesen schweren Zeiten braucht ein Mann seine Schokolade.«

Ich nickte mitfühlend. »Ich habe da einen Vorschlag, der dir entgegenkommen könnte.«

Seine Miene hellte sich auf – und verdüsterte sich jäh, als er meinen Wunsch vernahm.

»Wozu brauchst du den Generalschlüssel?«, fragte er mich nun mit offenkundigem Argwohn.

Gerade setzte ich zu einer Antwort an, als sich ein Matrose kopfnickend an uns vorbeidrängte. Ich wartete, bis er hinter der nächsten Ecke verschwunden war, ehe ich erwiderte: »Ich versuche, Jaydens Unschuld zu beweisen, und möchte etwas überprüfen.«

Was eine glatte Lüge war. Vielmehr wollte ich jetzt Jaydens Schuld nachweisen!

Pablo schüttelte energisch den Kopf, und ein wenig schien es, als würde sein dünner Schnurrbart vor Empörung erzittern. »Ich könnte Schwierigkeiten bekommen, wenn das bekannt wird.«

»Ich schwöre hoch und heilig, dass ich nichts Ungesetzliches tun werde«, log ich erneut, ohne rot zu werden.

»Unbefugt irgendwo einzudringen, ist ungesetzlich«, gab Pablo streng zurück. »Und nichts anderes kannst du mit einem Generalschlüssel im Sinn haben.«

Da mir die Argumente ausgingen, sah ich ihn mit großen Augen an. »Bitte«, sagte ich und klimperte mit den Wimpern. »Mir bleiben nur drei Tage, um Jaydens Unschuld zu beweisen. Danach wird er nach Chile gebracht. Ich bin wirklich verzweifelt!«

»*El amor*«, murmelte Pablo, während er mich eingehend musterte. Schließlich seufzte er schicksalsergeben. »Also gut. Ich besorge dir den Schlüssel, aber nur für eine Stunde. Danach will ich ihn zurückhaben, ehe jemand sein Verschwinden bemerkt.«

»Super!«, rief ich dankbar. Eine Stunde war nicht lang, musste jedoch genügen. »Du bist der Beste.«

Pablo zerrte nervös an seinem Goldarmband. Immer noch besser, als sich die Haare zu raufen! »Versprich mir hoch und heilig, dich nicht erwischen zu lassen, Lara.«

»Das mache ich.« Ich drückte ihm einen Kuss auf die Wange. »Danke dir! Dafür erlasse ich dir einen Schokoweihnachtsmann.«

»Frauen werden noch mein Untergang sein«, stöhnte Pablo, konnte sich jedoch ein Lächeln nicht verkneifen, auch wenn es etwas gequält ausfiel.

Nachdem er mir in einer einsamen Ecke im Unterdeck den Schlüssel übergeben hatte, eilte ich direkt zu Barbaras Kabine. Nun, da ich zur Tat schritt, wurde mir doch ein wenig mulmig. Rasch sah ich nach links und rechts, um mich zu vergewissern, dass der Korridor leer war, dann zückte ich den Schlüssel. Gerade wollte ich ihn ins Schloss schieben, als ich hinter der Tür ein Geräusch vernahm. Ich erschrak dermaßen, dass ich zurückstolperte. Du lieber Himmel! Befand sich Barbara bereits wieder in ihrer Kabine? Ihre Mitbewohnerin konnte es nicht sein, da sie gerade im Maschinenraum Dienst tat. Es musste also Barbara sein. Offenbar hatte ihr Meeting früher als geplant geendet. Innerlich gab ich mir wenig schmeichelhafte Namen. Ich hätte das vorher checken müssen! Was wieder bewies, dass ich für solche Dinge nicht gemacht war. Ich war eine lausige Spionin!

So leise wie möglich und so schnell wie nötig eilte ich zurück in meine Kabine, wo ich glücklicherweise Nishay vorfand, die auf ihrem Bett lag und in einer Fachzeitschrift blätterte.

»Du musst Barbara irgendwie aus ihrer Kabine locken«, sagte ich zu ihr und sah auf die Uhr. »Und zwar innerhalb der nächsten zehn Minuten.«

»Wieso?«, fragte Nishay, ohne den Kopf zu heben.

»Ich will mich dort umsehen.«

Nun hatte ich ihre volle Aufmerksamkeit. »Spinnst du?« Sie legte die Zeitschrift beiseite. »Was hoffst du, in ihrer Kabine zu finden?«

Ich zuckte mit den Schultern. »Keine Ahnung. Das weiß ich erst, wenn ich es sehe.«

In rekordverdächtiger Geschwindigkeit gelang es mir, Nishay weichzuklopfen – sollten mich alle ruhig für liebestoll halten, es wäre eh das letzte Mal –, und so saßen Barbara und sie zwanzig Minuten später bei Kaffee und Kuchen in der Messe. Und wieder stand ich vor Barbaras Kabine. Genau wie zuvor klopfte mir das Herz bis zum Hals und mir war übel, nur dass mir jetzt weniger Zeit zur Verfügung stand. Nachdem ich die Tür aufgeschlossen hatte, schlüpfte ich hinein. Die Kabine glich unserer bis aufs kleinste Detail und wies eine penible Ordnung auf, was unerlässlich war, wenn man zu zweit auf engstem Raum lebte. Obwohl ich mir einredete, dass die Gründe für mein Handeln legitim waren, fühlte ich mich nicht wohl bei der Sache. Die Vorstellung, Barbara oder ihre Mitbewohnerin könnten jeden Moment durch die Tür kommen und mich beim Schnüffeln erwischen, erfüllte mich mit Schrecken.

Fahrig durchsuchte ich den Schreibtisch, blätterte in einem Heft, das wohl als Tagebuch fungierte, denn ich schnappte Satzfragmente auf wie »vermisse meinen kleinen Schatz«, »Plüschpinguin als Souvenir« und »die Krokusse im Garten müssten jetzt blühen«. Ich biss die Zähne zusammen. In persönlichen Dingen herumzuschnüffeln, bereitete mir körperliche Schmerzen. Die jedoch waren nichts im Vergleich zu dem Schlag, den mir Jayden verpasst hatte, als er am frühen Morgen aus dieser Kabine getreten war. Unwillkürlich flog mein Blick zu den beiden Pritschen, und ich schluckte schwer. Ob er Barbara ebenfalls »seine Blume« genannt hatte? Vor meinem geistigen Auge erschienen Bilder schwitzender, ineinander verschlungener Leiber, die ich gewaltsam zurückdrängte. Ich riskierte einen Blick in den Gemeinschaftsschrank, fand aber außer Kleidung, Büchern und Hygieneartikeln nichts Relevantes. Ich hatte wirklich gehofft, das Röhrchen mit dem Blut zu finden.

Gerade als ich in einem Beutel mit Schuhen nachsah, erklangen Stimmen im Korridor, und ich erstarrte. Mir brach der kalte Schweiß aus. Wo waren die Kotztüten, wenn man sie brauchte? Die Stimmen eines Mannes und einer Frau, die ich in der Aufregung nicht zu identifizieren vermochte, zogen vorüber und wurden leiser. Meine Beine trugen mich keinen Moment länger, und ich ließ mich auf den Stuhl vor dem Schreibtisch plumpsen. Mein Keuchen hallte mir überlaut in den Ohren, und ich beschloss, meine Suche abzubrechen. In dieser Sekunde wurde mir bewusst, dass ich aus purer Rachsucht handelte und damit meine Karriere und meinen guten Ruf riskierte.

Du bist schlauer als das, Lara.

Kurz schloss ich die Augen und nahm mir fest vor, den Männern abzuschwören. Ich hatte die Wissenschaft, und die stand an allererster Stelle, daher musste ich sofort hier verschwinden. Gerade wollte ich aufstehen, da fiel mein Blick auf ein norwegisches Wörterbuch auf dem Schreibtisch, aus dem ein Foto herausragte. Kurz zögerte ich, ehe ich danach griff. Fast erwartete ich, ein Foto von Barbara und Jayden zu sehen. Doch nicht er hatte seinen Arm um die schlanke Fahrtenleiterin gelegt, sondern Henrik. Die beiden standen vor einem Gebäude aus Glas und Beton und wirkten sehr verliebt. Auf der Rückseite stand geschrieben: Oslo 2015. Ich überwand meine Überraschung und machte mit dem Handy ein Foto, dann verließ ich hastig die Kabine. Als ich Pablo im Technikraum aufsuchte, um ihm den Schlüssel zurückzugeben, schlotterten meine Beine immer noch. Bei meinem Erscheinen vollzog sein Gesicht eine erstaunliche Wandlung, als wäre in dieser Sekunde das Gewicht der ganzen Welt von seinen Schultern abgefallen.

»Ehrlich«, keuchte er. »Das mache ich einmal und nie wieder! Ich bin tausend Tode gestorben.«

Frag mich mal.

»Wie habe ich mich bloß darauf einlassen können!«, jammerte er weiter.

»Tut mir leid, Pablo. Ich habe mich dabei auch nicht wohlgefühlt, glaub mir.«

»Hast du wenigstens etwas Interessantes erfahren?«

»Möglicherweise.«

»Gut.« Pablo nickte mehrmals. »Und ich bestehe zusätzlich auf eine Tafel Schokolade aus dem Shop. Mit Haselnuss. Die werde ich vermutlich in einem Stück verputzen, um meine Nerven zu beruhigen.«

Ich lächelte. »Kriegst du.«

Als Susanne Böcklin mir später erzählte, dass Barbara tatsächlich mit jemandem über die Blutprobe gesprochen habe, war ich fest davon überzeugt, dass sie Jayden oder Henrik sagen würde.

Ich irrte mich.

Versöhnung

Thomas Kuhlmann.

Barbara hatte ihrer Freundin gegenüber behauptet, dem Expeditionsleiter Thomas Kuhlmann von der Blutprobe und meinem Verdacht erzählt zu haben. Im guten Glauben, wie sie beteuerte. Er habe sich besorgt gezeigt, was Jaydens Zukunft betraf, worauf Barbara sich ihm anvertraut habe. Daraufhin bat ich Kapitän Muñoz, mir einen Einblick in die Liste der Alibis am Weihnachtsabend zu gewähren, was er nach einigem Zögern auch tat. Sowohl Thomas als auch Henrik waren während der Tatzeit auf dem Fest gesehen worden. Jayden und Barbara hingegen nicht. Die Enttäuschung darüber drohte, mir die Atemluft abzuschnüren. Ein Teil von mir hatte gehofft, dass Henrik im Interesse eines norwegischen Ölunternehmens handelte und Barbara seine Komplizin war.

Ich verfluchte mich dafür, Jaydens Unschuld immer noch nachweisen zu wollen, zumal er mich hinterging, und zwar in vielerlei Hinsicht. Nun saß ich auf meiner Pritsche und ließ resigniert den Kopf hängen. Eine Berührung an meiner Schulter ließ mich erschrocken zusammenfahren. Nishay stand neben mir und sah mich bekümmert an. Ich hatte sie völlig vergessen gehabt.

»Geh zu ihm«, sagte sie leise.

Auch wenn sie es nicht aussprach, war klar, was sie damit sagen wollte. Nutze die gemeinsame Zeit, solange es noch geht.

Ich schüttelte vehement den Kopf, worauf sie mich überrascht ansah.

»Frag nicht«, sagte ich müde.

Viele Male hatte ich mich ihr anvertraut, doch diesmal saß der Schmerz so tief, dass ich mich außerstande sah, ihn in Worte zu fassen.

»Okay«, gab sie leise zurück, dann schien sie zu überlegen. »Oben zeigen sie einen Film. ›Die Brücken am Fluss‹. Hast du Lust?«

Um Himmels willen! Noch mehr Herzschmerz und Drama! Alles, nur das nicht.

Ich schlug das Angebot mit einem Kopfschütteln aus, worauf sie sich neben mich setzte und ihre Hand auf meine legte.

»Ich kann auch hierbleiben«, flüsterte sie. »Du wirkst schrecklich niedergeschlagen.«

Alles, was ich wollte, war, allein zu sein, um mich in meinem Leid zu suhlen. »Mach dir keine Sorgen«, antwortete ich daher und bemühte mich um einen zuversichtlichen Tonfall. »Mir geht's gut. Ich brauche nur etwas Schlaf, danach werde ich kaum wiederzuerkennen sein.« Ich rang mir ein Lächeln ab. »Du wirst sehen.«

Nishay schien zu zögern, dann nickte sie. »Also gut, wie du meinst. Ruh dich aus.«

Kurz darauf fiel die Tür hinter ihr zu, und ich legte mich rücklings auf meine Pritsche. Als ein Krachen ertönte, und ein wahres Erdbeben das Schiff erfasste, wurde mir wieder einmal deutlich bewusst, dass wir uns auf einem Eisbrecher befanden. Die *Rosenrot*, die dabei war, sich durch eine meterdicke Eisfläche zu pflügen, war wie eine Urgewalt. Mit ihrem Gewicht zertrümmerte sie Hindernisse, zitterte, rumpelte und schaukelte. Trotzdem oder vielleicht gerade deshalb schlief ich fast augenblicklich ein – und wachte auf, als ich eine federleichte Berührung auf meinen Lippen spürte. Mein Körper reagierte schneller als mein Verstand, und ich stieß einen Seufzer purer Wonne aus. Dann aber schlug ich erschrocken die Lider auf und blickte direkt in Jaydens braune Augen. Breit und unerschütterlich wie ein Bollwerk hing er über mir. Ein dunkler Bartschatten bedeckte sein Kinn, und einige seiner dunkelblonden Haarsträhnen hingen ihm wild in der Stirn.

Der Anblick bereitete mir eine solche Qual, dass ich gerade so ein Wimmern unterdrücken konnte. In meinem Bauch vermengten sich Wut, Enttäuschung und Schmerz, doch ehe ich mir Luft machen konnte, legte Jayden seine Hand auf meinen Mund.

»Wir müssen reden, Lara«, sagte er leise. »Versprich mir, dass du nicht schreist.«

»Du kannst mich mal«, würgte ich unter seiner Hand heraus.

Sein Lächeln war wie ein Dolchstoß in mein Herz. »Das ist doch schon mal ein Anfang.«

Unsere Blicke trafen sich zu einem stummen Duell. Meiner brannte vor Wut, seiner dagegen war voller Wärme, und dennoch drohte mir eine krachende Niederlage. *Er manipuliert dich bloß*, schoss es mir durch den Kopf. *Lass dich nicht herumkriegen!*

»Du schreist nicht und machst auch sonst keine Dummheiten?«, fragte er.

Ich nickte widerwillig, und er nahm die Hand von meinem Mund. Kaum hatte er das getan, als es aus mir herausbrach: »Du hast mich nach Strich und Faden verarscht! Die ganze Zeit hast du vorg…«

In Jaydens Augen loderte eine Entschlossenheit, die mich innerlich erzittern ließ. Ich kam nicht mehr dazu, meinen

Satz zu beenden, denn schon hatte er mich gepackt und seine Lippen auf meine gepresst. Sein Kuss war roh und unbarmherzig, dennoch löste er in mir einen Erdrutsch aus. Ich hob die Hände, um ihn von mir zu stoßen, doch mit jeder Sekunde, die der Kuss andauerte, verloren sie an Kraft. Während sein Mund immer hungriger wurde, drückte mich Jayden in einer eisernen Umarmung. Ich bekam kaum Luft, so sehr begehrte ich ihn in diesem Moment, doch ich verbot mir, nachzugeben. Mein Verstand würde über meinen Körper siegen. Er musste! Aber dann änderte Jayden die Taktik. Obwohl sein Körper vor Anspannung bebte, wurde sein Kuss sanfter, was es mir ungleich schwerer machte, ihn zu bekämpfen. Ich versuchte, seinen Duft auszublenden, die Hitze seiner Haut und seine Zungenspitze, die meinen Mundwinkel neckte. Doch so sehr ich mich dagegen wehrte, es gelang mir nicht. Was meinen Hass noch weiter anfachte.

Als er sich schließlich von mir löste, reagierte ich, ohne nachzudenken, und boxte ihn hart gegen die Schulter. Wieder und wieder. In diesen Schlägen entlud sich meine ganze Wut, entsprechend schmerzhaft waren sie, dennoch wich Jayden ihnen nicht aus.

»Du verdammter Dreckskerl!«, stieß ich hervor und ließ dann schwer atmend die Hand sinken.

»Ich schätze, das habe ich verdient«, sagte Jayden ruhig und rieb sich die Schulter.

»Das hast du!«, giftete ich ihn an.

Mit ernstem Blick setzte er sich auf die Kante meiner Pritsche. »Hör zu, Lara, das, was ich dir gleich sagen werde, ist sehr wichtig.«

»Rede nicht mit mir, als wäre ich ein dummes Kind!«, fuhr ich ihn an und konnte zu meinem Erschrecken ein Schluchzen nicht unterdrücken.

Ein betroffener Ausdruck trat in seine Augen. »Tut mir leid, wenn das so rüberkam. Das wollte ich nicht. Ich halte dich weder für dumm noch für ein Kind.«

Er war ganz nah, und ich konnte seine Wärme spüren. Mit jedem Herzschlag schwand meine Wut ein bisschen mehr und drohte, von Traurigkeit überlagert zu werden. Ich presste die Lippen zusammen. Das durfte ich nicht zulassen!

»Zwischen Barbara und mir war nie etwas und wird nie etwas sein«, sagte er langsam und jedes Wort betonend.

»Ich glaube dir nicht«, antwortete ich ruhig, obwohl mein Puls gerade dabei war, Geschwindigkeitsrekorde zu brechen.

»Es ist aber die Wahrheit, Lara.«

Mein Herz wurde schwer. Wie gern hätte ich ihm geglaubt!

»Angenommen, es stimmt, was du sagst«, erwiderte ich mit so viel Würde wie möglich. »Was hattest du in ihrer Kabine zu suchen, hm?«

»Ich habe mich dort umgesehen«, antwortete er. »Du könntest mit deinem Verdacht recht haben. Sie könnte hinter der Sabotage stecken.«

Perplex starrte ich ihn an. Mit allem hatte ich gerechnet, nur damit nicht. Es dauerte ein wenig, bis ich meine Sprache wiederfand. »Und? Wurdest du fündig?«

Er schüttelte bedauernd den Kopf.

»Wie bist du auf sie gekommen?«, fragte ich misstrauisch, obwohl sich die Spannung in meinem Bauch langsam zu lösen begann.

»Ich kenne sie von früher und weiß, dass sie gern Unruhe stiftet«, erklärte Jayden. »Deshalb habe ich ihr ein wenig auf den Zahn gefühlt, und tatsächlich ist sie mit ihrer derzeitigen Position unzufrieden.«

»Hast du deswegen dauernd mit ihr herumgehangen?«, fragte ich spitz, und es war mir egal, dass die Eifersucht aus jeder Silbe troff.

»Aus welchem Grund sonst?«, entgegnete Jayden und sah mir dabei tief in die Augen.

Ich musste blinzeln. »Du hättest es mir sagen müssen!«

»Ich war mir meiner Sache nicht sicher, außerdem wollte ich dich nicht in ihrer Nähe wissen«, antwortete Jayden, dessen Ausdruck finster geworden war. »Wenn unser Verdacht richtig ist, hat sie Christoph Marquardt getötet, einen hundertzwanzig Kilo schweren Kerl mit enormem Aggressionspotenzial. Ich wollte nicht, dass dir etwas zustößt.«

»Was ist mit Rick Donahue jr.?«, fragte ich und versuchte, meine Stimme unter Kontrolle zu halten, denn sie drohte mir wegzubrechen. »War die Suche nach ihm nur Beschäftigungstherapie?«

Jaydens Blick flackerte. »Nein«, sagte er und machte Anstalten, mich zu küssen, doch ich hielt ihn davon ab.

»Du verschweigst mir etwas«, sagte ich alarmiert.

Er schüttelte den Kopf. »Rick Donahue jr. war nur eine weitere Option.«

Ich sah ihn aufmerksam an, doch als nichts mehr kam, seufzte ich. »Wie kommt es, dass du fröhlich durch die Gegend spazieren kannst? Obwohl du eigentlich unter Arrest stehst?«

Bisher hatte sich Jayden über mich gebeugt, doch nun schwang er die Beine auf die Pritsche und quetschte sich halb auf mich.

»Ganz schön eng«, bemerkte er heiter, als wäre eine Riesenlast von ihm abgefallen.

»Nicht, wenn du dich dort auf den Stuhl setzt, wo du hingehörst«, maulte ich, immer noch darüber verärgert, dass er mir Wichtiges verschwiegen hatte.

Doch statt den Platz zu wechseln, verlagerte er sein Gewicht und legte sich auf mich, worauf ein wollüstiges Ziehen durch meinen Unterleib fuhr. Das war einfach nicht fair! Die Hitze seines Körpers versengte meine Haut, selbst durch den Stoff meines Sweatshirts hindurch.

»Also, welchem Umstand verdankst du deine neue Freiheit?«, krächzte ich, als er mit der Nase durch mein Haar pflügte, eine Liebkosung, die kleine Schauer über meine Haut rieseln ließ. »Hast du Manuel geschmiert?«

»Das brauchte ich nicht. Ich konnte Kapitän Muñoz davon überzeugen, mir gewisse Freiheiten zu gewähren, um meine Unschuld zu beweisen. Zumal uns die Zeit davonläuft.«

Verwundert suchte ich seinen Blick. »Was? Und das ging so einfach?«

»Na ja, so einfach war das natürlich nicht«, erklärte Jayden und knabberte an meinem Hals. Eigentlich hätte ich ihn davon abhalten müssen, doch meine Arme fühlten sich plötzlich bleiern an. »Aber weil er selbst große Zweifel an meiner Schuld hegt, hat er sich am Ende dazu durchgerungen. Ihm widerstrebt die Vorstellung, der eigentliche Schuldige könnte ungestraft davonkommen. Allerdings unterstützt er mich nur inoffiziell, deshalb darf ich mich nicht erwischen lassen. Außerdem soll sich Barbara, oder wer auch immer für alles verantwortlich ist, weiterhin sicher fühlen. Deshalb hat er auch öffentlich erklärt, dass ich von einem chilenischen Polizisten abgeholt werde. In der Hoffnung, der Täter oder die Täterin begeht einen Fehler.«

Kurz ließ ich die Rede des Kapitäns in der Messe Revue passieren und erschauerte bei der Vorstellung, dass Marquardts Mörder, an den die Worte gerichtet gewesen waren, vielleicht nur wenige Meter von mir entfernt gestanden hatte.

»Weiß er von deinem Verdacht, Barbara betreffend?«

»Nein.«

Ich nickte betrübt. »Dein Vertrauen in mich scheint jedenfalls nicht sehr groß zu sein, wenn du meinst, selbst Nachforschungen anstellen zu müssen.«.

»Ganz im Gegenteil«, antwortete Jayden und sah mir ins Gesicht. »Du hast die richtigen Schlüsse gezogen und sogar für ein Beweismittel gesorgt.«

»Ein Beweismittel, das verschwunden ist«, stieß ich hervor.

»Trotzdem Lara, du bist unglaublich.« Der Ausdruck in seinen Augen war warm und voller Bewunderung.

»Wie bist du eigentlich hier reingekommen?«, fragte ich rasch, ehe er etwas sagen konnte, das meinen letzten Schutzwall zum Einsturz brachte.

»Generalschlüssel«, antwortete er. »Der Kapitän hat ihn mir gegeben.«

»Ganz schön durchtrieben«, bemerkte ich und hätte beinahe gelacht, wenn ich an meine eigene Aktion dachte.

Dennoch war ich immer noch auf der Hut.

Als hätte er meine Gedanken gelesen, strich Jayden über meinen Nacken.

»Du bist völlig verspannt«, sagte er und stand überraschend auf. »Zieh deine Sachen aus und leg dich auf den Bauch.« Sein Tonfall war ruhig, dennoch bestimmt. »Ich werde dich massieren.«

Ich verspürte ein Kribbeln in der Magengrube. »Nishay könnte jeden Moment hereinkommen.«

»Glaube ich kaum. Die ist oben und guckt ›Die Brücken am Fluss‹«, antwortete er mit einem triumphierenden Glitzern in den Augen. »Der Film geht über zwei Stunden. Wir haben alle Zeit der Welt.«

»Und wenn sie sich Sorgen macht und zwischendurch nach ihrer guten Freundin sehen will?«, fragte ich und versuchte, scharf zu klingen, was gründlich misslang.

Ich musste mir wohl oder übel eingestehen, dass mein Widerstand gerade dabei, wie Butter in der Sonne dahinzuschmelzen. Verdammter Dreckskerl, dachte ich zum wiederholten Mal, doch diesmal klang die Beschimpfung in meinem Kopf beinahe wie ein Kosename.

»Niemand kommt hier rein«, antwortete Jayden ungerührt. »Ich habe den Riegel vorgeschoben. Nishay wird denken, du schläfst tief und fest und willst nicht gestört werden.«

»Du hast wohl an alles gedacht«, seufzte ich.

Jaydens Lächeln drang nun locker durch alle Abwehrmechanismen. »Das habe ich. Entspann dich, Lara. Und keine Sorge, ich hege keinerlei Hintergedanken.«

Er hat nichts mit Super-Barbie laufen!, hörte ich eine Stimme ganz weit hinten in meinem Kopf euphorisch rufen. *Er ist an dir interessiert, und zwar nur an dir!* Die Stimme wurde sekündlich lauter, was vermutlich mit der Grund war, warum ich seiner Aufforderung nachkam und mich sowohl meines Sweatshirts als auch meiner Jeans entledigte. Während ich mich bäuchlings auf die Pritsche legte, kramte er in seiner Cargohose. Einen Moment lang war nur das Donnern des Schiffes zu hören, das durch das Eis krachte. Ich hielt angespannt die Luft an und zuckte leicht zusammen, als mich Jayden berührte, um mir die Socken auszuziehen. Anschließend hörte ich, wie er sich die Hände rieb, dann begann er, meine Knöchel mit Öl zu massieren.

Ich seufzte und schloss selig die Augen. »Du überlässt wirklich nichts dem Zufall.«

Kurz ließ er meine Knöchel los und drückte mir einen Kuss in die Halsbeuge, die mir eine Gänsehaut bescherte. »Dieser Moment gehört nur uns, *bokkie*«, raunte er.

Überrascht sah ich ihn über die Schulter an, sein Gesicht war nur eine Handbreit von meinem entfernt. »*Bokkie?* Was heißt das?«

Ein Grinsen huschte über Jaydens Gesicht. »Kleiner Bock.«

»Kleiner Bock?«, quietschte ich, was mir prompt einen Nasenstüber einbrachte, ehe sich Jayden erneut meinen Knöcheln widmete.

»Kleiner Bock«, maulte ich leise ins Kissen. »Also wirklich.« Geschickt ließ er seine Daumen über meine empfindliche Haut kreisen. »In Südafrika sagen wir das zu Menschen, die einem besonders am Herzen liegen.« Dann ging er dazu über, meine Waden mit sanftem Druck zu massieren. »Zu den eigenen Kindern zum Beispiel oder zu seiner Liebsten.«

In meinem Bauch flatterten Tausende befreite Schmetterlingsflügel, und ich gab ein undefinierbares Geräusch von mir. »Glaubst du, dass Barbara allein handelt?«, fragte ich, um meine Verlegenheit zu überspielen.

Jayden hielt kurz in der Bewegung inne. »Wie meinst du das?«

»Soweit ich weiß, hatten oder haben Henrik und sie ein Verhältnis«, sagte ich und seufzte zusammenhanglos, als Jayden meine Kniekehlen massierte. »Vielleicht hängt er da mit drin.«

Jayden schien nachzudenken. »Henrik? Kann ich mir nicht vorstellen. Ich kenne ihn schon so lange. Andererseits kennt man niemanden richtig. Woher weißt du von deren Verhältnis?«

»Ich … äh … Also …« Ich atmete tief durch. »Du bist nicht der Einzige, der sich in Barbaras Kabine umgesehen hat. In einem Wörterbuch steckte ein Foto von ihr und Henrik. Das musst du ebenfalls gesehen haben.«

Erneut hielt Jayden in der Bewegung inne, dann lachte er leise, ehe er seine Massage fortsetzte. »Du steckst voller Überraschungen, Lara.«

»Das tue ich«, antwortete ich nicht ohne Stolz.

»Ich habe das Foto auch gesehen, aber Henrik hatte ich nie in Verdacht«, sagte Jayden, während er seine Hände zu meinen Oberschenkeln wandern ließ.

»Er …« Ich musste mich räuspern. »Er könnte doch norwegische Interessen vertreten wegen … uh«, entfuhr es mir, als Jayden seine Finger zwischen meine Beine gleiten ließ, um die Innenseiten meiner Oberschenkel zu streicheln. »Äh …

wegen der hiesigen Ölvorkommen …« Ich spürte, wie sich die Hitze in meinem Schoß sammelte. »Wenn du willst, dass wir in dem Fall weiterkommen, solltest du deine Hände da wegnehmen«, forderte ich in ruppigem Tonfall, was Jayden ein raues und sehr männliches Lachen entlockte. Dennoch kam er meiner Aufforderung nach. Im nächsten Moment verteilte er Öl auf meinem Unterrücken. »Barbara hat behauptet, Thomas von der Blutprobe erzählt zu haben, aber das halte ich für eine Lüge«, griff ich den Faden wieder auf. »Er kämpft seit Jahren für den Erhalt der Artenvielfalt in der Antarktis. Seine wievielte Expedition ist das? Seine zwölfte?« Ich schüttelte den Kopf. »Sie wollte uns lediglich auf eine falsche Fährte bringen.«

»Vermutlich.«

»Mhm«, bemerkte ich, was sowohl Ausdruck von Zustimmung als auch von Wohlbehagen war, weil Jayden dazu übergegangen war, meinen Hintern hingebungsvoll zu kneten. »Wir müssen Barbara überführen, bevor wir die Schelfeiskante erreichen.«

»Ja«, antwortete Jayden knapp, was im Gegensatz zu seinen Fingern stand, die er über meine Wirbelsäule tanzen ließ. Ich seufzte befreit. Hauptsache, weg vom Bereich unterhalb der Taille.

»Wie sollen wir das anstellen? Vermutlich hat sie die Blutprobe längst entsorgt«, rief ich und drückte resigniert mein Gesicht ins Kissen, als Jayden nichts darauf antwortete. »Es ist alles so schrecklich kompliziert. Violet hätte sicher schon eine Lösung parat, während ich gerade nicht weiter weiß …«

»Violet?«

»Meine Schwester. Sie ist hübsch, clever und Kunstdetektivin. Sie spürt verschwundene Kunstwerke auf.«

Jayden bedeckte meinen Nacken mit kleinen Küssen, was ein Kribbeln von den Fußzehen bis zu meiner Kopfhaut zur Folge hatte. »Ich weiß, was eine Kunstdetektivin ist, Lara. Und

270

so hübsch und clever sie auch sein mag, ich bin sicher, dass sie dir nicht das Wasser reichen kann.«

Hin- und hergerissen zwischen dem Bedürfnis, Violet zu verteidigen, und der Freude über das Kompliment, ging ich auf Jaydens charmante Äußerung nicht ein, sondern schwieg.

Jayden, der meine bedrückte Stimmung zu spüren schien, verstärkte den Druck seiner Massage. »Es wird sich alles zum Guten wenden, ich weiß es«, sagte er.

Erneut schüttelte ich den Kopf, wobei ich unvermittelt mit den Tränen kämpfte. Jaydens sanfte Berührungen lösten offenbar nicht nur Verspannungen, sie brannten auch Löcher in mein ohnehin schon beschädigtes Nervenkostüm.

»Wie kannst du dir da so sicher sein?«, nuschelte ich und schniefte.

»Mein Gefühl sagt es mir.«

Wir schwiegen lange.

»Es tut mir leid, dass ich gesagt habe, du sollst im Gefängnis verrotten«, sagte ich irgendwann leise. »Ich habe es zwar in dem Moment so gemeint …« Ich stockte. »Aber jetzt nicht mehr.«

Jayden lachte auf eine jungenhafte, unwiderstehliche Weise. »Da bin ich aber froh! Lass uns fürs Erste nicht mehr über diesen ganzen Mist reden, okay?« Er umfasste meinen Nacken in einer fast gebieterischen Geste, und ein süßer Schauer rann über meinen Körper. »Lass uns am besten überhaupt nicht mehr reden«, raunte er mir ins Ohr.

Schwindel überkam mich, als er den Verschluss meines BHs öffnete. Dann spürte ich, wie Öl auf meine Haut tröpfelte, das er mit kreisenden Bewegungen verteilte. Zunächst widmete er sich meinem Rücken, danach meinen Schulterblättern. Während er mich massierte, sagte er kein Wort, und ich geriet nach und nach in einen angenehmen Dämmerzustand – bis zu dem Moment, als seine Finger nach unten strichen und sich in meinen Slip verhakten. Mir stockte der Atem. Neckend tastete er am Saum entlang, ehe er den dünnen Stoff hinunterzog. Zunächst über die Hüften, dann über meinen Po und schließlich über meine Beine. Reglos lag ich da, während sich im Gegenzug mein Inneres in heller Aufregung befand. Ich biss mir auf die Lippen, um nicht laut aufzustöhnen, als Jayden die Innenseiten meiner Schenkel berührte, und zwar mit einem einzigen Ziel ...

»Hast du nicht behauptet, keine Hintergedanken zu hegen?«, fragte ich heiser.

»Du willst einem Verurteilten die vielleicht letzte sinnliche Erfahrung doch nicht verwehren?«

Erschrocken wirbelte ich herum. »Sag das nicht!«

»Entschuldige«, sagte er mit einem frechen Grinsen. »Ich konnte nicht anders.«

»Hör auf, darüber Witze zu machen!«

Mit einem Schlag war die Verzweiflung zurück. Trotz seiner Zuversicht nahm Jayden seine Situation auf die viel zu leichte Schulter! Ich wollte mit meinem Protest fortfahren, aber er hinderte mich daran, indem er meinen Kopf vorsichtig herumdrehte, um mich zu küssen. Doch ich versteifte mich, hielt den Mund verschlossen. Obwohl mein Körper nach ihm lechzte, war ich sauer auf ihn. So leicht wollte ich es ihm nicht machen. Er mir offenbar aber auch nicht, denn er begann, mit seiner Zungenspitze die Konturen meiner Lippen nachzuzeichnen, danach rieb er seine Nase an meiner Wange und hauchte Küsse auf meinen rechten Mundwinkel. *Nein, nein, nein!* Mit einem Funkeln in den Augen löste er seine Lippen von mir, zog sein Shirt über den Kopf und ging dazu über, seine Jeans aufzuknöpfen. Weil er dafür aufstehen musste, erlaubte er mir einen ungehinderten Blick auf seinen wohlproportionierten Körper.

»Lass uns nicht streiten, *bokkie*«, sagte er lächelnd.

Ohne meinen Blick von seinem Gesicht abzuwenden, stützte ich mich auf meine Ellenbogen und lenkte damit seine

Aufmerksamkeit auf meine nackten Brüste. Durch meine halb geschlossenen Wimpern sah ich, wie sich seine Nasenflügel blähten. Der hungrige Ausdruck in seinen Augen sowie die kühle Luft, die über meine Nippel hauchte, führten dazu, dass Letztere sich zu harten Knötchen zusammenzogen. Kurz schien Jayden zu zögern, ehe er sich Jeans und Boxershorts von den Hüften schob. Mein Hals wurde rau, als ich seine Erektion sah, die steil von seinem Unterleib abstand.

»Verzeihst du mir, dir so viel Kummer bereitet zu haben?«, fragte er mit einer Stimme, die noch rauchiger klang als gewöhnlich.

Trotz meiner eigenen Erregung gab ich mich unbeeindruckt. »Du bist zugegebenermaßen ganz nett anzusehen, aber ob das reicht, um dir zu vergeben?« Ich schnalzte mit der Zunge, während mich Stolz durchflutete.

Ich erkannte mich kaum wieder.

Entschieden streckte ich eine Hand aus und massierte ihn mit sanftem Druck, worauf er nicht anders konnte, als näher an das Bett zu treten. Ohne meine Liebkosung zu unterbrechen, setzte ich mich auf, umkreiste seinen Nabel mit der Zunge und zog eine feuchte Spur über seinen Unterbauch, bevor ich, wie zufällig, seine Spitze berührte. Prompt keuchte er auf und spannte die Bauchmuskeln an, was ich als Einladung verstand, den Mund zu öffnen, um seine samtige Härte zu schmecken. Sein Geschmack und sein schwüler Geruch fluteten jede Zelle meines Gehirns, und ich war wie alkoholisiert. Doch ehe ich mich richtig ins Zeug legen konnte, packte mich Jayden bei den Schultern und drückte mich zurück auf die Pritsche. Mit einem lüsternen Lächeln presste er meine Handgelenke auf die Matratze und rollte sich auf mich. Als ich seinen nackten Körper spürte, entfuhr mir ein dunkles Stöhnen.

Haut an Haut.

Endlich.

Ich genoss das Gefühl seines Gewichts auf mir, seine Arme, die mich festhielten, seine Zunge, die über meine harten Brustwarzen leckte. Wir rieben uns aneinander, während er meinen Hals küsste. Nicht einen Moment lang kam es mir in den Sinn, mich von seinem unnachgiebigen Griff zu befreien. Wieder fuhr seine feuchte Zunge über meine Nippel, umkreiste sie, saugte an ihnen und ließ sie seine Zähne spüren. Ich atmete tief ein und keuchte, während ich meine Hüften gegen seinen Schwanz drückte. Unsere Lippen trafen sich. Seine Bartstoppeln kratzten und brannten auf meiner Haut, und als er mit seiner Zunge meine Lippen durchstieß, saugte und leckte, stöhnte ich leise. Gierig wand ich mich unter seinem Körper, löste meine Hände von seinem Griff und schlug meine Fingernägel in seinen Rücken. Seine Hände wiederum wanderten zu meinem Po und brachten mich in die richtige Position. Mit einem harten Stoß drang er in mich ein, stützte sich seitlich auf die Ellenbogen ab und schaute mir ins Gesicht. Während er sich genüsslich vor- und zurückbewegte, verschmolzen unsere Blicke miteinander. Ich schlang meine Beine um seine Hüften, um ihn tiefer in mir zu spüren.

»Und, reicht es?«, fragte er mit rauer Stimme.

»Vielleicht«, gab ich kokett zurück.

Was ich in diesem Moment fühlte, machte mich schwindelig. War es Liebe? Als sein Schwanz in mir zuckte, zog sich mein Schoß fest um ihn zusammen. Mit jedem seiner Stöße heizte er den Flächenbrand an, der sich in meinen Brüsten, meinem Bauch und meinem Kopf ausbreitete, während gleichzeitig kleine Beben durch das Schiff jagten, es ringsum krachte und rumpelte. Ein überwältigendes Zusammenspiel der Gewalten! Was schließlich meinen Verstand gänzlich vom Körper löste, war Jaydens lustvoll verzerrtes Gesicht gepaart mit seinem rauchigen Versprechen, beim nächsten Mal in meinem Mund zu kommen. Der Orgasmus traf mich wie ein Fausthieb. Ich war heiß und nass, und meine Muskeln hielten ihn fest wie in einer Schraubzwinge, während er sich weiter in mir bewegte, ohne sich eine Pause zu gönnen. Wimmernd und zuckend massierte ich den letzten Rest Beherrschung aus ihm heraus.

»Lara, verflucht!«, stöhnte er dunkel, bevor ein Schauer durch seine harten Muskeln lief.

Er bäumte sich auf wie unter einem Stromschlag und rammte ein letztes Mal seinen Schwanz kraftvoll in mich. Im nächsten Moment spürte ich, wie er sich in mir ergoss, während es mich vor Glück und süßem Schmerz innerlich zerriss. Danach sackte er keuchend auf mir zusammen. Jayden war kein Fliegengewicht, und er drückte mir die Luft ab, doch um nichts in der Welt hätte ich ihn jetzt von mir geschoben. Stattdessen umarmte ich ihn und hauchte Küsse auf seinen schwer atmenden Mund. Unsere Zungen fanden sich und umgarnten sich in zärtlicher Vertrautheit. Sie wollten gar nicht mehr aufhören …

Irgendwann hob er den Kopf, sah mir noch einmal tief in die Augen, dann rollte er sich von mir hinunter, ohne mich loszulassen. Als ich erschauerte, zog er die Bettdecke über unsere nackten Körper.

»Es wird alles gut, Lara«, sagte er noch einmal leise. »Das verspreche ich.«

Danach war außer unseren klopfenden Herzen nur das Donnern der *Rosenrot* zu hören, die sich unbeirrt durch das Eis fraß.

Richtung Schelfeiskante.

Stummer Alarm

Jayden verließ die Kabine wenig später, und wieder überkam mich dieses schreckliche Gefühl des Verlustes. Nicht auszudenken, wenn ihn dieser Polizist nach Chile mitnehmen würde. Mein Kampfgeist war wieder geweckt, allerdings hatte mich die körperliche Anstrengung so hungrig gemacht, dass ich nach einer schnellen Dusche beschloss, in die Messe zu gehen. Mit vollem Magen plante es sich besser. Während ich zur hinteren Treppe ging, war ich in Gedanken bei Jayden. Zwar konnte ich nicht sicher sein, dass wir uns nach der Expedition wiedersehen würden, trotzdem wollte ich in der mir verbliebenen Zeit meine Anstrengungen verdoppeln, Barbara zu überführen. Mir blieben noch zwei Tage. Mir musste etwas einfallen, und zwar schnell!

Als ich bei der Treppe ankam und nach dem Geländer griff, entdeckte ich einen Fussel auf meinem linken Ärmel. Poppy bezeichnete mich gern als manisch, aber mich machten weiße Fusseln auf dunkler Kleidung irre, also schnippte ich ihn fort. Im gleichen Moment nahm ich aus dem Augenwinkel etwas wahr – und das Blut gefror mir in den Adern. Hinter mir stand jemand. Bevor ich ein Wort sagen konnte, traf ein harter Gegenstand meinen Hinterkopf. In meinem Kopf explodierte der Schmerz, und ich brach ächzend zusammen. Mein letzter Gedanke, bevor die Welt in Dunkelheit versank, galt der Tatsache, dass ich wie Christoph Marquardt mit eingeschlagenem Schädel am Fuß einer Treppe enden würde.

* * *

Ich starb nicht.

Mein Kopf schmerzte höllisch, doch viel schlimmer war die Kälte des Bodens unter mir, die sich durch mein Fleisch in meine Knochen fraß. Nicht zu vergessen die beängstigende undurchdringliche Schwärze um mich herum. So zumindest waren die Eindrücke, die auf mich einstürzten, als ich aus der Bewusstlosigkeit erwachte. Zunächst konnte ich keinen klaren Gedanken fassen und hatte Mühe, mich zu orientieren. Mühsam hob ich den Arm und tastete die schmerzende Wunde an meinem Hinterkopf ab. Sie war nicht sonderlich groß, aber blutverklebt. Ich atmete tief durch und versuchte, nicht in Panik zu geraten. Wie viel Zeit mochte vergangen sein, seit mich jemand – vermutlich Barbara – niedergeschlagen hatte? Und wo war ich? Die Erkenntnis, dass ich mich immer noch auf der *Rosenrot* befand, bedurfte keiner hellseherischen Fähigkeiten, da das Rattern und Rumpeln allgegenwärtig war. Offenbar befand ich mich irgendwo tief im Bauch des Eisbrechers. Ich schluckte trocken. Wo immer ich auch war, es handelte sich dabei zweifelsohne um einen jener abgeschiedenen Orte, von denen es hier viel zu viele gab. Niemand würde zufällig über mich stolpern. Wer immer mich hierhergebracht hatte, hatte es nicht für nötig erachtet, mich zu fesseln. War das ein gutes Zeichen? Mein sich verkrampfender Magen teilte mir auf seine unnachahmliche Art mit, dass eher das Gegenteil der Fall war.

Obwohl mein Kopf sich anfühlte, als würde sich darin ein winziger Kobold an einem Presslufthammer versuchen, mühte ich mich auf die Beine. Dabei stützte ich mich an der Wand

277

hinter mir ab, die sich nach Metall anfühlte, was eigentlich für alle Wände auf dem Schiff galt. Ich versuchte, die Schwärze mit den Augen zu durchdringen, und entdeckte nach und nach einzelne Schemen, doch ich konnte nicht einmal sagen, ob sie rund oder eckig waren. Es war zu dunkel. Als ich resigniert die Arme sinken ließ, berührte ich zufällig die ausgebeulte rechte Seitentasche meiner Jeans.

Mein Handy!

Ich hatte es völlig vergessen. Zwar konnte ich damit niemanden anrufen, aber als Taschenlampe würde es mir eine Weile gute Dienste leisten. Aus dem Grund hatte ich es überhaupt dabei. Hatte mein Angreifer, oder meine Angreiferin, verbesserte ich im Stillen, das Gerät übersehen, oder war es mir überlassen worden, damit ich hier unten nicht den Verstand verlor? Wie aufmerksam! Ich stieß ein heiseres Lachen aus, das von den Metallwänden widerhallte und sich in der Dunkelheit so unheimlich anhörte, dass ich erschrocken abbrach. Ein Blick aufs Display ließ mich aufkeuchen. Seit Jayden meine Kabine verlassen hatte, war eine halbe Stunde vergangen. So lange war ich weggetreten gewesen. Hoffentlich hatte ich durch meine Kopfwunde nicht zu viel Blut verloren. Da erst wurde mir bewusst, dass das charakteristische Krachen der letzten Stunden aufgehört hatte. Offenbar war die *Rosenrot* durch das eisige Hindernis hindurch.

Ich schaltete die Lampe des Handys an und blickte mich um. Zunächst suchte ich den Boden ab, wo ich einen winzigen Blutfleck entdeckte. Gut. Sofern ich auf dem Weg hierher nicht alles vollgeblutet hatte, war ich nicht so schlimm zugerichtet wie befürchtet. Der Hauch von Zuversicht hielt jedoch nur bis zu dem Moment an, als ich begriff, wo ich mich befand. Barbara oder wer auch immer hatte mich in einen der Laborcontainer eingesperrt, wo die autarke Versorgung auf ein Minimum reduziert war, um Strom zu sparen. Mit anderen Worten: Die

Heizung war komplett heruntergefahren worden, und irgendwann würde mir der Sauerstoff ausgehen, da der Container hermetisch verschlossen war.

Die Panik, die ich kurz zuvor erfolgreich zurückgedrängt hatte, schlug wie eine Sturmwelle über mir zusammen. Die Hände auf die Oberschenkel gestützt, beugte ich mich nach vorn und hyperventilierte. Gedanken und Gefühle trudelten wild durcheinander. Ich würde hier unten qualvoll ersticken, wenn ich nicht schon vorher erfror. Aus diesem Container gab es keinen Ausweg! Dass mein Herumschnüffeln offenbar Früchte getragen und jemanden aufgescheucht hatte, war nur ein sehr schwacher Trost. Mein Puls raste, in meinen Ohren rauschte es, während ich an Poppy und Violet dachte, die ich vermutlich niemals wiedersehen würde.

Wie lange würde es wohl dauern, bis ich den Verstand verlor? Würden später Kratzspuren an der Metalltür von meiner Verzweiflung zeugen? »Arme Lara!«, würden sich die Leute entsetzt zuflüstern. »Was für Qualen sie vor ihrem Tod durchlitten haben muss!« Ich bekam bei der Vorstellung kaum Luft, keuchte und wollte um Hilfe schreien, doch ein letzter Funke Verstand verbot es mir, meinen kostbaren Atem dafür zu verschwenden. Niemand hätte mich gehört. Solange wir zur Schelfeiskante unterwegs waren, gab es keinen Grund, sich hierher zu verirren. Konnte ich zwei Tage durchhalten? Ich schaltete die Taschenlampe aus. Die Dunkelheit bereitete mir weniger Angst als die aussichtslose Situation, die sich vor mir im Lichtkegel offenbarte. Fröstelnd schlang ich die Arme um meinen Oberkörper. Hätte ich wenigstens meine Polarjacke dabeigehabt!

Unwillkürlich schloss ich die Augen, atmete langsam ein und aus, um meinen rasenden Puls wieder unter Kontrolle zu bringen. Vielleicht gab es doch eine Möglichkeit, hier hinauszukommen. *Wie denn, du dumme Nuss?*, grätschte die

Stimme meines aufgepeitschten Verstandes dazwischen. *Der Laborcontainer ist garantiert von außen verriegelt!*

Erneut drohte ich, die Nerven zu verlieren.

Jayden.

Wir hatten ausgemacht, dass ich am nächsten Tag zu ihm kommen würde. Sollte ich nicht auftauchen, würde er sich gewiss rühren. Und natürlich waren da noch Nishay und die anderen. Ihnen würde auffallen, dass ich verschwunden war. Mit weit aufgerissenen Augen starrte ich wieder ins Dunkel. Ich sollte auf meine innere Stimme hören. Untätig herumzusitzen und darauf zu warten, dass mich eventuell irgendwann irgendjemand fand, war keine Option. Es konnte Tage dauern, und bis dahin wäre ich erfroren, erstickt oder verhungert. Wie schön! Ich konnte es mir aussuchen. Erneut stieß ich ein kurzes Lachen aus, das sich in meinen Ohren noch irrer anhörte als beim ersten Mal. Ich sollte das wirklich sein lassen!

Bleib ruhig und denk nach.

Um aus dieser tödlichen Falle zu entkommen, musste ich mich gründlich umsehen, also schaltete ich das Licht wieder an. Langsam und behutsam, als könnte der Boden nachgeben, schritt ich den Container ab. Ich konnte die eisige Kälte unter meinen Sohlen spüren. Versuchsweise drückte ich die Klinke hinunter, aber natürlich war die Metalltür abgeschlossen. Währenddessen bemühte ich mich, flach zu atmen, um Sauerstoff zu sparen. Doch davon wurde mir ganz schwummrig, daher gab ich es schnell wieder auf und konzentrierte mich stattdessen auf meine Umgebung.

Der Boden bestand aus Betonplatten, die Wände waren aus dreifach isoliertem Kunststoff, wie ich wohl wusste. Auf einzelnen Arbeitsplätzen standen neben Mikroskopen, Petrischalen und Pipetten auch Wassertanks, die mit Luftschläuchen verbunden waren. Herzstück jedoch war ein Reinraumcontainer in der Mitte. Das bedeutete, dass ich mich in einem biochemischen

Labor befand, in dem der Einfluss von Spurenmetallen auf das Wachstum der Mikroalgen im Südpolarmeer erforscht wurde. Ein Schimmer der Hoffnung glomm in mir auf, denn ich war schon einmal hier gewesen, um mir das Prozedere erklären zu lassen. Wer immer mich hierher verfrachtet hatte, hatte seinen ersten Fehler begangen!

Während ich auf- und ablief, damit mir warm wurde, dachte ich angestrengt nach. Eine Besonderheit des rund vier Quadratmeter großen separaten Raums in der Mitte bestand darin, dass er nicht aus Metall, sondern aus Kunststoff bestand, damit das Wasser während der Analyse nicht kontaminiert wurde. Schon die kleinste Berührung mit metallischen Stoffen, wie sie auf dem Schiff überall zu finden waren, hätte die wissenschaftlichen Ergebnisse verfälscht oder sogar unbrauchbar gemacht. Was würde wohl geschehen, wenn ein Stück Metall in eines der Wasserbecken oder in das komplizierte Filtrierungssystem gelangen würde? Mein Herzschlag beschleunigte sich. Stromsparen hin oder her: Der stumme Alarm würde losgehen. Die Sicherung der Wasserproben war äußerst aufwendig, da sie aus einer Tiefe von viertausend Metern genommen wurden, was auch der Grund dafür war, dass sie wie ein Schatz gehütet wurden. Mein Wissenschaftlerherz blutete, wenn ich an mein Vorhaben dachte, zumal auf dieser Expedition bereits einiges schiefgelaufen war, aber ich hatte keine Wahl. Und ich musste mich beeilen. Schon jetzt war ich völlig durchgefroren und stampfte bei jedem Schritt auf den Boden, um die Durchblutung in meinen Beinen anzuregen.

Mein Plan sah vor, in den Reinraumcontainer einzubrechen und eine der Proben mit Metall zu verunreinigen. Die Frage war nur, wie ich das bewerkstelligen sollte. Während ich mehrere Male um den Container herumging, hielt ich die Taschenlampe darauf gerichtet auf der Suche nach Möglichkeiten, wie ich hineingelangen konnte. Die Kunststoffwände waren zentimeterdick und damit undurchdringlich. Am aussichtsreichsten waren daher das kleine Guckfenster in der Tür sowie ein Schiebefach links unterhalb desselben. Vielleicht reichte es, die Tür aufzubrechen, um den Alarm auszulösen … Keine Ahnung, aber zuallererst musste ich sie überhaupt aufbekommen. Also machte ich mich auf die Suche nach passenden Werkzeugen, was sich als schwierig erwies, da die meisten Schränke und Regale aus Sicherheitsgründen verschlossen waren. Was hätte ich jetzt für einen Dietrich gegeben! Anscheinend blieb mir nur rohe Gewalt, um mein Ziel zu erreichen. Also löste ich die Flügelschrauben, mit denen eines der Mikroskope auf der Arbeitsplatte befestigt war, um mit diesem das Guckfenster zu zertrümmern.

Ich zögerte. So ein Mikroskop kostete vermutlich so viel, wie ich in einem Monat verdiente! Wenn ich es geschickt anstellte und mit dem schweren Fuß zuerst zustieß, würde der Schaden vielleicht nicht ganz so beträchtlich sein. Also gut. Ich musste es versuchen. Die vier Metallschrauben steckte ich vorsorglich in die Tasche. Dann umfasste ich das Mikroskop mit beiden Händen und zerschlug mit kurzen Stößen das Fensterglas. Nichts geschah. Kein Signalton, kein blinkendes Licht. Natürlich nicht. Schließlich handelte es sich um einen stillen Alarm. Trotzdem: Um etwas zu bewirken, musste ich vermutlich meinen ursprünglichen Plan aufgreifen und echten Schaden anrichten. Also griff ich nach dem Handy, das ich abgelegt hatte, und leuchtete in den Raum hinein, den man normalerweise nur im Schutzanzug betreten durfte. Wände, Decke, Boden, ja selbst die Leitungen bestanden aus weißem Kunststoff. An der linken Wand standen vier Wasserbecken. Um den Schaden möglichst gering zu halten, würde ich eine der Schrauben in das kleinste Becken werfen, das sich gut drei Meter von der Tür entfernt befand. Dafür würde ich den Arm durch die Öffnung stecken müssen, wobei mir meine Größe zugutekam, denn ich brauchte dabei nicht in die Knie zu gehen.

Einen Nachteil hatte das Ganze allerdings: Ich würde blind zielen müssen, da es für mich in dieser Position unmöglich war, ins Innere zu schauen.

Trotz der eisigen Kälte brach mir der Schweiß aus. Ich war eine lausige Werferin! Das war ich schon immer gewesen. Rasch sah ich mich um und entdeckte drei weitere Mikroskope, das bedeutete insgesamt zwölf Schrauben. Eine würde doch wohl ihr Ziel erreichen! Inzwischen war ich zu dem Schluss gekommen, dass es zwar löblich, aber auch riskant war, das kleinste Becken anpeilen zu wollen. Das größte Becken befand sich einen guten Meter näher. Trotzdem wollte ich mit der kleineren Wasserprobe beginnen, ehe ich die größere aufs Korn nahm.

Nachdem ich vorsichtig alle Scherben aus dem Guckfenster entfernt hatte, fischte ich nach einer der vier Schrauben in meiner Tasche und steckte meine Hand und dann meinen ganzen Arm durch das rechteckige Loch. Das Licht von der Taschenlampe auf dem Boden beleuchtete das Innere des Reinraumcontainers nur spärlich, doch ich hatte mir die Stelle gemerkt, und das musste ausreichen. Ich holte mit dem Unterarm aus und warf! Ein kaum wahrnehmbares Plumpsen verriet mir, dass die Schraube auf dem Plastikboden gelandet war. Verdammt! Zu kurz. Also schnappte ich mir die nächste Schraube und versuchte es erneut. Wieder verfehlte ich das Ziel! Tränen brannten hinter meinen Augenlidern, und ich presste die Lippen fest zusammen.

Du schaffst das!

Ich griff nach der dritten Schraube, schloss die Augen, um mir die Entfernung besser vorstellen zu können – drei Meter –, und warf.

Plumps.

Volltreffer!

Eine Welle der Dankbarkeit durchflutete mich. Ich schlug die Augen wieder auf, griff nach der Taschenlampe, die immer noch auf dem Boden lag, und leuchtete in den Raum. In einem der Becken stach die Schraube auf dem weißen Boden wie ein Geschwür heraus. Ich hatte nicht das kleinste, sondern das zweit-größte Gefäß erwischt. *Sorry, Leute!* Aber ich hatte es geschafft! Nun hieß es warten. Jetzt, da ich nichts mehr tun konnte, schlug die Eiseskälte ihre Krallen unbarmherzig in mein Fleisch. Ich rieb mir Arme und Beine, sprang auf der Stelle herum und betete, dass meine Sabotageaktion Früchte tragen würde. Dann machte es plötzlich »klack, klack, klack«, ein stakkatoartiges Geräusch, das von der Decke erklang, als die Neonröhren im Container der Reihe nach angingen. Ich schirmte meine Augen vor der grellen Helligkeit ab und sah nach unten. Tränen der Erleichterung rannen mir übers Gesicht. Ich blinzelte – und entdeckte etwas auf dem Boden, unweit des Bluts, das aus mei-ner Kopfwunde gesickert war. War es mir aus der Tasche gefal-len? Mit einem Ächzen bückte ich mich und hob das kleine Objekt auf.

Mein Magen krampfte sich ruckartig zusammen, als ich es in Augenschein nahm, kurz darauf verspürte ich erst Unglauben, dann eine unbändige Wut. Nein, mir war es definitiv nicht aus der Tasche gefallen, aber ich hatte so eine Ahnung, wem. Damit hatte die Person ihren zweiten, ungleich schwereren Fehler begangen. Im gleichen Moment machte sich jemand an der Labortür zu schaffen, und ich stopfte meinen Fund hastig in die Tasche. Trotz der Kälte brach mir der Schweiß aus. Was, wenn nicht Hilfe nahte, sondern Gefahr? Ich endgültig aus dem Weg geschafft werden sollte? Ich eilte zu der Arbeitsplatte, auf die ich das Mikroskop zurückgestellt hatte, das, wie ich nebenbei bemerkte, keinen einzigen Kratzer abbekommen hatte, und stellte mich hinter die Tür. Das schwere Instrument hob ich mit beiden Händen.

Die Tür schwang nach innen auf, und ich hielt die Luft an.

»Bitte, bitte, lass es ein falscher Alarm sein«, sagte eine weibliche Stimme, die ich kannte. Es handelte sich um eine Biochemikerin, die tatsächlich den Großteil ihrer Arbeitszeit hier drin verbrachte.

»Mach dir keine Sorgen, Britta«, antwortete ihre Kollegin, die ich ebenfalls an der Stimme wiedererkannte. Mir wurde vor Erleichterung fast schwindelig. »Das ist es gewiss. Von allein pa…«

Offenbar hatte sie das zerbrochene Fenster am Reinraumcontainer entdeckt, denn sie verstummte jäh. Ich ließ die Arme sinken, stellte das Mikroskop sachte auf dem Boden ab und trat einen Schritt vor. Die beiden Wissenschaftlerinnen stießen Schreie aus. Eine sprang zurück, die andere fasste sich ans Herz.

Zwei erschrockene Augenpaare starrten mich an.

»Es tut mir leid, dass ich eure Probe kontaminiert habe«, beeilte ich mich zu sagen. »Aber ich war verzweifelt und wusste nicht, wie ich sonst auf meine Lage aufmerksam machen konnte.« Ich wies auf meine Kopfwunde. »Ich wurde niedergeschlagen und hier eingesperrt.«

Nun zeigte sich Fassungslosigkeit in den Mienen meiner Gegenüber und gleich darauf Mitgefühl.

»Mein Gott, Lara!«, rief Britta, die Ältere der beiden Frauen. »Du hättest hier drin sterben können. Wir bringen dich zu Doktor Böcklin, damit sie sich die Wunde ansieht.«

Ihre Kollegin sah sich ungläubig um. »Wie furchtbar! Wer tut so etwas nur?« Dann zog sie ihre Thermojacke aus und reichte sie mir. »Hier ist es eisig. Du Arme musst völlig durchgefroren sein.«

Dankbar schlüpfte ich in die warme Jacke. Es war ein Segen!

Während Britta und ich uns auf den Weg zum Behandlungszimmer machten, begutachtete ihre Kollegin den Schaden. Ich konnte hören, wie sie leise fluchte.

»Es tut mir leid, Britta, wirklich«, sagte ich zu meiner Begleiterin. »Hätte ich eine andere Möglichkeit gesehen ...«

Diese drückte mir kurz die Schulter. »Mach dir deswegen keine Sorgen, Lara. Es sind nur Wasserproben. Stell dir vor, dir wäre es wie Christoph ergangen.« Sie schauderte. »Was geht auf diesem Schiff nur vor?«

Keine Ahnung, dachte ich, *aber ich stehe ganz kurz davor, es herauszufinden.*

Nachdem Doktor Böcklin meine Wunde verarztet hatte – sie musste genäht werden –, gab sie mir Tabletten gegen die Schmerzen, verordnete mir eine heiße Dusche und danach Bettruhe. Ich widersprach nicht, denn ich fühlte mich hundsmiserabel. Kaum war ich in meiner Kabine angekommen, als sich Nishay meiner annahm. Sie war bereits benachrichtigt worden und bestürmte mich zum Glück nicht mit Fragen, sondern behandelte mich wie ein rohes Ei, wofür ich ihr dankbar war. Sie half mir, mich auszuziehen, und stellte sogar die Dusche für mich auf die richtige Temperatur ein. Danach trocknete sie mich ab und half mir in meinen Frotteepyjama. Kurz darauf tauchten Kapitän Muñoz und sein Sicherheitsoffizier auf, um mich zu befragen. Doch weil ihnen die Ärztin eingeschärft hatte, dass ich mich schonen müsse, blieben sie nicht lange, versprachen aber, zur Sicherheit einen Matrosen vor unserer Kabine abzustellen.

Erst Jayden, jetzt ich. *Wenn es so weitergeht, muss der Sicherheitsoffizier neues Personal rekrutieren*, dachte ich in einem Anflug von schwarzem Humor. Ich erzählte ihnen alles, was ich wusste. Nur meinen Fund im Labor, der sich immer noch in meiner Hosentasche befand, verschwieg ich geflissentlich. Die Person, die ich verdächtigte, war die letzte, von der ich es erwartet hätte. Im Umkehrschluss bedeutete es, dass man niemandem auf dem Schiff vertrauen konnte – auch dem Kapitän und seinem Sicherheitsoffizier nicht.

Kaum waren die beiden Männer gegangen, fielen mir schon die Augen zu, und ich schlief ein.

* * *

Keine Ahnung, wie lange ich geschlafen hatte, aber als ich blinzelnd aufwachte, blickte ich direkt in schmelzende Schokolade. Mein Magen knurrte prompte, und die Schokolade geriet in Bewegung. Ich las darin liebevollen Spott.

»Da hat wohl jemand Hunger«, vernahm ich eine rauchige männliche Stimme.

Mein Herz tat einen Satz und ich setzte mich auf. Eine Bewegung, die sich mit einem fiesen Stechen im Kopf rächte.

»Sachte«, sagte Jayden und berührte meine Schulter.

Er saß im schwarzen Trainingsanzug auf dem Rand meiner Pritsche.

»Wie lange bist du schon hier?«, fragte ich.

»Zwanzig Minuten ungefähr.« Er zwinkerte. »Aber diesmal bin ich ganz offiziell hier.«

Hitze stieg mir in die Wangen. »Hast du mich etwa die ganze Zeit beobachtet?«

Hoffentlich habe ich nicht im Schlaf gesabbert.

»Was hätte ich denn sonst tun sollen?«, konterte Jayden lächelnd, dann wurde er von einem Moment auf den anderen todernst. »Hat Barbara dir das angetan?«

Ich schüttelte den Kopf. »Es war ein Mann, aber ich weiß nicht, wer«, log ich.

Hätte Jayden von meinem Verdacht erfahren, hätte er vermutlich etwas sehr Unüberlegtes getan, was seiner prekären Situation nicht zuträglich gewesen wäre. Außerdem war ich davon überzeugt, dass er meinen Plan, den Verantwortlichen zur Rede zu stellen, nicht gutgeheißen hätte. Denn das hatte ich vor. Trotz meiner Kopfschmerzen wollte ich die Sache zu Ende bringen, damit Jayden bald wieder frei war.

»War es Henrik?«

»Keine Ahnung.«

»Wenn ich den Kerl in die Fänge bekomme!« Das Knurren, das aus Jaydens Hals drang, war so herrlich sexy, dass ich nicht anders konnte, als seinen Nacken zu packen und ihn zu küssen.

Er erwiderte meinen Kuss behutsam, als hätte er Angst, mich zu zerbrechen, was mich in seinen Armen weich wie Butter werden ließ. »Vielleicht könntest du mit Nishay die Kabine wechseln«, murmelte ich an seinen Lippen. »Bis wir angekommen sind.«

Jayden stieß ein leises bedauerndes Lachen aus. »Nichts wäre mir lieber. Aber ich fürchte, so entgegenkommend ist Kapitän Muñoz nun auch wieder nicht.«

»Schade.« Dann runzelte ich die Stirn und ließ ihn los. »Wie lange habe ich eigentlich geschlafen?«

»Der Matrose vor der Tür sagte, sein Kollege und er halten seit zehn Stunden abwechselnd Wache.«

»Meine Güte! So lange?« Ich sah Jayden in die Augen. »Der Wievielte ist heute und wie spät ist es?«

Er verriet es mir.

»Noch einen halben Tag«, murmelte ich.

Jayden legte mir eine Hand auf die Wange. »Das wird schon.«

Ich nickte wortlos.

Ja, das würde es. Weil ich nämlich dafür sorgen würde.

Auf Konfrontationskurs

Ich klopfte drei Mal an die Tür.

Das Objekt, das ich fest umschlossen hielt, schnitt mir unangenehm ins Fleisch, was gut war, weil der Schmerz meinen Groll weiter anfachte. Schwere Schritte erklangen, dann ertönte ein Klicken, als der Riegel zurückgeschoben wurde, und die Tür schwang auf. Auf der Schwelle stand Thomas Kuhlmann, der Eisbär von Eckernförde – unser Expeditionsleiter.

»Lara!«, rief er und tat besorgt. »Ich habe gehört, was passiert ist. Wie geht es dir?«

Statt zu antworten, sah ich ihm fest in die Augen und streckte die rechte Hand aus. Thomas, der der Bewegung gefolgt war, hob überrascht die buschigen Augenbrauen, als er den Gegenstand in meiner Handfläche sah: eine Venusmuschel.

»Soll mir das etwas sagen?«, fragte er gelassen.

»Ich glaube, die hier hast du verloren«, antwortete ich im gleichen Tonfall, obwohl mir das Herz bis zum Hals schlug.

Konfrontationen waren mir per se zuwider, und was gefährliche Situationen betraf … Nun, sie bereiteten mir eine Heidenangst. Doch weil zu dieser Tageszeit ein Matrose dabei war, den Korridor auf dem E-Deck zu wischen, wähnte ich mich sicher. Was auch der Grund war, warum ich diesen Moment ausgesucht hatte, um bei Thomas anzuklopfen. Zwar überragte mich unser Expeditionsleiter um einige Zentimeter, aber ich war jünger und damit auch agiler als er, und – was ganz entscheidend war – er stand vor und nicht hinter mir.

Unwillkürlich griff Thomas in seine Brusttasche und wurde im Gesicht aschfahl.

»Sie muss wohl herausgefallen sein, als du mich im Labor eingesperrt hast«, sagte ich kalt. Die Wut in meinem Bauch verdichtete sich zu einem Feuerball, als ich an diese Ungeheuerlichkeit dachte.

Thomas gab sich ahnungslos. »Labor? Ich? Du glaubst, ich war das? Das ist doch Unsinn, Lara.« Sein Gesicht wurde milde. »Die Venusmuschel bedeutet mir viel, sie hat meiner Tochter gehört. Seit Tagen bin ich schon auf der Suche danach. Danke, dass du sie gefunden hast. Auch wenn es unter diesen schrecklichen Umständen geschehen ist.« Er lächelte mitfühlend und streckte die Hand aus.

Zweifel überkamen mich. Sollte ich mich getäuscht haben? Thomas' Miene drückte Liebenswürdigkeit aus, wie ich es von ihm nicht anders gewohnt war. Während ich ihn schweigend betrachtete, rotierten meine Gedanken. Da fiel es mir wieder ein. Gestern beim Essen in der Messe hatte ich beobachtet, wie er die Muschel aus der Tasche gezogen hatte, um sie versonnen zu betrachten. Etwas, was er häufiger tat. Ich überlegte. War es wirklich gestern gewesen? Oder eher vorgestern? Da begriff ich, dass es aufs Gleiche hinauslief, da die Laborcontainer bereits vor einer knappen Woche verschlossen worden waren.

»Netter Versuch«, sagte ich und trat einen Schritt vor. »Ich denke, es ist Zeit, zu gestehen. Das Spiel ist aus, Thomas.«

Woher nahm ich bloß die Kühnheit, ihn so offen anzugehen? Ich schätzte, es lag daran, dass ich stinkwütend war.

Da Thomas nicht reagierte, setzte ich noch einen drauf. »Ich weiß alles«, behauptete ich vollmundig.

Jetzt endlich bekam die Fassade einen Riss. Seine Miene wandelte sich langsam, fast wie in Zeitlupe. Die sonst immer lachenden blauen Augen verengten sich zu Eisklumpen, während die Lippen zu einem Strich wurden, der gänzlich hinter dem Bart verschwand, und die buschigen Brauen sich zusammenzogen. Ein Furcht einflößender Anblick, der mich beinahe zurückweichen ließ.

Doch seine Miene war nichts im Vergleich zu seiner hasserfüllten Stimme, als er zu sprechen begann: »Das Spiel fängt gerade erst an, Lara!«, spuckte er mir entgegen. »Daran wirst auch du nichts ändern können.«

Fassungslos starrte ich ihn an. »Wieso?«

»Wieso, fragst du? Ich kann's dir sagen. Nach Emmas Tod habe ich mein ganzes Leben dem APF gewidmet. Ich habe wie ein Blöder geschuftet, mir den Arsch aufgerissen, damit die Organisation zu dem wurde, was sie jetzt ist.« Thomas trat mit geballten Fäusten über die Schwelle, und diesmal wich ich zurück. Mein Blick huschte nach links. Wo war der Matrose mit dem Wischmopp geblieben? »Und was tut der Vorstand? Er wählt diese tablettensüchtige Schlampe zur Präsidentin, obwohl der Posten mir zusteht!« Unter dem struppigen Haarschopf lief Thomas krebsrot an. »Und warum? Wegen der beschissenen Frauenquote!«

»Also, ich denke nicht, dass …«

»Halt die Klappe! Dass du hier bist, ist der beste Beweis. Sieh dir das Team doch an! Fifty-fifty. Was für ein Schwachsinn! Früher wurden die Teilnehmer nach ihren Fähigkeiten ausgesucht und nicht nach ihren Muschis!« *Na, danke auch.* »Ich habe für den Job alles geopfert.« Tränen der Wut traten in Thomas' Augen. »Als Emma auf dem Rummelplatz zu Tode gekommen ist, war ich nicht bei ihr, wie ein liebender Vater es hätte sein sollen. Nein, ich machte Überstunden für den APF. Wieder einmal! Meine Ehe ist daran zerbrochen!«

Trotz der harschen Worte verspürte ich einen Anflug von Mitleid für den verbitterten Mann vor mir, gleichzeitig ratterte es in meinem Kopf, während ich versuchte, die Puzzleteile zusammenzufügen. »Dein Ziel bestand darin, die Expedition zu sabotieren, um Michelle Esperanza inkompetent aussehen zu lassen. Unzureichende Vorbereitung, schlecht gewartetes Material, unfähiges Personal. Das hätte gepasst, schließlich hatte sie die Schiffscrew persönlich zusammengestellt«, zählte ich auf. »Hinter allem steckten keine Länder und ihre wirtschaftlichen Interessen, sondern ein verletztes Ego.« Ich legte eine kurze Pause ein. »Du und Barbara habt das offenbar von langer Hand geplant.«

Einen Moment lang verschwand die Wut aus Thomas' Gesicht, und Verdutztheit trat an ihre Stelle. »Barbara? Was hat die denn damit zu tun?«

Nun war es an mir, ihn überrascht anzusehen. »Sie hat dir doch von der Blutprobe erzählt.«

Er machte eine verächtliche Geste. »Ja, weil sie dämlich ist und auf meine teilnahmsvolle Nummer reingefallen ist.«

Ich brauchte einen Moment, um das Ausmaß dieser Information zu begreifen. Jayden und ich hatten Barbara zu Unrecht verdächtigt! Ich verschob meine Gewissensbisse auf später und richtete meine Aufmerksamkeit wieder auf Thomas. »Du hast für einen Kurzschluss im Labor der Glaziologen gesorgt, damit die Proben vernichtet wurden«, zählte ich auf, und je länger ich sprach, desto erzürnter wurde mein Tonfall. »Du hast an Jaydens Hubschrauber herumgewerkelt und bewirkt, dass er beinahe abstürzte. Und um ganz sicherzugehen, hast du den Stromgenerator unbrauchbar gemacht. Nur dumm, dass Christoph Marquardt dich dabei erwischt hat. Aber hey, in deinem Einfallsreichtum hast du den Mord einfach Jayden angehängt!«

Zum ersten Mal, seit ich mit meiner Ausführung begonnen hatte, regte sich etwas in Thomas' kalter Miene. »Dass jemand stirbt, habe ich nie gewollt«, sagte er mit beinahe flehentlicher Stimme. »Das war ein bedauerlicher Unfall. Christoph war zur falschen Zeit am falschen Ort.« Dann zuckte er mit den Achseln. »Dass Jayden durch den Defekt am Hubschrauber möglicherweise sterben würde, erwies sich für mich als echte Chance. Die musste ich ergreifen. Mein Pech, dass ihr zurückgekommen seid.«

Das letzte Quäntchen Mitgefühl für Thomas verpuffte schlagartig. Ich hatte einen Menschen vor mir, der vor Selbstmitleid troff und damit einhergehend sämtliche Empathie verloren hatte.

»Du hättest mich in diesem Labor einfach sterben lassen«, presste ich zwischen zusammengebissenen Zähnen hervor.

Thomas' Miene wandelt sich erneut, und er senkte schuldbewusst die Augen. »Nachdem du Christophs Blut gefunden hast, bin ich in Panik geraten. Ich habe vielleicht etwas überreagiert.«

»Überreagiert?«, brach es aus mir heraus. Vor Empörung hatte sich meine Stimme um zwei Oktaven nach oben geschraubt.

Wieder ein Blick nach links. Wo war nur der Matrose?

»Es tut mir leid, Lara ...«, murmelte Thomas in seinen Bart und beugte demütig den Kopf, während ich darüber nachsann, was ich als Nächstes tun sollte.

Der Eisbär von Eckernförde nahm mir die Entscheidung ab.

Sein Angriff kam so unerwartet, dass ich erst begriff, was geschah, als ich rückwärts gegen die Wand knallte. Thomas war wie ein Stier vorgeprescht und hatte mich von den Beinen geholt. Zum Glück hatte ich mir den Kopf nicht angestoßen, trotzdem reichte der Aufprall aus, um einen kurzen Schwindel auszulösen. Schließlich war meine Wunde erst am Vortag genäht worden. Die Zeit, die ich brauchte, um mich zu orientieren, nutzte Thomas, um durch den Korridor zu türmen. Stöhnend richtete ich mich auf. Mein Puls raste und mir war übel.

»Bleib stehen!«, rief ich. »Du kannst eh nirgendwo hin!«

Natürlich hörte er nicht auf mich, also setzte ich ihm nach. Nun meldete sich mein Kopf doch und gab bei jedem Schritt, den ich lief, ein eindringliches Pochen von sich, als wollte er mir mitteilen, wie dumm ich mich verhielt. Er hatte selbstverständlich recht. Ich hätte den Sicherheitsoffizier oder auch jeden anderen um Hilfe bitten können. Aber zum einen war gerade niemand in der Nähe – ob der Matrose Pause machte? –, und zum anderen durfte ich Thomas auf keinen Fall aus den Augen verlieren. Schließlich gab es genügend Ecken auf dem Schiff, in die er sich verkriechen konnte, bis Jayden ins Flugzeug verfrachtet worden war. Abgesehen davon nahm ich die Sache ziemlich persönlich, deshalb wollte ich auch diejenige sein, die sie zu Ende führte. Womöglich steckte mehr von meinen Schwestern in mir als geahnt.

Thomas bog um die Ecke nach rechts, doch statt, wie erwartet, die abwärts führende Treppe zu nehmen, stürmte er nach oben und weiter durch die Schotttür zum Heli-Deck. Verdammt! Was tat er da? Weder er noch ich waren für die eisigen Temperaturen gerüstet. Heute war die Antarktis wieder in Grau gehüllt, und wir trugen lediglich Jeans und Pullover. Wollte er etwa versuchen, mit dem Hubschrauber zu fliehen, der oben auf dem Landeplatz stand, was völlig verrückt gewesen wäre? Für ihn gab es im Umkreis von fünftausend Kilometern keinen sicheren Unterschlupf. Was er vorhatte, war reiner Selbstmord! Ich wägte ab, so schnell es eben ging, wenn einem der Kopf brummte, und rannte nach unten zum Hangar. Rasch schlüpfte ich in eine Jacke, schnappte mir ein paar Handschuhe und riss eines der geladenen Spezialgewehre aus dem Anker, dann nahm ich die Treppe wieder nach draußen.

Ein eisiger Wind pfiff über das Deck, und ich kniff unwillkürlich die Augen zusammen, während Thomas sich sichtlich abmühte, zu dem Hubschrauber zu gelangen, der ihm am nächsten stand.

»Bleib stehen!«, schrie ich gegen den Wind an, doch er reagierte nicht. Keine Ahnung, ob er mich überhaupt hörte, also wiederholte ich meine Aufforderung.

Diesmal warf er einen Blick über die Schulter, lief jedoch weiter. Gleich würde er den Hubschrauber erreicht haben! Im Laufschritt bewegte ich mich nach vorn, kämpfte gegen den Wind, die schaukelnden Bewegungen der *Rosenrot* und meine Kopfschmerzen, die sich inzwischen um ein Vielfaches gesteigert hatten. Schon war Thomas am Ziel und rüttelte an der Tür, die, wie ich wohl wusste, nicht abgeschlossen war. Ich presste die Lippen zusammen. Ich würde ihn nicht rechtzeitig erreichen. Eine Stimme in meinem Kopf riet mir, ihn in den sicheren Tod fliegen zu lassen. Mein Zögern währte nicht mehr als einen Sekundenbruchteil. So leicht würde Thomas nicht davonkommen! Ich würde sicherstellen, dass er für das, was er getan hatte, zur Verantwortung gezogen wurde. Dad, der Richter am obersten Zivilgericht in Edinburgh gewesen war, hätte nichts anderes von mir erwartet. Und waren Violet, Poppy und ich in der Schule nicht die drei Musketierinnen gewesen, die gegen Ignoranz und Ungerechtigkeit gekämpft hatten?

Es gab einen weiteren Grund, warum ich Thomas unter allen Umständen aufhalten musste. Sein Schuldeingeständnis war das Einzige, was Jayden entlasten konnte.

Ich hob das Spezialgewehr genau in dem Moment, als Thomas die Tür des Hubschraubers öffnete. Eine Warnung ersparte ich mir, da er eh nicht auf mich gehört hätte. Als er mir die Kehrseite zuwandte, um einzusteigen, zielte ich und schoss. Ohne vorheriges Ein- und Ausatmen. Diesmal reagierte ich instinktiv und traf mein Ziel. Wenn auch nicht dort, wo ich es geplant hatte. Statt in seine Schulter bohrte sich der vierzehn Zentimeter metallene Pfeil samt Antenne in Thomas' rechte Pobacke. Sein Schmerzensschrei gellte weit über das Heck hinaus, und ich musste zugeben, dass mir der Anblick Gänsehaut bescherte. Eine Verankerungsspitze im Hintern zu haben, war bestimmt kein Zuckerschlecken!

Bisher hatte es sich so angefühlt, als hätte ich mich mit Thomas in einer Blase befunden, die jeden anderen an Bord ausschloss, doch nun regte sich Leben auf dem Schiff. Als ich hinter mir trampelnde Schritte hörte, drehte ich mich um und sah den Sicherheitsoffizier mit zwei Mitgliedern seines Teams, die auf mich zuliefen. Alle drei waren in Polarjacken gepackt, und obwohl der Sicherheitsoffizier die voluminöse Kapuze zum Schutz gegen den Wind übergestreift hatte, konnte ich ihm die Verwirrung vom Gesicht ablesen.

»Was ist hier los, Doctora Duncan?«, fragte er, während sein Blick zwischen mir und Thomas, der sich wimmernd auf dem Boden wand, hin- und herhuschte.

»Er hat versucht, zu türmen«, erklärte ich und hob das Gewehr. »Ich habe ihn davon abgehalten.«

Du lieber Himmel! Welcher Rambo hatte von mir Besitz ergriffen?

Vielleicht war dem Sicherheitsoffizier der gleiche Gedanke gekommen, denn er sah mich an, als wäre mir mitten auf der Stirn ein Horn gewachsen. Doch dann riss er sich von meinem faszinierenden Anblick los und wandte sich mit einem Befehl an einen seiner Matrosen, der daraufhin nach unten spurtete. Ich hatte »Doctora« und »Böcklin« herausgehört.

»Und warum wollte er flüchten?«, fragte mich der Sicherheitsoffizier, während wir auf Thomas zugingen.

Möglicherweise war es nur Einbildung, aber ich glaubte, in seiner Stimme einen Hauch von Amüsiertheit zu hören.

»Er hat zugegeben, Christoph Marquardt getötet zu haben«, antwortete ich schlicht und sah, wie sich der Sicherheitsoffizier versteifte.

»Er war ein Freund«, brummte er ganz und gar nicht mehr amüsiert.

Inzwischen hatten wir den zusammengekrümmten Thomas erreicht, der mich mit einem hasserfüllten Blick bedachte. Ich konnte es ihm nicht einmal verübeln. Seine Wunde sah schmerzhaft aus, obwohl sie nicht so stark blutete wie gedacht.

»Und warum hat er Christofo getötet?«, fragte der Sicherheitsoffizier und sah kalt auf unseren Expeditionsleiter hinunter.

»Weil der ihn dabei erwischt hat, wie er den Stromgenerator sabotiert hat«, antwortete ich. »Er ist auch für den Kurzschluss im Laborcontainer der Glaziologen verantwortlich und auch dafür, dass unser Hubschrauber beinahe abgestürzt wäre …«

»Sie lügt!«, kreischte Thomas dazwischen. »Sie ist die Saboteurin, nicht ich. Jayden und sie stecken unter einer Decke! Als ich sie zur Rede gestellt habe, hat sie mich angegriffen!«

Perplex sah ich erst Thomas an, dann den Sicherheitsoffizier. »Das ist nicht wahr.«

»Ach nein?« Thomas' Stimme kippte vor Wut und Schmerz über. »Und was ist mit der kontaminierten Wasserprobe? Sie behauptet, im Labor gefangen gewesen zu sein, aber in Wirklichkeit hat sie sich selbst eingesperrt, nachdem sie die Proben sabotiert hat.«

Wie bitte?

Wut kochte in mir hoch. Was für eine dreiste Behauptung!

»Und die Wunde am Kopf soll ich mir selbst zugefügt haben, oder was?«, blaffte ich.

»Du hast dich im Dunkeln angestoßen!« Thomas' Lippen wurden zu einem Strich. »Solche Dinge passieren.«

»Sehr unwahrscheinlich«, bemerkte eine kühle Frauenstimme hinter uns.

Ich drehte mich um.

Susanne Böcklin war mit ihrer schweren Arzttasche, zwei Matrosen und einer Trage eingetroffen. Ihr Blick war dunkel vor Abscheu, doch die galt nicht mir, sondern Thomas.

»Ich habe Laras Wunde genäht«, erklärte sie. »Und ich kann mit Sicherheit sagen, dass sie von einem Holzgegenstand stammt. Ich habe in der Wunde einen Splitter gefunden.« Mich schauderte, und ich warf ihr einen fragenden Blick zu. Das hatte sie mir gar nicht erzählt. »Und soweit ich weiß, sind die Wände der Laborcontainer nicht holzgetäfelt«, fügte sie frostig hinzu.

Das reichte dem Sicherheitsoffizier offenbar, denn er nickte den beiden Matrosen zu, die Thomas auf die Trage hoben und auf die Seite legten. Dabei gingen sie nicht gerade zimperlich vor, wie Thomas' Stöhnen verriet.

»Es widerstrebt mir, das hier zu tun«, sagte Susanne Böcklin, während sie eine Spritze mit Morphin füllte. »Aber ich bin an meinem hippokratischen Eid gebunden.«

»Sieht ziemlich schmerzhaft aus«, bemerkte ich mit Blick auf Thomas' Wunde ungerührt.

»Ist es auch, glauben Sie mir«, antwortete die Ärztin, dann lächelte sie. »Danke.«

Ich nickte und gab ihr das Lächeln zurück.

Nachdem sie Thomas das Mittel verabreicht hatte, brachten die Männer ihn unter Deck, wobei Susanne Böcklin sie begleitete. Der Sicherheitsoffizier und ich blieben allein zurück.

»Werden Sie Jayden freilassen?«, fragte ich.

Der Mann mit dem vernarbten Gesicht sah mich nachdenklich an. »Ohne Kuhlmanns Geständnis? Ich glaube Ihnen ja, was seine Schuld betrifft«, fügte er rasch hinzu, als ich zu einem Einwand ansetzte. »Aber ohne Beweis ...«

»Sie wollen Thomas doch nicht ernsthaft laufen lassen?« Mir fiel etwas ein, und ich griff in meine Hosentasche, in die ich die Venusmuschel wieder hineingesteckt hatte. »Das hier habe ich im Laborcontainer gefunden. Das gehört ihm und beweist, dass er mich dorthin verschleppt hat. Außerdem hat er mir gegenüber alles zugegeben!«

Der Sicherheitsoffizier verzog das Gesicht. »Das wird leider nicht ausreichen, fürchte ich. Aber falls es Sie tröstet: Ich werde vor dem Krankenzimmer jemanden postieren, danach soll sich der chilenische Polizist mit Thomas Kuhlmann unterhalten.« Er rang sich ein Lächeln ab. »Mit etwas Glück bringt er ihn dazu, zu gestehen, bevor alle ins Flugzeug steigen, dann wäre Señor Mitchell aus dem Schneider.«

Die Worte des Sicherheitsoffiziers trösteten mich kein bisschen, und ich senkte bekümmert den Kopf. Daraufhin legte er mir eine Hand auf die Schulter. »Es wird sich alles regeln, da bin ich sicher. Wenn nicht hier, dann in Chile. Sie müssen nur etwas Geduld haben.«

»Also läuft es auf Aussage gegen Aussage hinaus?«

Wieder lächelte der Sicherheitsoffizier. »Ich kenne Señor Mitchell. Er ist hart im Nehmen und hält durch, solange das nötig ist. Thomas Kuhlmann mag der Eisbär von Eckernförde sein, aber meiner Meinung nach wird er bei einem Verhör schneller einknicken als eine Dahlie bei Regen.«

Ich nickte und gab mich dankbar, doch in Wirklichkeit teilte ich seine Zuversicht keineswegs. Ich hatte den fanatischen Glanz in Thomas' Blick gesehen.

Nachdem ich Kapitän Muñoz noch einmal alles im Detail erzählt und mir neue Schmerztabletten gegen die Kopfschmerzen besorgt hatte, ging ich zurück in meine Kabine.

»Du hast ihm *was*?«, rief Nishay entzückt und geschockt zugleich, als ich ihr von den Geschehnissen erzählte. »Du, Lara Duncan, steckst voller Überraschungen!«

In einer bescheidenen Geste zuckte ich mit den Schultern, fühlte mich aber dennoch geschmeichelt.

»Ich vermute, du kannst es gar nicht abwarten, Jayden aufzusuchen«, sagte Nishay weiter.

Ich lächelte. »Das stimmt. Vorher will ich aber ...«

In diesem Moment ertönten zwei kurze Töne, danach zwei lange Töne. Nishay und ich wechselten entsetzte Blicke. Wir wussten, was das bedeutete.

Wir hatten die Schelfeiskante erreicht.

EIN UNERWARTETER BESUCH

Über die Schiffslautsprecher wurde uns mitgeteilt, dass die Iljuschin mit dem neuen Stromgenerator bereits gelandet war, es jedoch noch eine Stunde dauern werde, bis wir anlegten. Wer wollte, konnte später während der Verladung von Bord gehen, um sich auf dem Eis die Beine zu vertreten. Kurz wägte ich ab und entschied mich gegen den Besuch bei Jayden. Die Zeit war einfach zu knapp. Stattdessen setzte ich mich an den Schreibtisch und holte ein leeres Blatt Papier hervor, um ein Gedächtnisprotokoll von Thomas' Geständnis anzufertigen. Danach fasste ich auf einem weiteren Blatt Papier meine Erkenntnisse fein säuberlich zusammen: Fakten, Zusammenhänge und Indizien. Beweise hatte ich leider keine. Obwohl die Minuten viel zu schnell dahinschmolzen, bemühte ich mich um Strukturierung und eine klare Sprache. Meine jahrelange wissenschaftliche Arbeit kam mir dabei zugute. Am Ende hielt ich Schriftstücke in der Hand, die Jaydens Anwalt, sollte er einen benötigen, wichtige Argumente zu seiner Verteidigung liefern würden. Und mit etwas Glück würde es den chilenischen Polizisten davon abbringen, Jayden mitzunehmen, sofern er Englisch verstand. Wenn nicht, würde ich Kapitän Muñoz bitten, das Ganze zu übersetzen.

Vor meinem inneren Auge sah ich den gesichtslosen Polizisten vor mir, der auf dem Oberdeck stand, sich alles durchlas, anerkennend nickte, Jayden freundschaftlich auf die Schulter klopfte und sich dann schließlich Thomas zuwandte, um ihm Handschellen anzulegen.

»Hast du alles?«, riss mich Nishay aus meinem Tagtraum.

Ich bejahte, konnte jedoch meine Sorge offenbar nicht gut verbergen, denn Nishay nahm mich in den Arm.

»Du wirst es schaffen, den Polizisten zu überzeugen, da bin ich sicher«, sagte sie. »Am Ende wird Thomas nichts anderes übrig bleiben als zu gestehen.«

Ich nickte, wenn auch mechanisch.

Schon bald trieb mich die Unruhe nach oben an Deck zu den vielen anderen, die sich dort versammelt hatten, während Kapitän Muñoz die *Rosenrot* zielgenau an eine Stelle des Schelfeises steuerte, wo der Austausch – Stromgenerator gegen Gefangene – erfolgen würde. Mitten in der blendend weißen Einsamkeit standen neben der Iljuschin zwei Menschen und starrten uns entgegen. Noch waren sie zu weit weg, um mehr von ihnen erkennen zu können als menschliche Formen in Polarkleidung, doch ich vermutete, dass einer von ihnen der chilenische Polizist war. Mir schnürte sich der Hals zu. Ohne mir dessen bewusst zu sein, hatte ich wohl gehofft, dass der Polizist nur eine Mär sei. Wie zum Hohn präsentierte sich die Antarktis an diesem Tag von ihrer Postkartenseite, manche auf Deck hatten wegen der relativ milden Temperatur ihre Polarjacken ausgezogen, und um die *Rosenrot* tanzten wie zur Begrüßung Albatrosse im Wind.

Während ich den Blick auf das sich nähernde Festland gerichtet hielt, strichen meine Finger über das gefaltete Papier in meiner Jackentasche, als könnte ich es mit einem Erfolgszauber belegen. Dann legten wir an und Kräne sowie der Mummychair wurden in Stellung gebracht. Besorgt sah ich mich nach Jayden um, konnte ihn aber nirgendwo entdecken. Vermutlich harrte er noch in seiner Kabine aus. Als die zwei Personen, die auf dem Eis gestanden hatten, an Bord gehievt wurden, wappnete ich mich innerlich. Gleich würde der eigentliche Kampf losgehen. Doch dann stutzte ich. Die kleinere Gestalt von beiden, die eben aus dem Mummychair stieg, hatte kurze graue Haare.

War das etwa …?

»Señora Esperanza!«, rief Kapitän Muñoz, der in diesem Moment übers Deck herangeeilt kam. Zwar blieb mir der Inhalt des spanischen Wortschwalls, der daraufhin folgte, verborgen, dafür war die Freude in der Stimme des Kapitäns unüberhörbar.

Trotz seiner Sonnenbrille erkannte ich jetzt auch den Mann an der Seite der Präsidentin wieder. Er hatte am Empfang im Cape City Hotel in Kapstadt teilgenommen. War der chilenische Polizist im Flugzeug geblieben? Angespannt beobachtete ich, wie sich die Präsidentin des APF und Muñoz im Flüsterton unterhielten. Was hätte ich nur darum gegeben, Mäuschen zu spielen, natürlich erst, nachdem ich einen Crashkurs in Spanisch belegt gehabt hätte! Zu allem Übel schweiften ihre Blicke immer wieder zu mir herüber, bis ich es nicht mehr aushielt und auf sie zuging. Wie aufs Stichwort entfernte sich der Kapitän, rief einige seiner Matrosen zu sich, bevor er sich mit ihnen nach unten begab.

Was ging gerade vor sich?

»Doctora Duncan!«, begrüßte mich Michelle Esperanza mit einem gewinnenden Lächeln, noch ehe ich etwas sagen konnte. »Wie ich gehört habe, verdanken wir Ihnen die Entlarvung des Übeltäters.«

Verblüfft sah ich sie an. »Sie glauben mir?«

»Aber natürlich.« Sie nahm ihre Sonnenbrille ab, vielleicht damit ich die Aufrichtigkeit in ihren Augen sehen konnte, blinzelte dann aber und setzte sie mit einem entschuldigenden Ausdruck wieder auf. »Jayden Mitchell konnte es nicht sein.

Hätte ich allerdings geahnt, dass Sie im Alleingang Thomas dingfest machen, hätte ich die chilenischen Behörden nicht davon überzeugt, dass das Ganze nur ein Missverständnis war.«

»Sie … Sie meinen, an Bord der Iljuschin befindet sich kein Polizist?«, stammelte ich.

»Natürlich nicht, Doctora.« Sie wollte weitersprechen, doch etwas hinter mir erregte ihre Aufmerksamkeit. »Ah, da sind Sie ja, Jayden! Sie haben sich ganz schön überrumpeln lassen, das muss ich schon sagen. Ein Glück, dass diese toughe junge Frau hier den Job gemacht hat, den Sie eigentlich hätten erledigen sollen.«

Wie bitte?

Verwirrt sah ich mich um, direkt in Jaydens Gesicht. Er war allein, ohne seine Wachhunde. »Sie haben recht. Doctora Duncan ist tough«, sagte er und strich sich durchs Haar. Eine Geste der Verlegenheit. »Bedauernswerterweise habe ich mich verrannt. Es war nicht Barbara, die …«

»Wie auch immer!«, unterbrach ihn die Präsidentin des APF ungeduldig. »Hauptsache, die Sache ist vom Tisch.« Ihre Lippen wurden zu einem schmalen Strich, als Thomas von zwei Matrosen flankiert auf dem Deck erschien. »Ich schätze, du wirst einiges zu erklären haben«, sagte sie mit schneidender Stimme an ihren Stellvertreter gewandt.

Ein eisiger Blick war die Antwort.

Obwohl ich vor Neugier platzte, gab ich mir einen Ruck, zog meine Notizen aus der Tasche und reichte sie Michelle Esperanza. Meine Hand zitterte stark, so aufgewühlt war ich. »Möglicherweise kann das hilfreich sein«, sagte ich.

Die grauhaarige Frau faltete die Blätter auseinander und überflog sie, dann nickte sie. »Sehr gute Arbeit.« Sie warf Jayden einen schiefen Blick zu, ehe sie ihre Augen wieder auf mich richtete. »Das wird in der Tat hilfreich sein. Vielen Dank! Wir alle schulden Ihnen etwas.«

Nun spürte ich, wie ich rot wurde. »Ach was! Das hätte jeder getan.«

Sie nickte mir noch einmal zu, dann wandte sie sich erneut an Thomas. »Und jetzt reden wir beide, aber an Bord der Iljuschin.«

Einige Herzschläge lang sah ich der kleinen Gruppe nach, die mit unserem ehemaligen Expeditionsleiter im Schlepptau in den Mummychair stieg. Dann drehte ich mich zu Jayden. »Was meinte sie damit, dass ich den Job gemacht habe, den du hättest erledigen sollen?«, wollte ich wissen.

Seine Miene verriet nichts, was durch die Sonnenbrille noch verstärkt wurde. Der eisige Wind fing sich in seinem Haar und in der Sonne schimmerte sein dunkelblondes Haar fast silbern. Er hatte sich seit Tagen nicht rasiert, was seine Männlichkeit betonte. Dieses Bild von ihm, wie er da stand, in seiner roten Jacke auf dem Deck der *Rosenrot* sollte mich noch lange Zeit verfolgen. Als er einen Schritt nach vorn trat, um nach meinen Händen zu greifen, brachte ich sie in Sicherheit, indem ich sie in die Jackentasche steckte. Etwas sagte mir, dass die Antwort, die ich gleich hören würde, mir ganz und gar nicht gefallen würde.

Um uns herum breitete sich Hektik aus, deshalb zogen wir uns in den Helikopter-Hangar zurück. Außer uns, dem Hubschrauber, der gewartet werden musste, und dem Equipment war die Halle leer. Ich nahm die Sonnenbrille ab und wartete, dass er das Gleiche tat, damit ich ihm in die Augen sehen konnte. Kurz zögerte er, und der Knoten in meinem Magen zog sich noch enger zusammen, dann folgte er meinem Beispiel.

»Also?«, fragte ich mit hörbarer Ungeduld in der Stimme.

»Also«, setzte er an, während er die Sonnenbrille in seiner Jacke verstaute. »Es gab seit längerem Anzeichen dafür, dass jemand aus dem APF versuchen würde, Michelles erste

Expedition zu sabotieren. Als sich der Verdacht erhärtete, hat sie mich kontaktiert und gebeten, Augen und Ohren offenzuhalten und, wenn möglich, den Saboteur zu entlarven und das Schlimmste zu verhindern.«

»Hat ja prima geklappt!«, brach es aus mir heraus, während mein Verstand immer noch dabei war, das Gehörte zu verarbeiten.

Jayden ignorierte meine Bemerkung. »Das war der Grund, warum ich in letzter Minute für einen angeblich kranken Kollegen eingesprungen bin.«

»Wieso ausgerechnet du?«, knurrte ich.

»Michelle vertraute niemandem von ihren Leuten, und auch bei Kapitän Muñoz und seiner Crew konnte sie sich nicht hundertprozentig sicher sein, obwohl sie von ihr persönlich ausgewählt wurden. Sie hat sich an mich gewandt, weil ich nicht nur über die nötige Expeditionserfahrung verfügte, sondern als freiberuflicher Pilot mit niemandem aus ihrer Organisation geklüngelt habe. Ich kenne zwar einige Leute seit Jahren, aber ich bin nicht in deren Belange verstrickt. Mir konnte sie in dieser Sache also vertrauen.«

Vertrauen. Da war es wieder. Das magische Wort.

»Du hättest es mir sagen müssen«, presste ich hervor, während das Blut heiß durch meine Adern pulsierte. Ich spürte, dass sich in mir etwas zusammenbraute, eine Wut, die ich in diesem Ausmaß vielleicht noch nie erlebt hatte. »Spätestens bei unserem letzten Zusammensein.«

»Das konnte ich nicht, Lara.« Seine braunen Augen baten um Verständnis. »Michelle hat mir ausdrücklich gesagt, dass ich keinem Menschen an Bord vertrauen durfte.«

»Und was ist mit Matías Muñoz?«, brach es aus mir heraus. »Ihm hast du doch vertraut, oder nicht? Ich wette, nachdem du ihm von deinem Auftrag erzählt hast, hat er sich bei Michelle rückversichert und dir dann freie Hand gelassen.«

»Ich hatte keine Wahl, Lara!«, rief Jayden und hob flehentlich die Hände. »Ich konnte doch nicht untätig in meiner Kabine sitzen, während du dich in Lebensgefahr begabst.«

»Es war meine erste Expedition!«, versetzte ich, ohne auf seine letzte Bemerkung einzugehen. »Ich kannte niemanden hier, mit wem hätte ich mich gegen Michelle verbünden sollen? Mhm? Sag mir das!«

»Ich wusste doch nichts über dich …«

»Am Anfang vielleicht nicht. Aber dann hast du mich kennengelernt, sogar ziemlich gut!« Bitterkeit schlich sich in meine Stimme. »Du hättest spüren müssen, dass ich zu solchen Dingen wie Sabotage und Mord«, ich spuckte das letzte Wort förmlich aus, »niemals in der Lage wäre.«

Jayden sah mich wortlos an, was mich noch wütender machte.

»Du hast mir die ganze Zeit etwas vorgemacht!«, rief ich außer mir, denn langsam wurde mir die Tragweite seines Geständnisses bewusst. »Du hast mich in dem Glauben gelassen, dass du in einem chilenischen Gefängnis landen könntest!« *Ich bin aus Sorge um dich tausend Tode gestorben*, wollte ich hinzufügen, biss mir aber auf die Lippe. »Deine Wut, deine Angst … Es war alles nur gefakt.«

»Das war es nicht!«, widersprach Jayden energisch. »Ich wusste nicht, ob Michelle über alles informiert worden war. Schließlich hätte der Kapitän oder wer auch immer hinter allem stecken können. Dann hätte sie nicht eingreifen können. Sie befand sich Tausende von Kilometern entfernt! Die Ungewissheit hat mich zermürbt …«

»Oh, willst du vielleicht ein Taschentuch?«, erwiderte ich mit triefendem Sarkasmus. »Blöd. Ich habe gerade keins dabei.«

»Lara, bitte versteh doch«, sagte Jayden.

Als er Anstalten machte, mich in den Arm zu nehmen, trat ich mehrere Schritte zurück. »Bleib bloß weg von mir!«, fauchte ich.

Er ließ die Arme sinken.

Mein inneres Gleichgewicht war komplett aus dem Lot geraten. Wieder hatte ein Mann, für den ich Gefühle hegte, meine Gutmütigkeit ausgenutzt und mich hinters Licht geführt! Wieder einmal war ich für dumm verkauft worden! Ich ballte innerlich die Fäuste. Ich würde nicht weinen. Diesmal nicht! Ich verschränkte die Arme und sah Jayden fest an.

»Du hast nicht nur mich, sondern uns alle zum Narren gehalten«, sagte ich kalt. »Hast uns einen Mann suchen lassen, der gar nicht existiert.«

»Rick Donahue jr. gibt es wirklich«, antwortete Jayden. »Und die Geschichte, die ich dir über seinen Vater erzählt habe, ist wahr.«

»Das ist mir egal!« Nach dem Schock, der Wut und der Traurigkeit trat nun meine Verachtung für Jayden zutage, und ich nahm sie dankbar an. »Du hast die Wahrheit gekannt und uns mit einer Arbeitsbeschaffungsmaßnahme bei Laune gehalten.«

»Es tut mir leid, Lara.« Ich begann, die rauchige Art und Weise zu hassen, wie er meinen Namen aussprach! »Jeder auf diesem Schiff war verdächtig, mit Barbara unter einer Decke zu stecken.«

»Ich also auch?«, spuckte ich ihm entgegen.

»Nein, natürlich nicht. Aber …«

»Aber was?«

»Ich wollte dich nur beschützen.«

»Und den Mist soll ich dir glauben?«

»Es ist die Wahrheit«, antwortete Jayden ernst.

Ich stieß ein bitteres Lachen aus. »Ausgerechnet du sprichst von Wahrheit?« Eine eventuelle Antwort wartete ich gar nicht ab. »Und warum Barbara? Oder war das auch nur ein Trick, um mich für blöd zu verkaufen?«

Jayden schüttelte energisch den Kopf. »Nein! Sie hegt einen alten Groll gegen Michelle, deshalb war sie die Hauptverdächtige. Michelle hat mich darum gebeten, ein Auge auf sie zu haben. Zu Unrecht, wie wir jetzt wissen. Dass wir Thomas Kuhlmann haben, verdanken wir ausschließlich dir.«

»Endlich mal ein wahres Wort aus deinem verlogenen Mund! Du warst lausig. Ich schätze, das liegt am fehlenden Intellekt«, erwiderte ich mit einer bösartigen Inbrunst, die darauf abzielte, ihn zu verletzen. »Der reicht gerade so aus, um Hubschrauber von A nach B zu fliegen. Dabei solltest du bleiben!«

Der Schlag saß, wie ich von Jaydens Miene ablesen konnte, dennoch verspürte ich keine Genugtuung.

»Es tut mir leid«, wiederholte er mit dumpfer Stimme.

»Hör auf damit! Das letzte Mal, als wir ...« Kurz zögerte ich. *Uns geliebt haben.* »... zusammen waren, hattest du die Chance, mir alles zu gestehen. Aber selbst da, als wir uns so nah waren, wie zwei Menschen sich nur sein können, hast du mir ins Gesicht gelogen, ohne mit der Wimper zu zucken.«

Die Sonnenbrille in meiner geballten Hand knirschte leise, als ich daran dachte.

»Ich habe dir mehrmals versichert, dass alles gut wird, Lara«, gab Jayden zur Antwort.

Seine Worte, die er so langsam vorbrachte, als wäre ich minderbemittelt, kosteten mich den letzten Rest Selbstbeherrschung. »Ja, weil du die Wahrheit kanntest!«, schrie ich. »Scher dich zum Teufel, Jayden! Für mich bist du gestorben.«

Rasch wandte ich mich ab, damit er den Schmerz in meinen Augen nicht sehen konnte. Er erhob keine Einwände, was gut war, denn es hätte nichts geändert. Trotzdem spürte ich seine Präsenz in meinem Rücken, und mit jedem Meter, den ich mich von ihm entfernte, breitete sich die Kälte weiter in mir aus.

Ich verbot es mir, zu weinen, ging hinunter in unsere Kabine, die leer war, weil Nishay, wie die meisten anderen, auf das Schelfeis gegangen war, um wieder einmal festen Boden unter den Füßen zu haben. Von tiefer Traurigkeit erfüllt setzte ich mich auf die Pritsche und dachte nach. Allein die Vorstellung, mit Jayden einen weiteren Monat auf engstem Raum zu verbringen, ihn jeden Tag zu sehen oder gar sprechen zu müssen, bereitete mir körperliche Qualen. Am liebsten hätte ich meine Habseligkeiten gepackt und wäre an Bord der Iljuschin gegangen, um Michelle Esperanza zurück nach Chile zu begleiten. Doch dann hätte ich meine wissenschaftliche Arbeit aufgegeben und damit die Mission verraten, wegen der wir hier waren. Sie, und nicht Jayden, hatte oberste Priorität. Impulsiv zu handeln, wäre gedankenlos und unprofessionell gewesen.

Vielleicht ließen sich Ingrid und Henrik zu einem Tausch bewegen. Die Frage war nur, ob Ingrid bereit war, mit Jayden zu fliegen, schließlich hatte er sie und ihren Bruder ebenfalls zum Narren gehalten. Ich bettete mein Gesicht in beide Hände. Konnte ich das wirklich von Ingrid verlangen? Denn nur dann konnte ich Jayden dauerhaft aus dem Weg gehen. Ich hätte die Tagschicht gehabt, er die Nachtschicht. Mein Blick huschte zum Schrank hinüber, wo mein Koffer untergebracht war. Das Weite zu suchen, wäre so viel einfacher gewesen!

* * *

Jayden stand auf dem Schelfeis und beobachtete die sechs Männer und Frauen, die lachend und rufend einen roten Ball über das Eis kickten. Holger, der Schiffskoch, hatte sich das Fahrrad von der *Rosenrot* geschnappt, und fuhr mit einem breiten Grinsen Schlangenlinien. Die ausgelassene, wenn auch surreale Atmosphäre vermochte es nicht, Jaydens trübe Stimmung auch nur im Ansatz zu heben.

Er hatte es vermasselt.

Nicht nur, dass er bei seiner Aufgabe versagt hatte, indem er hauptsächlich Barbara ins Visier genommen hatte, nein: Er hatte Lara verloren, was ungleich schwerer wog. Er hatte es in ihren Augen gesehen. Bei jemand anderem hätte er vielleicht darauf gebaut, dass sich Trauer und Enttäuschung bald wieder legten. Nicht aber bei Lara. Inzwischen kannte er sie gut genug. Oberflächlichkeit lag ihr nicht, und sie verteilte ihre Zuneigung nicht leichtfertig. Wenn sie zu einem Menschen stand, geschah das ohne Kompromisse, deshalb hatte sie auch alles Menschenmögliche unternommen, um seine Unschuld zu beweisen. Dass sie ihn mochte – *gemocht hatte*, verbesserte er sich im Stillen –, war offensichtlich gewesen. Er biss sich fester als sonst auf die Lippe und hieß den Schmerz willkommen. Wie oft hatte er davorgestanden, sie einzuweihen, dann aber einen Rückzieher gemacht! Denn je stärker er sich in Lügen verstrickt hatte, desto schwerer war es für ihn geworden, ihr die Wahrheit zu sagen. Er hatte sich wie ein Feigling verhalten, da gab es nichts zu beschönigen. Er hätte sich ihr von Beginn an anvertrauen müssen, doch wie so oft im Leben trat die Erkenntnis ein, als es bereits zu spät war.

»Ich bin froh, dass alles glimpflich ausgegangen ist«, riss ihn eine Stimme aus seinen Gedanken, und er wandte sich Michelle Esperanza zu, die sich zu ihm gesellt hatte.

»An mir lag es jedenfalls nicht«, bemerkte Jayden bitter. »Doctor Duncan verdanken wir das Ganze.«

»Ja, und Sie werden nicht müde, das zu betonen«, antwortete die Präsidentin, die offenbar ihre gute Laune wiedergefunden hatte. »Aber wie ich das sehe, hätte sie sich nicht so ins Zeug gelegt, wenn es nicht um Sie gegangen wäre.« Sie schmunzelte. »Insofern ist es indirekt auch Ihr Verdienst.«

Jayden, dem nicht nach Feixen zumute war, blieb stumm. Eine kleine Weile beobachteten sie das ausgelassene Treiben der

Expeditionsmitglieder, doch seine Gedanken waren bei Lara, die vermutlich todunglücklich in ihrer Kabine saß. Wegen ihm. Er hatte ihr niemals wehtun wollen und hasste sich jetzt dafür. Er hätte Michelles heimlichen Auftrag ablehnen sollen, aber er war ihrem Vater etwas schuldig gewesen. Nach der Army hatte dieser ihm seinen ersten Job bei einer größeren Expedition ermöglicht.

Hättest du den Auftrag nicht angenommen, hättest du Lara niemals kennengelernt, flüsterte ihm seine innere Stimme zu. Sicher, hielt er dagegen, aber in dem Fall hätte er jetzt nicht gelitten wie ein Hund. Und Lara auch nicht.

»An Bord werden viele nicht gut auf mich zu sprechen sein, nachdem ich ihnen etwas vorgemacht habe«, sagte er, nachdem er eine Entscheidung getroffen hatte. Er würde nicht zulassen, dass Lara eine Torheit beging, und ihr deshalb zuvorkommen. »Es ist das Beste, wenn ich mit Ihnen zurückfliege, Michelle.«

Die Präsidentin schüttelte überrascht den Kopf. »Reagieren Sie da nicht ein wenig über?«

»Nein. Bei einer solchen Expedition ist Vertrauen immens wichtig«, antwortete er ruhig. »Und das habe ich verspielt.«

»Jayd…«

»Meine Entscheidung steht, Michelle«, sagte er in dem Wissen, dass er den APF als Auftraggeber vermutlich von seiner Liste streichen konnte. Aber das war das Mindeste, was er für Lara tun konnte.

»Das Team braucht Sie!«, erwiderte Michelle Esperanza, deren Mund sich zu einem Strich verengt hatte.

»Russell Nicolet kann den Job problemlos weiterführen.«

»Mag sein, trotzdem halte ich Ihre Entscheidung für unklug.«

»Das ist Ihr gutes Recht« konterte Jayden. »Aber ich sehe das anders.«

Kurz starrten sie sich an, dann ging ein Ruck durch den Körper der älteren Frau. »Nun gut. Sobald der Generator an Bord der *Rosenrot* ist, fliegen wir los. Sehen Sie zu, dass Sie rechtzeitig im Flugzeug sitzen. Ich werde Ihre Bezahlung entsprechend kürzen müssen. Das verstehen Sie sicher.«

»Natürlich«, antwortete Jayden. Es war ihm egal.

Als Michelle Esperanza nichts mehr sagte, nickte er und ging nach unten, um zu packen. Dazu musste er zwangsläufig an Laras Kabine vorbei. Auf Höhe ihrer Tür verlangsamte er den Schritt und blieb stehen. Das Herz schlug hart gegen seine Brust. Er hob die Hand, um anzuklopfen. Kurz verharrte sie in der Luft, dann ließ er sie wieder sinken. Lara hatte sich sehr klar ausgedrückt, was ihn betraf. Nach einem letzten Blick auf die Tür lief er weiter zu seiner eigenen Kabine, um seine Habseligkeiten in seinem Seesack zu verstauen. Je früher er von Bord ging, desto schneller würde sich Lara von der ganzen Geschichte – und von ihm – erholen. Obwohl es ihm Qualen bereitete, sich selbst aus ihrem Leben zu tilgen, tat er das Richtige. Das wusste er.

Unterdrückte Gefühle

Jayden war fort und hatte es nicht einmal für nötig erachtet, sich zu verabschieden. Er war mit Michelle Esperanza zurückgeflogen, was vermutlich von vorneherein der Plan gewesen war, da seine Aufgabe an Bord beendet war. Zunächst verspürte ich Schmerz und danach große Erleichterung, diesen »verlogenen Mistkerl« loszuwerden, wie Nishay ihn titulierte, nachdem sie die Wahrheit erfahren hatte.

Mit Höchstgeschwindigkeit kehrte die *Rosenrot* zu unserer Schwerpunktregion zurück, wobei uns das Wetter zum Glück wohlgesonnen war. Nach nur vier Tagen waren wir am Ziel, und ich stürzte mich voller Eifer in die Arbeit. Russell Nicolet und ich pflegten einen freundschaftlichen und unkomplizierten Umgang, und schnell bildeten wir mit Philippe ein gut funktionierendes Team. Hätten wir doch nur von Beginn an in dieser Konstellation gearbeitet! Wie viel Ärger wäre mir dadurch erspart geblieben. *Aber auch Liebe und Hingabe*, wisperte eine kleine Stimme in meinem Innern, die ich wiederholt zum Schweigen bringen musste. Dass Jayden nicht mehr Teil meines Lebens war, erzeugte in den ersten Tagen ein angenehm taubes Gefühl der Erleichterung, das leider nicht anhielt. Bereits nach kurzer Zeit stellte sich die Sehnsucht ein und steigerte sich dann mit jedem Hubschrauberflug.

Von wegen »aus den Augen, aus dem Sinn«.

Hinzu gesellte sich der Schmerz darüber, dass sich Jayden kampflos aus dem Staub gemacht hatte. Ein irrationales Gefühl, zumal ich ihn fortgejagt hatte, dennoch konnte ich es nicht unterbinden. Das Herz folgte nun mal keiner Logik. So umgänglich Russell auch war, die Walbeobachtungen waren mit ihm nicht dasselbe. Die intensiven Eindrücke und Emotionen blieben aus. Wie Jayden mir prophezeit hatte, hatte ich das Fliegen lieben gelernt, doch seit Russell das Steuer übernommen hatte, war der Zauber dahin. Mir fehlten die verstohlenen Gesten, das verschwörerische Lächeln beim Anblick sich sonnender Pinguine, das atemlos hervorgebrachte »Lara, schau mal!«, wenn eine größere Gruppe von Finnwalen unter uns auftauchte ...

Vermutlich lag es nicht an Russell, sondern an mir. Meine kurze Affäre mit Jayden bauschte ich unverhältnismäßig auf, verherrlichte im Nachhinein etwas völlig Banales. Wir hatten lediglich zwei Mal miteinander geschlafen, und ich hatte mir eingebildet, verliebt zu sein. Hätte ich mich nicht aus genau diesem Grund zur absoluten Närrin gemacht, wäre das Ganze einfach nur zum Lachen gewesen! Ich hätte die Sache abhaken können und fertig! Wieder und wieder redete ich mir ein, wie belanglos unser Verhältnis gewesen war, bis ich nicht mehr minütlich oder stündlich an Jayden denken musste. Irgendwann gelang es mir, ihn vollständig aus meinem Kopf zu verbannen. Aus den Augen, aus dem Sinn funktionierte offenbar doch. Man musste nur hart genug daran arbeiten. Eines Tages würde der Schmerz ebenfalls von ganz allein vergehen. Davon war ich überzeugt.

Auf der *Rosenrot* galt ich von nun an als Heldin, was mir einige Privilegien einbrachte. Ich kam mehrmals in den Genuss, mit Kapitän Muñoz zu speisen, der sich als amüsant und geistreich erwies. Ein echter Glücksgriff für jede Heterofrau auf der Suche nach einem Partner – wären da nicht zwei bezaubernde dunkeläugige weibliche Wesen namens Ilona und Arabella gewesen, die zu Hause auf ihn warteten. Eines Abends zeigte mir Matías voller Stolz Fotos seiner kleinen Familie. Auf meine Nachfrage hin, ob er Frau und Tochter nicht schrecklich vermisse, huschte ein Schatten über sein Gesicht. Er meinte, diese Expedition sei für ihn eine große Chance gewesen, die er habe ergreifen müssen. Seine Frau Ilona habe dafür Verständnis. Das Jayden-Thema schnitten wir nicht an.

In den nachfolgenden Wochen nahm der Alltag auf dem Schiff seinen Lauf. Zu meiner Erleichterung gelang es Britta und ihrer Kollegin, die Wasserprobe zu ersetzen, die ich verunreinigt hatte. Pannen oder anderweitige Zwischenfälle kamen nicht mehr vor, und der neue Stromgenerator funktionierte reibungslos. Es war, als wäre ein böser Geist von Bord gegangen, und so kehrte die ausgelassene und emsige Stimmung zurück. In einer gemeinsamen Kraftanstrengung schafften wir es, die Rückschläge der ersten Wochen durch neue Daten und Erkenntnisse auszubügeln. Am Ende waren alle mit dem Ausgang der Expedition zufrieden. In meinem Fachbereich konnten wir schwarz auf weiß nachweisen, dass in der Region vor der Antarktischen Halbinsel die Finnwalpopulation gewachsen war, was vor allem mit der vermehrten Krillmenge zusammenhing. Damit kamen wir unserem Ziel einen großen Schritt näher, die Region in absehbarer Zukunft zum Meeresschutzgebiet erklären zu lassen. Auch die Daten der anderen Biologen, die bewiesen, wie reich das Eismeer an Mikroorganismen war, trugen ihren Teil dazu bei. Aber das war natürlich nur der Anfang. Vor uns lag noch viel Arbeit, und ich war sicher, dass die Vorbereitungen für die nächste Expedition bereits auf Hochtouren liefen.

Am 10. März erreichten wir erneut die Schelfeiskante, und zwar genau dort, wo wir vor drei Monaten ausgelaufen waren: in der Atka-Bucht. Beim Anblick der Iljuschin, die uns nach Hause bringen würde, brachen die bis zu diesem Moment unterdrückten Gefühle wie eine Monsterwelle über mir zusammen. Vor gut vier Wochen hatte Jayden in der Maschine gesessen. *Es ist nur psychosomatisch*, versuchte ich mich gedanklich zu trösten, *eine chemische Reaktion meines Körpers, ausgelöst durch den Anblick des Flugzeugs. Mehr nicht.* Ich musste lediglich meinen Körper überlisten. Und so verbot ich es mir, zu weinen.

Während der Eisbrecher anlegte, wurden aus dem Bauch des riesigen Transportflugzeugs immer mehr Proviant und Kraftstoff für die *Rosenrot* entladen, der die vierwöchige Heimreise nach Chile bevorstand. Obwohl ich mich darauf freute, die Krokusse wachsen zu sehen und endlich in einen sternenbedeckten Nachthimmel zu schauen, überkam mich angesichts des baldigen Abschieds von der *Rosenrot* und ihrer Besatzung Wehmut. Nicht nur mir erging es so, auch alle anderen verließen das Schiff mit einem lachenden und einem weinenden Auge. Am Vorabend unseres Rückflugs legte sich Holger noch einmal richtig ins Zeug, was der Crew der Iljuschin ebenfalls zugutekam. Wir feierten und tauschten Anekdoten aus, wobei wir es peinlich vermieden, die ersten Wochen zu erwähnen. Großzügig, wie ich war, verkündete ich den endgültigen Verzicht auf meinen Pokergewinn, was für Gelächter sorgte. Meine Geste hatte eh mehr der Symbolik gedient.

Kapitän Muñoz hielt eine kurze Ansprache, und auch Daniel, der Glaziologe aus meiner Pokerrunde, der vorübergehend den Posten des Expeditionsleiters übernommen hatte, sagte ein paar Worte. Er wies auf die Bedeutung der Expedition hin, die trotz der teils dramatischen Ereignisse und dank des Einsatzes jedes Einzelnen an Bord zu einem erfolgreichen Ende geführt worden war. Daniel stellte sich als überraschend guter Redner heraus, und hier und da schimmerten die Augen feucht … Und dann lag ich zum letzten Mal auf meiner Pritsche und schaute nach oben, wo Nishay friedlich schlummerte. Das sachte Schwanken der *Rosenrot*, ihr Knarzen und Schnarren, während sie über uns wachte, ja selbst der leicht muffige Geruch schnürten mir die Kehle zu. So lag ich wach und hörte ihr zu, bis ich endlich einschlief.

Stunden später war es an uns, der Crew der *Rosenrot* zuzuwinken, die an Deck stand und auf uns heruntersah. Alle waren da: Susanne Böcklin, die ein wenig spröde, aber kompetente Schiffsärztin; der finster dreinblickende, aber stets korrekte Sicherheitsoffizier, dessen Name Claudio Ortiz lautete, wie ich inzwischen wusste; Pablo, der Wartungstechniker mit dem Goldarmband und einer Schwäche für Schokolade; Russell Nicolet, der gut gelaunte Ersatzpilot; der schmucke Kapitän Muñoz sowie die vielen Matrosen, die uns in den drei Monaten beigestanden hatten. Als die Iljuschin abhob und ich durch eines der vier Bullaugen einen letzten Blick auf den stolzen Eisbrecher warf – eine Gruppe Königspinguine stand in einiger Entfernung und beobachtete uns neugierig –, konnte ich die Tränen nicht zurückhalten.

»Es wird nicht deine letzte Expedition gewesen sein«, sagte Nishay neben mir, deren Augen trocken geblieben waren. Was vermutlich daran lag, dass sie ein alter Hase war und ihre Erinnerungen andere waren.

Ich nickte matt und hoffte, dass sie recht behielt.

Natürlich rührte meine Traurigkeit nicht nur daher, dass ich die *Rosenrot* lieb gewonnen hatte, sondern auch daher, dass ich in diesem Augenblick unter Jayden und alles, was mit ihm zusammenhing, einen Schlussstrich zog. Ich musste nur noch Kapstadt durchstehen, dann war es geschafft. Normalerweise hätte dort eine zweitägige Nachbesprechung stattgefunden, doch angesichts der besonderen Umstände, die Inhaftierung unseres Expeditionsleiters eingeschlossen, würde diese erst in einer Woche erfolgen, und zwar virtuell. Ich würde also bereits heute Abend den Flieger nach London nehmen. Zum Glück!

Aus dem Augenwinkel sah ich, wie Nishay nervös mit den Händen rang. »Alles in Ordnung?«, fragte ich und musste meinen Mund an ihr Ohr halten, weil es in der Kabine der Transportmaschine bereits jetzt ohrenbetäubend laut war.

Nishay zuckte lediglich mit den Achseln.

Ich musste keine Hellseherin sein, um den Grund für ihre Anspannung zu erraten. »Ist es wegen deines Mannes?«, fragte ich. »Wie hieß er gleich?«

»Dinesh«, antwortete Nishay.

»Ja, genau. Entschuldige. Ich kann mir Namen schlecht merken. Angesichts der vielen Leute auf der *Rosenrot* war das eine echte Herausforderung«, scherzte ich und wurde dann wieder ernst. »Das renkt sich bestimmt wieder ein mit Dinesh.«

Nishays große braune Augen schimmerten. »Was, wenn er auf dauerhaften Abstand pocht?«

Ich strich über ihren Arm. »So dumm wird er nicht sein.«

Nishay seufzte. »Ich hoffe so sehr, dass du recht behältst.« Sie zwang sich zu lächeln. »Nun, wir werden sehen.«

Nach diesen Worten steckte sie sich Ohrstöpsel ein, und ich folgte ihrem Beispiel. Schlechtes Gewissen überkam mich. In den letzten Wochen hatte ich mich ausschließlich auf meine Probleme fokussiert, ohne mir um die Befindlichkeit meiner Freundin Gedanken zu machen. Andererseits hatte sie jegliche Themen gemieden, die sich um ihre Person drehten. Immer, wenn ich sie auf ihre Eheprobleme angesprochen hatte, hatte sie abgeblockt. So offen sie allem gegenüber sonst auch war, so verschlossen war sie in Bezug auf ihr Gefühlsleben. Vielleicht hätte ich vehementer sein müssen. Nun war es an mir, zu seufzen. Zwischenmenschliche Beziehungen waren schrecklich kompliziert. Ich lobte mir da einfache biologische Vorgänge. Erschöpft schloss ich die Augen. Es dauerte nicht lange, schon drifteten meine Gedanken ab und zerbröselten …

Ich wachte erst wieder auf, als der Pilot über Lautsprecher den Anflug auf Kapstadt ankündigte. Überrascht richtete ich mich auf und rieb mir über die Augen.

»Schon?«, formte ich mit den Lippen und sah Nishay an.

»Schon?«, schrie sie mir zu. Sie wirkte hellwach. »Ich dachte, der Flug endet nie! Du bist wirklich zu beneiden, Lara, dass du die Flüge immer verschläfst!«

Ich zuckte mit den Achseln. Sie hatte recht. Ob es mit dem Brummen, der leichten Vibration oder der Höhe zusammenhing? Keine Ahnung. Jedenfalls war ich dafür dankbar. Auf dem großen Monitor wuchs der grüne Kontinent weiter an, während wir uns ihm näherten. Von Kapstadt wurden immer mehr Details sichtbar, dann tauchte der Flughafen auf, über dem wir wie ein behäbiger Vogel schwebten, ehe wir zur Landung ansetzten. Kurz darauf berührte die Iljuschin den Boden und rollte weiter, bis sie ihre Parkposition erreicht hatte. Nachdem wir uns von der Crew verabschiedet hatten, stiegen wir aus und blickten uns unschlüssig um. In der Gruppe herrschte eine eigentümliche Stimmung, während wir die Farbexplosion, die Gerüche und die schwüle Luft auf uns einwirken ließen. Rasch hatten wir Jacken und Pullover ausgezogen und in unsere Rucksäcke gepackt und warteten darauf, dass unser Gepäck entladen wurde. Im Gegensatz zum Tag unseres Abflugs war die Iljuschin in der Nähe des Terminals gelandet, was jede Menge Schaulustige hinter den Panoramafenstern und draußen vor den hohen Drahtzäunen anlockte.

Nach der Zollabfertigung, die wir rasch durchliefen, schließlich gab es nicht viel, was man aus der Antarktis einschmuggeln konnte, sammelten wir uns zum Abschied noch einmal. Hinter der großen Tür aus Milchglas würden wir uns schon sehr bald in alle Richtungen verstreuen. Von Henrik und Ingrid gab es feste Umarmungen und eine Einladung, die ich ebenfalls aussprach, auch wenn meine Wohnung in Southampton für zwei Gäste, die kein Paar waren, recht beengt war. Einer von beiden würde auf einer Luftmatratze schlafen müssen. Keine große Sache für hartgesottene Polarforscher wie uns! *Ja, auch ich gehöre nun dazu*, dachte ich voller Stolz.

Philippe lud mich ebenfalls ein, ihn zu besuchen. Als er auf Nishay und mich zutrat, hielt er eine junge, braungelockte Frau mit grünen Augen im Arm. Beide strahlten mich an und wirkten schrecklich verliebt.

»In vier Monaten sehe ich *mon amour* wieder«, erklärte Philippe. »Lena wird an der Pariser Sorbonne ein Auslandssemester absolvieren.«

»Das freut mich sehr für euch«, antwortete ich aufrichtig und auch ein wenig überrascht. In den letzten Wochen hatte ich zwar mitbekommen, dass die beiden Studierenden viel freie Zeit miteinander verbrachten, doch hatte ich nicht angenommen, dass Philippe es mit der hübschen Ukrainerin ernst meinte. Zum Glück war es aber der Fall. Ein gebrochenes Herz nach dieser Expedition reichte völlig aus.

»Bist du in den sozialen Netzwerken?«, fragte mich Philippe, und ich verneinte.

Nishay, die im Gegensatz zu mir ein Profil hatte, tauschte mit ihm Adressen aus.

»Du solltest dich dort auch registrieren«, sagte sie zu mir. »Das macht Spaß.«

»Mir reicht das Institutsnetzwerk«, gab ich ernst zurück, worauf Philippe und Nishay amüsierte Blicke wechselten. Offenbar hielten sie mich für ziemlich rückständig.

Sollten sie ruhig. Ich war eben, wie ich war, und konnte damit sehr gut leben.

»Ich bin ebenfalls in keinem sozialen Netzwerk«, bemerkte Philippes neue Freundin und sah herausfordernd in die Runde. »Ich brauche so was nicht.«

Ihr frischgebackener Freund legte einen Arm um sie und küsste sie. »Natürlich nicht. Du bist ja auch etwas Besonderes.«

Diesmal waren es wir Frauen, die sich angesichts dieser widersprüchlichen Aussage köstlich amüsierten. Die Liebe raubte einem wahrlich den Verstand. Wir umarmten uns, danach waren Daniel und all die anderen an der Reihe. Wieder wurden Einladungen ausgetauscht, wieder versprach man sich, in Kontakt zu bleiben.

Da traten plötzlich fünf uniformierte Männer aus einem Seiteneingang und platzten mitten in unser gestenreiches Abschiedsritual. Als hätte eine höhere Macht die Szene eingefroren, starrte unsere Gruppe schockiert auf die südafrikanischen Polizisten, die mit ihren schwarzen Schutzwesten und Maschinenpistolen vor der Brust martialisch aussahen. Einer von ihnen schob seine gespiegelte Sonnenbrille nach oben und fixierte uns finster. Ich unterdrückte ein Schaudern. Hörte dieser Albtraum denn niemals auf?

»Britta Schneider. Leonard Jones. Bitte treten Sie vor!«

Unruhe machte sich in unserer Gruppe breit, dann, als wären wir ferngesteuert, drehten wir uns alle wie auf Kommando zu den beiden Genannten. Britta, die Biologin, deren Wasserprobe ich kontaminiert hatte, war unter der roten Mütze, die sie über ihre kurzen blonden Haare gestülpt hatte, kreidebleich geworden. Leo, ein sportlich aussehender Geophysiker, schwankte sichtlich, dann trat er einen Schritt vor.

»Ich bin Leonard Jones«, sagte er mit fester Stimme.

Der Polizist mit der nach oben geschobenen Sonnenbrille nickte knapp. »Leonard Jones, Sie stehen unter dem dringenden Verdacht der Sabotage und der Beihilfe zum Mord. Wir nehmen Sie in Gewahrsam und überstellen Sie dann den chilenischen Kollegen.« Anschließend sagte er Leonard seine Rechte auf.

Währenddessen sah sich Britta hektisch um, als würde sie mit dem Gedanken spielen, zu fliehen, doch dann sackten ihre Schultern hinunter, und sie trat ebenfalls vor. Nachdem der Polizist seine Worte wiederholt hatte, legten seine Kollegen den beiden Handschellen an und führten sie ab. Zwei der Polizisten nahmen die Gepäckstücke der Festgenommenen an sich, danach verschwand die Gruppe durch den Seiteneingang wie ein böser Spuk. Die Aktion hatte nicht mehr als zwei Minuten gedauert.

Kurz herrschte Totenstille, dann redeten alle durcheinander.

»Thomas hat offenbar nicht allein gehandelt«, wies Nishay auf das Offensichtliche hin, dann runzelte sie nachdenklich die Stirn. »Wenn ich es mir recht überlege, haben die drei tatsächlich häufig die Köpfe zusammengesteckt. Ich habe mir nichts dabei gedacht, schließlich sind sie schon ewig befreundet. Allerdings fällt mir ein, dass Leo im Gespräch mehr als einmal Michelles Kompetenz infrage gestellt hat …«

Ich nickte. Plötzlich ergab alles einen Sinn. »Das würde erklären, warum Thomas ein Alibi für den Mordzeitpunkt hatte. Ich wette, die beiden haben ihn gedeckt. Es würde ebenfalls erklären, warum ich ausgerechnet in Brittas Laborcontainer eingesperrt worden bin. Ihr Pech und mein Glück war es, dass ich mit meiner Aktion nicht nur sie, sondern auch ihre Kollegin aufgeschreckt habe. Stell dir vor, Britta hätte den stummen Alarm einfach ignoriert«, schloss ich und schauderte bei dem Gedanken.

»Was für ein Wahnsinn!«, stieß Nishay hervor und blickte auf die geschlossene Tür, hinter der die kleine Gruppe verschwunden war.

»Du sagst es.« Ich sah sie an. »Ich hoffe, dass die freiwillig auspacken, sodass wir nicht als Zeugen fungieren müssen. Damit wir die Sache endlich hinter uns lassen können.«

Nishay pflichtete mir bei. »Weißt du noch, wie du mir mal sagtest, ich sei die umwerfendste Frau, die du kennst?«, fragte sie, während wir langsam auf die große Glastür zugingen.

»Klar.«

»Ich möchte das Kompliment zurückgeben«, erwiderte sie. »Du bist der absolute Knaller! Du siehst lieb und unschuldig aus, hast aber echt dicke Eier, um es mal lapidar auszudrücken! Ohne dich wäre das alles nicht ans Licht gekommen.«

Ich lachte. »Okay, mit dicken Eiern kann ich leben. Trotzdem muss ich dir sagen, dass …«

Mir blieben die Worte im Hals stecken, als sich die Glastür vor uns öffnete. Der Anblick war überwältigend! Hinter der Absperrung hatte sich eine große Menschenmenge versammelt, die in Aufruhr geriet, kaum dass sie unser ansichtig wurde. Es gab Rufe, Handys wurden hochgehalten, Reporter mit Kameras hielten auf uns zu, und Mikrofone reckten sich uns entgegen.

»Ach so«, schrie Nishay gegen den Lärm an. »Ich hätte dich vielleicht warnen sollen. Solche Expeditionen sorgen in der Regel für Wirbel. Für viele sind wir regelrecht Helden, und ein paar Wissenschaftsjournalisten sind bestimmt auch darunter.«

Ich rückte näher an Nishay, damit uns niemand hörte. »Glaubst du, die wissen Bescheid, was auf der *Rosenrot* vorgefallen ist?«, raunte ich ihr ins Ohr.

Sie schüttelte den Kopf. »Du weißt doch, was Matías gesagt hat. Michelle Esperanza wollte erst nach unserer Rückkehr die Öffentlichkeit informieren, damit wir nicht vorher von der Boulevardpresse überrollt werden. Was glaubst du, was hier sonst los wäre!«

»Keine Ahnung, aber mir reicht das hier an Rummel völlig aus«, murmelte ich. »Ich vermisse jetzt schon die Pinguine«, fügte ich wehmütig hinzu.

Nishay warf lachend den Kopf zurück, dabei fiel ihr Blick auf die Menge vor uns, und sie erstarrte. Angst legte sich auf ihr Gesicht, und mir sackte das Herz in die Hosen. Was war denn jetzt wieder los?

»Was ist?«, keuchte ich.

»Dort ist Dinesh«, murmelte Nishay mit zitternder Stimme. Nishays Mann?

Ich folgte ihrem Blick und entdeckte weiter hinten, neben einem Zeitungsstand, wo es ruhiger zuging, einen Inder mittleren Alters mit Brille. Er trug einen dunklen Anzug und wirkte bei flüchtiger Betrachtung dermaßen unspektakulär, dass ich mich vergewisserte, ob Nishay wirklich ihn meinte. Aber es gab keinen Zweifel. Die beiden sahen sich direkt in die Augen. Und dann verzogen sich die Lippen des Mannes zu einem schüchternen Lächeln. Obwohl es nicht mir galt, zog sich mein Hals vor Rührung zu. Schon ließ Nishay ihr Gepäck fallen und lief ihrem Mann entgegen, der sich ebenfalls in Bewegung gesetzt hatte. Die beiden fielen sich in die Arme und küssten sich. Was sie im Anschluss aufgeregt flüsterten, verstand ich natürlich nicht, aber das musste ich auch nicht. Das hier sah nach einer klassischen Versöhnung aus.

Etwas umständlich schulterte ich Nishays Gepäck und ging auf die beiden zu. Ihr Mann, der mein Dilemma erkannte, ließ seine Frau los und eilte auf mich zu, um mir Koffer und Rucksack abzunehmen.

Ich lächelte ihn dankbar an.

»Dinesh«, sagte Nishay ein wenig fahrig, ihre Augen waren rot, das Funkeln darin drückte pures Glück aus. »Darf ich dir Lara Duncan vorstellen? Sie ist ebenfalls Meeresbiologin. Wir haben uns angefreundet.« Sie wandte sich mir zu. »Lara, das ist Dinesh.«

Wir reichten uns die Hand. »Angenehm, Sie kennenzulernen«, sagte ich. Kurz überlegte ich, ob ich etwas hinzufügen sollte, wie »Ich habe viel von Ihnen gehört« oder »Nishay hat Sie sehr vermisst«, doch letztlich beließ ich es dabei. Besser konnte der Moment für die beiden nicht sein.

Der Abschied von Nishay fiel recht emotional aus, schließlich lag Mumbai nicht gerade um die Ecke. Und auch diesmal wurden unter Tränen Einladungen ausgesprochen, die wir fest einhalten wollten. Per Videochat würden wir in Kontakt bleiben, auch wenn es natürlich nicht dasselbe war. Die Expedition hatte mir viele Türen rund um den Globus geöffnet, und ich nahm mir vor, mindestens einmal durch jede von ihnen hindurchzutreten. Es war nicht so, dass ich ungern in Southampton lebte. Im Gegenteil. Ich mochte die Hafenstadt, weil sie dynamisch und modern war und dennoch ihren historischen Stadtkern bewahrt hatte. Genau dort lag mein kleines Apartment, unweit des Tudor House and Garden, der wichtigsten Sehenswürdigkeit der Stadt. Doch das eine schloss das andere ja nicht aus.

Versonnen sah ich Nishay und ihrem Mann nach, als sie Arm in Arm den Flughafen verließen. Sie würden nicht sofort nach Indien zurückfliegen, sondern ein romantisches Wochenende in Kapstadt verbringen. Dinesh hatte ein Hotelzimmer im bunten Stadtteil Bo-Kaap gemietet und Nishay damit überrascht. Ich seufzte. Anscheinend war allen außer mir ein Happy End vergönnt, denn selbst Sean hatte bei unserem Abschied nicht annähernd so unglücklich ausgesehen wie erwartet. Vielleicht würden sich Mikhail und er bald wiedersehen. Na ja, Happy End für alle, abgesehen von Britta und Leo natürlich. Der Gedanke entlockte mir ein Lächeln. Letztlich hatte die Gerechtigkeit gesiegt, und das war das Wichtigste! Und dass

Nishay und ihr Mann offenbar eine neue Chance erhielten, hob meine Stimmung merklich. Ich sah auf meine Uhr. Bis zu meinem Abflug nach London blieben mir noch sieben Stunden. Ein Stadtbummel kam für mich nicht infrage – zu schmerzhaft waren die Erinnerungen, die ich mit Kapstadt verband –, daher beschloss ich, die verbleibende Zeit auf dem Flughafengelände zu verbringen.

Nachdem ich eingecheckt und mein Gepäck abgegeben hatte, nistete ich mich in einem Café ein und vertrieb mir den Nachmittag zur Abwechslung mit Essen und der Beobachtung von Menschen. Auf der Speisekarte standen unter anderem Koeksisters, doch ich passte und bestellte stattdessen Croissants. Noch immer glaubte ich, Jaydens Fingerspitze an meinem Mundwinkel zu spüren, als er an unserem ersten Abend auf der Uferpromenade den Krümel entfernt hatte. Wieder eine Erinnerung, die ich aus meinem Verstand tilgen würde. Ich blätterte in einer Frauenzeitschrift, deren Inhalt mir nach drei Monaten in der Antarktis so befremdlich erschien, dass ich mich häufiger dabei ertappte, wie ich den Kopf schüttelte.

Die Zeit verging rasch. Einige Male erspähte ich andere Expeditionsmitglieder, die, wie ich auch, auf ihren Anschlussflug warteten, doch wir suchten nicht das Gespräch. Es war wie eine stumme Absprache. Jeder von uns hatte genug mit sich und der ungewohnten Reizüberflutung zu tun. Schließlich war der Moment gekommen, in dem ich die Gangway entlangging, um in den Flieger nach London zu steigen. Ich hatte den Fensterplatz in einer der vorderen Zweierreihen zugewiesen bekommen, und nachdem ich mein Handgepäck in der oberen Ablage verstaut hatte, setzte ich mich. In einer Buchhandlung am Flughafen hatte ich mir Lesestoff besorgt und steckte das Buch in die Rückenlehne des Vordersitzes. Mir war jetzt nicht nach Lesen zumute. Immer mehr Passagiere strömten in die

Kabine, doch ich blickte nach draußen auf die Stadt, die gerade dabei war, Feuer zu fangen. Zum ersten Mal seit drei Monaten wurde ich Zeugin eines Naturschauspiels, das für die meisten Menschen auf der Welt völlig selbstverständlich war. Während die Sonne unterging, verabschiedete ich mich im Stillen von Kapstadt und all den bittersüßen Erinnerungen, die mit dieser Stadt einhergingen.

Die ganz grosse Liebe

Jemand setzte sich auf den freien Platz neben mir und legte den Gurt an, doch ich beachtete ihn nicht, sondern hielt den Kopf weiterhin zum Fenster gewandt … bis sein Duft meine Nase kitzelte. *Holzig mit einer Orangennote.* Die Schockwelle traf mich ungebremst! Ich wurde von einem Schwindelgefühl ergriffen, und als ich mich dem Neuankömmling zuwandte, geschah das im Zeitlupentempo. Als hätte ich mich durch Sirup bewegt. Und tatsächlich: Da saß er. Jayden. In Jeans, kurzärmeligem Shirt und mit einem unschuldigen Ausdruck auf seinem sonnengebräunten Gesicht. Seine Haare waren etwas gewachsen, wie so oft hatte er sich ein paar Tage nicht rasiert, und er wirkte erholt. Ekelhaft! Als hätte er in den letzten Wochen nichts anderes getan, als faul in der Sonne zu liegen oder zu surfen.

»Was tust du hier?«, keuchte ich, nachdem ich meine Sprache wiedergefunden hatte.

»Wonach sieht's aus?«, entgegnete er. Seine Stimme versetzte meinem ohnehin gepeinigten Herzen zusätzliche Stiche. Wie ich dieses rauchige Timbre liebte. *Verflucht seist du, Jayden Mitchell!* »Wir haben elf Stunden Flug vor uns«, sagte mein persönlicher Haus- und Hoffolterer. »Genug Zeit also, dich davon zu überzeugen, dass es für dich besser ist, mich wieder in dein Leben zu lassen.«

Elf Stunden! Ich stöhnte gequält auf.

»Entschuldigen Sie, Miss!«, rief ich verzweifelt einer der Flugbegleiterinnen zu, die den Gang entlangging, um die Gepäckablagen über unseren Köpfen zu schließen. »Könnte ich vielleicht einen anderen Platz bekommen?«

Die perfekt geschminkte Brünette in der Uniform lächelte bedauernd. »Tut mir leid.« Kurz schweifte ihr Blick zu Jayden, der ihr Lächeln erwiderte. »Aber wir sind ausgebucht.«

»Du hast das eingefädelt«, fauchte ich ihn an, nachdem die Flugbegleiterin weitergegangen war. »Du falsche Schlange!«

Er zuckte mit den Achseln. Als sich dabei unsere Ellenbogen zufällig berührten, zog ich hastig meinen Arm zurück.

»Ich finde, du reagierst über«, sagte er lässig.

»Ich? Überreagieren?«, keifte ich, worauf sich erste Köpfe nach uns umdrehten. Ich biss mir auf die Lippe. Szenen in der Öffentlichkeit waren mir zuwider. »Du miese Socke!«, fügte ich nichtsdestotrotz, wenn auch leiser, hinzu.

»Da siehst du es!«, erwiderte Jayden frohlockend, während er Anstalten machte, die Beine übereinanderzuschlagen, was allerdings misslang, weil der Platz fehlte. Ha! Geschah ihm ganz recht. »Du magst mich immer noch. Sonst würdest du mich nicht mit diesen Kosenamen überschütten.«

Sprachlos starrte ich ihn an. »Hast du getrunken?«, versetzte ich schließlich kalt.

Er sah mir tief in die Augen. Jeglicher Schalk war daraus verschwunden. »Wenn ich trunken bin, dann von dir, Lara«, sagte er langsam und sehr ernst. »Und ich kann dir versichern, dass die Entzugserscheinungen in den letzten Wochen nicht schön waren.«

Ich schluckte. *Lass dich durch sein Süßholzraspeln nicht weichklopfen!* »Du siehst aber gar nicht so aus, als hättest du unter irgendwelchen Entzugserscheinungen gelitten«, giftete ich ihn an.

Ein Lächeln erhellte sein Gesicht. »Du findest also, ich sehe zum Anbeißen aus?«

Ich verdrehte die Augen. »Das habe ich nicht gesagt!«

»Aber gemeint. Du siehst übrigens ebenfalls zum Anbeißen aus.« Ein zärtlicher Schimmer trat in seine Augen. »Wenn auch ein wenig müde.«

Du lieber Himmel!

Auf der Suche nach einer passenden Replik, die mich vor dem drohenden Ertrinken rettete, schwirrten mir tausenderlei Gedanken durch den Kopf. »Wegen dir habe ich auf einen Menschen geschossen!«, stieß ich schließlich hervor.

Etwas Besseres fiel mir in der Not nicht ein.

Jayden hob die Augenbrauen. »Es war nur ein Sender.«

»Für Finnwale!«, ereiferte ich mich. »Thomas musste notoperiert werden.«

Um Jaydens Mundwinkel zuckte es verräterisch. »Du hast ihm den Hintern zu Recht aufgerissen! Du kannst stolz auf dich sein.«

In mir regte sich etwas. Ein fernes Kichern, gepaart mit einem Gefühl der Süße, die die Bitterkeit zu überlagern drohte, die mich in den letzten Wochen so sehr gequält hatte.

»Das ist nicht lustig«, maulte ich dennoch.

»Doch, *bokkie*, sehr sogar.«

Ich schnaubte. »Du bist ein Idiot, Jayden. Nimmst du überhaupt irgendwas ernst?«

»Das zwischen uns nehme ich sehr ernst.«

»So leicht kann ich dir nicht verzeihen«, sagte ich, obwohl ich in Wirklichkeit dabei war, genau das zu tun. »Du hast mir nicht vertraut.«

»Und das war der schlimmste Fehler meines Lebens«, antwortete Jayden rau und beugte sich vor. Wieder stieg mir sein Duft in die Nase, was es mir unmöglich machte, klar zu denken.

»Ladies und Gentlemen, soeben wurde uns die Starterlaubnis erteilt. Wir bitten Sie, sich anzuschnallen und die Rückenlehne aufrecht zu stellen. Anschließend machen wir Sie mit den Sicherheitsvorkehrungen an Bord vertraut ...«

Da sich Jayden in seinen Sitz zurücklehnte, blieb mir eine unmittelbare Erwiderung erspart. Befreit atmete ich auf, auch wenn ich wusste, dass mir lediglich eine kurze Schonfrist vergönnt war. Während der Flieger anrollte, begann unsere Flugbegleiterin mit ihrer Demonstration. Abwesend betrachtete ich ihre Bewegungen, ohne wirklich etwas zu sehen. Als ich mittendrin meinen Blick abwandte, bemerkte ich, dass Jayden mich fixierte. Prompt lief ich rot an.

»Solltest du nicht besser nach vorne gucken?«, blaffte ich ihn an. »Damit du weißt, was zu tun ist, wenn etwas passiert.«

Wieder lächelte Jayden, und wieder schoss mein Puls in die Höhe. »Das weiß ich auch so.«

Natürlich tat er das.

Ich richtete meine Aufmerksamkeit zurück auf die Flugbegleiterin, doch alles, was ich fühlte und sah, war Jayden. Die Umgebung um uns verblasste, bis es nur noch uns beide gab. Eine ganze Weile sprachen wir kein Wort, worüber ich froh war, da ich Zeit zum Nachdenken brauchte und das Chaos in meinem Innern ordnen musste. Die Motoren dröhnten, das Flugzeug beschleunigte ruckartig, und wir hoben ab. Kapstadts Lichtermeer, der beleuchtete Küstenstreifen, der Tafelberg und der tintenblaue Ozean verschwanden bald aus meinem Blickfeld samt dem Riesenrad, wo Jayden und ich uns zum ersten Mal geküsst hatten.

Vor uns erstreckte sich der endlose schwarze Himmel. Hier und da funkelten die ersten Sterne.

Lange starrte ich aus dem Fenster und konnte spüren, dass Jayden das Gleiche tat.

»Was passiert ist, tut mir leid, Lara. Ich war ein elender Feigling«, bekannte er leise, nachdem wir unsere Flughöhe erreicht hatten und das Gurtzeichen erloschen war. »Aber das Letzte, was ich wollte, war, dich zu verletzen. Bitte glaub mir das.«

Müde schloss ich die Augen. »Ich bin es leid, wütend zu sein, Jayden«, murmelte ich.

»Dann sei es nicht mehr. Bitte, gib uns noch einmal eine Chance.« Seine Stimme war kaum hörbar, bebte aber vor Emotion.

Ich nickte und öffnete die Augen wieder, ohne den Blick vom Fenster abzuwenden. »Ich habe dir von meiner Scheidung erzählt«, begann ich leise. »Aber nicht, dass Ralph, so hieß mein Ex-Mann, mich jahrelang hintergangen hat. Er hat mich schon kurz nach der Hochzeit betrogen.« Als ich eine Pause einlegte, sagte Jayden nichts, sondern wartete. »Hätte mir eine Kollegin nicht die Augen geöffnet, ich hätte es nicht einmal mitbekommen. Ich war schrecklich naiv, völlig realitätsfern.« Erst jetzt wandte ich den Kopf, um Jayden in die Augen zu sehen. »Das Schlimmste aber ist: Obwohl ich mich zur Närrin gemacht hatte, habe ich ihm vergeben. Und wie hat er es mir gedankt? Er hat weitergemacht.«

Jaydens Blick war unergründlich, doch der Zug um seinen Mund hatte sich verhärtet. »Der einzige Narr in dieser Geschichte ist er, Lara.« Die Wut in seiner Stimme war unüberhörbar. »Er hatte dich nicht verdient.«

Mein Herz schwoll an, trotzdem musste ich die nächste Frage stellen. »Was ist mit dir, Jayden? Hast du mich verdient?«

Er beugte sich vor, um mein Gesicht zu streicheln. »Vermutlich nicht, aber ich verspreche, alles zu tun, um mich in Zukunft deiner würdig zu erweisen«, sagte er leise, aber bestimmt.

Ach, Jayden!

Unsere Blicke verfingen sich ineinander, und als er seinen Mund auf meinen senkte, schloss ich die Augen und gab mich seinem Kuss mit ganzer Seele hin. Wie ich seine Wärme und seinen Geschmack vermisst hatte! Unsere Zungenspitzen trafen sich in einer zärtlichen Begrüßung wie gute Freunde, die viel zu lange voneinander getrennt gewesen waren. Ich vergaß alles um mich herum: die Passagiere, die Flugbegleiterin, selbst den sternenbesetzten Nachthimmel vor unserem Fenster. Ich war einfach nur glücklich.

»Was hast du in den letzten Wochen gemacht?«, fragte ich atemlos, als wir unsere Lippen nach einer gefühlten Ewigkeit wieder voneinander lösten.

»Mich auf diesen Moment hier vorbereitet«, antwortete Jayden schlicht. »Ich bin schwer in dich verschossen, Lara. Und ich kann in deinen Augen sehen, dass es dir genauso geht.«

»Was? Dass ich ebenfalls schwer in mich verschossen bin?«, zog ich ihn auf, während mein Herz einen Salto schlug.

»Du weißt, was ich meine«, antwortete er ein wenig brummig und suchte meinen Blick. »Lass uns neu anfangen! Ich fühle, dass das hier die ganz große Liebe werden kann.«

Ich schluckte.

Was mich betrifft, ist sie es schon.

Jaydens Augen wurden schlagartig dunkel, Erleichterung legte sich auf sein Gesicht, dann riss er mich in seine Arme. »Was mich betrifft, auch, Lara!«, sprach er hastig. »Ganz sicher sogar. Das ist mir in den letzten Wochen klar geworden.«

Erst da begriff ich, dass ich den Gedanken laut ausgesprochen hatte. Ach du Schreck! Aber nun war das auch egal, und diesmal war ich es, die ihn küsste. Lange und voller Hingabe.

»Thomas Kuhlmann hatte übrigens Hilfe, wusstest du das?«, fragte ich etwas später, während wir uns an zwei Pappbechern Limonade abkühlten, die uns die Flugbegleiterin mit einem herzlichen Lächeln gebracht hatte. Keine Ahnung, welche

Geschichte Jayden ihr aufgetischt hatte, aber es war offensichtlich, dass sie sich über unsere Versöhnung freute. »Sie haben Britta und Leo verhaftet.«

»Ich weiß«, antwortete Jayden, nachdem er seinen Becher abgestellt hatte. »Ich war noch in Chile, als Thomas eingeknickt ist und die beiden verpfiffen hat. Britta und Leo waren es, die ihm das Alibi für den Mord während des Weihnachtsfestes geliefert haben. Die Panne im Laborcontainer geht auf Leos Konto, während Britta einen Salmonellenerreger in Holgers Zitronenpudding gemischt hat.«

»Nein!« Ich sah Jayden aus großen Augen an.

»Doch.«

»Wie mies«, murmelte ich. »Und dein Hubschrauber? Wer hat daran herumgepfuscht?«

»Das war Thomas«, antwortete Jayden, und ein Muskel zuckte in seiner Wange. Die Erinnerung daran machte ihn offenbar immer noch wütend.

»Ganz schön technisch begabt für einen Glaziologen«, bemerkte ich.

Jayden nickte düster.

»Und das alles nur, weil er Michelle den Erfolg nicht gegönnt hat«, sagte ich kopfschüttelnd. »Wer hätte gedacht, dass sich hinter der freundlichen Fassade so viel Groll angesammelt hatte. Welche Strafe erwartet ihn und die anderen wohl in Chile?«

»Michelle setzt sich dafür ein, dass die ganze Bande nach Dänemark überführt wird, wo der APF seinen Stammsitz hat«, antwortete Jayden.

»Wieso?«, fragte ich verwundert.

»Weil es von da einfacher ist, Thomas und die anderen an die Schweiz auszuliefern, schließlich war Christoph Marquardt Schweizer Staatsbürger.«

Eine Weile hingen wir unseren Gedanken nach, bis Jayden das Schweigen brach. »Wie wäre es, wenn du ein paar Tage bei mir in London bleibst, bevor du weiter nach Southampton reist? Ich zeige dir die Sehenswürdigkeiten.«

Ich lachte auf. »Ich kenne London.«

»Damit meinte ich nicht zwangsläufig die Stadt, *bokkie*«, erwiderte Jayden mit einem leicht anzüglichen Unterton.

Ich sah ihn streng an. »Ich muss zu Hause ein paar Sachen aufarbeiten.«

»Bleib wenigstens übers Wochenende.« Jayden setzte einen Welpenblick auf, den ich bis zu diesem Zeitpunkt noch nie bei ihm gesehen hatte und der mir ein Kichern entlockte.

»Okay, okay«, gab ich nach und zwinkerte. »Aber ich hoffe, es lohnt sich.«

Jaydens Welpengesicht verwandelte sich in Sekundenbruchteilen in das Antlitz eines Rottweilers, und ein Schauer der Erregung kroch meinen Nacken hoch. »Das wird es ganz sicher, Lara.«

Uff! In der Kabine war es plötzlich furchtbar stickig. War die Klimaanlage überhaupt an? Ich blies mir eine Strähne aus dem Gesicht. »Du kannst mich in Southampton besuchen, wann immer du willst, wenn du magst«, wechselte ich rasch das Thema.

»Davon kannst du ausgehen! Nach dem Wochenende begleite ich dich dorthin«, antwortete Jayden und hielt plötzlich inne. Unsicherheit flackerte in seinem Blick. »Wenn das für dich okay ist. Ich will nicht, dass du mich für einen Spinner hältst. Aber …«

Hilflos brach er ab.

Lächelnd beugte ich mich zu ihm und hauchte ihm einen zärtlichen Kuss auf die Lippen. »Ich möchte auch keinen Tag mehr von dir getrennt sein. Lass uns Zeit miteinander verbringen, bis wir uns auf die Nerven gehen«, flüsterte ich mit einem schelmischen Grinsen, worauf seine Augen funkelten. Dann sah ich ihn neugierig an. »Hast du denn keine Aufträge?«

Jayden schüttelte den Kopf. »Zurzeit nicht, nein. Erst nächsten Monat. Dann startet in Somerset die Touristensaison und damit auch die Hubschrauberrundflüge über Bath und Bristol.«

Ungläubig starrte ich ihn an. »Was? Du willst Touristen in bunten Shorts durch die Gegend fliegen?«, neckte ich ihn. »Keine wilden Expeditionen an menschenfeindlichen Orten? Keine Wildzählung in Afrika?«

Jayden nickte ernst. »Wie schon gesagt. Vier Wochen ohne dich reichen mir fürs Erste.«

Überwältigt sah ich ihn an, und wäre in diesem Moment nicht die Flugbegleiterin mit dem Servierwagen aufgetaucht, ich wäre ihm vermutlich schluchzend um den Hals gefallen.

Nachdem wir ein leichtes Abendessen verspeist hatten, bestehend aus kaltem Braten, Karottensalat und einem Joghurt, wurde das Geschirr wieder abgeräumt und das Licht gedimmt. Rückenlehnen wurden nach hinten verstellt, Kissen und blaue Wolldecken ausgeteilt. Bald breitete sich in der Kabine eine heimelige Ruhe aus, einzelne Leselampen leuchteten auf.

»Ich schätze, es ist kein Zufall, dass wir in einer Zweierreihe sitzen, richtig?«, flüsterte ich und lehnte mich gegen Jayden.

Sein Lächeln war Antwort genug.

Zärtlich ließ ich meine Hand über seine Brust wandern, spürte unter meinen Fingern die Wärme seiner Haut und das starke Klopfen seines Herzens, dann umfasste ich seinen Nacken und zog sein Gesicht zu mir. Bevor ich ihn küssen konnte, strich er mit der Spitze seines Daumens über meine Lippen.

»Dein Mund bringt mich um den Verstand«, raunte er, während ich zärtlich an seinem Finger saugte. »*Du* bringst mich um den Verstand.«

Obwohl ich mich geschmeichelt fühlte, hob ich in gespieltem Spott die Augenbrauen. »Pah! Ihr Männer seid wirklich leicht zu beeindru…«

»Ich bin nicht irgendein Mann«, murmelte Jayden herrlich brummig und verschloss meinen vorlauten Mund mit einem sehr erotischen Kuss. Er vögelte mich geradezu mit seiner Zunge und löschte damit jeden weiteren Gedanken aus.

Seine Finger glitten unter meine Bluse und begannen, meinen Bauch zu streicheln. Als er meine Brustwarzen massierte, zog sich mein Magen flatternd zusammen. Mir entschlüpfte ein Seufzer, und ich presste mich noch enger an ihn. Unser Kuss intensivierte sich, und nun war es meine Hand, die sich verirrte, und zwar genau auf seine wachsende Erektion. Jayden stöhnte leise in meinem Mund, was das schmerzhafte Pochen in meinem Schoß noch verstärkte. Wir waren wieder vereint, und er gehörte zu mir, und zwar nur zu mir! Die Vorstellung machte mich schwindelig und waghalsig. Meine Finger fuhren tastend über den Hosenschlitz seiner Jeans. Mit einem leichten Schnippen hatte ich den ersten Knopf geöffnet, danach den zweiten … Offenbar war das zu viel des Guten, denn aus Jaydens Kehle drang ein tiefer Laut. Prompt regten sich die Passagiere auf den Plätzen vor uns.

Wie von der Tarantel gestochen, löste er sich von mir und fuhr sich durch die Haare. Sein Blick war lustvoll verhangen, er atmete schwer und sah dermaßen sexy aus, dass ich meine Oberschenkel gegeneinanderpresste, um meiner Erregung Herr zu werden.

»Wir sollten lieber aufhören«, krächzte er leise. »Sonst kann ich für nichts garantieren.«

»Ach wirklich?« Ich klang ebenso heiser. »Und wie würdest du das bewerkstelligen wollen?«

Wortlos wies Jayden mit dem Kopf auf die Bordtoilette am Ende des Gangs. Ich konnte nicht anders und lachte leise, was in den Reihen ringsum ein Murren nach sich zog.

»Nie und nimmer!«, flüsterte ich, um Ernsthaftigkeit bemüht.

Jayden setzte eine enttäuschte Miene auf. »Schade. Das hätte unsere Geschichte perfekt abgerundet.«

Ich lächelte. »Aber unsere Geschichte beginnt doch erst.«

»So ist es«, sagte er und drückte mir einen Kuss auf die Stirn. Meine Lippen wagte er anscheinend nicht zu berühren, wie ich amüsiert feststellte.

Lange sahen wir uns an.

»Ich liebe dich, Lara«, sage er schließlich und räusperte sich. »Trotzdem wäre es ratsam, ab sofort die Finger voneinander zu lassen, wenn wir nicht wollen, dass der Pilot eine Notlandung veranlasst und die uns mitten in der afrikanischen Wüste rausschmeißen.«

Mein Puls raste. »Wiederhol das bitte«, sagte ich ein wenig atemlos.

»Wir sollten die Finger voneinander lassen, wenn wir nicht wollen, dass der Pi…«

»Das andere!«, unterbrach ich ihn grimmig.

»Dass sie uns in der afrikanischen Wüste rausschmeißen?«, fragte er, während der Schalk in seinen Augen tanzte.

»Zur Hölle«, knurrte ich, packte seinen Kopf und küsste ihn. »Ich liebe dich auch, du Dickschädel.« Dann zuckte ich mit den Achseln. »Und stell dich nicht so an! Es sind doch nur noch achteinhalb Stunden bis zur Landung.«

Jaydens breites Lächeln gefror. »O Gott!«, stöhnte er gequält.

Ich schätzte, diesmal war mein Lachen bis in der Businessclass zu hören.

EPILOG

Drei Hollywood-Blockbuster und ein reichhaltiges Frühstück halfen Jayden und Lara dabei, den Flug nach London ohne Hinauswurf zu überstehen. Die englische Hauptstadt empfing sie mit Regen, aber gemäßigten Temperaturen, was an einem Märztag nicht anders zu erwarten war. Eine Überraschung hingegen war die Frau, die mit wehenden Haaren auf sie zurannte, kaum dass sie in der Ankunftshalle angekommen waren. Sie trug eine enge schwarze Anzughose, ein lachsfarbenes Hemd und darüber einen Blazer. Vervollständigt wurde das elegante Outfit durch schwarze Pumps und einen passenden Gürtel. Nur das hochrote, erhitzte Gesicht mochte nicht ganz dazu passen.

»Violet!«, rief Lara ungläubig, als sie ihre Schwester erkannte, und kam sich in ihren ausgebleichten Jeans und der weiten Bluse ein wenig unbeholfen vor.

Wie würde Jayden wohl auf ihre attraktive Schwester reagieren? Sie ignorierte den kleinen Stich der Angst, schließlich hatte Jayden ihr im Flugzeug seine Liebe gestanden, und breitete die Arme aus, in die sich Violet sofort warf. Sie war überrascht, wie fest ihre Schwester sie hielt, und stutzte. Zitterte Violet etwa? Besorgt löste sich Lara von ihr, um sie eindringlich zu mustern.

»Was ist los?«, fragte sie, während sich die Angst wie eine Fessel um ihren Hals legte. »Ist etwas mit Poppy?«

Überraschung trat in Violets Augen, die verdächtig schimmerten, was sie noch mehr beunruhigte. Ihre Schwester neigte selten zu Gefühlsausbrüchen. »Nein, du dumme Nuss!«, brach es aus ihr heraus. »Es geht um dich! Ist mit dir alles in Ordnung?«

»Natürlich ist mit mir alles in Ordnung«, antwortete Lara stirnrunzelnd. »Warum auch nicht?«

Violet fuhr sich aufgebracht durch die Haare. »Ich habe zigmal versucht, dich auf dem Handy zu erreichen.«

»Wirklich?« Lara zog das Gerät aus der Tasche und schaltete den Flugmodus aus. »Oh!«, entfuhr es ihr, als sie die lange Anrufliste sah.

»Ja, oh!«, kam es erbost zurück.

»Du weißt doch, Violet«, begann Lara sanft. »Im Flieger soll man das Handy ausgeschaltet lass…«

»Jaja!« Violet machte eine wegwerfende Geste. »Na, jedenfalls scheint es dir gut zu gehen. Nach der Pressekonferenz deiner Chefin sind Poppy und ich tausend Tode gestorben! Ich bin sofort in den ersten Flug aus Mailand gestiegen. Sabotage, ein Mord, der Beinahe-Absturz eines Hubschraubers …« Sie atmete hörbar durch. »Mein Gott, du hättest drinsitzen können.«

»Also genau genommen, habe ich das auch«, erwiderte Lara mit einem verlegenen Lächeln. »Und Jayden«, fügte sie hastig hinzu und wies auf den Mann neben ihr, der die Szene mit offensichtlichem Vergnügen beobachtete. »Er war der Pilot. Jayden, darf ich dir Violet vorstellen, meine Schwester, genauer gesagt: die ältere von beiden. Violet, das ist Jayden. Er ist …«

Lara suchte nach den richtigen Worten, doch Jayden klärte die Situation, indem er einen Arm um ihre Schultern legte und sie zärtlich an sich drückte. Lara schätzte, dass ihr Lächeln ziemlich debil ausfiel.

Violet schien es jedenfalls zu gefallen, denn ein freudiger Ausdruck legte sich auf ihr Gesicht. »Ich verstehe. Angenehm«, sagte sie und reichte Jayden die Hand, der sie ergriff, ohne Lara loszulassen. »Er hat dich also gerettet, Lara.«

»Nein, es war andersherum«, berichtigte Jayden ebenfalls lächelnd, worauf Violet ihrer Schwester einen anerkennenden Blick zuwarf.

»Wow! Ich bin schon auf die Geschichte gespannt«, sagte sie, während sie sich Richtung Ausgang bewegten. »Mann, Mann! Wenn du dir etwas vornimmst, dann aber richtig, Schwesterherz!«

»Wie meint sie das?«, fragte Jayden Lara, doch Violet kam ihr mit der Antwort zuvor.

»Meine große Schwester wollte raus aus Southampton, ein Abenteuer erleben und sich einen Mann angeln!«

»Was?«, empörte sich Lara. »Das stimmt nicht. Ich wollte mir keinesfalls einen Mann angeln! Das ist einfach passiert.«

»Das behauptet sie jetzt natürlich, aber mal ganz unter uns: In Wahrheit hat sie sich mir an den Hals geworfen«, erklärte Jayden mit unschuldiger Miene.

Lara blieb wie angewurzelt stehen. Bei dem Versuch, den schamlosen Lügner abzuschütteln, wackelte sie mehrmals mit den Schultern, doch es war vergeblich. Jaydens Griff war unerbittlich.

»Tja, das wundert mich gar nicht«, erwiderte Violet, die auf Jaydens Spiel einging. »So kennen wir sie. Unverblümt und maßlos.«

Lara gab einen knurrigen Laut von sich, ließ aber zu, dass sich Violet lachend bei ihr unterhakte.

»Dein Freund gefällt mir«, sagte sie mit Seitenblick auf Jayden, während sie weitergingen und durch die Glastür nach draußen traten. Sie sah sich um. »Und wohin jetzt?«

»Musst du nicht nach Mailand zurück?«, pflaumte Lara sie an, doch das Lachen in ihrer Stimme strafte ihre Worte Lügen. Dass Violet Jayden mochte, machte ihr Glück perfekt.

»Mein Flieger geht erst in ein paar Stunden.« Sie beäugte das Paar. »Außer natürlich, ihr wollt allein sein.«

»Nein«, rief Lara.

»Ja«, antwortete Jayden zeitgleich.

Violet brach in lautes Gelächter aus. »Verstehe.«

»Aber gegen ein gutes Mittagessen bei mir gibt es nichts einzuwenden«, sagte Jayden augenzwinkernd. »Ich mache eine hervorragende Fleischpastete.«

Überrascht sah Lara ihn an. »Du kannst kochen?«

»Ja, sogar ziemlich gut.«

»Das wusste ich gar nicht.«

»Wie auch, mit Holger an Bord?«

»Wer ist Holger?«, fragte Violet, die das Gespräch neugierig verfolgt hatte.

»Der Schiffskoch«, antworteten Lara und Jayden unisono.

»Süß, ihr beiden.« Violet lächelte. »Ich bin sehr gespannt zu erfahren, was ihr alles erlebt habt. Vor allem interessiert es mich, wie ihr euch nähergekommen seid«, fügte sie verschwörerisch hinzu.

»Also eigentlich geschah das bereits in Kapstadt«, erklärte Jayden mit einem breiten Grinsen.

»Kapstadt?«, rief Violet ungläubig. »Du hast ja wirklich keine Zeit verloren, Schwesterherz!«

Lara stöhnte übertrieben. »Womit habe ich das verdient? Jetzt werde ich nicht nur von meinen Schwestern auf den Arm genommen, sondern auch von meinem Freund.«

»Zärtlich auf den Arm genommen«, verbesserte Jayden sie. »Und das macht man nur mit Menschen, die man liebt.«

Wow!, formte Violet mit den Lippen und sah Lara an, deren Grinsen sich inzwischen wie festgetackert anfühlte.

Sie räusperte sich. »Wo ist Poppy zurzeit?«

»Sie ist noch in Singapur«, erklärte Violet, während sie auf den Taxistand zusteuerten. »Du musst sie unbedingt anrufen, sie macht sich schreckliche Sorgen. Jedenfalls kehrt sie Ende des Monats nach Paris zurück. Dort bleibt sie ein paar Tage, dann geht's für sie weiter nach Vancouver.«

Lara nickte beeindruckt. »Unsere kleine Schwester kommt ganz schön rum.«

»Das kannst du laut sagen«, antwortete Violet. »Vancouver ist toll. Ich bin gespannt, welche Abenteuer sie dort erwarten. Hoffentlich nichts mit Mord, Sabotage oder …« Sie warf Jayden einen raschen Blick zu. »… einem Beinahe-Absturz.«

Lara lachte. »Bestimmt nicht. Sie schießt Fotos für eine Hotelbroschüre. Vermutlich wird sie Cocktails am Pool schlürfen, sich in luxuriösen Spas herumtreiben und sich von Sterneköchen bekochen lassen. Die Glückliche! An Dads Geburtstag wird sie uns das alles schön auf die Nase binden, wie ich sie kenne.«

Violet fiel in ihr Lachen ein. »Ganz sicher sogar.«

Gut gelaunt stiegen die drei in ein Taxi. Während Jayden dem Fahrer die Adresse nannte, wirkte Violet zufrieden. Ob sie froh darüber war, dass ihre älteste Schwester diesmal einen humorvollen Mann auserkoren hatte, der vor Selbstbewusstsein strotzte und sie von ganzem Herzen liebte? Lara hoffte es. Sie sah auf die Uhr. In Singapur war es jetzt später Nachmittag. Höchste Zeit, Poppy zu sagen, dass alles in bester Ordnung war.

Mit einem Lächeln fischte sie nach ihrem Handy, um ihre kleine Schwester anzurufen.

NACHWORT

Liebe Leserin, lieber Leser,
als einer der letzten unbewohnten Regionen der Welt haftet dem
Kontinent Antarktika etwas Magisches an, was für mich auch der
Grund gewesen ist, Lara dorthin zu schicken, um sich zu bewäh-
ren. Romanautorinnen wie ich sind in den seltensten Fällen
dazu qualifiziert, Krill unter dem Mikroskop zu untersuchen
oder vom Hubschrauber aus Peilsender an Walen anzubringen.
Anders gesagt: Ich habe noch an keiner Antarktisexpedition
teilgenommen und musste daher jede Menge persönlicher
Blogeinträge von WissenschaftlerInnen durchforsten, die schon
einmal ein solches Abenteuer erlebt haben. Besonders auf-
schlussreich waren für mich die Expeditionen der *Polarstern*,
dem berühmten Eisbrecher aus Bremerhaven, der mir auch als
Vorbild für die *Rosenrot* gedient hat. Anhand von Reportagen,
Presseartikeln und eben der Blogs habe ich einen umfassen-
den Eindruck vom Alltag auf dem Schiff, aber auch in den
Forschungsstationen gewinnen können. Auf dem Eis Fahrrad
zu fahren oder auch Fußball zu spielen, entstammt also keineswegs meiner blühenden Fantasie. Wenn Menschen auf engstem
Raum leben, nutzen sie jede Chance, um sich auszutoben und
körperlich zu betätigen.

Übrigens wurden tatsächlich steigende Finnwalpopulationen vor der Antarktischen Halbinsel registriert, deshalb wird auch jetzt, im Jahr 2022, mit Hochdruck daran geforscht. Seit Jahren versucht die Staatengemeinschaft, drei weitere Schutzgebiete auszuweisen, die zusammengenommen sechsmal so groß wären wie Deutschland. Doch leider sind die Anträge, die auch von der Bundesregierung unterstützt werden, das fünfte Jahr in Folge von China und Russland zurückgewiesen worden. Klimaschützer und Wissenschaftler geben jedoch die Hoffnung nicht auf.

Zugunsten des Plots habe ich mir wieder mal ein paar Freiheiten herausgenommen. »Ein verwegener Plan« spielt 2016/2017. Metallfreie Container wie der, mit dem Lara eingesperrt wurde, gibt es aber erst seit 2021. Der APF ist ebenfalls eine Erfindung, wobei ich mir vergleichbare Organisationen wie den Antarctic Wildlife Research Fund oder die Antarctic and Southern Ocean Coalition zum Vorbild genommen habe.

Nachdem Lara und Violet ganz im Sinne ihres Vaters die Welt ein bisschen gerechter gemacht und nebenbei die große Liebe gefunden haben, steht das temperamentvolle Nesthäkchen Poppy bereits in den Startlöchern. Nachdem ihre Fotos für eine Hotelbroschüre hohe Wellen geschlagen haben, bekommt sie den lukrativen Auftrag, ein Grand Hotel in der Nähe von San Francisco kunstvoll in Szene zu setzen. Anfangs ist sie wie verzaubert, was auch an dem attraktiven, wenngleich undurchsichtigen General Manager liegt, doch dann findet sie heraus, dass sich hinter der luxuriösen Fassade Düsteres verbirgt.

Mehr über den dritten und letzten Band meiner »Vorsicht, Liebe!«-Reihe erfährst du beizeiten auf meinem Blog, auf Facebook oder Instagram. Ganz besonders lege ich dir meinen Newsletter ans Herz. Und keine Sorge: Abonnenten meines Newsletters werden nicht wöchentlich oder gar täglich zugemüllt, denn ein bisschen Zeit braucht es schon, um ein Buch zu schreiben. Registrieren lassen kannst du dich auf meiner Website www.amelieduval.com.

Ich wünsche dir und deinen Liebsten eine friedliche Zeit.
Deine Amélie Duval

DANKSAGUNG

Wie immer möchte ich allen herzlich danken, die mir beruflich und auch privat zur Seite stehen, ganz gleich ob analog oder virtuell. Speziell danke ich meiner treuen Leserschaft, ohne die ich niemals so weit gekommen wäre. Seit neun Jahren begleitet sie mich auf allen Wegen, ganz gleich, wohin es sie verschlägt: nach Marrakesch, in die Antarktis, nach Irland oder in eine fantastische Stadt namens Tönngracht.

Mein besonderer Dank gilt meiner langjährigen Freundin Gaby, die mich bei den Recherchen tatkräftig unterstützt hat. Außerdem danke ich dem Team von Amazon Publishing für die wunderbare Zusammenarbeit auf Augenhöhe, ganz gleich, ob es sich ums Lektorat, um die Gestaltung des Covers oder ums Marketing handelt. Ganz besonders danke ich Nicole, die für etwas mehr Klarheit in der Geschichte gesorgt hat. Ihr ist es auch zu verdanken, dass Lara zusätzlich ein wadenlanges geblümtes Kleid in den Koffer gepackt hat. Besser könnte die Zusammenarbeit nicht laufen, und ich bin froh und dankbar, dass Montlake mich so gut wie auf jeder meiner Reisen begleitet.

Zeitfracht Medien GmbH
Ferdinand-Jühlke-Straße 7
99095 Erfurt, Deutschland
produktsicherheit@kolibri360.de

Druck:
CPI Druckdienstleistungen GmbH
im Auftrag der
Zeitfracht Medien GmbH
Ein Unternehmen der Zeitfracht - Gruppe
Ferdinand-Jühlke-Str. 7
99095 Erfurt